Politik aktuell 10

Verfassung, politischer Prozess und internationale Zusammenarbeit

Politik und Gesellschaft

Bearbeitet von
Jens Beck
Christine Betz
Jan Castner
Anita Hitzler
Sabine Hoffmann
Ansgar Stich
Thomas Volkert
Friedrich Wölfl
Sonja Zimmermann

Inklusive Aktualitätendienst
Viele Schaubilder, Tabellen und Diagramme werden regelmäßig aktualisiert.

Erklärfilm
73000-501

Gymnasium
Bayern

C.C.BUCHNER

Politik aktuell – Bayern

Politik und Gesellschaft 10 – Verfassung, politischer Prozess und internationale Zusammenarbeit

Bearbeitet von Jens Beck, Christine Betz, Jan Castner, Anita Hitzler, Sabine Hoffmann, Ansgar Stich, Thomas Volkert, Friedrich Wölfl, Sonja Zimmermann

Zu diesem Lehrwerk sind erhältlich:
- Digitales Lehrermaterial **click & teach** Einzellizenz, Bestell-Nr. 719151
- Digitales Lehrermaterial **click & teach Box** (Karte mit Freischaltcode), ISBN 978-3-661-71915-3

Weitere Materialien finden Sie unter www.ccbuchner.de.

Dieser Titel ist auch als digitale Ausgabe **click & study** unter www.ccbuchner.de erhältlich.

Die enthaltenen Links verweisen auf digitale Inhalte, die der Verlag bei verlagsseitigen Angeboten in eigener Verantwortung zur Verfügung stellt. Links auf Angebote Dritter wurden nach den gleichen Qualitätskriterien wie die verlagsseitigen Angebote ausgewählt und bei Erstellung des Lernmittels sorgfältig geprüft. Für spätere Änderungen der verknüpften Inhalte kann keine Verantwortung übernommen werden.

An keiner Stelle im Schülerbuch dürfen Eintragungen vorgenommen werden.

1. Auflage, 1. Druck 2021
Alle Drucke dieser Auflage sind, weil untereinander unverändert, nebeneinander benutzbar.

Dieses Werk folgt der reformierten Rechtschreibung und Zeichensetzung. Ausnahmen bilden Texte, bei denen künstlerische, philologische oder lizenzrechtliche Gründe einer Änderung entgegenstehen.

Die Mediencodes enthalten ausschließlich optionale Unterrichtsmaterialien. Auf verschiedenen Seiten dieses Buches finden sich Verweise (Links) auf Internetadressen. Haftungshinweis: Trotz sorgfältiger inhaltlicher Kontrolle wird die Haftung für die Inhalte externer Seiten ausgeschlossen.

Redaktion: Kai Peetz, Markus Willers
Layout und Satz: Wildner + Designer GmbH, Fürth
Druck und Bindung: mgo360 GmbH & Co. KG, Bamberg

www.ccbuchner.de

ISBN der genehmigten Auflage 978-3-661-**71910**-8

Inhaltsverzeichnis

Anhang

Zur Arbeit mit dem Buch

Der Band Politik aktuell 10 wurde nach den Vorgaben des LehrplanPLUS für das Fach Politik und Gesellschaft in Bayern neu konzipiert. Er ermöglicht Ihnen, liebe Schülerinnen und Schüler, die zentralen Inhalte und Kompetenzen des Faches anhand vieler Beispiele aus Ihrem Leben und Ihrer Umgebung zu erwerben. Für die Lehrerinnen und Lehrer ist das Buch eine Hilfe, einen modernen und binnendifferenzierten Unterricht zu verwirklichen.

1 Kapitelauftaktseiten

Jedes Kapitel beginnt mit einer Auftaktdoppelseite. Eine Materialseite und offene Aufgaben ermöglichen Ihnen eine erste Annäherung an die Inhalte des neuen Kapitels. Dabei können Sie auch zeigen, was Sie bereits über das Thema wissen. Ein kurzer Einführungstext hilft ihnen außerdem, einen Überblick zu erhalten. Schließlich erfahren Sie, welche Kompetenzen Sie am Ende des Kapitels erworben haben sollten.

2 Einführung in die Unterkapitel

Jedes Unterkapitel beginnt mit einer knappen Einführung. In der Rubrik **„Zum Thema"** werden Sie an das jeweilige Thema herangeführt. Hier erfahren Sie, was das zu behandelnde Problem auf den nachfolgenden Seiten ist und mit welchen Themen es bearbeitet werden kann. Im Anschluss an die thematische Hinführung beginnt jedes Unterkapitel mit einem Einstiegsmaterial und entsprechenden Einstiegsaufgaben. Diese gewährleisten einen motivierenden und problemorientierten Auftakt für den Unterricht.

3 Aufbau der Unterkapitel

Durch die Arbeit mit dem Materialienteil und den speziell ausgewiesenen Methodenkarten sowie Urteilsbildungsseiten schulen Sie Ihre Analyse-, Urteils-, Handlungs- und Methodenkompetenzen. Die sorgfältig ausgewählten Quellen zeigen unterschiedlichste Perspektiven und vertiefen die zentralen Themenaspekte. Die Aufgaben am Ende jedes Unterkapitels zeigen Ihnen, wie Sie das Thema mittels der Materialien erarbeiten können, wobei Aufgaben in der Regel eine konkrete Handlungsanweisung (Operator) enthalten. Angebote in der Rubrik **H** Hilfen zu den Aufgaben zum Helfen und zum **F** Fordern in der Randspalte unterstützen die Binnendifferenzierung des Unterrichts.

4 Methoden und Lernaufgaben

Methodenseiten nehmen für das jeweilige Thema zentrale Fachmethoden und Arbeitsweisen auf und stärken so die Methodenkompetenz.

Die am Anfang jedes Großkapitels stehenden Lernaufgaben können kapitelbegleitend (zu Beginn, nach einzelnen Unterkapiteln oder zum Abschluss) bearbeitet werden. Sie ermöglichen es Ihnen, sich zentrale Inhalte des Kapitels selbstständig anzueignen und das über die Unterkapitel erlangte Wissen und Können individuell zu verknüpfen.

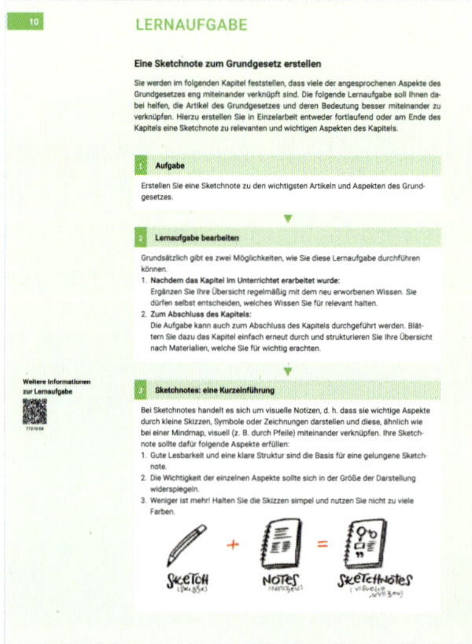

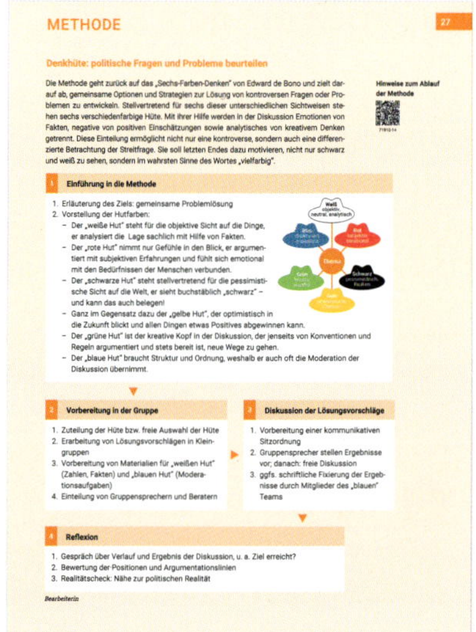

5 Kapitelabschluss

Die Rubrik „Wissen kompakt" am Ende der Unterkapitel hilft Ihnen, das erworbene Wissen in Bezug auf wichtige Begriffe zu sichern. Diese Begriffe werden im Anschluss daran in der Rubrik „Wissen im Kontext" konkret in anwendungsbezogene Fragestellungen eingebettet. Dies ermöglicht eine Wiederholung zentraler Inhalte. Großkapitel schließen mit der Rubrik „Kompetenzen anwenden": Hier können Sie die am Kapitelanfang formulierten Kompetenzen an komplexen Aufgabenstellungen zeigen und weiter ausbauen. Die QR- und Mediencodes in der Rubrik „Wissen kompakt" führen zu interaktiven Übungen, mithilfe derer Sie das erlangte Wissen selbstständig mittels eines digitalen Endgeräts überprüfen können.

6 Digitale Aufgabenkästen

Neben vielen Aufgabenkästen und Einstiegsaufgaben finden Sie QR- und Mediencodes, welche Sie zu einer digitalen Version des Aufgabenkastens führen. Hier finden Sie mitunter weitere Materialien, z. B. Links zu digitalen Abstimmungstools sowie Methoden- und Operatorenkarten, mit welchen die Aufgaben digital bearbeitet werden können.

Weitere Informationen zu digitalen Aufgabenkästen

82000-500

7 Aktualitätendienst für Schaubilder, Tabellen und Diagramme

- Erstmals in einem Schulbuch werden aktualisierbare Schaubilder, Tabellen und Diagramme regelmäßig angepasst. Der nebenstehende QR- und Mediencode bietet immer alle aktuellen Versionen zum Download als JPEG oder PDF.

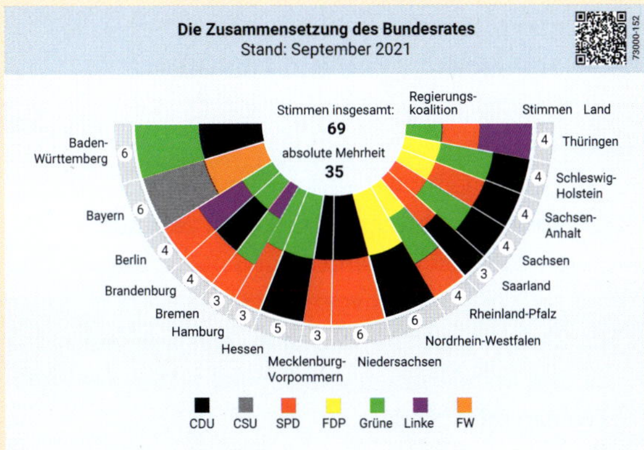

Nach: © Bundesrat, 2020, Stand: September 2021

- Ein Beispiel: Das Schaubild „Die Zusammensetzung des Bundesrates" stammt aus dem Jahr 2021. Da sich die Mehrheiten im Bundesrat mit jeder Landtagswahl ändern können, wird das entsprechende Schaubild regelmäßig aktualisiert.
- Das Design der im Schulbuch dargestellten Schaubilder, Tabellen und Diagramme wird übernommen und auf Ihrem digitalen Endgerät (z. B. Whiteboard, Notebook, Tablet oder Smartphone) in jeweils aktueller Version verfügbar sein.

8 Allgemeine Hinweise

- Das Methodenglossar am Ende des Buches bietet Ihnen wichtige Methoden, um die Aufgaben besser bearbeiten zu können.
- Das Register zum Auffinden von Querverweisen kann ein wichtiges Hilfsmittel sein und das selbstständige Arbeiten mit dem Buch erleichtern.
- Eigens für das Lehrbuch erstellte Zusatzmaterialien oder Erklärfilme (drei bis fünf Minuten) können Sie auf der Verlagshomepage (www.ccbuchner.de) kosten- und werbefrei jederzeit abrufen. Mithilfe von Mediencodes können Sie sie entweder direkt (Quick-Response-Code ↔ Smartphone/Tablet) oder über die Eingabe des jeweiligen Mediencodes in das Suchfeld der Verlagshomepage beziehen.
- Geschlechtergerechte Sprache: Die Reihe „Politik aktuell Bayern" lebt Vielfalt und Gleichheit unabhängig von Alter, Herkunft, Handicap, sexueller Orientierung, Geschlecht und individueller Identität. Wenn in Texten entweder lediglich die weibliche oder männliche Form verwendet wird, dient dies in der Regel ausschließlich der besseren Lesbarkeit. Sie bezieht aber selbstverständlich stets alle Menschen mit ein.
- Materialien ohne Quellenangaben sind von den Bearbeiterinnen und Bearbeitern verfasst.
- Sofern bei Materialien aus dem Internet kein Verfasserdatum ermittelt werden konnte, wird das „Abrufdatum" genannt.
- Die URL/vollständigen Internetadressen aller verwendeten Materialien aus dem Internet können Sie über den nebenstehenden QR- und Mediencode einsehen.

QR- und Mediencodes in Politik aktuell 10

71910-01

URL aller verwendeten Materialien aus dem Internet

71910-02

Hinweis: Weitere wichtige Spiegregeln

71910-03

1 Ein Spiel zu Recht und Ordnung

Benötigtes Material:
Karte „Spielregeln", Klebeband, Luftballons

Vorbereitung:

- Die Übungsleitung (Lehrkraft) macht sich mit der Gesamtanlage des Spiels (vgl. QR-Code od. Lehrerhandreichung) vertraut.
- Stühle und Tische werden zur Seite geräumt.
- auf zwei gegenüberliegenden Seiten werden Tore mittels Klebestreifen markiert.
- Die Teilnehmenden werden in zwei Gruppen zu max. 7 Personen eingeteilt. Überzählige Schülerinnen und Schüler bilden das Publikum und spielen ggfs. in einer zweiten Spielrunde.
- Es werden vorab zwei Unparteiische bestimmt, die von der Übungsleiterin oder dem Übungsleiter in das Spiel eingewiesen werden.
- Die Mannschaften werden vom jeweiligen Unparteiischen mittels der Karte „Spielregeln" in das Spiel eingewiesen.

Ablauf und Ziel des Spiels:

- In jeder Gruppe wird eine Karte „Spielregeln" vom Unparteiischen verteilt.
- Ein Spiel dauert 10 Minuten.
- Der erste Ballbesitz wird durch Münzwurf gelost.
- Die Unparteiischen sorgen dafür, dass sich das zugeteilte Team streng an die bekanntgemachten Regeln hält und zählt die erzielten Punkte des Teams.
- Der Punktestand wird erst am Ende des Spiels bekannt gemacht.
- Ziel ist es, möglichst viele Punkte durch Torwürfe zu erzielen.
- Die Entscheidungen der Unparteiischen sind unhinterfragt hinzunehmen.

Nach: Maroshek-Karman, Uki / Rabi, Saber: Mehr als eine Demokratie. Gütersloh: Verlag Bertelsmann Stiftung 2014

2

Ein Schiedsrichter beim Fußball

Eine Schülerin bei der Rechenschaftsablage am Montag in der ersten Stunde

Werte leben im demokratischen Staat

1

Die Basis für das Verständnis der politischen Prozesse in der Bundesrepublik Deutschland bildet das Wissen über die deutsche Verfassung. Dazu gehören nicht nur die historisch-bedingten Gründe für die Ausgestaltung des Grundgesetzes, sondern auch dessen konkreter Einfluss auf den politischen Alltag und die Gesetzgebung. Die Kollision von Grundrechten ist Ausgangspunkt vieler kontroverser Fragestellungen, zu denen es oft keine eindeutige richtige oder falsche Antwort gibt. Einige werden im folgenden Kapitel thematisiert und in einen Überblick über das Grundgesetz eingebettet. Den Abschluss bildet die Fragestellung, wie sich das Grundgesetz gegen die Feinde der Verfassung verteidigen kann.

Kompetenzen

Am Ende des Kapitels sollten Sie Folgendes wissen und können:

- den Einfluss der Politik auf das alltägliche Leben beschreiben.
- die Notwendigkeit gemeinsamer Werte und Normen für das Zusammenleben in einer Gesellschaft erkennen und diese Werte und Normen erläutern.
- das Grundgesetz als Fundament unserer Demokratie einordnen.
- die im Grundgesetz enthaltenen Grundrechte darstellen und deren Bedeutung beispielhaft beurteilen.
- die Menschenwürde als zentralen Wert des Grundgesetzes begreifen.
- anhand eines aktuellen Beispiels das Spannungsverhältnis zwischen verschiedenen Grundrechten beschreiben und beurteilen.
- Möglichkeiten zum Schutz der Grundrechte als wesentliches Element für die Stabilität der Demokratie erörtern.

Aufgaben

82000-144

1. Führen Sie das Spiel auf der vorherigen Seite in der Klasse durch, dazu ...
   a) ... besorgen Sie die entsprechenden Materialien.
   b) ... führen Sie das Spiel nach den Regeln durch.
   c) ... machen Sie sich nach dem Spiel Notizen zum und über das Spiel.
2. Tauschen Sie sich innerhalb der Klasse über Ihre Beobachtungen aus. Was ist Ihnen aufgefallen?
3. Nennen Sie Bereiche des Alltags, in welchen Sie mit Gerechtigkeit und Ungerechtigkeit konfrontiert werden.
4. Legen Sie dar, inwiefern verschiedene Regeln und Normen innerhalb einer Gesellschaft (z. B. kulturelle oder religiöse Wertvorstellungen) Auswirkungen auf die Konsensfindung haben.

LERNAUFGABE

Eine Sketchnote zum Grundgesetz erstellen

Sie werden im folgenden Kapitel feststellen, dass viele der angesprochenen Aspekte des Grundgesetzes eng miteinander verknüpft sind. Die folgende Lernaufgabe soll Ihnen dabei helfen, die Artikel des Grundgesetzes und deren Bedeutung besser miteinander zu verknüpfen. Hierzu erstellen Sie in Einzelarbeit entweder fortlaufend oder am Ende des Kapitels eine Sketchnote zu relevanten und wichtigen Aspekten des Kapitels.

1 Aufgabe

Erstellen Sie eine Sketchnote zu den wichtigsten Artikeln und Aspekten des Grundgesetzes.

2 Lernaufgabe bearbeiten

Grundsätzlich gibt es zwei Möglichkeiten, wie Sie diese Lernaufgabe durchführen können.

1. **Nachdem das Kapitel im Unterrichtet erarbeitet wurde:**
   Ergänzen Sie Ihre Übersicht regelmäßig mit dem neu erworbenen Wissen. Sie dürfen selbst entscheiden, welches Wissen Sie für relevant halten.
2. **Zum Abschluss des Kapitels:**
   Die Aufgabe kann auch zum Abschluss des Kapitels durchgeführt werden. Blättern Sie dazu das Kapitel einfach erneut durch und strukturieren Sie Ihre Übersicht nach Materialien, welche Sie für wichtig erachten.

Weitere Informationen zur Lernaufgabe

71910-04

3 Sketchnotes: eine Kurzeinführung

Bei Sketchnotes handelt es sich um visuelle Notizen, d. h. dass sie wichtige Aspekte durch kleine Skizzen, Symbole oder Zeichnungen darstellen und diese, ähnlich wie bei einer Mindmap, visuell (z. B. durch Pfeile) miteinander verknüpfen. Ihre Sketchnote sollte dafür folgende Aspekte erfüllen:

1. Gute Lesbarkeit und eine klare Struktur sind die Basis für eine gelungene Sketchnote.
2. Die Wichtigkeit der einzelnen Aspekte sollte sich in der Größe der Darstellung widerspiegeln.
3. Weniger ist mehr! Halten Sie die Skizzen simpel und nutzen Sie nicht zu viele Farben.

1.1 Jugendliche und Politik: Passt das zusammen?

Zum Thema: Dass Menschen einerseits frei denkende und handelnde Individuen sind und andererseits in einer Gesellschaft leben, führt dazu, dass ein Ausgleich zwischen verschiedenen Interessen herbeigeführt werden muss. Dies ist Aufgabe der Politik. In diesem Kapitel erfahren Sie, was Politik eigentlich ist, welche Rolle sie für die Gesellschaft spielt und was Jugendliche mit der Politik „am Hut" haben.

M1 Umfrage: Wie nehmen Jugendliche Politik wahr?

Jugendliche und Politik
Stand: 2019
73000-305

Frage: Wie nehmen Sie Politik wahr?	
1. In der Politik sollten mehr junge Leute was zu sagen haben	
2. Auch wer sich in einer politischen Auseinandersetzung im Recht fühlt, sollte einen Kompromiss suchen	
3. In jeder Demokratie ist es Pflicht jedes Bürgers, sich regelmäßig an Wahlen zu beteiligen	
4. Eine lebensfähige Demokratie ist ohne politische Opposition nicht denkbar	
5. Ich glaube nicht, dass sich Politiker darum kümmern, was Leute wie ich denken	
6. Eine starke Hand müsste mal wieder Ordnung in unseren Staat bringen	
7. In jeder Gesellschaft gibt es Konflikte, die nur mit Gewalt ausgetragen werden können	

Was denken Sie?

Nach: Albert, Mathias / Hurrelmann, Klaus / Quenzel, Gudrun: Jugend 2019. 18. Shell Jugendstudie. Weinheim: Beltz 2019, S. 346

Shell-Jugendstudie
Die Shell-Jugendstudie ist das Ergebnis einer Umfrage, die in regelmäßigen Abständen die politische Einstellung Jugendlicher untersucht.

Videoclip: „Stimmen der Jugendlichen"
71910-05

Einstiegsaufgaben

82000-145

1. Führen Sie die Umfrage in **M1** in der Klasse durch. Beantworten Sie die Fragen, indem Sie die Aussagen 1–7 auf einer Skala von 1 (= trifft überhaupt nicht zu) bis 6 (trifft vollkommen zu) bewerten.
2. Errechnen Sie den Prozentsatz Ihrer Klasse, welcher die Fragen jeweils mit 4 bis 6 beantwortet hat.
3. Rufen Sie mithilfe des QR- und Mediencodes in der Grafik-Überschrift das Ergebnis der Shell-Jugendstudie zur gleichen Fragestellung ab. Vergleichen Sie Ihr Ergebnis mit dem der Studie. Suchen Sie nach Erklärungen für Gemeinsamkeiten und Unterschiede.

Video: Was ist Politik?

71910-06

M2 Politik und Gesellschaft: Versuch einer Abgrenzung und Definition

1 Politik

Vom griechischen Philosophen Aristoteles [...] stammt die Feststellung: Zur Natur des Menschen gehört es, dass er in einem Gemeinwesen (Polis) lebt, er ist ein „politisches Wesen". Hieran anschließend kann Politik als ein spezielles Handeln von Einzelnen oder Gruppen (Parteien) beschrieben werden, das in vielerlei Formen mit dem Zusammenleben von Menschen in einem Gemeinwesen zu tun hat. Oberstes Ziel der Politik muss es sein, dass dieses Zusammenleben friedlich ist und kein Faustrecht herrscht. Politik muss also Regeln für das Zusammenleben entwickeln (und laufend anpassen), an die sich alle halten müssen (Verfassung, Gesetze). Politik hat mit den unterschiedlichen Interessen von Menschen in einem Gemeinwesen zu tun, muss sie deutlich machen, aber zugleich auch dafür sorgen, dass die Durchsetzung von Interessen gewaltfrei verläuft und den inneren Frieden des Gemeinwesens nicht aufs Spiel setzt.

Schweizerinnen und Schweizer stimmen bei einer Gemeindeversammlung über ihre Anliegen ab.

Bundeszentrale für politische Bildung: Politik, Lexikon Pocket Politik – Demokratie in Deutschland. In: www.bpb.de, Abruf am 21.06.2021

2 Gesellschaft

Gesellschaft [...] bedeutet immer, dass die Einzelnen [aufgrund von] gegenseitiger Beeinflussung und Bestimmung verknüpft sind. Sie ist also etwas Funktionelles, etwas, was die Individuen tun und leiden, und ihrem Grundcharakter nach sollte man nicht von Gesellschaft, sondern von Vergesellschaftung sprechen.

Simmel, Georg: Grundfragen der Soziologie. Berlin: G.J. Göschen 1917, S. 14

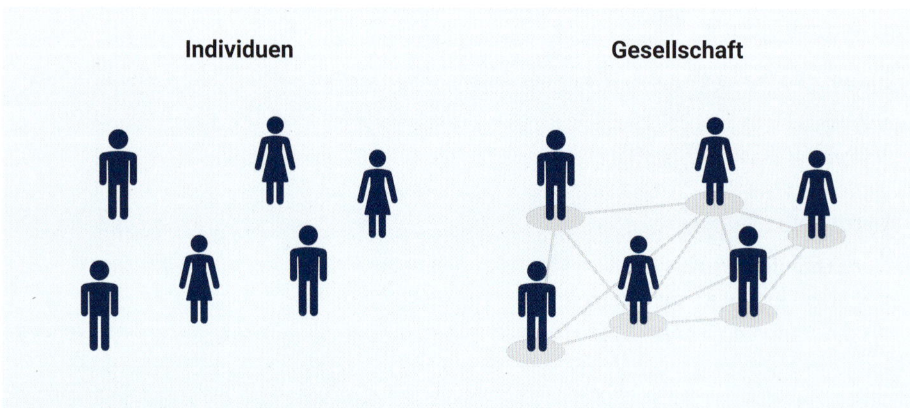

Individuen schließen sich zusammen.

M3 Beispiel: Welche Forderungen stellen Jugendliche an die Politik?

Die Interessen der Jugend spielen bei Wahlen selten eine Rolle. Was bewegt sie? Was erwarten sie von der Politik? Das wollten wir von unseren jungen Lesern wissen. Hier sind ihre Fragen ...

1 Wie können wir Migranten besser in unsere Gesellschaft mit einbeziehen?

2 Wie kann es sein, dass Kindergärtner, Alten- und Krankenpfleger so wenig Geld bekommen, obwohl sie sich tagtäglich um das Wohl anderer kümmern, während Anwälte, die den ganzen Tag nichts anderes machen, als Verträge zu schreiben und vorzulesen, sich riesige Häuser, teure Autos und Luxusurlaube leisten können?

3 Warum verdienen Frauen meistens immer noch deutlich weniger als Männer?

4 Welche Unternehmen in Deutschland exportieren Waffen, welche Regelungen gibt es dazu, wie viele sind das, und was sagt unsere Bundesregierung dazu?

5 Die Tatsache, dass Plastiktüten jetzt fünf Cent kosten, ist ja schon mal ein Anfang, aber viel bringt das auch nicht. Wieso kosten sie denn nicht 50 Cent?

6 Ich habe das Gefühl, dass heutzutage Autos und Kohlekraftwerke in der Politik besser vertreten sind als die jungen Menschen, die die Konsequenzen der heutigen Entscheidungen am meisten zu spüren bekommen.

7 Wie lässt sich die immer größer werdende Kluft zwischen Arm und Reich verringern?

8 Warum wird keine Vermögenssteuer eingeführt?

9 Wann bekommt jeder Bürger Zugang zu schnellem Internet?

10 Werden wir selbst noch staatliche Rente bekommen oder nur einzahlen und die Alten versorgen, dann aber mit unserer eigenen Vorsorge auskommen müssen?

11 Angesichts des demografischen Wandels und der fehlenden Repräsentation von jungen Wählern: Wäre es nicht an der Zeit, bei Landtags- und Bundestagswahlen das Wahlrecht ab 16 Jahren einzuführen? Ist dies nicht eine Frage der Generationengerechtigkeit?

Weitere Fragen der Jugendlichen

71910-07

Nach: Probst, Maximilian: Huhu, hört ihr mich? In: Die ZEIT, Nr. 38/2017, 13.09.2017

Aufgaben

82000-146

1. Erläutern Sie anhand von **M2** 1 und 2 die Bedeutung von Politik und Gesellschaft für das Zusammenleben der Bürgerinnen und Bürger.
2. a) Prüfen Sie, welche gesellschaftlichen und politischen Probleme den Fragen in **M3** zu Grunde liegen.
   b) Bewerten Sie die Aktualität dieser Probleme.
   c) Entwickeln Sie selbst Fragen an Politikerinnen und Politiker, die Sie gerne beantwortet hätten.
3. Sammeln Sie weitere Bereiche, in denen Sie „Politik“ finden können. Denken Sie an den Alltag und Ihre Hobbys.

H zu Aufgabe 3
→ Seite 184

WISSEN KOMPAKT

Politikwissenschaft (Wissenschaft von der Politik) → M2 1

Die Politikwissenschaft beschreibt und analysiert die politische Wirklichkeit. Dabei geht es im Kern um die Frage, wie politische Entscheidungen getroffen werden und welche Auswirkungen sie für die Gesellschaft haben. Häufig wird unter folgenden drei Dimensionen des Politischen unterschieden: Polity kennzeichnet die formale Dimension von Politik, d. h. die Ordnung des politischen Systems, des Normengefüges und der Institutionen. Policy umfasst die inhaltliche Dimension von Politik, also Themen, Aufgaben und Ziele der Politik, aber auch die Art und Weise, wie Probleme politisch gelöst werden. Politics schließlich kennzeichnet den Prozesscharakter von Politik; hier geht es um die Artikulation und Durchsetzung von Interessen, Inhalten und Zielen. Aufgrund der Vielzahl an Akteuren im politischen Prozess prallen oft sehr unterschiedliche Interessen aufeinander, sodass Konflikte einerseits zwar „vorprogrammiert" sind, andererseits die Konfliktparteien jedoch auch ein Stück weit dazu gezwungen sind, Kompromisse zu schließen, um zu einer für alle tragbaren Lösung zu kommen.

82000-103

Soziologie (Wissenschaft von der Gesellschaft) → M2 2

Die Soziologie befasst sich mit dem Zusammenleben der Menschen. Dabei beschreibt und analysiert sie das zwischenmenschliche Handeln und Verhalten und sucht dabei die gesellschaftlichen Verknüpfungen und Zusammenhänge – die Strukturen, Funktionen und Prozesse der verschiedenen sozialen Systeme. Beispiele für soziale Systeme sind Formen von Familien und Lebensgemeinschaften (Familienstruktur), Formen von Arbeit und Berufen (Erwerbsstruktur), oder das kulturelle System mit Bildung, Wissenschaft und den Kulturinstitutionen (Theater, Museen, Bibliotheken etc.).

82000-104

Staat → M3

Ein Staat ist durch eine Gruppe von Menschen („Staatsvolk") gekennzeichnet, die in einem bestimmten Territorium („Staatsgebiet") leben. Die vom Staatsvolk bestimmten Staatsorgane sorgen dafür, dass die im Staatsgebiet geltenden Regeln und Gesetze durchgesetzt werden („Staatsgewalt"). Dabei verzichten die einzelnen Bürger darauf, ihre Interessen (mit Gewalt) durchzusetzen und überlässt dies dem Staat (Legitimität, Gewaltmonopol).

Wesentlich für die Frage, welche Struktur der Staat besitzt, sind folgende Aspekte: Auf welchem Weg werden die Staatsorgane bestimmt? In welchem Verfahren werden die gemeinsamen Regeln und Gesetze gefunden? Mit welchen Mitteln setzt der Staat die Gesetze um? Wie verhält sich der Staat bei Regelverletzungen?

82000-105

Was ist Politik?
M2

In Deutschland ist die Bevölkerungszahl in den letzten Jahren auf rund 83 Millionen Einwohner gewachsen. Jeder Einwohner hat seine eigenen Vorstellungen, Bedürfnisse und Interessen. Nicht alle dieser Vorstellungen gehen in dieselbe Richtung. Damit das Zusammenleben funktioniert, müssen verbindliche, gemeinsame Regeln, also Gesetze, erlassen und deren Einhaltung überprüft werden. Dies ist die Aufgabe von Politikerinnen und Politikern.

Wie betrifft Politik das Leben von (jungen) Menschen?
M1, M3

Immer dann, wenn unser Denken und Tun mehr Menschen als unser direktes Umfeld betrifft, werden Fragen aufgeworfen, die von der Politik geregelt werden müssen. Dies erstreckt sich über fast alle Bereiche unseres täglichen Lebens und weit darüber hinaus. Manche dieser Fragen und Probleme (z.B. Umweltprobleme) können gar nicht durch die Politiker eines Landes allein gelöst werden. Hier ist internationale Zusammenarbeit gefragt. Durch Medien und Meinungsumfragen erfahren die Politiker, welche Themen die Bevölkerung bewegen und wo sie handeln müssen.
Grundsätzlich geht es in der Politik darum, auftretende Probleme im Sinne des Gemeinwohls zu lösen. Dazu ist es wichtig, das Problem und seine Ursachen zu analysieren. Aufgrund dieser Analyse bilden sich Bürgerinnen und Bürger und Politikerinnen und Politiker eine Meinung. In der politischen Auseinandersetzung treffen diese Meinungen aufeinander. Durch den Austausch von Argumenten und dem Abwägen verschiedener Positionen, durch das Schließen von Kompromissen und – letztendlich – durch eine demokratische Abstimmung entsteht eine Entscheidung, die am Ende für alle verbindlich ist und zum Gesetz wird. Häufig ergeben sich ausgehend von dem neu entstandenen Gesetz neue Probleme, die erneut gelöst werden müssen.

1.2 Das Grundgesetz – mehr als nur ein paar Regeln?

Zum Thema: Das Zusammenleben von Menschen gelingt leichter, wenn es Regeln gibt, die für alle verbindlich gelten. Diese Regeln ermöglichen nicht nur ein friedliches Miteinander, sondern sie sorgen in Form von verfassungsrechtlich verankerten Rechten auch für ein würdevolles Leben. In diesem Kapitel lernen Sie die Grundrechte als die zentralen Rechte kennen, die alle Menschen gegenüber dem Staat besitzen. Außerdem lernen Sie das Grundgesetz als das Regelwerk kennen, in dem diese Rechte festgeschrieben sind.

M4 Was uns das Grundgesetz bedeutet ...

1 „Das Grundgesetz ist das Schicksalsbuch der Bundesrepublik. Ich sehe es als eine Art Gebrauchsanweisung für Bürger, die in Freiheit und Rechtssicherheit leben wollen."
(Marietta Slomka, Journalistin)

2 „Die Würde des Menschen ist unantastbar. Das ist die Quintessenz des Grundgesetzes. Es geht um Würde, Anstand und Respekt, die Grundlage für unser Zusammenleben."
(Wolfgang Niedecken, Musiker)

3 „Der Artikel 3 „Alle Menschen sind vor dem Gesetz gleich" ist natürlich mein „1. Favorit" des Grundgesetzes, weil damit eigentlich schon sehr viel gesagt ist. Im Grunde nichts anderes, als dass es keine Menschen erster und zweiter Klasse gibt."
(Nelson Müller, TV-Koch)

4 „Das Grundgesetz definiert den Rahmen, in dem sich Satire in Deutschland bewegen darf. Dieser Rahmen ist ziemlich weit gesteckt. Die persönlichen Freiheitsrechte, die Freiheit der Kunst und die Freiheit der Meinungsäußerung, wie sie das Grundgesetz garantieren, sind keineswegs selbstverständlich. Nicht nur der Komiker, auch der Staatsbürger in mir empfindet das als ein großes Glück."
(Christian Ehring, Kabarettist)

5 „Das Grundrecht auf das Brief-, Post- und Fernmeldegeheimnis ist heute brandaktuell. In der digitalen Welt teilen wir immer mehr persönliche Daten. Unsere Privatsphäre aber muss geschützt bleiben. Es gilt, die Datensouveränität zu behalten. Hier müssen Unternehmen, Politik und Bürger zusammenarbeiten."
(Tim Höttges, Vorstandsvorsitzender Deutsche Telekom AG)

Rasche, Henning: 70 Jahre Grundgesetz, Was uns das Grundgesetz bedeutet. In: https://interaktiv.rp-online.de, Abruf am 21.06.2021

#kurzerklärt: Das Grundgesetz
71910-08

Grundgesetz-App der Bundeszentrale für politische Bildung
71910-09

Die ZEIT: „Das Grundgesetz. Der Film"
71910-10

Einstiegsaufgaben

82000-147

1. Nennen Sie die Schlüsselbegriffe, mit deren Hilfe die Befragten in **M4** das Grundgesetz näher definieren und auch vergleichen.
2. Verschaffen Sie sich mithilfe der QR-Codes in der Randspalte einen Überblick über die Entstehung des Grundgesetzes.

M5 Welche Grundrechte garantiert das Grundgesetz?

Videos: Die Grundrechte auf den Punkt gebracht

71910-11

Die Grundrechte des Grundgesetzes im Überblick

1 Schutz der Menschenwürde

Freiheit der Person	2	3	Gleichheit vor dem Gesetz
Glaubens- und Gewissensfreiheit	4	5	Freie Meinungsäußerung
Schutz von Ehe und Familie	6	7	Elternrechte, staatliche Schulaufsicht
Versammlungsfreiheit	8	9	Vereinigungsfreiheit
Brief- und Telefongeheimnis	10	11	Recht der Freizügigkeit
Freie Berufswahl	12	12a	Wehrdienst / Zivildienst
Unverletzlichkeit der Wohnung	13	14	Eigentumsgarantie
Überführung in Gemeineigentum	15	16	Staatsangehörigkeit, Auslieferung
Asylrecht	16a	17	Petitionsrecht
Aberkennung von Grundrechten	18	19	Rechtsweggarantie
Volkssouveränität, Widerstandsrecht	20	101	Anspruch auf den gesetzlichen Richter
Gleicher Zugang zu öffentlichen Ämtern	33	103	Anspruch auf rechtliches Gehör vor Gericht
Wahlrecht	38	104	Schutz vor willkürlicher Verhaftung

Unverletzlichkeitsrechte · Freiheitsrechte · Gleichheitsrechte · Verfahrensrechte · Andere Rechte

Bearbeiterin

M6 Rede des Bundespräsidenten zum 70. Jahrestags des Grundgesetzes

Wir haben was zu feiern! Heute vor genau 70 Jahren, am 23. Mai 1949, geschah nicht weniger als ein Wunder. Vier Jahre nach der dunkelsten Zeit der deutschen Geschichte versammelten sich 65 Deutsche, weitgehend unbemerkt von der großen Öffentlichkeit, in einem schmucklosen Bonner Turnsaal. Sie alle waren gezeichnet von Krieg und Diktatur, und sie gaben einander ein feierliches Versprechen: das Versprechen, diesem am Boden liegenden Land ein neues Antlitz zu geben – ein Regelwerk für Freiheit und Demokratie, ein Bollwerk für die Menschenwürde, den Grundstein für eine bessere, hellere, friedliche Zukunft. Das Versprechen ist Wirklichkeit geworden: 70 Jahre später leben wir in einem wiedervereinten Land, in einer starken Demokratie, in Frieden, sogar in Freundschaft mit unseren Nachbarn. Ja, dieses Grundgesetz, diese gut 20.000 Worte, sie sind allemal ein Grund zum Feiern! […] Das ist ja gerade das Wunderbare an unserer Verfassung: Das Grundgesetz verbrieft unsere Freiheit – die Freiheit zur eigenen Meinung und zum eigenen Lebensentwurf. Auch die Freiheit, zu hinterfragen, selbst die Mächtigsten zu kritisieren und mitzureden, wenn es um die Zukunft unseres Landes geht. […] Aber Freiheit braucht Regeln. Das Grundgesetz setzt dafür den Rahmen. Das Grundgesetz sagt, was nicht verhandelbar ist in unserer Demokratie. „Unantastbar" lautet das berühmte Stichwort. Für unsere Debatten bedeutet das: Bei aller Freiheit und selbst im Eifer des Streits muss etwas gewahrt bleiben, das sich in zwei Begriffen zusam-

Frank-Walter Steinmeier, Bundespräsident von 2017 – 2022

menfassen lässt – Anstand und Vernunft. Ohne Anstand und Vernunft gelingt keine demokratische Debatte! Auch deshalb sind wir heute hier: Weil wir nicht wollen, dass Hass und Feindseligkeit wie Gift in unsere Debatten sickern. Weil wir nicht wollen, dass die Unterscheidung von Fakten und Lügen verloren geht. Weil wir nicht wollen, dass die Lautstärke von Diskussionen mit ihrer Dringlichkeit verwechselt wird. Nicht im Netz und genauso wenig auf den Straßen und Plätzen: Überlassen wir unsere Debatten doch nicht den Lautsprechern und politischen Randalinskis! [...] Im Grundgesetz steht nicht „alles Gute kommt von oben", sondern: „Alle Staatsgewalt geht vom Volke aus." Das Grundgesetz ist der Gesellschaftsvertrag unseres Landes. Sein Versprechen ist auch ein Versprechen zwischen uns Bürgern: „Zieh Dich nicht zurück und übernimm Verantwortung!" Denn: Zusammenhalt lässt sich nicht verordnen. Sondern: Zusammen hält, wer zusammentut.

Steinmeier, Frank-Walter: Rede zu 70 Jahren Grundgesetz im Schloss Bellevue. In: www.bundespräsident.de, 23.05.2019

Ewigkeitsklausel
Art. 79 Abs. 3 GG ist als Ewigkeitsklausel bekannt, weil diese die Artikel 1 und 20 unveränderlich und somit „für die Ewigkeit" macht.

M7 Kann das Grundgesetz geändert werden?

Artikel 79 GG

(1) Das Grundgesetz kann nur durch ein Gesetz geändert werden, das den Wortlaut des Grundgesetzes ausdrücklich ändert oder ergänzt. [...]

(2) Ein solches Gesetz bedarf der Zustimmung von zwei Dritteln der Mitglieder des Bundestages und zwei Dritteln der Stimmen des Bundesrates.

(3) Eine Änderung dieses Grundgesetzes, durch welche die Gliederung des Bundes in Länder, die grundsätzliche Mitwirkung der Länder bei der Gesetzgebung oder die in den Artikeln 1 und 20 niedergelegten Grundsätze berührt werden, ist unzulässig.

Textänderungsgebot — Zwei-Drittel-Mehrheit — „Ewigkeitsklausel"

Bearbeiterin

Fraktion
Ein Zusammenschluss von Abgeordneten, die gemeinsam ihre politischen Interessen im Parlament durchsetzen wollen.

Liberale Werteordnung
Freiheit, Gleichheit, Gerechtigkeit

M8 Sollte das Grundgesetz aktualisiert werden?

Das Grundgesetz ist eine Erfolgsgeschichte – darin sind sich die Fraktionen im Bundestag in einer Debatte zum 70. Jahrestag einig. Allerdings gibt es Nuancen in der Bewertung und Differenzen in der Frage der Weiterentwicklung der Verfassung.

Berlin. Zum 70. Jahrestag des Grundgesetzes hat der Bundestag dessen herausragende Bedeutung für die Entwicklung Deutschlands gewürdigt und kontrovers über eine Aktualisierung diskutiert. Mit Blick insbesondere auf den erstarkenden Rechtspopulismus riefen mehrere Redner [...] zur entschiedenen Verteidigung der im Grundgesetz verankerten liberalen Werteordnung auf.

Es sei richtig, das Grundgesetz zu ergänzen, so wie dies bereits mehr als 60 Mal geschehen sei, sagte Unions-Fraktionschef Ralph Brinkhaus (CDU). Er rate aber zu Vorsicht. «Die DNA, die dieses Grundgesetz erfolgreich gemacht hat, muss erhalten bleiben.» Das Grundgesetz habe auch Antworten auf Fragen, die sich 1949 noch gar nicht gestellt hätten, sagte der FDP-Fraktionsvorsitzende Christian Lindner. «Dennoch muss diese Verfassung auch immer wieder auf die Höhe der Zeit gebracht werden.»

Brinkhaus und Lindner nannten beide das Internet, für das es im Grundgesetz keine Regelung gebe. Brinkhaus forderte auch, das Machtgefüge zwischen Bund und Ländern neu zu ordnen. [...] Grünen-Fraktionschefin Katrin Göring-Eckardt forderte, Kinderrechte und Klimaschutz ins Grundgesetz aufzunehmen. Die Fraktionsvorsitzende der AfD, Alice Weidel, wollte dort Deutsch als Staatssprache und die Möglichkeit von Volksabstimmungen und -entscheiden verankert sehen. [...] Die SPD-Fraktionsvorsitzende Andrea Nahles forderte, Vorgaben des Grundgesetzes wie die Gleichberechtigung von Männern und Frauen oder die Herstellung gleichwertiger Lebensverhältnisse in ganz Deutschland endlich auch umzusetzen. Wie sie wies auch Linke-Fraktionschef Dietmar Bartsch auf das Sozialstaatsgebot hin. «Das Grundgesetz ist ein Bekenntnis zur sozialen Demokratie.» Heute sei die Gesellschaft aber sozial so tief gespalten wie seit Jahrzehnten nicht. Dies stelle Deutschland und das Grundgesetz vor eine Bewährungsprobe.

dpa: 70 Jahre Grundgesetz – Bundestag diskutiert über Weiterentwicklung. In: www.dbwv.de, 16.05.2019

Plenarprotokoll der Sitzung

71910-12

M9 Karikatur anlässlich „70 Jahre Grundgesetz"

Karikatur: Tomicek, 22.05.2019

Aufgaben

82000-148

1. Arbeiten Sie aus **M6** die zentrale Aussage des Bundespräsidenten im Hinblick auf die Bedeutung des Grundgesetzes für unsere Gesellschaft heraus.
2. Diskutieren Sie die in **M8** angesprochenen Vorschläge für die Weiterentwicklung des Grundgesetzes und beurteilen Sie mithilfe von **M7** deren Umsetzbarkeit.
3. Analysieren und interpretieren Sie die Karikatur **M9** (→ Methodenglossar).
4. Anlässlich eines Projekttages zum Grundgesetz wird Ihre Klasse beauftragt, einen Film zu den Grundrechten zu drehen. Gestalten Sie in der Gruppe einen Videoclip zu Ihrem Grundrechts-Favoriten (**M4, M5**).

F zu Aufgabe 3
Recherchieren Sie nach aktuellen Debatten zum Thema „Änderung des Grundgesetzes".

WISSEN KOMPAKT

Entstehung und Bedeutung des Grundgesetzes → M4–M6

Wie alle demokratischen Länder hat auch Deutschland eine Verfassung, d. h. ein oberstes Gesetz, das die wichtigsten Prinzipien eines Staates regelt und auf dem alle anderen Gesetze des Staates aufbauen. Nachdem Deutschland mit der NS-Diktatur eine Katastrophe erlebt hatte, ist man nach dem Zweiten Weltkrieg übereingekommen, nicht die bis dahin geltende und von den Nazis missbrauchte Weimarer Verfassung von 1919 wieder zu beleben, sondern ein neues Verfassungsgesetz zu entwickeln. Nachdem es zunächst, bis zur Wiedervereinigung 1990, nur in den westdeutschen Bundesländern galt, sollte es auch nicht „Verfassung" heißen. Mit dem Begriff „Grundgesetz" sollte zum Ausdruck gebracht werden, dass es sich lediglich um ein Provisorium handelte. Die Wiedervereinigung kam durch den Beitritt des Staatsgebiets der DDR zum Geltungsbereich des bundesdeutschen Grundgesetzes zustande: Auf den alternativen Weg, die Ausarbeitung einer neuen, gemeinsamen Verfassung wurde verzichtet.

Das Grundgesetz wurde zunächst von Verfassungsexperten auf einem Verfassungskonvent auf Herrenchiemsee entworfen und der Entwurf dann vom Parlamentarischen Rat, einer Versammlung gewählter Vertreter, am 08.05.1949 verabschiedet. Am 24.05.1949 trat es in Kraft. Nach den Erfahrungen des Dritten Reiches waren sich die vier Mütter und einundsechzig Väter des Grundgesetzes einig, dass sie die Grundrechte an den Anfang der Verfassung stellen und sie für unveränderlich erklären wollten. An die Spitze wurde Art.1 gestellt: „Die Würde des Menschen ist unantastbar. Sie zu achten und zu schützen ist Verpflichtung aller staatlichen Organe." Erst danach sollten in den weiteren Artikeln die Ordnung des Staates geregelt werden. Das Grundgesetz gliedert sich ursprünglich in elf Abschnitte:

I.	Grundrechte
II.	Bund und Länder
III. – VI.	Bundesorgane (Bundestag, Bundesrat, Bundesregierung, Bundespräsident)
VII+VIII.	Gesetze und deren Ausführung
IX.	Rechtswesen
X.	Finanzwesen
XI.	Übergangs-/Schlussbestimmungen

82000-106

Weiterentwicklung des Grundgesetzes → M7, M8

Die Tatsache, dass das Grundgesetz in den 70 Jahren seit Bestehen ca. sechzig Mal geändert wurde, verdeutlicht einerseits, dass man es immer wieder den geänderten gesellschaftlichen Bedingungen angepasst hat und andererseits, dass nur relativ wenige Anpassungen nötig waren, um es modern zu halten.

Werte → M4, M6

Unter der Wertorientierung eines Menschen lassen sich drei wichtige Aspekte zusammenfassen:

1) Die Lebensziele, nach denen ein Mensch strebt,
2) Die Tugenden, an denen sich der Mensch orientiert,
3) Die Haltungen, mit denen man sich gegenüber gesellschaftlichen und alltagspraktischen Fragestellungen positioniert. Diese bilden zusammen den Wertekanon eines Menschen, der als Kompass für die eigenen Einstellungen, Bewertungen und Handlungen dient.

Nach: Albert, Mathias / Hurrelmann, Klaus / Quenzel, Gudrun: Jugend 2019. 18. Shell Jugendstudie. Weinheim: Beltz Verlag 2019, S. 103

Normen → M4, M6

Allgemein: Eine als verbindlich anerkannte Regel bzw. ein Maßstab des Handelns.
Recht: Unter einer Rechtsnorm wird eine Verhaltensregel verstanden, die von dazu berufenen Instanzen aufgestellt und für verbindlich erklärt wird.

Boldt, Hans / Prehl, Hede / Umbach, Dieter C.: Schülerduden Gesellschaft

82000-107

WISSEN IM KONTEXT

Wie werden aus Werten Normen und eine Verfassung?
M4, Randspalte

Das Scheitern der Weimarer Republik und die Verbrechen der NS-Diktatur haben bei den 61 Vätern und 4 Müttern des Grundgesetzes den tiefen Eindruck hinterlassen, dass eine Gesellschaft ohne Werte ins Verderben führt. Deshalb haben sie die Grundrechte an den Beginn unseres Grundgesetzes gestellt. Diese Aufzählung (Art. 1 bis 19 GG) stellt eine Rechtsgarantie dar, also das Versprechen, dass sich der Staat an diese Rechte hält und sie allen in Deutschland lebenden Menschen garantiert. Die im Grundgesetz verankerten, und damit auch einklagbaren, Grundrechte garantieren den Schutz vor staatlicher Willkür (Freiheitsrechte) sowie die gesellschaftliche Teilhabe (Mitwirkungsrechte) in der Demokratie. Grundrechte können nicht einfach abgeschafft werden. Sie gehören zum Kern der freiheitlich-demokratischen Grundordnung (FDGO) unseres Staates und dürfen deshalb in ihrem Wesensgehalt nicht verändert werden (Art. 19, Abs. 2 GG).

Welche Grundrechte enthält unsere Verfassung?
Grundgesetz; M5

Die Grundrechte orientieren sich an den universell geltenden Menschenrechten und werden deshalb oft als in nationales Recht gegossene Menschenrechte bezeichnet. Die meisten Grundrechte sind tatsächlich auch Menschenrechte. Trotzdem gibt es Unterschiede zwischen Menschenrechten und Bürgerrechten. Erstere garantieren jedem in Deutschland lebenden Menschen unabhängig von seiner Herkunft, Staatsbürgerschaft oder Religion seine freie persönliche Entfaltung. Meist beginnen sie mit den Worten „Jeder hat das Recht ...“. Dazu zählen das Recht auf freie Meinungsäußerung, die Glaubens- und Gewissensfreiheit, das Recht auf Unversehrtheit und auf Unverletzlichkeit der Wohnung und das Recht auf Eigentum. Aber auch das Grundrecht auf Asyl bei Verfolgung und die Selbstbestimmung über die eigenen Daten gehören zu diesen Rechten. Die Bürgerrechte wiederum werden nur deutschen Staatsbürgern zugestanden. Sie garantieren die Teilhabe am politischen Prozess. Hierzu zählen neben dem Wahlrecht und der Freizügigkeit auch das zur Versammlung an öffentlichen Orten (Demonstrationen) und Vereinigung (in Vereinen o. ä.).

Was macht unser Grundgesetz so wertvoll?
M6

Unser Grundgesetz hat sich in den 70 Jahren seit seiner Verkündung als ziemlich erfolgreich erwiesen. Mit nur wenigen, kleineren Änderungen ist es seit 1949 in Kraft und bildet ein solides Fundament für das Funktionieren unserer Demokratie. Vor allem zeigt sich, dass das Grundgesetz der gesamten Bevölkerung die ihr zustehenden Freiheiten sicher garantiert. Dennoch sind wir alle stets aufgerufen, die Rechte anderer zu respektieren und uns für unsere Demokratie stark zu machen.

Muss sich das Grundgesetz stetig ändern?
M7, M8

Auch wenn sich das Grundgesetz in hohem Maße bewährt hat, verändern sich die Zeiten, in denen wir leben. Die Gesellschaft ist, nicht zuletzt wegen der Digitalisierung unserer Lebenswelt, einem rasanten Wandel unterworfen. Die Herausforderungen, mit denen sich Politik und Gesellschaft konfrontiert sehen, werden immer komplexer. Wie reagiert der Staat, wenn immer mehr Menschen in ihrer Heimat verfolgt werden oder keine Zukunft sehen und diese verlassen? Was tun, wenn sich die natürlichen Lebensbedingungen so verändern, dass dadurch unsere Natur zerstört und unsere Lebensgrundlagen verschlechtert werden? Wie damit umgehen, dass über jede Person eine Unmenge an Daten existiert, die in vielerlei Hinsicht genutzt werden können? Dies sind nur einige Fragen, die eine Weiterentwicklung notwendig machen.

1.3 Meinungsfreiheit oder Menschenwürde? Grundrechte im digitalen Zeitalter

Zum Thema: Gibt es Grundrechte, die mehr wert sind als andere? Was passiert, wenn sich einzelne Grundrechte im Alltag widersprechen? Darf jemand seine Meinung frei äußern, auch wenn sie einen anderen verletzt? Darf der Staat Freiheitsrechte einschränken, um die Sicherheit aller Bürgerinnen und Bürger zu garantieren? Können Grundrechte im digitalen Zeitalter überhaupt geschützt werden?

M10 Fallbeispiele für Hass-Kommentare im Internet

1 „Wir machen dich fertig, du Volksverräter. Du bist die Nächste."

2 „Ich weiß, wo du wohnst, du Feigling."

3 „Bin ich froh, dass die so eine hohe Suizidrate haben."

4 „Hände ab und zurück nach Afrika mit denen."

5 „Zurück an den Herd mit dir. Solche wie du haben in der Politik nichts zu suchen."

6 „Macht euch auf etwas gefasst, wenn ihr mit eurer Regenbogenflagge hier auftaucht."

Bearbeiterin

Hinweis:
Die Kommentare in **M10** sind fiktiv, basieren jedoch auf echten Kommentaren.

Einstiegsaufgaben

82000-149

1. Spekulieren Sie, in welchem Zusammenhang die Kommentare in **M10** im Internet gepostet worden sein könnten.
2. Hatten Sie schon selbst Kontakt mit Hasspostings im Internet? Geben Sie Ihre Erfahrungen wieder.

M11 Grundrechte im Widerspruch? Menschenwürde und Meinungsfreiheit

1 Menschenwürde im Detail

Menschenwürde im Grundgesetz: Artikel 1

Art. 1 Abs. 1 GG

Die Würde des Menschen ist unantastbar.
Sie zu achten und zu schützen ist Verpflichtung aller staatlichen Gewalt.

Wesensmerkmal jedes Menschen
Unabhängig von Eigenschaften, sozialer Leistung und sozialem Status

Unantastbarkeit
Kein Verlust durch „unwürdiges Verhalten", auf Wunsch, andere Rechtsnorm oder abgeleitetes Grundrecht

Gestaltungsauftrag an Staat

1. Abwehrrecht gegen öffentliche Gewalt
Von allen staatlichen Organen zu achten; Mensch muss immer als Subjekt und nicht als Objekt betrachtet werden.

2. Leistungsrecht
Normen und Gesetze müssen erlassen werden, um Schutz der Menschenwürde zu garantieren.

2 Meinungsfreiheit im Detail

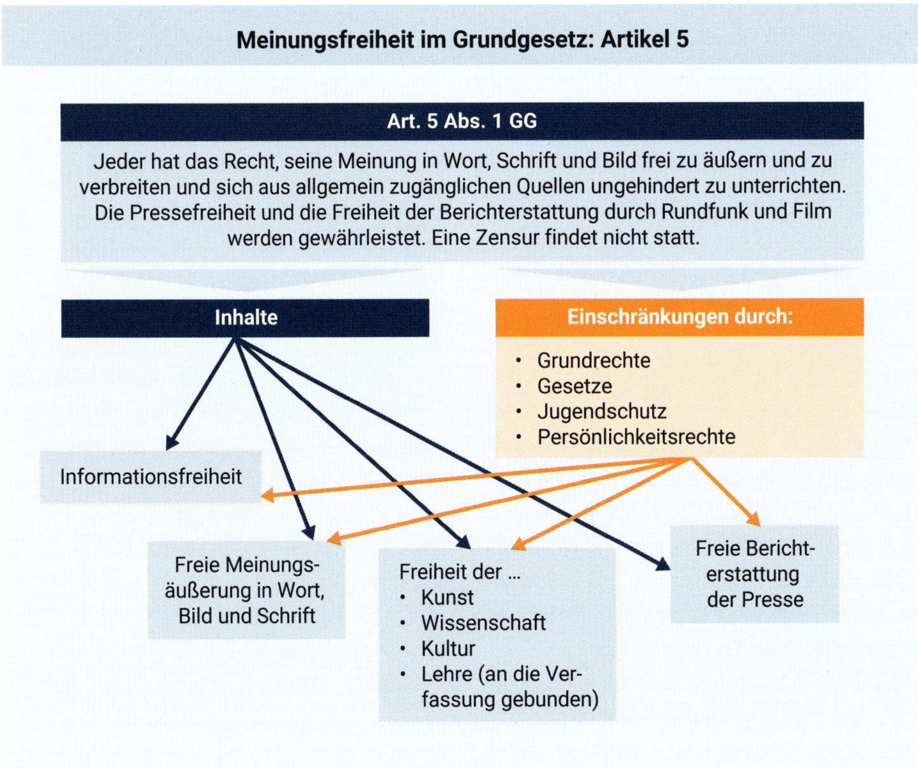

Bearbeiterin

M12 Brauchen wir ein Update der Grundrechte im digitale Zeitalter?

1 Freiheit versus Sicherheit

SZ: Frau Markard, Herr Buermeyer, [...], Sie engagieren sich für das Recht der Bürger auf informationelle Selbstbestimmung – also den Schutz ihrer persönlichen Daten. Dabei geben die meisten Menschen jeden Tag im Internet freiwillig ganz viel von sich preis. [...]

Buermeyer: Ich glaube nicht, dass die Menschen aus Überzeugung so freigiebig sind. Viele Bürger empfinden es als mehr oder weniger alternativlos, Google, Facebook und anderen ihre Daten zur Verfügung zu stellen, weil sie andernfalls von etlichen sozialen Interaktionen ausgeschlossen wären. Wenn man etwa nicht googeln würde, könnte man das Internet wesentlich weniger effektiv nutzen.

Das klingt so, als seien die Nutzer für Sie Opfer einer Zwangslage, gegen die sich einfach nichts ausrichten lässt. Dabei muss man etwa bei Facebook doch nicht unbedingt Mitglied sein.

Buermeyer: Das ist eine sehr vordergründige Betrachtung. Es hängt doch stark vom jeweiligen sozialen Umfeld ab, ob man ernsthaft die Möglichkeit hat, auf Facebook, Whatsapp oder Instagram – und damit auf den vielleicht auch beruflich unabdingbaren Austausch mit sehr vielen anderen Menschen – zu verzichten. Daraus würde ich nicht den Schluss ziehen, dass Menschen ihre Privatsphäre nicht schätzen.

Aber die Datensammelei des Staates – die zunehmende Videoüberwachung, die verdachtsunabhängige Speicherung von Telefondaten und sogar von Fingerabdrücken – regt ja auch nicht besonders viele

Hinweis:
Die Juristin Nora Markard und der Jurist Ulf Buermeyer sind Vorsitzende der Gesellschaft für Freiheitsrechte (GFF). Die GFF setzt sich für die informationelle Selbstbestimmung, die Informationsfreiheit und die Pressefreiheit ein.

Leute auf. Kann es sein, dass unsere Gesellschaft da abgestumpft ist?
Buermeyer: Ich glaube, man kann sagen, dass das Bedürfnis, Freiheit vor dem Staat zu haben, in den Hintergrund getreten ist. Es hat dem Bedürfnis danach Platz gemacht, Sicherheit durch den Staat zu erlangen. Viele Menschen haben keine Sorge mehr, dass er sie ausspioniert, legitimiert durch die sogenannten Sicherheitsgesetze. Für sie steht im Vordergrund, dass er sie vor allen möglichen tatsächlichen oder vermeintlichen Gefahren schützt. [...]
Sie streiten unter anderem gegen Videoüberwachung an öffentlichen Plätzen. Dafür gibt es auf Juristenkongressen Applaus. Aber können Sie nicht verstehen, dass eine Krankenschwester, die nachts um drei alleine von ihrer Schicht heimfahren muss, sagt: Ich bin ziemlich froh, dass es diese Videoüberwachung gibt?
Markard: Wenn jemand sagt, „Ich bin froh, dass es eine Videoüberwachung gibt", dann steht dahinter der Gedanke: „... weil niemand da ist, der mich vor einem Angriff schützen würde". Und: „Wenn mir etwas passiert, sieht das vielleicht jemand auf dem Video und kommt mir zu Hilfe." Die Videoüberwachung wird aber gerade als Ersatz für Personal eingesetzt. Wenn ich als Frau angegriffen werde, schützt mich keine Kamera. [...]
Wollen Sie staatliche Überwachung restlos abschaffen?
Buermeyer: Für uns ist entscheidend: Werden beim Sammeln von Daten die Spielregeln eingehalten? Und die Spielregeln unseres Grundgesetzes sind, dass man gute Gründe dafür braucht und es nicht unverhältnismäßig sein darf. Wir sind keine Dogmatiker, die sagen, der Staat hat nie das Recht, Menschen zu überwachen. Man darf aber nicht aus den Augen verlieren, was passieren könnte, wenn es keine Spielregeln gibt und wir es irgendwann mit einem entfesselten Staat zu tun haben.

Forudastan, Ferdos / Steinke, Ronen: Sicherheitssehnsucht. In: Süddeutsche Zeitung, 04.05.2019

2 Die Charta der digitalen Grundrechte

Art. 1 (WÜRDE)
Die Würde des Menschen ist auch im digitalen Zeitalter unantastbar. Sie ist zu achten und zu schützen. Keine technische Entwicklung darf Sie beeinträchtigen.

Art. 2 (FREIHEIT)
Jeder hat ein Recht auf freie Information und Kommunikation. Es beinhaltet das persönliche Recht auf Nichtwissen.

Art. 3 (GLEICHHEIT)
(1) Jeder Mensch hat das Recht auf eine gleichberechtigte Teilhabe in der digitalen Sphäre. [...]
(2) Die Verwendung von automatisierten Verfahren darf nicht dazu führen, dass Menschen vom Zugang zu Gütern, Dienstleistungen oder von der Teilhabe am gesellschaftlichen Leben ausgeschlossen werden. [...]

Art. 4 (INNERE UND ÄUSSERE SICHERHEIT)
(2) Sicherheitsbehörden dürfen nicht auf durch Private erhobene Daten zugreifen. [...]
(3) Eine anlasslose Massenüberwachung findet nicht statt.

Art. 5 (MEINUNGSFREIHEIT UND ÖFFENTLICHKEIT)
(1) Jeder hat das Recht, in der digitalen Welt seine Meinung zu äußern. Eine Zensur findet nicht statt
(2) Digitale Hetze, Mobbing sowie Aktivitäten, die geeignet sind, den Ruf oder die Unversehrtheit einer Person ernsthaft zu gefährden, sind zu verhindern.

ZEIT-Stiftung Ebelin und Gerd Bucerius: Wir fordern digitale Grundrechte, Charta der digitalen Grundrecht der Europäischen Union. In: https://digitalchartau.eu, Abruf am 21.06.2021

M13 Fallbeispiel: Einschränkung von Grundrechten im Zuge der Corona-Pandemie 2020/21

Eine Demonstration gegen die Corona-Politik der Bundesregierung

Maskenpflicht, Kontaktbeschränkungen oder Versammlungsverbote – die Liste ist lang und ließe sich noch spielend leicht verlängern. Im [Jahr 2020] ergriffen die Gesetz- und Verordnungsgeber, also „die Politiker", wegen des Coronavirus viele Maßnahmen, die das Leben von uns Bürgern erheblich beeinträchtigt haben. Wohl noch nie in der Geschichte der Bundesrepublik wurde so massiv und flächendeckend in unsere Grundrechte eingegriffen. Die politische Debatte darüber wurde hitzig geführt, die Kritiker der Maßnahmen demonstrierten auf den Straßen und die Justiz sah sich über Nacht mit einer Vielzahl von Klagen und Anträgen konfrontiert. Mit den Corona-Maßnahmen griff der Staat in unsere Grundrechte ein – und tut das nach wie vor: So berühren beispielsweise Kontaktbeschränkungen und Maskenpflicht die Allgemeine Handlungsfreiheit. Restaurantschließungen und Veranstaltungsverbote greifen in die Berufsfreiheit von Restaurantbetreibern und Künstler ein, und Reisebeschränkungen in das Recht auf Freizügigkeit der Touristen.

Aber nicht jeder Eingriff in Grundrechte ist per se auch verfassungswidrig. Im Gegenteil: Grundrechtseingriffe finden tagtäglich statt, ohne dass das jemanden besonders aufregen würde – zum Beispiel, wenn der Staat Regeln aufstellt, wie wir uns im Straßenverkehr verhalten müssen. Solche Eingriffe sind immer dann zulässig, wenn sie bestimmte Voraussetzungen erfüllen: Jeder staatliche Eingriff in ein Grundrecht muss einem legitimen Zweck dienen. Die Eingriffe müssen geeignet sein, diesen Zweck überhaupt zu erreichen, hierbei das mildeste Mittel darstellen und schließlich im engeren Sinne verhältnismäßig sein. Bürger, die selbst von staatlichen Maßnahmen betroffen sind, können – auch in Zeiten von Corona – vor Gericht überprüfen lassen, ob diese Kriterien eingehalten werden. Im vergangenen Jahr waren solche Klagen und Eilanträge in Bezug auf Corona nahezu an der Tagesordnung.

Bezogen auf die Corona-Maßnahmen ist der legitime Zweck für Eingriffe schnell gefunden: die Gesundheit der Bürger zu schützen. Dazu ist der Staat durch das Grundgesetz verpflichtet. Er muss erhebliche Gesundheitsgefahren eindämmen. Bei der Frage, wie geeignet ein Eingriff ist, ist zu prüfen: Kann man mit der konkreten Maßnahme die Bürger vor einer Ansteckung schützen, oder läuft sie ins Leere? Außerdem müssen die Eingriffe „erforderlich" sein. Es darf also kein milderes Mittel geben, mit dem die Gesundheit der Bürger genauso gut geschützt wird. Schließlich muss ein Eingriff auch im engeren Sinne verhältnismäßig sein. Hier nehmen die Gerichte meist eine Gesamtabwägung vor. An diesem letzten Punkt entscheidet sich vor Gericht häufig, ob ein bestimmtes staatliches Handeln als rechtmäßig oder rechtswidrig eingestuft wird.

Kehlbach, Christoph / Nordhardt, Michael-Matthias: Die Pandemie und die Grundrechte. In: www.tagesschau.de, 01.01.2021

Coronavirus SARS-CoV-2

Im Dezember 2019 tauchte in China ein neues Virus aus der Gruppe der Coronaviren auf: das SARS-CoV2-Virus. Es löst eine Infektion der Lunge, COVID-19 genannt, aus, die tödlich verlaufen kann. Das Coronavirus hat sich im Laufe des Jahres 2020 weltweit verbreitet. Einige Länder, darunter die USA, Indien und Brasilien waren besonders stark betroffen. Die Zahl der an den Folgen einer Corona-Infektion gestorbenen Menschen wird Anfang Dezember 2021 auf ca. 5,3 Millionen geschätzt.

Bearbeiterin

Weitere Pro- und Kontra-Argumente zum Fallbeispiel

71910-13

M14 Corona-Maßnahmen in der Karikatur: Sicherheit oder Freiheit?

Karikatur: Schwarwel, 2020

Infektionsschutzgesetz (IfSG, §28)
Die rechtliche Grundlage für die staatlichen Maßnahmen gegen die Ausbreitung des Corona-Virus ist das Infektionsschutzgesetz (IfSG) als spezielles Gesetz zur Gefahrenabwehr. Das IfSG regelt, wie der Staat Grundrechte im Falle einer Epidemie einschränken darf. Das Infektionsschutzgesetz ist ein Bundesgesetz, sein Vollzug ist jedoch Ländersache. Die am 18.11.2020 vom deutschen Bundestag verabschiedete Neuregelung enthält die Pflicht zur öffentlichen Begründung und zeitlichen Befristung dieser Maßnahmen.
Bearbeiterin

Aufgaben

82000-150

1. Arbeiten Sie aus den Grafiken **M11** heraus, an welcher Stelle die Grundrechte Meinungsfreiheit und Menschenwürde kollidieren könnten.
2. a) Erarbeiten Sie aus **M12** 1, inwiefern Freiheit und Sicherheit im Spannungsverhältnis zueinander stehen.
   b) Vergleichen Sie die in **M12** 2 angeführten digitalen Grundrechte mit den entsprechenden Artikeln des Grundgesetzes. Analysieren Sie, inwiefern sich die Grundrechte unterscheiden.
3. Recherchieren Sie nach Initiativen und Aktionen gegen den Hass im Netz. Beschreiben Sie, wie jeder und jede einzelne dazu beitragen kann, dem Hass entgegenzutreten.
4. a) Beschreiben Sie mithilfe von **M13**, inwiefern die Corona-Pandemie zu einer Einschränkung der Grundrechte führte.
   b) Arbeiten Sie aus **M13** die Voraussetzungen für die Einschränkung von Grundrechten heraus.
5. Analysieren und interpretieren Sie die Karikatur **M14**.
6. Führen Sie mithilfe der Methodenkarte „Denkhüte" eine Diskussion zur Frage „Sollten die Grundrechte während einer Pandemie eingeschränkt werden?" durch.

Denkhüte: politische Fragen und Probleme beurteilen

Die Methode geht zurück auf das „Sechs-Farben-Denken" von Edward de Bono und zielt darauf ab, gemeinsame Optionen und Strategien zur Lösung von kontroversen Fragen oder Problemen zu entwickeln. Stellvertretend für sechs dieser unterschiedlichen Sichtweisen stehen sechs verschiedenfarbige Hüte. Mit ihrer Hilfe werden in der Diskussion Emotionen von Fakten, negative von positiven Einschätzungen sowie analytisches von kreativem Denken getrennt. Diese Einteilung ermöglicht nicht nur eine kontroverse, sondern auch eine differenzierte Betrachtung der Streitfrage. Sie soll letzten Endes dazu motivieren, nicht nur schwarz und weiß zu sehen, sondern im wahrsten Sinne des Wortes „vielfarbig".

Hinweise zum Ablauf der Methode

71910-14

1 Einführung in die Methode

1. Erläuterung des Ziels: gemeinsame Problemlösung
2. Vorstellung der Hutfarben:
   - Der „weiße Hut" steht für die objektive Sicht auf die Dinge, er analysiert die Lage sachlich mit Hilfe von Fakten.
   - Der „rote Hut" nimmt nur Gefühle in den Blick, er argumentiert mit subjektiven Erfahrungen und fühlt sich emotional mit den Bedürfnissen der Menschen verbunden.
   - Der „schwarze Hut" steht stellvertretend für die pessimistische Sicht auf die Welt, er sieht buchstäblich „schwarz" – und kann das auch belegen!
   - Ganz im Gegensatz dazu der „gelbe Hut", der optimistisch in die Zukunft blickt und allen Dingen etwas Positives abgewinnen kann.
   - Der „grüne Hut" ist der kreative Kopf in der Diskussion, der jenseits von Konventionen und Regeln argumentiert und stets bereit ist, neue Wege zu gehen.
   - Der „blaue Hut" braucht Struktur und Ordnung, weshalb er auch oft die Moderation der Diskussion übernimmt.

2 Vorbereitung in der Gruppe

1. Zuteilung der Hüte bzw. freie Auswahl der Hüte
2. Erarbeitung von Lösungsvorschlägen in Kleingruppen
3. Vorbereitung von Materialien für „weißen Hut" (Zahlen, Fakten) und „blauen Hut" (Moderationsaufgaben)
4. Einteilung von Gruppensprechern und Beratern

3 Diskussion der Lösungsvorschläge

1. Vorbereitung einer kommunikativen Sitzordnung
2. Gruppensprecher stellen Ergebnisse vor; danach: freie Diskussion
3. ggfs. schriftliche Fixierung der Ergebnisse durch Mitglieder des „blauen" Teams

4 Reflexion

1. Gespräch über Verlauf und Ergebnis der Diskussion, u. a. Ziel erreicht?
2. Bewertung der Positionen und Argumentationslinien
3. Realitätscheck: Nähe zur politischen Realität

Bearbeiterin

WISSEN KOMPAKT

Menschenwürde → M11

Artikel 1 Grundgesetz legt fest: „Die Würde des Menschen ist unantastbar. Sie zu achten und zu schützen ist Verpflichtung aller staatlichen Gewalt." Ausnahmslos jeder Mensch hat demnach ein Recht auf Leben, körperliche Unversehrtheit und Gleichbehandlung vor dem Gesetz; als eigenverantwortliches Wesen soll er außerdem seine Persönlichkeit frei entfalten können, solange er nicht die Rechte anderer verletzt und nicht gegen die verfassungsmäßige Ordnung verstößt. Der Schutz der Menschenwürde steht damit in der Wertordnung der Bundesrepublik Deutschland an oberster Stelle.

82000-108

Meinungsfreiheit → M12

Das Grundrecht der Meinungsfreiheit wird im Grundgesetz in Artikel 5 gewährt. Jedem Menschen soll es freistehen, seine Meinung zu äußern, weil die öffentliche Meinungsbildung ein wichtiger Bestandteil des Pluralismus ist und die kritische Auseinandersetzung mit kontroversen Themen ein wichtiges Element einer Demokratie ist. Aus historischer Sicht geht eine Einschränkung der Meinungsfreiheit oft mit der Unterdrückung von Minderheitsrechten einher. Das Grundrecht der Meinungsfreiheit wird nicht uneingeschränkt gewährt. Es findet seine Grenzen, sobald die Würde eines Menschen angegriffen wird. Die unter dem Begriff „Hate Speech" zusammengefassten Meinungsäußerungen können durchaus Straftatbestände erfüllen, wie z. B. Volksverhetzung (§ 130 StGB), Beleidigung (§ 185 StGB), Verleumdung (§ 187 StGB), Nötigung (§ 240 StGB), Bedrohung (§ 241 StGB) oder die Öffentliche Aufforderung zu Straftaten (§ 111 StGB).

82000-109

Recht auf informationelle Selbstbestimmung → M12

Unter dem Recht auf informationelle Selbstbestimmung wird das Recht eines jeden Einzelnen verstanden, selbst über Preisgabe und Verwendung personenbezogener Daten (z. B. Alter, E-Mail- sowie Post-Adresse, Telefonnummer, Glaube, Gesundheit oder Einkommen und Vermögen) zu bestimmen. Das Recht auf informationelle Selbstbestimmung wird nicht ausdrücklich im Grundgesetz erwähnt; es lässt sich jedoch aus einem Urteil des Bundesverfassungsgerichts aus dem Jahr 1983 („Volkszählungsurteil") ableiten.

Haben Grundrechte unterschiedliche Gewichte?
M10–M13

Die Frage nach den Grenzen der Freiheit stellt sich nicht nur in der digitalen Welt. Einerseits garantiert der Staat grundlegende Freiheitsrechte. Andererseits schränkt er Freiheiten ein, um die Sicherheit aller zu gewährleisten. Wie weit darf oder muss der Staat dabei gehen? Was hat ein höheres Gewicht: Freiheit oder Sicherheit? Grundsätzlich gibt es, mit Ausnahme der Garantie der Menschenwürde, bei der Entscheidung dieser Fragen kein Grundrecht, das dem anderen überlegen wäre. Sowohl bei der Entstehung neuer, als auch beim Vollzug bestehender Gesetze ist hier immer die Abwägung zwischen den verschiedenen Grundrechten nötig. In der digitalen Welt ist dies deutlich schwieriger, weil angesichts der raschen Entwicklung das Verfahren zur Entscheidung noch nicht klar geregelt ist.

Wo liegen die Grenzen der freien Meinungsäußerung?
M11

Hass ist keine Meinung. Das in Artikel 5 GG garantierte „Recht, seine Meinung in Wort, Schrift und Bild frei zu äußern und zu verbreiten“ hat dort seine Grenzen, wo andere Grundrechte verletzt werden, insbesondere dann, wenn Menschen wegen ihrer Herkunft, Religion, Hautfarbe oder ihrer sexuellen Orientierung diskriminiert oder abgewertet werden.

Wann dürfen Grundrechte eingeschränkt werden?
M13, M14

Drei Aspekte stehen dabei im Zentrum:
- Sind die getroffenen Maßnahmen **geeignet**?
- Sind sie **erforderlich**?
- Sind sie **zumutbar**?

Die letzte Frage dürfte die umstrittenste sein. Prominente Verfassungsjuristen betonen, dass die Bundesregierung im Moment bis an die rechtsstaatlichen Grenzen gehe, aber eben nicht darüber hinaus. Sie befürchten jedoch auch, dass der Rechtsstaat Schaden nehmen könnte, falls die Einschränkungen länger als notwendig beibehalten werden.

Wie schwierig viele dieser Fragen sind, soll ein Beispiel verdeutlichen:
Wird beispielsweise die Einschränkung der Bewegungsfreiheit eines infizierten und damit ansteckenden Menschen aufgewogen durch die Tatsache, dass damit die Ansteckung anderer Menschen verhindert wird? Was hat hier also Vorrang: Der Schutz des Lebens und das Grundrecht auf körperliche Unversehrtheit (verbrieft in Art. 2 des Grundgesetzes) oder besteht die Möglichkeit, dass es durch die Einschränkung der Bewegungsfreiheit für Betroffene zu noch schwereren Verletzungen anderer Rechte kommt?
Nach: Weber, Reinhold / Internetredaktion der LpB: Grundgesetz & Grundrechte in Zeiten der Corona-Pandemie. In: www.lpb-bw.de, Abruf am 21.07.2021

1.4 Der Verfassungskern: aus gutem Grund unveränderlich?

Zum Thema: Das Grundgesetz und die darin verankerten Grundrechte sind ein elementarer Bestandteil unserer Demokratie. Es gibt aber noch weitere Bausteine, die sie konstituieren: Ein demokratischer Staat muss seinen Werten entsprechend aufgebaut und organisiert sein. Wie kann eine wertgebundene politische Ordnung aussehen?

M15 Das Bundesverfassungsgericht über die Entstehung des Grundgesetzes

Richterinnen und Richter des Bundesverfassungsgerichts

„Das bewusste Absetzen von der Unrechtsherrschaft des Nationalsozialismus war historisch zentrales Anliegen aller an der Entstehung wie Inkraftsetzung des Grundgesetzes beteiligten Kräfte [...] und bildet ein inneres Gerüst der grundgesetzlichen Ordnung [...]. Das Grundgesetz [...] ist von seinem Aufbau bis in viele Details hin darauf ausgerichtet, [...] eine Wiederholung solchen Unrechts ein für alle Mal auszuschließen. [...] Das menschenverachtende Regime dieser Zeit, das über Europa und die Welt in unermesslichem Ausmaß Leid, Tod und Unterdrückung gebracht hat, hat für die verfassungsrechtliche Ordnung der Bundesrepublik Deutschland eine gegenbildlich identitätsprägende Bedeutung, die einzigartig ist.

Nach: © 2020 Bundesverfassungsgericht: Leitsätze zum Beschluss des Ersten Senats vom 4. November 2009 – 1 BvR 2150/08. In: www.bundesverfassungsgericht.de, 04.11.2009

Einstiegsaufgabe

Geben Sie mithilfe des Einstiegsmaterials und Ihres Vorwissens wieder, welche „Lehren aus dem Nationalsozialismus" bei der Entstehung des Grundgesetzes eine Rolle spielten.

M16 Die Kernprinzipien des Grundgesetzes: Artikel 20 und Artikel 1

1 Worin besteht der Verfassungskern der Bundesrepublik Deutschland?

Der Verfassungskern des Grundgesetzes: Artikel 1 und 20

Verfassungskern

Art. 1 GG: Menschenwürde

(1) Die Würde des Menschen ist unantastbar. Sie zu achten und zu schützen ist Verpflichtung aller staatlichen Gewalt. [...]

(3) Die nachfolgenden Grundrechte binden Gesetzgebung, vollziehende Gewalt und Rechtsprechung als unmittelbar geltendes Recht.

Art 20 Abs. 1–3 GG: Verfassungsprinzipien

(1) Die Bundesrepublik Deutschland ist ein demokratischer und sozialer Bundesstaat.

(2) Alle Staatsgewalt geht vom Volke aus. Sie wird vom Volke in Wahlen und Abstimmungen und durch besondere Organe der Gesetzgebung, der vollziehenden Gewalt und der Rechtsprechung ausgeübt.

(3) Die Gesetzgebung ist an die verfassungsmäßige Ordnung, die vollziehende Gewalt und die Rechtsprechung sind an Gesetz und Recht gebunden.

Demokratieprinzip | Bundesstaatsprinzip

Sozialstaatsprinzip | Rechtsstaatsprinzip

Besonderer Schutz durch Art. 79 Abs. 3 GG

Eine Änderung dieses Grundgesetzes, durch welche die Gliederung des Bundes in Länder, die grundsätzliche Mitwirkung der Länder bei der Gesetzgebung oder die in den Artikeln 1 und 20 niedergelegten Grundsätze berührt werden, ist unzulässig.

Republik
Die Republik ist eine Staatsform und bezeichnet das Gegenstück zur Monarchie. Im Gegensatz zur Monarchie kann das Staatsoberhaupt in der Republik (ab)gewählt werden.

2 Die Verfassungsprinzipien im Detail

Sozialstaatsprinzip
Der Staat ist zu einem Minimum an sozialer Sicherung verpflichtet und muss allen Menschen in Deutschland ein menschenwürdiges Leben ermöglichen.

Bundesstaatsprinzip:
Die Bundesrepublik besteht aus 16 Bundesländern, die bei der Gesetzgebung beteiligt werden müssen. Die Länder haben jeweils eine eigene Regierung, ein eigenes Parlament und eine eigene Verwaltung.

Rechtsstaatsprinzip
Staatliches Handeln ist an Recht (die Verfassung, insbesondere die Grundrechte, und Gesetze) gebunden, staatliche Macht wird durch Gewaltenteilung begrenzt. Der Staat hat das Gewaltmonopol und ist rechtlich dazu legitimiert.

Demokratieprinzip:
Die Demokratie ist eine Herrschaftsform, in der die Herrschaft durch das Volk legitimiert wird, z. B. durch allgemeine, freie, geheime, gleiche und unmittelbare Wahlen. Weitere Wesensmerkmale der deutschen Demokratie sind:
- das *Gleichheitsprinzip* (alle Staatsbürger haben die gleichen Rechte);
- das *Mehrheitsprinzip* (bei Wahlen und Abstimmungen entscheidet die Mehrheit);
- *Minderheitenrechte*, die auch mit Mehrheitsbeschluss nicht abgeschafft werden können;
- *Pluralismus* (die Gesellschaft besteht aus vielen verschiedenen Menschen und Interessengruppen, die sich demokratisch einbringen sollen);
- *Grundrechte*, z. B. auf freie Meinungsäußerung und Pressefreiheit;
- Möglichkeit der *Opposition*

Bearbeiterin

M17 Die freiheitlich-demokratische Grundordnung (FdGO): eine Definition des Bundesverfassungsgerichts

identitäre Demokratie
eine „radikale" Form der direkten Demokratie, bei der alle Beherrschten gleichzeitig auch Herrschende sind

ausdifferenziert
hier: Organe, die nicht klar voneinander abgegrenzt und unabhängig voneinander sind

Besonders deutlich werden Konsequenzen aus dem Scheitern der Weimarer Republik in dem Festschreiben unabänderlicher, d. h. durch keine Mehrheit aufhebbarer Verfassungsgrundsätze: des Prinzips der Menschen- und Grundrechte, der Demokratie, des Rechts-, des Bundes- und des Sozialstaates (Art. 79 Abs. 3 in Verbindung mit Art. 1 und Art. 20 GG). Die demokratischen und rechtsstaatlichen Komponenten dieses unantastbaren Verfassungskerns werden unter dem Begriff der „freiheitlichen demokratischen Grundordnung" zusammengefasst. Zu dieser zählt das Bundesverfassungsgericht:

> „Die Achtung vor den im Grundgesetz konkretisierten Menschenrechten, vor allem vor dem Recht der Persönlichkeit auf Leben und freie Entfaltung, die Volkssouveränität, die Gewaltenteilung, die Verantwortlichkeit der Regierung, die Gesetzmäßigkeit der Verwaltung, die Unabhängigkeit der Gerichte, das Mehrparteienprinzip und die Chancengleichheit für alle politischen Parteien mit dem Recht auf verfassungsmäßige Bildung und Ausübung einer Opposition. (SRP-Verbotsurteil vom 23. 10. 52, in: BVer-fGE 2, S. 1 ff.) "

Die freiheitliche demokratische Grundordnung ist damit unvereinbar mit autoritären und insbesondere totalitären Herrschaftssystemen, aber auch mit einer radikal identitären Demokratie ohne ausdifferenzierte Organe und Befugnisse. Andererseits heißt dies jedoch nicht, dass damit alle institutionellen Regelungen des Grundgesetzes festgeschrieben wären. [...] Aus der traumatischen Erfahrung mit antidemokratischen Massenbewegungen der Weimarer Republik hat das Grundgesetz zwei prinzipielle Konsequenzen gezogen: eine Berufung auf Naturrecht und ein mehrdimensionales Demokratieverständnis. Das erstere bedeutet, dass das Grundgesetz auf einer nicht explizit ausgeführten Werteordnung beruht. Nach letzterem definiert sich Demokratie keineswegs durch Volkssouveränität und Mehrheitsentscheid allein, sondern auch durch machtbeschränkende, liberal-rechtsstaatliche und menschenrechtliche Komponenten. [...] In der Konsequenz dieses Denkens liegt es, dass das Grundgesetz den Feinden der freiheitlich demokratischen Grundordnung nicht die Freiheit einräumt, diese zu zerstören.

Nach: Rudzio, Wolfgang: Das politische System der Bundesrepublik Deutschland. 10. Auflage. Wiesbaden: Springer 2019, S. 30 ff.

Aufgaben

82000-151

1. Erklären Sie mithilfe von **M16** 1, inwiefern es gerechtfertigt ist, Art. 20 GG als „Verfassung in Kurzform" zu bezeichnen.
2. Erklären Sie, welche Rolle Art. 79 GG (**M16** 1) für die Unabänderlichkeit des Verfassungskerns spielt.
3. Arbeiten Sie heraus, welche Verfassungsprinzipien (**M16** 2) in der Aussage des BVerfG zur freiheitlich demokratischen Grundordnung (**M17**) wiederzufinden sind.
4. Suchen Sie für jedes Verfassungsprinzip nach konkreten Beispielen aus Ihrem Alltag.

BVerfG
Abkürzung für Bundesverfassungsgericht

H zu Aufgabe 4a
→ S. 184

Der Verfassungskern → M16 1

Als Verfassungskern werden die Grundgesetzartikel 1 und 20 bezeichnet, welche wiederum durch Artikel 79 Abs. 3, die sogenannte Ewigkeitslausel, geschützt werden und somit unveränderlich sind. So soll sichergestellt werden, dass die grundlegenden Staatsprinzipien der Bundesrepublik Deutschland und die Achtung der Menschenwürde immer Teil der Verfassung sind und auf keine Art und Weise abgeändert, ausgeschlossen oder umgangen werden können.

Die Verfassungsprinzipien → M16 2

Die vier zentralen Verfassungsprinzipien der Bundesrepublik Deutschland sind das Demokratieprinzip (z. B. Mehrheitsprinzip und Minderheitenschutz), das Rechtsstaatsprinzip (z. B. Unabhängigkeit der Richter, Gleichheit vor dem Gesetz), das Sozialstaatsprinzip (soziale Sicherung und Gleichheit als Aufgabe des Staates) und das Bundesstaatsprinzip (Teilung der Bundesrepublik in Bundesländer). Außerdem wird mitunter noch das Republikprinzip hinzugezählt, welches sichert, dass Deutschland eine Republik und keine Monarchie ist.

82000-110

Die freiheitlich-demokratische Grundordnung → M17

Im Grundgesetz wird an sieben Stellen die „freiheitlich demokratische Grundordnung" beschrieben, aber nicht genau definiert, was sie konkret bedeutet. Das Bundesverfassungsgericht hat dies 1952 nachgeholt. Demnach gehört zur FdGO: die Achtung vor den im Grundgesetz konkretisierten Menschenrechten, die Volkssouveränität, die Gewaltenteilung, die Verantwortlichkeit der Regierung, die Gesetzmäßigkeit der Verwaltung, die Unabhängigkeit der Gerichte, das Mehrparteienprinzip und die Chancengleichheit für alle politischen Parteien mit dem Recht auf verfassungsmäßige Bildung und Ausübung einer Opposition. 2017 wurde die Definition insofern konkretisiert, als das nur die zentralen Grundprinzipien des Verfassungsstaates Teil der FdGO sind, dazu gehören:

- Die Würde des Menschen
- Das Demokratieprinzip
- Das Rechtsstaatsprinzip

82000-111

1.5 Verfassungsprinzipien I – Rechtsstaat und Demokratie

Zum Thema: Im folgenden Kapitel werden die Verfassungsprinzipien Demokratie und Rechtsstaat näher beleuchtet. Dazu werden Sie Beispiele kennenlernen, die Ihnen zeigen, dass diese Prinzipien trotz der vorgeschriebenen Unveränderlichkeit regelmäßig aktualisiert werden und welche Konsequenzen eine Aufweichung dieser Prinzipien für Bürgerinnen und Bürger haben könnte.

M18 Wäre es nicht einfacher ohne Demokratie und Rechtsstaat?

1 „Was wirklich helfen würde, wäre eine Person an der Macht, die nicht immer auf endlose Diskussionen im Bundestag warten muss."

2 „Festnehmen und direkt in das Gefängnis. Die Schuld ist bewiesen, da kann man sich das Verfahren auch sparen."

3 „Es sollten nur Menschen wählen dürfen, die etwas zu unserer Gesellschaft beitragen, keine Arbeitslosen und keine Sozialschmarotzer."

4 „Bei manchen Demonstrationen soll die Polizei ruhig mal etwas härter zugreifen – da trifft es schon die Richtigen."

Bearbeiterin

Einstiegsaufgaben

1. Mutmaßen Sie, in welchem Zusammenhang die Kommentare abgegeben worden sein könnten.
2. Haben Sie bereits Erfahrungen mit solchen oder ähnlichen Kommentaren gemacht? Schildern Sie Ihre Erfahrungen.

M19 Der Rechtsstaat in Deutschland

1 Was ist ein Rechtsstaat?

Der Rechtsstaatsbegriff hat sich vor allem aus der Abgrenzung und als Gegenbegriff zum Macht- und Willkürstaat entwickelt. Im letzteren, auch Polizeistaat genannten Staatstyp, werden die Staatsinteressen an die Spitze gestellt und alle Lebensbereiche in totalitärer Weise, d. h. allumfassend, reglementiert und überwacht. [...] Gesetze, die den Einzelnen vor der Willkür des Staates schützen, gibt es nicht. Ganz anders geht der Rechtsstaat von der Anerkennung der Menschenwürde und des Selbstbestimmungsrechtes der Bürger aus. Es spielt eine große Rolle, dass jede Einschränkung der Freiheit des Menschen eine rechtliche Begründung braucht [...]. Den Rechtsstaat kennzeichnet gegenüber dem Polizeistaat, dass der Mensch als Ausgangspunkt aller Überlegungen gesehen wird. Darüber hinaus gibt es auch eine Reihe formaler Merkmale, wie z. B. die Bindung der Ausübung der Staatsgewalt an die Verfassung, insbesondere an die Grundrechte des Einzelnen, und die Gewaltenteilung. Konkret bedeutet das, dass die Gesetzgebung an die Verfassung und dass die Verwaltung und die Justiz an Recht und Gesetz gebunden sind [...]. Alle staatlichen Maßnahmen müssen eine förmliche gesetzliche Grundlage haben, man muss immer eine Antwort auf die Frage bekommen (und fragen dürfen!): „Wo steht das, dass der Staat das darf?" Und es muss die Möglichkeit geben, die Rechts- und Verfassungsmäßigkeit [staatlicher] Maßnahmen überprüfen zu lassen und sein Recht auch gegen den Staat durchzusetzen. [...] Die umfassende Rechtskontrolle durch den ungehinderten Zugang zu allen Gerichten ist ein wichtiges Grundelement des Rechtsstaatsprinzips. [...] Weitere Merkmale des Rechtsstaats sind die Gleichheit aller vor dem Gesetz und die Garantie der Unabhängigkeit der Richter.

Schiele, Siegfried: Der Rechtsstaat. In: Politik & Unterricht 1/1999. Landeszentrale für politische Bildung, Baden-Württemberg, S. 32

2 Der Rechtsstaat am Beispiel eines Strafverfahrens

Parlament (Legislative)
- Erlässt grundrechtskonformes Gesetz (→ gibt Rechtssicherheit)
- Gesetze werden im Bundesgesetzblatt veröffentlicht (→ Publizität; d. h. jeder kann sich über Gesetze informieren)

Staatsanwaltschaft / Polizei (Exekutive)
- Ermittlungen müssen bei Anfangsverdacht einer Straftat aufgenommen werden*
- Aufklärung des Sachverhalts durch Ermittlungsmaßnahmen*
- Ist nach Ermittlungsergebnis Verurteilung wahrscheinlich: Anklage zum zuständigen Gericht

Gerichte (Judikative)
- Faires Verfahren vor unabhängigem Gericht (inkl. Verteidigung)
- Strafe* nach Grundsatz der Verhältnismäßigkeit
- Rechtsweg möglich

**auf Grundlage von Gesetzen (Rechtsbindung)*

Bearbeiterin

M20 Warum es zur Demokratie keine Alternativen gibt

Nach wie vor gilt [...] „die zweitbeste Demokratie ist immer noch besser als die beste Nicht-Demokratie". Die Demokratie mag nur als das kleinere Übel angesehen werden, vereint aber andererseits so viele Vorteile auf sich, dass sie als die beste bekannte Herrschaftsform bezeichnet werden kann. Einer dieser Vorteile ist ihre Lernfähigkeit, die sie in die Lage versetzt, auch große Herausforderungen zu bestehen [...]. Die moderne Demokratie ist gemäßigt, basiert auf Gewaltentrennung, repräsentativer Willens- und Entscheidungsbildung und, ganz entscheidend, auf Recht und Verfassung. Mit der Achtung von Recht und Gesetz, mit unabhängigen Gerichten und einer Verfassungsgerichtsbarkeit kann auch der von Alexis de Tocqueville und John Stuart Mill in der Mitte des 19. Jahrhunderts beschworenen Gefahr einer Tyrannei der Mehrheit begegnet werden. Individuen und Minderheiten müssen sich nicht bedingungslos einer Mehrheit beugen, die sich ja auch irren kann. Leben, Freiheit und Eigentum genießen den Schutz des Rechtes. Individuelle Freiheit

de Tocqueville / Mill
einflussreiche Politikwissenschaftler des 19. Jahrhunderts

Winston Churchill (britischer Premierminister 1940–1945/1951–1955) wird folgendes Zitat zugesprochen: „Demokratie ist die schlechteste aller Regierungsformen – abgesehen von all den anderen Formen, die von Zeit zu Zeit ausprobiert worden sind."

Responsivität
Die Bereitschaft politischer Institutionen auf die Interessen der Bürgerinnen und Bürger einzugehen.

und demokratische Selbstregierung lassen sich in der modernen Demokratie miteinander vereinbaren. [...]
Demokratien haben auch gelernt, mit grundlegenden gesellschaftlichen Problemen umzugehen. Sie können besser als nicht-demokratische Systeme zwischen Staat und Gesellschaft vermitteln. Durch Repräsentativität und Responsivität ihrer Institutionen greifen sie Problemlagen aus der Gesellschaft auf und entschärfen sie, indem sie sie zu allgemein verbindlichen Entscheidungen verarbeiten. So hat sich durch die Entwicklung wohlfahrtsstaatlicher Maßnahmen in Reaktion auf die „soziale Frage" beispielsweise die soziale Demokratie herausgebildet.
Gleichwohl vermag die Demokratie keineswegs alle Probleme zu lösen. Immer wieder wird ihr vorgehalten, dass sie nur die gut organisierten und machtvoll artikulierten Interessen berücksichtige und dabei nur die kurzfristigen Ziele, nicht aber das nachhaltige Gemeinwohl, auch nicht die Belange nachfolgender Generationen im Auge habe. Das mag in der Tat eine Achillesferse der Demokratie sein, aber ein prinzipieller Einwand gegen diese Herrschaftsform ist es nicht. Die Demokratie ist die einzige Herrschaftsform, die es den Bürgern erlaubt, Regierende zu sanktionieren, ohne das politische System selbst beseitigen zu müssen. Politische Führung kann ausgewechselt werden, weil es in der Demokratie nur Herrschaft auf Zeit gibt. [...]
Und vor allem: Nur der Wille der Bürgerinnen und Bürger, artikuliert in Wahlen und Abstimmungen, begründet und legitimiert die Herstellung kollektiv verbindlicher Entscheidungen. Nur die Demokratie bietet den Menschen die Chance, sich umfassend an Willensbildung und Entscheidungsfindung zu beteiligen, ihre Angelegenheiten selbst in die Hand zu nehmen.

Vorländer, Hans: Demokratie – die beste Herrschaftsform. In: Informationen zur politischen Bildung Nr. 284/2004, S. 56ff.

M21 Fallbeispiel: Das bayerische Polizeiaufgabengesetz – zu viel Macht für die Polizei?

Gesetzesnovelle
Eine Änderung, Ergänzung oder Nachtrag zu einem bereits bestehenden Gesetz.

Das Kürzel „PAG" steht für das „Gesetz über die Aufgaben und Befugnisse der bayerischen staatlichen Polizei". Jetzt tritt also eine neue Fassung in Kraft – und auch diese bleibt weiterhin umstritten. Als Ziel der Gesetzesnovelle hatte Ministerpräsident Markus Söder (CSU) schon im Mai 2018 gesagt, das Gesetz diene in erster Linie dem Schutz der Bevölkerung. „Es verbessert die Möglichkeiten der Polizei zu reagieren. Alles Dinge, wo die Polizei unzureichende Möglichkeiten hatte, zu reagieren. Das ganze Ziel ist, Opfer zu verhindern."
Aber zu welchem Preis? Wie weit darf die Polizei in die Freiheitsrechte der Bürger eingreifen, um drohende Straftaten zu verhindern? Dafür wurde der Begriff der „drohenden Gefahr" benutzt. Der bayerische Datenschutzbeauftragte, Thomas Petri, sieht darin das Bemühens des Gesetzgebers, die Polizei in die Gefahrenvorbeugung zu bringen. Allerdings existiert schon der Begriff „konkrete Gefahr".
Petri unterscheidet so: „Wenn ich als Polizei eine konkrete Gefahr habe, dann kann ich ziemlich genau absehen, dass der mutmaßliche Täter in relativ kurzer Zeit, eine Gewalttat begehen wird." Bei der drohenden Gefahr sei es so, dass der Täter, der mutmaßliche, möglicherweise nur eine Äußerung in diese Richtung getätigt habe. Dann sei die Polizei zum Eingreifen ermächtigt, wenn es dem Schutz des Lebens dient.
Bei der Verabschiedung der Novelle im Landtag vor gut einer Woche verteidigt Bayerns Innenminister Joachim Herrmann (CSU) die „drohende Gefahr": Die Polizei solle niemals zu einem Opfer sagen müssen, da könnten sie nichts machen, weil sie Ort und Zeit nicht genau gekannt hätten.

30.000 Demonstranten waren 2018 gegen das neue Polizeiaufgabengesetz auf die Straße gegangen. Es gab Verfassungsklagen und landesweite Proteste. Nun tritt ab dem 1. August 2021 eine neue Fassung in Kraft. Aber auch die ist umstritten.

Für den „SPD-Rechtsexperten Horst Arnold ist das wenig überzeugend. Er erinnert daran, dass dieser Begriff aus dem BKA-Gesetz stammt, im Zusammenhang mit Terrorabwehr und Schwerkriminalität. Mit der „drohenden Gefahr" werde für die bayerische Bevölkerung ein Generalverdacht angelegt, kritisiert Arnold. „Die bayerische Polizei darf jetzt mehr als das Bundeskriminalamt bei der Terrorbekämpfung."

In einigen Punkten ist das PAG aber entschärft worden, beispielsweise beim Präventivgewahrsam. Ursprünglich konnten Menschen für bis zu drei Monate in Gewahrsam genommen werden, auch wenn sie noch keine Straftat begangen hatten, vorbeugend also und auf richterliche Anordnung – diese hätte anschließend auch noch verlängert werden können.

Nun ist diese Zeit auf insgesamt zwei Monate begrenzt und der Betroffene bekommt immer einen Anwalt zur Seite gestellt.

[Auch] [d]eshalb haben die Bundestagsfraktionen von SPD, Grünen, FDP und der Linkspartei vor dem Bundesverfassungsgericht geklagt und auch der Bayerische Verfassungsgerichtshof wird sich mit dem neuen PAG beschäftigen müssen.

Nach: Kveton, Peter: „Drohende Gefahr": Neues Polizeiaufgabengesetz tritt in Kraft. In: www.br.de, 31.07.2021

Aufgaben

82000-152

1. Entwickeln Sie aus **M18** einen Katalog von Mindestanforderungen einer demokratischen Herrschaft. Überprüfen und ergänzen Sie Ihre Ergebnisse mithilfe des Textes **M19**.
2. Stellen Sie die Chancen und Herausforderungen demokratischer Herrschaft tabellarisch gegenüber und beurteilen Sie, ob Hans Vorländer mit seiner Bewertung von Demokratie uneingeschränkt recht hat (**M20**).
3. „Demokratie ist der Wille der Mehrheit". Diskutieren Sie anhand geeigneter Beispiele, inwiefern diese rein formale Definition zu kurz greifen könnte (**M20**).
4. Fassen Sie zusammen, welche Merkmale einen Rechtsstaat auszeichnen (**M19**).
5. a) Analysieren Sie das Fallbeispiel **M21** aus Sicht der Grundrechte und des Rechtsstaatsprinzips.
   b) Diskutieren Sie das Spannungsfeld zwischen Freiheit und Sicherheit und entwickeln Sie Ihr eigenes Urteil bzgl. der angesprochenen Problematik.

H zu Aufgabe 2
→ S. 184

F zu Aufgabe 5
Recherchieren Sie den aktuellen Status des PAG.

WISSEN KOMPAKT

Rechtsstaat → M16 2, M20

Das Rechtsstaatsprinzip bindet die gesamte Staatsgewalt an Recht und Gesetz. Es wird u. a. durch folgende Grundsätze konstituiert:

- **Rechtsbindung:** Bindung der Legislative an die Grundsätze der Verfassung: Vorrang des Gesetzes gegenüber jeder anderen staatlichen Handlung
- **Gesetzesvorbehalt:** Handeln der Verwaltung nur auf Grundlage eines Gesetzes
- **Rechtssicherheit:** Rechtswegegarantie, rechtliches Gehör für jedermann
- **Rechtsgleichheit:** Gleichbehandlung gleich liegender Sachverhalte
- **Verhältnismäßigkeit:** Schutz des Einzelnen vor unnötigen staatlichen Eingriffen
- **Unabhängigkeit der Gerichte:** Freiheit der Rechtsprechung, keine Bindung an Weisungen der Regierung; aber Ausrichtung juristischer Entscheidungen an Recht und Gesetz

82000-112

Demokratie → M16 2, M19

Die Demokratie ist eine Herrschaftsform, in der die Herrschaft durch das Volk legitimiert wird, z. B. durch allgemeine, freie, geheime, gleiche und unmittelbare Wahlen. Weitere Wesensmerkmale der deutschen Demokratie sind:

- das Gleichheitsprinzip (alle Staatsbürgerinnen und Staatsbürger haben die gleichen Rechte),
- das Mehrheitsprinzip (bei Wahlen und Abstimmungen entscheidet die Mehrheit),
- Minderheitenrechte, die auch mit Mehrheitsbeschluss nicht abgeschafft werden können,
- Pluralismus (die Gesellschaft besteht aus vielen verschiedenen Menschen und Interessengruppen, die sich demokratisch einbringen sollen),
- Rechtsstaatlichkeit,
- Möglichkeit der Opposition.

82000-113

Weshalb ist Demokratie keine Errungenschaft, sondern ein ständiger Auftrag?
M19

In Teilen der Bevölkerung herrscht heute jedoch das Bild einer „Schönwetterdemokratie" vor, deren Wert sich überwiegend daran ermisst, wie viel materiellen Wohlstand und individuelle Selbstverwirklichung sie gewähren kann. Diese Anspruchshaltung greift allerdings zu kurz. Demokratie ist weder ein „Selbstbedienungsladen" noch eine Errungenschaft, auf der man sich ausruhen könnte, sondern Auftrag und Verpflichtung für alle Bürgerinnen und Bürger. Sie kann auf Dauer nur bestehen, wenn es genügend Bürgerinnen und Bürger gibt, die für ihre Interessen eintreten und sich für die Gemeinschaft engagieren.

Wann ist ein Gerichtsurteil gerecht?
M20

„Das ist nur recht und billig." Hinter dieser Redewendung steht eine grundlegende Unterscheidung, die bereits im römischen Recht bekannt war und dort mit dem begrifflichen Gegensatzpaar Iustitia (Gerechtigkeit) und Aequitas (Billigkeit, Verhältnismäßigkeit) ausgedrückt wurde. Gemeint ist, dass im Rechtswesen nicht nur der Buchstabe des Gesetzes zählt, sondern auch die Umstände eines Falles zu berücksichtigen sind. In diesem Sinne kann z. B. die Tötung eines Menschen je nach den Tatumständen als „fahrlässige Tötung", „Totschlag" oder „vorsätzlicher Mord" gewertet werden.

Was unterscheidet das formale vom materiellen Rechtsstaatsprinzip?
M20

Was für das juristische Verfahren gilt, kennzeichnet aber auch die Konstruktion unseres Rechtsstaates insgesamt. So ergänzen sich in unserer Verfassungsordnung zwei Rechtsstaatsprinzipien: Formales und materielles Rechtsstaatsprinzip.

- **Formales Rechtsstaatsprinzip:** Ein Gesetz gilt dann, wenn es formal korrekt zustande gekommen ist (positives Recht). Das formale Rechtsstaatsprinzip garantiert zweierlei: Vorrang des Rechts vor der Politik (Verfassungsstaatlichkeit, Gesetzmäßigkeit der Verwaltung) und Machtbeschränkung (Rechtssicherheit, Gewaltenteilung)

- **Materielles Rechtsstaatsprinzip:** Ein Gesetz ist nur dann legitim, wenn es im Sinne einer höherrangigen Idee von Gerechtigkeit Bestand hat. Der materielle Rechtsstaat garantiert die Menschenrechte und die Gerechtigkeit – im Sinne von Willkürverbot, Verhältnismäßigkeit und Gemeinwohl.

Nur die Wirksamkeit beider Prinzipien kann verhindern, dass Mehrheitsentscheidungen des Parlaments im Ergebnis zu „legalem Unrecht" führen können, wie dies in der Weimarer Republik z. B. bei der Außerkraftsetzung der Grundrechte per Notverordnung möglich war.

1.6 Verfassungsprinzipien II – Sozialstaat und Bundesstaat

Zum Thema: Zwei weitere Verfassungsprinzipien der Bundesrepublik Deutschland sind der Bundesstaat und der Sozialstaat. Wie wird garantiert, dass Deutschlands Bundesländer föderal strukturiert und Sozialleistungen erhalten bleiben?

M22 Soziale Gerechtigkeit in den Schlagzeilen

1 Krankenhäuser beklagen Pflegenotstand
Viele Krankenhäuser können die Versorgung der Patienten und Patientinnen kaum noch gewährleisten. Durch das Corona-Virus wurde die Situation erneut verschärft.

2 Altersarmut: Ein Fünftel sind betroffen
Noch mehr Rentnerinnen und Renter als zuvor angenommen sind in Deutschland von Altersarmut betroffen.

3 Höhe Beiträge für Reiche
Gutverdiendende sollen mehr in die gesetzliche Rente einzahlen.

4 Kinderarmut höher als angenommen
Eine neue Untersuchung hat gezeigt, dass viele arme Familien aus Schamgefühl oder Überforderung mit der Bürokratie nicht alle möglichen Mittel in Anspruch nehmen.

5 Kinderlose sollen mehr Rente zahlen
Um die Rente für die Zukunft zu sichern, fordern Politiker und Politikerinnen, dass Paare ohne Kinder einen Zuschlag zum Rentenbeitrag zahlen sollen.

Bearbeiterin

Einstiegsaufgaben

1. Ermitteln Sie aus den Schlagzeilen aktuelle Probleme des Sozialstaats.
2. Notieren Sie sich mögliche Lösungsansätze.

M23 Grundprinzipien und Aufgaben des deutschen Sozialstaats

1 Interview mit Axel Börsch-Supan

Axel Börsch-Supan ist Direktor am Max-Planck-Institut für Sozialrecht und Sozialpolitik und Professor an der TU München.

Was ist soziale Gerechtigkeit?
Hier gibt es keine klare Antwort, sondern nur konkurrierende Prinzipien, die im demokratischen Prozess in Einklang gebracht werden müssen. Zum einen müssen in einer solidarischen Gemeinschaft die elementaren Bedürfnisse der Menschen gedeckt werden. Daher ist es sozial gerecht, wenn von Reich nach Arm umverteilt wird, ebenso von Gesund nach Krank, und von Jung nach Alt. Dazu dienen die verschiedenen Zweige der Sozialversicherungen und die Sozialhilfe. Zum Sozialstaat gehört aber auch Leistungsgerechtigkeit. Das bedeutet: Wer mehr leistet, darf auch mehr erhalten, ohne ein schlechtes Gewissen dabei haben zu müssen. In der Praxis prallen beide Prinzipien aufeinander. Sie müssen daher immer wieder neu gegeneinander abgewogen werden.

Börsch-Supan, Axel. In: Interview – „Wir können stolz auf den deutschen Sozialstaat sein". In: www.bundesregierung.de, 18.02.2020

2 Das Funktionsprinzip des deutschen Sozialstaats

Prinzipien der sozialen Sicherung

Leistungen nach ...	**Versicherungsprinzip**	**Versorgungsprinzip**	**Fürsorgeprinzip**
durch die ...	**Sozialversicherung**	**öffentliche Versorgung**	**Grundsicherung/Sozialhilfe**
erhalten ...	Mitglieder der Sozialversicherung, wenn sie Versicherungsbeiträge gezahlt haben.	bestimmte Bevölkerungsgruppen, wenn sie besondere Opfer oder Leistungen für die Gemeinschaft erbracht haben.	alle Bürgerinnen und Bürger, wenn sie bedürftig sind.
zum Beispiel ...	Krankenversicherung, Arbeitslosengeld I, Rentenzahlungen	Kindergeld, Elterngeld, Pensionen	Arbeitslosengeld II, Sozialhilfe, Wohngeld
finanziert durch ...	Versicherungsbeiträge und Staatszuschüsse	Steuermittel	Steuermittel

Nach: © Bergmoser + Höller Verlag AG; Zahlenbilder 141 050

Das Versicherungsprinzip gilt für die Abdeckung sozialer Risiken durch Beiträge. Sie sind aber nicht individuell, sondern kollektiv ausgerichtet. Die Leistungen sind im Falle der Rente stark an die Beitragshöhe gekoppelt, [...] in der Krankenversicherung hingegen gilt die Orientierung am medizinischen Bedarf. Das Fürsorgeprinzip begründet den Rechtsanspruch Bedürftiger auf Sozialhilfe für den Fall, dass sie sich nicht selbst helfen können und keine Leistungen von anderer Seite erbracht werden. Die Finanzierung erfolgt hier aus Steuermitteln [...]. Das Versorgungsprinzip gilt für die Entschädigungen (ebenfalls aus Steuermitteln) in besonderen Fällen (z. B. Kriegs- oder Katastrophenfolgen) und für die soziale Sicherung der Beamten, da diese in einem besonderen Dienst- und Treueverhältnis zum Staat stehen und deshalb deren Pensionen und Beihilfen (vor allem für medizinische Versorgung) aus Haushaltsmitteln übernommen werden.

Schmid, Josef: Der Sozialstaat in der Bundesrepublik: Recht und Organisation. In: www.bpb.de, 31.05.2012

M24 Das bedingungslose Grundeinkommen – (k)eine Alternative zum Sozialstaat?

Kaum ein Thema wird in Deutschland derzeit so kontrovers diskutiert wie das bedingungslose Grundeinkommen (BGE). Wenig überraschend passiert dies gerade in einer Krise, in der Millionen Menschen um ihre wirtschaftliche und soziale Existenz bangen. Die soziale Polarisierung war bereits vor der Pandemie groß und verstärkt sich nun drastisch. Gerade jetzt wächst das Bedürfnis nach einer grundlegenden Reform der sozialen Sicherungssysteme – und die Pandemie gibt uns die Chance, viele Dinge neu zu denken. So könnte die soziale Sicherung nicht nur darauf angelegt sein, existenzielle Löcher zu stopfen, sondern jedem und jeder Einzelnen in unserer Gesellschaft neben einem Minimum an Sicherheit auch mehr Eigenverantwortung zu geben.

[...] Die Lösung liegt [...] in einer grundlegenden Umgestaltung des Sozialstaats, [...] der jedem Menschen die Chance auf Eigenverantwortung und soziale Teilhabe gibt, der wirkliche Chancengleichheit in allen Bereichen, vom Bildungssystem bis hin zum Arbeitsmarkt, gewährleistet. Es ist ein Sozialstaat, der die Menschen ermutigt und befähigt, ihr eigenes Leben

Bedingungsloses Grundeinkommen
Alle Bürgerinnen und Bürger erhalten jeden Monat bedingungslos (also unabhängig von Alter, Geschlecht, Vermögen etc.) einen bestimmten Betrag (z. B. 1.000 Euro) Grundeinkommen vom Staat überwiesen ohne weitere soziale Leistungen (z. B. Rente, Kindergeld) zu beziehen, aber auch ohne dafür eine Gegenleistung erbringen zu müssen.

Weitere Infos zum Bedingungslosen Grundeinkommen

71910-15

zu gestalten, Autonomie zu erlangen und nicht in einer anhaltenden Abhängigkeit vom Sozialstaat zu verbleiben. Genau dies ist die grundlegende Idee des bedingungslosen Grundeinkommens – die intrinsische Motivation in jedem Einzelnen zu stärken und zu unterstützen, sein eigenes Potenzial zu nutzen und einen Beitrag zur Gesellschaft zu leisten. In anderen Worten: Erforderlich ist eine Umgestaltung von einem ruhigstellenden hin zu einem aktivierenden Sozialstaat.

Viele zweifeln daran, dass das bedingungslose Grundeinkommen der richtige Weg ist, um dieses Ziel zu erreichen. Viele dieser Zweifel sind berechtigt. Einige Menschen werden durch ein Grundeinkommen ihre Arbeit aufgeben und nicht mehr, sondern weniger in ihre Bildung und Qualifizierung investieren. Aber einigen Menschen wird es helfen, eigene Träume und Pläne zu realisieren und sich damit auch verstärkt in die Gesellschaft einzubringen. Wir wissen nicht, wie und für wen ein bedingungsloses Grundeinkommen funktionieren wird und was es mit den Menschen machen wird. Und deshalb ist es so wichtig und wertvoll, dies durch einen breit angelegten Modellversuch herauszufinden. Genau dies will die privat finanzierte Initiative Mein Grundeinkommen tun, der es im vergangenen Jahr gelungen ist, zwei Millionen Interessierte für einen Feldversuch zum bedingungslosen Grundeinkommen zu rekrutieren. Das bedingungslose Grundeinkommen ist einer der radikalsten Ideen für die Reform der Sozialsysteme und des Gesellschaftsvertrags. Dabei ist es gerade diese Radikalität und Einfachheit, die es Politik und Gesellschaft ermöglichen, klare Erkenntnisse darüber zu gewinnen, welche Elemente der Reformen funktionieren und welche nicht. Und wenn nicht jetzt, wann dann? Die Pandemie macht die Zeit reif dafür, sich für eine Erprobung des bedingungslosen Grundeinkommens zu öffnen. Die Politik sollte nicht länger die Getriebene des Wandels sein, sondern diesen aktiv gestalten.

Fratzscher, Marcel: Zeit für soziale Experimente. In: www.zeit.de, 26.02.2021

M25 Deutschland, einig Bundesland? Vielfalt und Unterschiede im föderalen Staat

Art. 30 GG
Die Ausübung der staatlichen Befugnisse und die Erfüllung der staatlichen Aufgaben ist Sache der Länder, soweit dieses Grundgesetz keine andere Regelung trifft oder zulässt.

Art. 70 (1) GG
Die Länder haben das Recht der Gesetzgebung, soweit dieses Grundgesetz nicht dem Bunde Gesetzgebungsbefugnisse verleiht.

1 Vielfalt und Demokratie als Leitgedanken des Föderalismus

In Deutschland ist der Alltag der Menschen stark mit den Bundesländern verknüpft, in denen sie leben. […] In 16 Ländern wird jeweils eine eigenständige Geschichte, Kultur und Identität gepflegt. Die meisten Deutschen fühlen sich zudem einer durch Sprache und Traditionen besonders gekennzeichneten regionalen Lebenswelt zugehörig. Auf der Autobahn erinnern Begrüßungsschilder sogar an das Überschreiten einer Ländergrenze. Politisch organisiert wird diese Vielfalt in einer föderalen Ordnung. Im Begriff „Föderalismus" steckt das lateinische Wort foedus. Es bedeutet Vertrag oder Bund. Man kann sich den Föderalismus als eine Art freiwillige Vereinbarung vorstellen. Mit dieser verpflichten sich die Deutschen aus unterschiedlichen Ländern, in einem Staatswesen zusammenzuleben, und respektieren dabei die bestehenden regionalen Unterschiede und Interessen. Der Föderalismus soll so die gesellschaftliche und politische Vielfalt der Länder im Rahmen des gemeinsamen Rechts- und Sozialstaates friedlich in Einklang bringen. […]

Eine wichtige Funktion des Föderalismus in Deutschland ist der Schutz vor einer Gefährdung der Demokratie durch einseitige Machtausübung. Sowohl auf der Bundes- als auch auf der Landesebene gibt es eine gegenseitige Kontrolle von Regierungen, Parlamenten und unabhängiger Justiz („horizontale Gewaltenteilung“). Hinzu kommt die besondere föderale Machtteilung, also die Begrenzung der Macht des Bundes durch die Rechte der Länder („vertikale Gewaltenteilung“). Für den politischen Alltag bedeutet dies, dass die Länder gemeinsam mit dem Bund die Verantwortung für politische Entscheidungen tragen.

Sturm, Roland: Demokratie als „Leitgedanke“ des deutschen Föderalismus, In: www.bpb.de, 03.05.2013

2 Vielfalt im Föderalismus – ein Beispiel aus dem (Schul)Alltag

Schuljahre bis zum Abitur am Gymnasium
Stand: 2021

73000-306

**in fast allen Bundesländern gibt es Pilotprojekte oder Ausnahmen. Auf eine detaillierte Darstellung dieser wurde aus Gründen der Übersichtlichkeit verzichtet.*

Bearbeiterin

Aufgaben

82000-153

1. a) Beantworten Sie die Frage „Was ist soziale Gerechtigkeit“ aus **M23** 1 zunächst für sich selbst und dann in der Gruppe.
   b) Diskutieren Sie die in von Ihnen in Einstiegsaufgabe 2 notierten Lösungsansätze im Hinblick auf die Gerechtigkeitsfrage aus **M23** 1.
2. Erarbeiten Sie aus **M23** 2 die zentralen Mechanismen des Sozialstaats und prüfen Sie, welche Faktoren die Funktionsfähigkeit negativ oder positiv beeinflussen.
3. Erarbeiten Sie aus **M24** die Position und Argumentation des Autors im Hinblick auf die Einführung eines bedingungslosen Grundeinkommens.
4. Diskutieren Sie ausgehend von **M25** 1 2 die Vor- und Nachteile des Föderalismus. Recherchieren Sie nach weiteren Beispielen, bei welchen der Föderalismus der Bundesrepublik Deutschland für Bürgerinnen und Bürger im Alltag greifbar ist.

F zu Aufgabe 3
Recherchieren Sie im Internet zu bisherigen Modellversuchen des BGE und erstellen Sie mithilfe des Materials sowie der Randspalte eine Übersicht mit Argumenten für und gegen die Einführung eines BGE.

WISSEN KOMPAKT

Sozialstaatsprinzip → M23

Das Sozialstaatsprinzip verpflichtet die staatliche Gemeinschaft zum Schutz von sozial und wirtschaftlich Schwachen. Anders als die anderen Verfassungsprinzipien ist es im Grundgesetz nur als Postulat formuliert und lässt dem Gesetzgeber damit einen großen Gestaltungsspielraum. Andererseits verpflichtet es den Staat, alle Entscheidungen auf ihre Sozialverträglichkeit hin zu prüfen. Als unstrittig gelten aber zwei große Handlungsbereiche, die dem Staat obliegen: Zum einen hat er die Existenzgrundlage seiner Bürger zu sichern (soziale Sicherheit); zum anderen muss er für sozialen Ausgleich zwischen sozial schwachen und sozial starken Bürgerinnen und Bürgern sorgen. Vor allem dadurch erweist sich der Sozialstaat als Garant für den sozialen Frieden.

82000-114

Bundesstaatsprinzip → M25

Gemäß Artikel 20 GG ist die Bundesrepublik Deutschland ein Bundesstaat, auch föderativer oder föderalistischer Staat genannt. Dies bedeutet: Die Bundesrepublik Deutschland besteht aus mehreren Gliedstaaten bzw. Bundesländern – seit 1990 aus insgesamt 16. Diese sind ebenso Staaten wie der Bund, jedoch mit eingeschränkter Souveränität. Die staatliche Qualität der Länder zeigt sich in ihren eigenen Verfassungen, ihren eigenen staatlichen Organen der Legislative, der Exekutive und der Judikative: den Landtagen, den Landesregierungen und den Verfassungs- und Staatsgerichtshöfen (Art. 28 Abs. 1 GG). Dass die Länder andererseits nur teilsouverän sind, verdeutlicht z. B. die Tatsache, dass sie nicht über ein Verteidigungsministerium und eine eigene Außenpolitik verfügen.

82000-115

Bedingungsloses Grundeinkommen → M25

Mit bedingungslosem Grundeinkommen ist ein sozialpolitisches Konzept gemeint, bei dem jede Bürgerin und jeder Bürger eines Staates in regelmäßigen Abständen eine gesetzlich festgelegte finanzielle Leistung bekommt. Diese wäre unabhängig vom Lohn, würde Arbeitssuchenden also genauso zustehen wie Millionären. Je nach genauer Umsetzung soll das bedingungslose Grundeinkommen eine finanzielle Stütze oder eine komplette Grundsicherung bieten. Die volkswirtschaftliche Umsetzbarkeit des bedingungslosen Grundeinkommens ist umstritten, einzelne Versuchsprojekte in anderen Ländern haben jedoch durchaus positive Ergebnisse hervorgebracht.

82000-116

Weshalb steckt der Sozialstaat in der Krise?
M23

Zwischen 1991 und 2011 haben sich die Ausgaben für Sozialschutzleistungen von 383 auf 737 Milliarden Euro nahezu verdoppelt. Die soziale Lage in Deutschland, vor allem der demografische Wandel mit stetig steigender Lebenserwartung und niedrigen Geburtenraten stellen den Sozialstaat vor schwierige Herausforderungen. Wer soll künftig die ältere Generation versorgen, wenn immer weniger Erwerbstätige ihre Beiträge in die gesetzliche Sozialversicherung entrichten? Wie kann angesichts einer älter werdenden Gesellschaft der wachsende Bedarf an qualifizierter medizinischer Versorgung und Pflege finanziert werden?

Warum stehen Rechts- und Sozialstaat in einem Spannungsverhältnis?
M23

Die Bundesrepublik ist ein Rechtsstaat (Art. 20 GG). Während der Rechtsstaat auf der liberalen Idee der Freiheit des Einzelnen gegenüber dem Staat beruht, ist es das generelle Ziel des Sozialstaats, soziale Gerechtigkeit für alle herzustellen. Betont der Rechtsstaat die Eigenverantwortung des Individuums im vorstaatlichen Raum, greift der Sozialstaat steuernd und umverteilend in das Leben seiner Bürgerinnen und Bürgern ein, um für eine hinlänglich gerechte Sozialordnung zu sorgen und soziale Ungleichheiten auf ein sozialverträgliches Maß zu beschränken. Freiheitsprinzip und Gleichheitsprinzip stehen somit in einem Spannungsverhältnis, das bei allen politischen Entscheidungen bedacht werden will.

Welche Vor- und Nachteile hat der Föderalismus?
M25

Neben dem klassischen Argument, dass ein Bundesstaat verhindert, dass die Macht sich zu sehr konzentriert, bietet er noch weitere Vorteile, u. a.:
- ermöglicht er mehr politische Beteiligung, da die Wählerinnen und Wähler nicht nur ein Bundesparlament, sondern auch ein Landesparlament wählen
- sichert er eine Gliederung des Landes in kleinere Einheiten mehr Bürgernähe, was gleichzeitig auch das politische Engagement der Bevölkerung erleichtert
- lassen sich Reformen besser ausprobieren, speziell dann, wenn nur eine bestimmte Region von diesen profitiert
- werden die Chancen der Opposition verbessert, da diese in Ländern, in denen sie die Regierung stellt, politische Alternativen anbieten kann

Nachteile des Föderalismus sind u. a.:
- die Komplexität des Bundesstaates. Er ist für viele Bürgerinnen und Bürger unübersichtlich und lange Entscheidungsprozesse führen mitunter zu unflexiblen Lösungen oder halbgaren Kompromissen.
- Unterschiedliche Lebensverhältnisse haben teilweise einen großen Einfluss auf Bürgerinnen und Bürger, wenn bei einem Wechsel des Wohnorts z. B. verschiedene Schulsysteme nachteilig für die Kinder sind
- 16 (Landes-)Regierungen und Parlamente, sowie die Verwaltung der Länder kosten viel Gehalt und sind somit deutlich teurer als die Verwaltung in einem Einheitsstaat

Basierend auf: Bundeszentrale für politische Bildung: Dossier Deutsche Demokratie. Bonn: 2018, S. 20 f. In: www.bpb.de, Abruf am 12.10.2021

1.7 Wehrhafte Demokratie: Kann sich das Grundgesetz vor seinen Feinden schützen?

Zum Thema: Auch in unserer Demokratie gibt es Menschen, die Hass verbreiten, indem sie andere abwerten, ausgrenzen und sogar töten. Der Staat muss, auf der Basis des Grundgesetzes, dafür Sorge tragen, dass die Grundrechte dauerhaft für alle geschützt werden. Gleichzeitig gilt es immer mehr, auch die Grundprinzipien unseres Staates zu verteidigen.

M26 Ein hoffentlich ganz und gar fiktives Szenario ...

autoritär
Eine Regierung, die die Rechte Anderer (Personen, Gruppen) so einschränkt, dass diese nicht demokratisch mitwirken können

Nach einer langen Wirtschaftskrise mit steigender Arbeitslosigkeit ist es auch in Deutschland soweit. Eine populistischautoritäre Partei namens Nationaldemokratische Front (NDF) gewinnt die Wahlen. Zusammen mit zwei kleineren Parteien bekommt sie die Mehrheit im Bundestag. Daraufhin entfesselt die NDF-Regierung eine Kampagne zur Änderung des Grundgesetzes. Überall in Deutschland gehen ihre Anhänger auf die Straße und fordern eine Neuausrichtung Deutschlands als autoritär regierten Nationalstaat, in dem gilt: „Deutsche zuerst.“ Nur so, fordern die Massen, könne die Krise überwunden und das Volk geschützt werden.

Ulrich, Stefan: Für immer Demokratie, In: www.sueddeutsche.de, 03.05.2019

Einstiegsaufgaben

1. Führen Sie das Szenario **M1** in der Klasse fort.
2. Spekulieren Sie, worin die von der fiktiven Partei „Nationaldemokratische Front“ initiierte Änderung des Grundgesetzes bestehen könnte.

M27 Wie schützt sich das Grundgesetz vor seinen Feinden?

Lehre
die Vermittlung von Wissen an Universitäten und Hochschulen

1 Bestimmungen zum Schutz der Verfassung

Artikel 5 Abs. 3 bindet die Freiheit der Lehre an die Treue zur Verfassung. Extremisten sollen daran gehindert werden, ihre Ideologie im Hörsaal zu verbreiten, ein Missbrauch der Lehrfreiheit soll auf diese Weise unterbunden werden.

Artikel 9 Abs. 2 erklärt Vereinigungen für verboten, „deren Zwecke oder deren Tätigkeit den Strafgesetzen zuwiderlaufen oder die sich gegen die verfassungsmäßige Ordnung oder gegen den Gedanken der Völkerverständigung richten“. Das urdemokratische Recht zur Bildung freier Assoziationen darf nicht dazu benutzt werden, extremistische Politik gegen die Verfassung zu betreiben.

Artikel 18 ermöglicht die Verwirkung von Grundrechten, wenn einzelne Grundfreiheiten „zum Kampfe gegen die freiheitliche demokratische Grundordnung missbraucht“ werden.

Artikel 21 Abs. 2 erklärt Parteien für verfassungswidrig, „die nach ihren Zielen oder nach dem Verhalten ihrer Anhänger darauf ausgehen, die freiheitliche demokratische Grundordnung zu beeinträch-

tigen oder zu beseitigen oder den Bestand der Bundesrepublik Deutschland zu gefährden".
Artikel 21 Abs. 3 schließt Parteien von der staatlichen Parteienfinanzierung aus, „die nach ihren Zielen oder dem Verhalten ihrer Anhänger darauf ausgerichtet sind, die freiheitliche demokratische Grundordnung zu beeinträchtigen oder zu beseitigen oder den Bestand der Bundesrepublik Deutschland zu gefährden."

Nach: Jaschke, Hans-Gerd: Streitbare Demokratie, In: www.bpb.de, 19.09.2006

2 Das Recht zum Widerstand

Das Grundgesetz ermöglicht den Bürgerinnen und Bürgern in letzter Instanz auch das Recht zum Widerstand. Wann und unter welchen Umständen das Widerstandsrecht greifen würde, ist umstritten, sicher ist jedoch, dass es das letzte Mittel der Wahl sein muss, nach Ausschöpfung aller möglichen Rechtswege. Außerdem muss es verhältnismäßig, legitim, erforderlich und angemessen sein. Artikel 20 Abs. 4 GG rechtfertigt keinen zivilen Ungehorsam außerhalb dieser Extremsituation.

Auf Basis von: Deutscher Bundestag: Das Recht auf Widerstand zum Schutz der Deutschen Verfassung. In: www.bundestag.de, Abruf am 21.07.2021

Artikel 20 Abs. 4 GG
Gegen jeden, der es unternimmt, diese Ordnung zu beseitigen, haben alle Deutschen das Recht zum Widerstand, wenn andere Abhilfe nicht möglich ist.

M28 Ist das Grundgesetz allein genug?

1 Papier allein garantiert keine Rechte

Das Grundgesetz gewährt umfassende Meinungsfreiheit (Art. 5), das Recht, friedlich zu demonstrieren und sich zu versammeln (Art. 8), und als allerletztes Mittel das Recht zum Widerstand gegen diejenigen, die die verfassungsmäßige Ordnung beseitigen wollen (Art. 20). Die Bürger sollen die Gelegenheit zur friedlichen öffentlichen Diskussion und zum Aufzeigen von Missständen haben. Die Demokratie ist nicht die Demokratie der Regierenden und nicht die Demokratie der Experten, es ist die Demokratie von uns allen. Kein Gericht und keine staatliche Institution allein können die Demokratie garantieren. Sie können Verstöße gegen Grundrechte und elementare Verfassungsgrundsätze aufdecken und verurteilen. Sie können Verfassungsfeinde beobachten, entlarven, und gegebenenfalls wegen Verstoßes gegen ein Staatsschutzdelikt strafrechtlich verfolgen. Das Bundesverfassungsgericht kann verfassungsfeindliche Parteien verbieten. Die Demokratie können aber nur wir Bürgerinnen und Bürger garantieren. Das ist die Stärke und zugleich die Schwäche der Demokratie.

Leutheusser-Schnarrenberger, Sabine: Angst essen Freiheit auf. Darmstadt: wbg Theiss 2019, S. 50

Sabine Leutheusser-Schnarrenberger ist eine deutsche Politikerin (FDP) und war von 1992–1996 sowie 2009–2013 Bundesministerin der Justiz.

2 Wie weit muss die Toleranz gehen?

Der Philosoph Karl Popper formulierte bereits in den 50er Jahren sein berühmtes Paradoxon der Toleranz:

„Uneingeschränkte Toleranz führt mit Notwendigkeit zum Verschwinden der Toleranz. Denn wenn wir die unbeschränkte Toleranz sogar auf die Intoleranten ausdehnen, wenn wir nicht bereit sind, eine tolerante Gesellschaftsordnung gegen die Angriffe der Intoleranz zu verteidigen, dann werden die Toleranten vernichtet und die Toleranz mit ihnen."

Nach: Popper, Karl R.: Die offene Gesellschaft und ihre Feinde 1. München: Francke Verlag 1957. 4. Auflage, 609 f.

M29 Fallbeispiel: das zweite Verbotsverfahren gegen die NPD

1 Die NPD: Eine rechtsextreme Partei

Die NPD [Nationaldemokratische Partei Deutschlands] versteht sich als Vertreterin einer ethnisch homogenen „Volksgemeinschaft“, für die die „nationale Identität, nationale Souveränität und nationale Solidarität“ Lebensgrundlagen seien. [...] Das Bundesamt für Verfassungsschutz stuft die NPD als rechtsextremistische Partei ein, die den demokratischen Verfassungsstaat systematisch und umfassend bekämpfe. [...] Ein programmatischer Schwerpunkt im Bundestagswahlprogramm der NPD ist die Forderung, den „Bestand des deutschen Volkes“ durch eine „aktive Familien- und Bevölkerungspolitik“ zu sichern. Eine „ethnische Überfremdung“ Deutschlands durch Einwanderung und „kulturelle Überfremdung durch Amerikanisierung und Islamisierung“ sieht die NPD als zentrale Belastungen an. Im Rahmen der Familienpolitik fordert die NPD ein nach Kinderzahl gestaffeltes Gehalt für Mütter, das „ausschließlich deutschen Familien und Kindern zugute kommen“ solle. Die Partei wendet sich damit auch gegen die gleichgeschlechtliche Eheschließung. [...] In „stark überfremdeten Ballungsgebieten“ fordert sie einen getrennten Unterricht für deutsche und ausländische Kinder. [...] Ein Verbotsantrag gegen die NPD wurde vom Bundesverfassungsgericht 2017 zurückgewiesen, da das politische Konzept der NPD zwar „auf die Beseitigung der freiheitlichen demokratischen Grundordnung gerichtet“ sei, das Erreichen dieses Zieles aber für ausgeschlossen erachtet wurde.

Nach: Schmitz-Vardar, Merve: Parteiprofile – Nationaldemokratische Partei Deutschlands. In: www.bpb.de, 02.09.2021, Reihenfolge geändert

2 Pro und Kontra zu dem Urteil des Bundesverfassungsgerichts

Heinrich Wefing ist Leiter des Ressorts Politik der Wochenzeitung Die Zeit.

a) Das Urteil ist richtig – von Heinrich Wefing

Die Entscheidung des Bundesverfassungsgerichts, die NPD nicht zu verbieten, ist kein Ausdruck von Verzagtheit oder gar Resignation. Es ist ein Akt der Souveränität, Ausweis des Zutrauens in die demokratische Auseinandersetzung. [...]

Das Grundgesetz räumt auch der Meinungsfreiheit eminente Bedeutung ein, [...] zugleich aber, und das ist kein Widerspruch soll sich die Demokratie des Grundgesetzes gegen ihre Feinde zur Wehr setzen [...].

Die NPD [...] ist nach ihrem Programm, ihren Absichten und Äußerungen eine widerliche, intolerante, rassistische, antidemokratische, kurz eine verfassungsfeindliche Partei. Aber verfassungsfeindliche Ideen und Programme allein genügen eben nicht. Ein Parteiverbot ist keine Gesinnungsprüfung. [...] Es muss auch eine gewisse Wahrscheinlichkeit bestehen, dass die verfassungsfeindliche Partei ihre Ziele durchsetzen kann, in den Parlamenten oder auf der Straße. Und genau daran fehlt es im Fall der NPD. Die Partei ist bedeutungslos, sie ist intellektuell bankrott, faktisch pleite, sie hat kaum noch Mitglieder, keinen einzigen Sitz in einem Landesparlament, sie ist nicht mehr kampagnenfähig, und die Führung im rechten Spektrum haben längst andere Kräfte übernommen. Mit anderen Worten: Die NPD ist zu jämmerlich, um verboten zu werden.

Wefing, Heinrich: Das Urteil ist richtig. In: Die Zeit, Nr. 4, 19.01.2017, S.1

b) Das Urteil ist falsch – von Heribert Prantl

Die NPD gilt den Richtern zwar als verfassungsfeindlich; ausdrücklich wird die Wesensverwandtschaft mit der NSDAP festgestellt. Aber die NPD ist den Richtern nicht groß, nicht einflussreich, also nicht gefährlich genug, um sie zu verbieten; die NPD habe nicht genügend Wirkkraft.

Würde die NPD bei Wahlen die Prozente erreichen, die derzeit [2017] die AfD erreicht – die Richter hätten sie wohl verboten. Für die Richter ist ein Verbot aufgrund Verfassungswidrigkeit eine Frage der Zahl: Es zählen Wahlergebnisse, es zählt nicht der Wille der Partei, Grundordnung und Grundwerte zu beseitigen; es zählt nur, ob sie auch die realistische Möglichkeit hat, dieses Ziel zu erreichen. Eine solche zählung ist falsch: Eine Demokratie, die sich erst wehrt, wenn es hochgefährlich wird, ist keine wehrhafte, sondern eine naive Demokratie. Mit der Parteiendemokratie verhält es sich wie mit einem Pilzgericht: Ein giftiger Pilz kann das ganze Essen verderben. [...] [Es] ist keine Kleinigkeit, wenn eine Partei Hass sät, [...] wenn sie Millionen Menschen aus Deutschland vertreiben will [...], wenn die Hetze gegen Menschen Parteiprogramm ist. Wenn dies unter dem Schutz des Parteienprivilegs geschehen kann, nährt das Gewalt. [...]

Die staatlichen Institutionen in Deutschland sind gefestigt und stark [...] aber die Menschen, gegen die Neonazis hetzen, sind es nicht; sie sind verletzlicher als der Staat. Die NPD hätte verboten werden können und müssen – nicht, obwohl sie derzeit klein und bei Wahlen unbedeutend ist, sondern gerade deswegen. Niemand hätte beim Verbot behaupten können, dass da eine Art Konkurrentenschutz für die anderen Parteien betrieben wird. [...] [Es] hätte gezeigt werden können, dass es eine Linie gibt, die eine Partei, ob klein oder groß, nicht überschreiten kann [...].

Prantl, Heribert: NPD-Verfahren: Braun bleibt. In: Süddeutsche Zeitung, 18.01.2017, S. 4

Heribert Prantl war Mitglied der Chefredaktion der Süddeutschen Zeitung und ist für diese noch als Autor und Kolumnist tätig.

Aufgaben

82000-154

1. a) Geben Sie die Schutzmechanismen des GG (**M27**) in eigenen Worten wieder.
b) Arbeiten Sie heraus, welche Grundrechte die Schutzmechanismen einschränken und beziehen Sie zu diesen Einschränkungen Stellung.
c) Erläutern Sie, wie die Schutzmechanismen in Bezug auf die Einstiegsaufgabe (**M26**) geholfen und oder versagt haben könnten.

2. Erarbeiten Sie aus **M28** die zentralen Aussagen der Autoren im Hinblick auf die Sicherung unserer Demokratie. Begründen Sie, ob Sie zustimmen.

3. a) Informieren Sie sich mithilfe von **M29** 1 über das zweite Verbotsverfahren gegen die NPD aus dem Jahr 2017.
b) Arbeiten Sie aus **M29** 2 die Argumente der Pro- und Kontraposition zum gescheiterten Verbotsverfahren der NPD heraus. Nehmen Sie im Anschluss Stellung zur Entscheidung des Bunverfassungsgerichts und begründen Sie Ihre Meinung.

4. Verfassen Sie im Anschluss an Aufgabe 3 einen Beitrag für eine Online-Diskussion, in dem Sie an aktuellen Beispielen erklären, wie wichtig die Bereitschaft der Bürgerinnen und Bürger ist, sich aktiv gegen die Feinde der Verfassung zu wehren. Recherchieren Sie nach Iniatiativen und Aktionen in Ihrer Region.

F zu Aufgabe 2a
Recherchieren Sie, warum das erste Verbotsverfahren gegen die NPD gescheitert ist.

H zu Aufgabe 4
→ S. 184

WISSEN KOMPAKT

Wehrhafte Demokratie → M27
Um nicht von Gegnerinnen und Gegnern der Verfassung unterwandert zu werden, enthält das Grundgesetz verschiedene Maßnahmen zum Schutz der Verfassung. Deshalb spricht man bei der Verfassungsordnung der Bundesrepublik von einer wehrhaften oder streitbaren Demokratie.

82000-117

Verwirkung von Grundrechten → M27
Das Bundesverfassungsgericht kann einzelnen Personen Grundrechte aberkennen, wenn sie diese zum Kampf gegen die Demokratie missbrauchen (Art. 18 GG). Im Einzelnen kann dies folgende Rechte betreffen:

- Pressefreiheit (Art.5, Abs. 1 GG)
- Lehrfreiheit (Art. 5, Abs. 3 GG)
- Versammlungsfreiheit (Art. 8 GG)
- Vereinigungsfreiheit (Art. 9 GG)
- Brief-/Post-/Fernmeldegeheimnis (Art. 10 GG) und damit auch das Recht an den eigenen Daten
- Eigentumsrecht (Art. 14 GG)
- Asylrecht (Art. 16a GG)

Um Willkürakte auszuschließen, sind die Voraussetzungen für die Einschränkung von Grundrechten sehr hoch.

82000-118

Verpflichtung zur Verfassungstreue → M27
Bedienstete im öffentlichen Dienst und insbesondere Beamtinnen und Beamte können auf ihre (besondere) Treue zur Verfassung hin verpflichtet werden. Dies geschieht häufig durch das Ableisten eines Amtseides. Dies gilt zum Beispiel für Richterinnen und Richter, Lehrkräfte, Soldatinnen und Soldaten und Polizistinnen und Polizisten.

Verbot von Vereinigungen und Parteien → M27, M29
Der Bundesinnenminister kann Vereinigungen, die die verfassungsmäßige Ordnung gefährden, verbieten (Art.9, Abs. 2 GG).

Das Bundesverfassungsgericht kann auf Antrag von Bundestag, Bundesrat, Bundesregierung, oder – bei regionalen Parteien – auch auf Antrag der Länderregierungen Parteien verbieten (Art. 21, Abs. 2GG). Da das Verbot einer politischen Partei einen massiven Eingriff in die Meinungsfreiheit darstellt, sind die für ein Verbot geltenden Hürden sehr hoch. Bislang wurden lediglich die Sozialistische Reichspartei, SRP, (1952) und die Kommunistische Partei Deutschlands, KPD, (1956) verboten. Im Rahmen eines erneuten NPD-Verbotsverfahrens hat das Verfassungsgericht geurteilt, dass der Staat Parteien, die die demokratische Grundordnung bedrohen, nicht wie andere Parteien finanziell unterstützen bzw. steuerlich begünstigen muss (Art. 21, Abs. 3 GG).

82000-119

Wie tolerant muss die Demokratie gegenüber ihren Feinden sein?
M27, M28

Zum Wesen einer pluralen Demokratie gehören Interessensgegensätze und Konflikte, die von verschiedenen Interessensvertretern und Konfliktpartnern gemeinsam ausgetragen werden. Das geht nicht ohne Kompromisse, bei der Mehrheitsentscheidungen akzeptiert werden, auch wenn sie der eigenen Meinung widersprechen.
Einige wenige Menschen wollen, häufig motiviert durch extreme politische oder religiöse Überzeugungen, diese Kompromisse nicht eingehen. Im Einzelfall entschließen sie sich aus diesem Grund dem Staat und seinen Institutionen den Kampf anzusagen. Dies kann dadurch geschehen, dass sie mit ihren extremistischen Ansichten versuchen, den Staat zu unterwandern, indem sie Ämter übernehmen oder aber verbal oder physisch den Staat zum Kampf herausfordern. Dies wird in der Regel in terroristischen Anschlägen sichtbar.

Wie schützt sich der Staat vor diesen Gefährdungen?
M27

Gerade nach den Erfahrungen des Nationalsozialismus hat man bei der Gestaltung des Grundgesetzes darauf geachtet, dass der Staat, seine Institutionen und Bürger solchen terroristischen Attacken nicht wehrlos ausgeliefert sind. Geht die Gefahr von Einzeltäterinnen oder Einzeltätern aus, so können ihnen einzelne Grundrechte verwehrt werden (Art. 18 GG). Aber auch gegen politische Gruppierungen, die die Demokratie gefährden, sieht das Grundgesetz Mittel und Wege vor, diese (z. B. durch Verbot) zu bekämpfen (Art. 21 GG). Sollte im Extremfall eine Vereinigung mit der Unterwanderung soweit kommen, dass unser Staat in Gefahr gerät, so ist er durch die Sicherungsmechanismen unseres Grundgesetzes, wie z. B. die „Ewigkeitsklausel", die die Grundzüge unseres Staates für unveränderlich erklärt, geschützt (Art. 79, Abs. 3 GG).

Welche Rolle kommt dem einzelnen Bürger und der einzelnen Bürgerin zu?
M28

Auch wenn es im Grundgesetz eine Vielzahl von Artikeln gibt, die die Abschaffung der freiheitlich-demokratischen Grundordnung erschweren, sind diese hinfällig, wenn die Bürgerinnen und Bürger nicht mehr hinter diesen Prinzipien stehen und nicht bereit sind, diese mit den ihnen zur Verfügung stehenden Mittel zu verteidigen. Eine Bedrohung, vor der das Grundgesetz nicht geschützt werden kann, ist, dass es von den Bürgerinnen und Bürgern nicht genug geschätzt und geachtet wird. Der beste Schutz unserer Demokratie ist nämlich ihre Bedeutung für jeden Einzelnen. Durch aktive Beteiligung und politisches Engagement kann jeder dazu beitragen, dass unsere Demokratie lebendig und vielfältig bleibt.

KOMPETENZEN ANWENDEN

Kompetenz-Check Kapitel 1

71910-16

Die nachfolgenden Aufgaben bieten Ihnen die Möglichkeit, sich selbst zu überprüfen und erlauben Ihnen, abzuschätzen, inwieweit Sie die gewonnenen Kenntnisse und Fähigkeiten gezielt anwenden können. Mögliche Lösungsvorschläge finden Sie über die QR- und Mediencodes zu den jeweiligen Aufgaben.

1 Grundrechte und deren Einordnung: Menschenwürde und Meinungsfreiheit

Hintergrund: Im August 2018 wurde in Chemnitz ein Mann tödlich und zwei weitere schwer verletzt. Nachdem bekannt wurde, dass die Verdächtigen einen Migrationshintergrund bzw. Flüchtlingsstatus hatten, kam es zu Ausschreitungen von Rechten und Neonazis. Journalisten, Polizisten, Passanten und vermeintliche Migranten wurden angegriffen. Im Gegenzug fanden Gegendemonstrationen und unter dem Motto „#wirsindmehr“ auch ein kostenloses Konzert gegen Rechtsextremismus statt.

Tagesschau @tagesschau
Zahlreiche Grundgesetzbücher stehen auf der Bahnhofstraße in #Chemnitz in der Nähe der Kundgebung des Bündnisses Chemnitz Nazifrei unter dem Motto „Herz statt Hetze“.
#c0109

@tagesschau. 01.09.2018

Aufgabe

Stellen Sie sich vor, Sie sind für die Grundgesetz-Aktion verantwortlich und sollen einem interessierten Journalisten erklären, was es mit dem GG als „Barriere“ gegen Hass und Menschenfeindlichkeit auf sich hat. Verfassen Sie einen Text für das Interview, in dem Sie die Aktion ausführlich erläutern.

Lösungsvorschlag

71910-17

2 Das Verbot von Combat 18

Hintergrund: „Combat 18 Deutschland“ ist die deutsche Sektion der 1992 im Vereinigten Königreich als Saalschutztruppe der rechtsextremistischen „British National Party“ gegründeten Vereinigung „Combat 18“. [...] Der Code „18“ steht für den ersten und den achten Buchstaben des Alphabets und bedeutet „Adolf Hitler“. „Combat 18“ kann somit als „Kampfgruppe Adolf Hitler“ übersetzt werden. Vereinszweck von „Combat 18 Deutschland“ ist die Verbreitung einer rechtsextremistischen, fremdenfeindlichen und antisemitischen Ideologie, vornehmlich durch den Vertrieb von Tonträgern, die Organisation von Konzerten und den Verkauf von Merchandise-Artikeln. [...]

Bundesministerium des Inneren, für Bau und Heimat: Verbot von „Combat 18 Deutschland“. In: www.bmi.bund.de, Abruf am 19.07.2021

a) Bundesinnenminister Horst Seehofer

Das heutige Verbot ist eine klare Botschaft: Rechtsextremismus und Antisemitismus haben in unserer Gesellschaft keinen Platz! Insbesondere durch die Produktion und den Vertrieb von rechtsextremistischer Musik sowie die Organisation von rechtsextremistischen Konzerten hat „Combat 18 Deutschland“ die menschenverachtende Gesinnung mit rechtsextremistischer und antisemitischer Hetze in unsere Gesellschaft hineingetragen. [...] Das Grundgesetz gibt uns mit dem Vereinsverbot ein scharfes Schwert in die Hand, um unsere freiheitliche demokratische Grundordnung und unser Wertesystem wirksam zu schützen.

Seehofer, Horst: Pressemitteilung des Bundesinnenministeriums. In: www.bmi.bund.de, 23.01.2020

b) Dr. Wolfgang Janisch, Süddeutsche Zeitung

Nur wird auch ein Verbot [von Combat 18] allein die gefährlichen Umtriebe im Untergrund nicht aus der Welt schaffen. Dass das Logo der Organisation nicht mehr verwendet werden darf, ändert nichts am braunen Ungeist. Aber ein Vereinsverbot ist eines von mehreren Instrumenten, mit denen die Sicherheitsbehörden entschiedener gegen solche Aktivitäten vorgehen und Strukturen zerschlagen können. Das ist dringend notwendig, sonst werden Rechtsextremisten weiter ihre Netze knüpfen. Der Staat wird einen langen Atem benötigen, um dieser Gefahr Herr zu werden. Das Verbot von Combat 18 ist da nur ein Anfang.

Janisch, Dr. Wolfgang: Seehofer hätte Combat 18 viel früher verbieten müssen. In: www.sueddeutsche.de, 23.01.2020

c) Jasper von Altenbockum, Frankfurter Allgemeine Zeitung

Entstehen aus verbotenen Gruppen nicht immer wieder neue? Es ist nun das 18. Verbot einer solchen rechtsextremistischen Gruppierung seit Bestehen des Innenministeriums. Die Entwicklung der vergangenen Jahre in Deutschland lässt vermuten, dass die Taktung der Verbote eher zunehmen als nachlassen wird. Das ist nicht nur ein Anlass, nach den Gründen für die Bildung solcher gewaltverherrlichenden und menschenverachtenden Vereine zu fragen, sondern auch nach dem Sinn der Verbote.

Von Altenbockum, Jasper: Kein Ruhekissen. In: www.faz.net, 23.01.2020

Aufgaben

1. Legen Sie dar, welche Möglichkeiten das Grundgesetz bietet, sich gegen Organisationen und Parteien, die die freiheitlich-demokratische Grundordnung abschaffen wollen, zur Wehr zu setzen.
2. Diskutieren Sie auf Basis der Materialien die Chancen und Herausforderungen eines Verbots verfassungswidriger Vereinigungen.

Lösungsvorschlag

71910-18

Ein Plakat der Aktion „Schule ohne Rassismus – Schule mit Courage“

2 Deine Schuld
Die Ärzte

71910-19

Hast Du Dich heute schon geärgert, war es heute wieder schlimm
Hast Du Dich wieder gefragt, warum kein Mensch was unternimmt
Du musst nicht akzeptieren, was Dir überhaupt nicht passt
Wenn Du Deinen Kopf nicht nur zum Tragen einer Mütze hast,

Es ist nicht Deine Schuld, dass die Welt ist, wie sie ist
Es wär nur Deine Schuld, wenn sie so bleibt
Es ist nicht Deine Schuld, dass die Welt ist, wie sie ist
Es wär nur Deine Schuld, wenn sie so bleibt

Glaub keinem, der Dir sagt, dass Du nichts verändern kannst
Die, die das behaupten, haben nur vor der Veränderung Angst [...]

Die Ärzte: „Deine Schuld“. In: Geräusch. Hot Action Records, 2003.

In München demonstrieren junge Menschen für den Klimaschutz.

4

2.09.18

taz am wochenende

Aufstehen?
Am Dienstag startet die „linke Sammlungsbewegung“. Wer ist die Basis? Wo die Prominenz? Eine Analyse
8–9

„Sind wir uns darüber einig, dass der Hitlergruß nicht okay ist?“

Michael Kretschmer, 43, sächsischer Ministerpräsident, am Donnerstag um 20.32 Uhr beim Bürgerdialog in Chemnitz. Wie in Sachsen um ein Minimum an Demokratie gerungen wird und Aktivisten für ein Konzert gegen Fremdenfeindlichkeit mobilisieren
2, 4, 5, 10

www.taz.de

Freie Fahrt für freie Bürger
7.000 Leute sitzen in deutschen Gefängnissen – weil sie ohne Ticket gefahren sind
20–22

„Denken ist immer elektrisch“
26–27

Die Arbeitspartei
Die FPÖ sieht sich als Partei des kleinen Mannes. Jetzt hat sie in Österreich eine Reform beschlossen: Es darf 12 Stunden am Tag und 60 Stunden in der Woche gearbeitet werden
3

taz berlin
Sich beschweren? Das ist Ihr gutes Recht! Die Arbeit des Petitionsausschusses
41, 44–45

Hochstapler
Der Autor Maruan Paschen hat einen wilden, bösen Roman mit einem sanften Titel geschrieben: „Weihnachten“
12

Die Zeitung „taz“ berichtet über einen Bürgerdialog in Chemnitz, der nach ausländerfeindlichen Ausschreitungen in der Stadt im August 2018 stattfand.

Politische Verantwortung für sich und andere übernehmen

2

Seitdem es die Demokratie gibt, wird darüber diskutiert, wie diese ausgestaltet werden soll. Der Wille der Menschen, der z. B. bei Wahlen sichtbar wird, muss irgendwie zu konkretem Regierungshandeln führen.
Es gibt unterschiedliche Vorstellungen darüber, welche Möglichkeiten die Bürgerinnen und Bürger haben sollten, um auf den politischen Entscheidungsprozess Einfluss zu nehmen. Was in allen Demokratien aber gleich ist, ist der politische Diskurs, der Streit um die richtige Politik. In allen Demokratien steht die Frage im Zentrum, nach welchen Werten und Interessen die Gesellschaften gestaltet werden sollen.

Kompetenzen

Am Ende des Kapitels sollten Sie Folgendes können:

- Verschiedene Möglichkeiten der politischen Mitwirkung kennen und einschätzen, wie eigene Interessen demokratisch durchgesetzt werden können
- Aufgaben und Funktionen von Parteien erkennen und beschreiben, wie diese sich mit den sich in Deutschland ändernden Rahmenbedingungen umgehen
- die Funktionen demokratischer Wahlen erkennen und beschreiben welche Vor- und Nachteile einzelne Wahlsysteme haben können.
- das Wahlsystem der Bundesrepublik Deutschland erklären und beschreiben
- die Funktionen und Aufgaben der Massenmedien für den demokratischen Prozess und die durch Filterblasen entstehenden Gefahren beschreiben
- die Vor- und Nachteile organisierter Interessenvertretung beschreiben
- das eigene politische Engagement selbstreflektiert hinterfragen und selbst die Übernahme politischer Verantwortung einüben.

Aufgaben

82000-155

1. Sammeln Sie ausgehend von den Impulsen auf S. 54 Fragen, Kritik und Meinungen zum Zustand der Demokratie in Deutschland.
2. Vergleichen Sie Ihre Gedanken mit Ihrem Sitznachbar oder Ihrer Sitznachbarin und strukturieren Sie diese in einer Mindmap mithilfe von übergeordneten Kriterien.
3. Stellen Sie Ihre Mindmap dem Rest der Klasse vor.

LERNAUFGABE

Ein Portfolio zum Thema „Meinungsbildung im digitalen Zeitalter" erstellen.

Die Teilnahme der Bürgerinnen und Bürger am politischen Prozess ist eine der Grundvoraussetzungen für eine funktionierende Demokratie. In dieser Lernaufgabe werden Sie sich mithilfe eines Portfolios damit auseinandersetzen, wie moderne Massenmedien die politische Landschaft, die Meinungs- und Interessenvielfalt verändert haben und wie diese veränderten Rahmenbedingungen die Arbeit der Parteien beeinflusst.

1 Aufgabe

Erstellen Sie eine Materialsammlung zum Einfluss moderner Massenmedien auf die Arbeit der Parteien und die Meinungsbildung in der Bundesrepublik Deutschland.

2 Planung der Durchführung

Es gibt zwei Möglichkeiten, wie Sie diese Lernaufgabe bearbeiten können.

1. **Begleitend zum Kapitel**
   Ergänzen Sie Ihr Portfolio mithilfe und inspiriert von den behandelten Materialien oder dem individuellen Unterrichtsgespräch.
2. **Zum Abschluss des Kapitels**
   Alternativ kann diese Aufgabe auch zum Abschluss des Kapitels durchgeführt werden. Blättern Sie dazu das Kapitel einfach erneut durch und strukturieren Sie Ihr Portfolio mithilfe der Materialien, welche Sie selbst für wichtig halten.

3 Form des Portfolios

Die genaue Gestaltung Ihres Portfolios sollten Sie je nach Arbeitsumfang mit Ihrer Lehrkraft absprechen. Denkbar wären Plakate, Schnellhefter oder auch eine digitale Präsentation, je nach konkret gefordertem Umfang und Inhalt.

Weitere Informationen zur Lernaufgabe

71910-20

4 Materialien für das Portfolio sammeln

Füllen Sie ihr Portfolio mit Material. Was genau Sie dabei sammeln, bleibt Ihnen überlassen. Denkbar sind Ihre eigenen Gedanken zu einzelnen Materialien des Buches oder auch zu Zeitungsartikeln, die Sie privat gelesen haben. Auch Karikaturen, Memes, Wahlplakate, Statistiken bieten sich an. Machen Sie sich jeweils Notizen, warum Sie bestimmte Materialien ausgewählt haben, z. B. wenn Sie das Meme einer Jugendorganisation einer Partei besonders peinlich finden oder Sie sich von einer Karikatur über Jugendliche zu Unrecht kritisiert fühlen.

Bearbeiter

2.1 Sollen die Mitwirkungsmöglichkeiten in der demokratischen Gesellschaft erweitert werden?

Zum Thema: Sie wissen bereits aus dem vorherigen Kapitel, dass eine Demokratie ohne Bürgerinnen und Bürger nicht funktionieren kann. In diesem Kapitel erfahren Sie, dass Wählen nur eine von vielen Möglichkeiten der politischen Partizipation ist und dass Sie bereits jetzt politisch mitwirken können.

M1 Beispiele demokratischen Engagements

Stimmabgabe an der Wahlurne

Der Vlogger Jannick Frickenschmidt alias Rezo, der seit 2019 mit seinen Videos über die Bundestagsparteien deutschlandweit für Aufsehen sorgt.

Schülerinnen und Schüler setzen sich für den Klimaschutz ein.

Die beiden Sprecher der Bürgerinitiative Oberasbach, die den Bau eines Kongresshotels verhindern möchten.

Einstiegsaufgaben

82000-156

1. Erklären Sie, was jede der Abbildungen mit dem Kapitelthema zu tun hat.
2. Ordnen Sie die Abbildungen den Grundgesetz-Artikeln 5, 8, 9, 20, 21 und 38 zu.

M2 Möglichkeiten politischen Engagements

Die parlamentarische Demokratie leitet ihre Rechtfertigung (Legitimation) von der Zustimmung ihrer Bürger ab. Diese drückt sich aus in der Teilnahme (Partizipation) am Prozess der politischen Meinungsbildung und Entscheidung. Das bedeutet nicht, dass die Mehrheit der Bevölkerung unmittelbar politisch aktiv sein muss. Nur eine kleine Minderheit ist beispielsweise bereit, einer Partei beizutreten. [...] Politische Beteiligung kann in vielerlei Formen erfolgen. Sie setzt politische Urteilsfähigkeit voraus und erfordert die Bereitschaft, sich für das Gemeinwesen mitverantwortlich zu fühlen.

Am Prozess der politischen Meinungs- und Willensbildung nimmt teil, wer politische Nachrichten und Kommentare in Zeitungen liest, die politische Berichterstattung in Rundfunk und Fernsehen verfolgt und Gespräche über politische Themen im Familien-, Freundes- und Kollegenkreis führt. Es gibt viele Formen aktiver Beteiligung. Manche erfordern geringe Mühen, bei anderen ist ein größerer Aufwand nötig. So kann man sich an Unterschriftenaktionen beteiligen, sich in Umwelt-, Menschenrechts- oder Selbsthilfegruppen engagieren. Man kann an Versammlungen und Demonstrationen teilnehmen. Man kann Leserbriefe an Zeitungen oder Briefe an Rundfunksender schreiben, sich mit Briefen oder E-Mails an Abgeordnete wenden oder sie in ihrer Sprechstunde aufsuchen. Ebenso kann man Eingaben an Parlamente oder an den Bundespräsidenten richten. Bedeutend mehr Engagement ist für die Mitgliedschaft in Parteien, Verbänden und Bürgerinitiativen notwendig. Besonders wichtig ist die Teilnahme an den Wahlen zu den Volksvertretungen. Nur relativ wenige werden sich zu einer Kandidatur bei solchen Wahlen entschließen.

Pötzsch, Horst: Die deutsche Demokratie. 5. überarbeitete und aktualisierte Auflage. Bonn: Bundeszentrale für politische Bildung 2009, S. 35-36

M3 Fallbeispiel: Volksbegehren zum Artensterben

Das Bienen-Volksbegehren ist nun offiziell Gesetz in Bayern: Der Landtag hat am Mittwoch mit großer Mehrheit die Initiative für mehr Artenvielfalt angenommen, flankiert von einem sogenannten „Versöhnungsgesetz". Mit diesem kommt die Landtagsmehrheit nicht nur den Bauern entgegen, indem darin einige ihrer Kritikpunkte am Volksbegehren aufgegriffen werden. Auch enthält das Gesetz diverse weitergehende Maßnahmen, die den Naturschutz in Bayern verbessern sollen. Im Februar hatten mehr als 1,7 Millionen Bürgerinnen und Bürger das Volksbegehren für Artenvielfalt unterschrieben. Es ist damit das erfolgreichste in der Geschichte des Freistaats. Ministerpräsident Markus Söder (CSU), dessen Partei sich lange gegen die Initiative gestellt hatte, nannte die Reform am Mittwoch unverzichtbar. [...] Die Staatsregierung habe den „Impuls" des Volksbegehrens aufgegriffen, da dies zu ihrer Führungsaufgabe gehöre. Grünen-Fraktionschef Ludwig Hartmann sprach von einem großen Tag für den Arten- und Naturschutz in Bayern und einem großen Tag für die direkte Demokratie. Das Gesetzespaket sei nämlich nicht der Weitsicht der Regierung zu verdanken, sondern der

Ein Plakat zum Volksbegehren

Weitsicht der Menschen in Bayern, die sich mehr Arten- und Naturschutz gewünscht hätten. 167 der knapp 200 anwesenden Abgeordneten stimmten für das Volksbegehren.

[...] „Fairerweise müssen wir sagen, dass jetzt mehr umgesetzt wird, als wir uns

Opposition
Als Opposition werden die Fraktionen (~ Parteien) bezeichnet, welche nicht Teil der Regierung sind.

selbst am Anfang erwartet haben", sagte die Initiatorin des Volksbegehrens, Agnes Becker (ÖDP). Die Annahme des Volksbegehrens sei der offizielle Abschluss und ein wichtiger Baustein für den Artenschutz, „aber da muss noch viel mehr folgen". [...] Und auch wenn die erste Euphorie über den Erfolg inzwischen verflogen sei, wüssten alle Beteiligten, dass hier etwas „Historisches" gelungen sei.

Das Volksbegehren Artenvielfalt hatte im Januar eine nie da gewesene Rekordbeteiligung erreicht und damit die schwarz-orangefarbene Staatsregierung von Ministerpräsident Söder massiv unter Zugzwang gesetzt. Am Ende forderten mehr als 1,7 Millionen Menschen mit ihren Unterschriften einen stärkeren Natur- und Artenschutz – also fast jeder fünfte Wahlberechtigte in Bayern. Angesichts dessen rief Söder kurzerhand einen runden Tisch ins Leben, der zwischen den Interessen der Artenschützer und der Bauern vermitteln sollte. [...] Für die CSU war dies eine komplizierte Situation. Auf der einen Seite konnte sie die 1,7 Millionen Unterschriften nicht ignorieren, auf der anderen Seite versteht sich die Partei traditionell als Vertreterin der Bauernschaft. Dass diese sehr unterschiedlichen Ansätze am Ende in nur einem halben Jahr in ein Gesetz mündeten, mit dem beide Seiten leben können, war tatsächlich nicht absehbar.

Süddeutsche Zeitung: Die Bienen-Revolution in Bayern. In: www.sueddeutsche.de, 17.07.2019

Agnes Becker (Ökologisch-Demokratische Partei) war die Initiatorin des Volksbegehrens.

M4 Kontrovers: brauchen wir Bundesweite Volksentscheide?

PRO

Alle Staatsgewalt geht vom Volke aus, heißt es im Grundgesetz, sie wird durch Wahlen und Abstimmungen ausgeübt. Nur wird Letzteres leider auf Bundesebene nicht gelebt – dabei gibt es keinen nachvollziehbaren Grund dafür, das Volk nicht über Einzelfragen abstimmen zu lassen. Es geht auf Landesebene, es geht auf kommunaler Ebene – aber ausgerechnet für Abstimmungen auf Bundesebene soll der Bürger nicht reif sein? Allein auf Landesebene vergeht mindestens ein halbes Jahr zwischen dem Antrag auf ein Volksbegehren und der Durchführung eines Bürgerentscheides. Auf Bundesebene dürfte es noch länger dauern. Zeit genug, um die Bürger ausführlich zu informieren, Emotionen abzubauen, Sachfragen in den Vordergrund zu stellen, den Populisten den Wind aus den Segeln zu nehmen. Man muss sich halt die Mühe machen, mit nachvollziehbaren Argumenten für eine Mehrheit in einer Sache zu werben. Das ist nicht einfach, bestimmt auch ganz schön anstrengend, schließlich sind viele Fragen heutzutage komplex – aber die Grundlage der Demokratie ist es nun einmal, zu argumentieren und somit zu überzeugen. Gerade in einer Mediendemokratie, in der Personalien oft politische Grundfragen in den Schatten stellen, wäre das doch wieder so wichtig. Und die Bürger könnten sich dann auch nicht mehr darauf hinausreden, dass die da oben doch machen, was sie wollen. Es wäre ein Beitrag zur Eindämmung der Politikverdrossenheit. Also: Keine Angst vor dem Bürger.

Kveton, Peter: Pro & Contra: Bundesweite Volksentscheide. In: www.br.de, 14.10.2016

KONTRA

Mit Volksabstimmungen gibt es ein Problem: Als Antwort kennen sie nur „ja" oder „nein". Soll es eine dritte Startbahn am Münchner Flughafen geben? Braucht es ein neues Gewerbegebiet am Schliersee? Das sind solche Ja-Nein-Fragen. Der Bürgerentscheid auf lokaler Ebene hat sich bewährt. Aber die meisten Fragen in der nationalen Politik sind komplexer als das.

Wofür die jüngere Vergangenheit gute Beispiele bietet: „Nein" haben die Griechen zu den Sparauflagen der EU gesagt – aber damit eben offenbar nicht gemeint, dass sie auf den Euro verzichten wollen

– was aber die logische Folge gewesen wäre. Und die hauchdünne Mehrheit der Briten hat offenbar für einen Brexit mit vollem Marktzugang, aber ohne Freizügigkeit für Unionsbürger gestimmt. Und damit für eine Option, die am Ende gar nicht im Angebot sein wird. Die Welt ist kompliziert. Und in der Politik braucht es oft genug Verhandlungsgeschick und die Kunst der Kompromisse. Die in der binären Ja-Nein-Logik eines Volksentscheids aber eben nicht vorgesehen ist. Beim Volksentscheid sind diejenigen im Vorteil, die vorgeben auf komplexe Fragen eine einfache Antwort zu bieten. Also: Populisten. Das Grundgesetz hat daher eine Lehre aus der Geschichte gezogen und bundesweite Volksentscheide nicht vorgesehen – und das sollte auch so bleiben.

Storch, Lorenz: Pro & Contra: Bundesweite Volksentscheide. In: www.br.de, 14.10.2016

M5 Plakat einer bundesweiten Kampagne für politischen Engagement

Quelle: Bundesministerium für Familie, Senioren, Frauen und Jugend

Aufgaben

82000-157

1. Tragen Sie die in **M2** genannten Formen politischen Engagements zusammen und sortieren Sie in aufsteigender Reihenfolge, welche Sie für die wirkungsvollsten halten. Begründen Sie gegenüber Ihrem Sitznachbar oder Ihrer Sitznachbarin Ihre Entscheidung.
2. Begründen Sie ausgehend von **M2**, warum die Teilnahme der Bürgerinnen und Bürger am demokratischen Prozess von großer Bedeutung für die Demokratie ist.
3. Lesen Sie den Zeitungsartikel **M3** und arbeiten Sie arbeitsteilig folgende Aspekte heraus:
   a) Wer waren die Initiatoren des Volksbegehrens und was waren ihre Motive?
   b) Von welchen Seiten und aus welchen Gründen gab es Widerstand gegen das Volksbegehren?
   c) Was sind die Konsequenzen des Ergebnisses des Volksbegehrens?
4. a) Führen Sie in der Klasse eine Abstimmung zu der Frage „Sollte es Volksentscheide auf Bundesebene geben?" durch.
   b) Arbeiten Sie zu zweit: Lesen Sie die Pro- und Kontraargumente arbeitsteilig durch und stellen Sie diese Ihrem Banknachbarn oder Ihrer Banknachbarin vor.
   c) Führen Sie erneut eine Abstimmung in der Klasse durch. Diskutieren Sie etwaige Unterschiede im Abstimmungsergebnis.
5. Analysieren Sie mithilfe des nachfolgenden Methodenkarte die Aussage des Plakats **M5**. Entwickeln Sie unter Bezugnahme auf konkrete politische Themen und Probleme Vorschläge für Ihr eigenes politisches Engagement.

F zu Aufgabe 4
Verfassen Sie eine E-Mail und erläutern Sie Ihren persönlichen Standpunkt zu bundesweiten Volkentscheiden.

(Wahl-)Plakate analysieren und bewerten

Ob auf dem Smartphone, im Bus, im Supermarkt oder im Fernsehen, wir werden ständig mit einer Vielzahl, aufwendig produzierter Bilder konfrontiert. Auch wenn wir diese Bilder nicht immer aktiv beachten, beeinflussen sie oft unsere Sichtweise oder Einstellung. Dies gilt ganz besonders für Wahlplakate oder Plakate zu politischen Themen – denn diese werden ganz bewusst mit einer bestimmten Absicht gestaltet. Obwohl es zwischen den Plakattypen viele Unterschiede gibt, sind einige Gemeinsamkeiten unübersehbar. Mithilfe dieser Methode können Sie Plakate und die Wirkung, die diese haben sollen, analysieren und bewerten.

1 Analyse der formalen Kennzeichen

- Vom wem oder von welcher Partei stammt das Plakat?
- Zu welchem Anlass/zu welcher Wahl ist es entstanden?
- Wen oder was präsentiert es?
- Wo hängt das Plakat? Beachten Sie hier v. a. soziokulturelle Faktoren: Wer wohnt hier? Wer arbeitet hier? Welche Menschen kommen hier oft vorbei?

Hinweis zu den Fragen
Nicht immer lassen sich alle Fragen zu jedem Plakat beantworten. Die hier gestellten Fragen geben aber Gerüst, welches bei der Analyse und Bewertung hilfreich ist.

▼

2 Analyse des Inhalts

- Wen oder was zeigt das Wahlplakat? (Politiker, Männer, Frauen, Kinder, Tiere, ...)
- Welche Gestik oder Mimik haben die dargestellten Personen? Entspricht das Aussehen der dargestellten Personen bestimmten Stereotypen?
- Welche Darstellungsmittel wurden verwendet? (Bildaufbau, Texte, Perspektive, Farben, Symbole, ...)
- Ist eine inhaltliche Aussage erkennbar? (z. B. Umweltschutz, Sozialpolitik, ...)
- Nimmt das Plakat Bezug auf politische Gegenpositionen?

▼

3 Analyse der Wirkung

- Welche spezifische Zielgruppe soll mit dem Plakat angesprochen werden?
- Wie wirkt das Plakat auf Sie persönlich?
- Inwiefern unterstützt der Titel die Wirkung des Bildes?
- Werden alle Geschlechter gleichermaßen angesprochen oder repräsentiert?

▼

4 Bewertung des Plakats

- Definieren Sie für sich selbst geeignete Kriterien zur Bewertung des Plakats (z. B. Kreativität, Auffälligkeit, Farbwahl, Wortwitz, Qualität der Bilder, ...)
- Bewerten Sie Aussage und Wirkung nach diesen Kriterien

Bearbeiter

Partizipation → M1, M2

Ohne Partizipation, d. h. Teilhabe, Beteiligung an Entscheidungen und Meinungsbildungsprozessen, ist Demokratie nicht denkbar. Zum einen ist es eine demokratische Grundvoraussetzung, dass die Bürgerinnen und Bürger den Staat über politische Beteiligung gestalten. Zum anderen schafft die Übernahme von Verantwortung ein Gefühl der Zusammengehörigkeit und erhöht die Akzeptanz von Entscheidungen. Politische Teilhabe kann dabei auf ganz unterschiedlichen Ebenen und auf vielfältige Art und Weise realisiert werden: durch Teilnahme an Wahlen, an Volksentscheiden, an Demonstrationen, Bürgerforen, Runden Tischen oder Unterschriftenaktionen, durch Mitarbeit in Parteien, Interessensverbänden, Vereinen, Bürgerinitiativen, in der SMV, im Elternbeirat usw.

82000-120

Volksbegehren und Volksentscheid in Bayern → M3

Anders als das Grundgesetz der Bundesrepublik Deutschland bietet die Bayerische Verfassung den Bürgerinnen und Bürgern die Möglichkeit direkter Demokratie-Ausübung (vgl. Art. 7, 2 BV). Denn mit Volksbegehren und Volksentscheid kann die Bevölkerung unmittelbar in den Gesetzgebungsprozess eingreifen. Art. 74 BV sieht vor, dass ein Volksentscheid anzusetzen ist, „wenn ein Zehntel der stimmberechtigten Staatsbürger das Begehren nach Schaffung eines Gesetzes hat".

Bürgerbegehren und Bürgerentscheid in Bayern → M3

Auch auf kommunaler Ebene besitzen die Bürgerinnen und Bürgern seit 1995 die Möglichkeit, direkt in das politische Geschehen einzuwirken: Mit Hilfe von Bürgerbegehren und Bürgerentscheid, wie sie in Art. 7, 2 BV genannt sind, können Angelegenheiten des eigenen Wirkungskreises einer Gemeinde oder eines Landkreises von den Gemeinde- bzw. Kreisbürgerinnen und Kreisbürgern selbst beschlossen werden. Bei einem Bürgerentscheid ist die gestellte Frage in dem Sinne entschieden, in dem sie von der Mehrheit der abgegebenen gültigen Stimmen beantwortet wurde. Diese Mehrheit muss in Gemeinden mit bis zu 50.000 Einwohnerinnen und Einwohnern mindestens 20 %, mit bis zu 100.000 Einwohnerinnen und Einwohnern mindestens 15 % und in Gemeinden mit mehr als 100.000 Einwohnerinnen und Einwohnern mindestens 10 % der Stimmberechtigten (d. h. der wahlberechtigten Gemeindeangehörigen) betragen.

Volksabstimmung → M4

Volksabstimmungen sind, im Gegensatz zu Wahlen, die sich auf Personalentscheidungen beziehen, Abstimmungen der stimmberechtigten Bürgerinnen und Bürger über Sachfragen und Ausdruck der unmittelbaren Demokratie. Bei einem Volksbegehren ergreift das Volk die Initiative zur Schaffung eines Gesetzes durch das Parlament, notfalls durch einen Volksentscheid. Der Volksentscheid stellt die verbindliche Entscheidung über die vorgelegte Sachfrage dar. Bei der Volksinitiative verlangen die Bürgerinnen und Bürger, dass sich das Parlament mit einer Angelegenheit befassen soll. Volksbefragungen dienen der politischen Willensbildung und sind ohne rechtliche Bindung.

82000-121

Warum ist es wichtig, sich als Bürgerin/Bürger demokratisch zu engagieren?
M2

Eine Demokratie lebt von der politischen Mitgestaltung aller Menschen, die in ihr leben, denn die Grundvoraussetzung für eine freie und gerechte Gesellschaft ist, dass alle Bürgerinnen und Bürger ihre Interessen und Anliegen vorbringen und vertreten können. Gleichzeitig wird dadurch auch das Vertrauen und die Zufriedenheit der Menschen in die Politik gestärkt, wenn sie sich ernst genommen fühlen und sich in den politischen Prozess einbringen können.

Wo ist direkte Demokratie in Deutschland möglich?
M3

Im Gegensatz zum Grundgesetz, das (bis auf einen Volksentscheid bei der Neugliederung des Bundesgebietes) auf plebiszitäre Elemente verzichtet, wurde nach 1945 in vielen Länderverfassungen das Recht der Bevölkerung auf direkte Beteiligung bei der Gesetzgebung ausdrücklich festgelegt. Das gilt auch für die Verfassung des Freistaates Bayern, die 1946 in Kraft trat.

Wann kann es in Bayern Volksbegehren und Volksentscheid geben?
M3

Die Möglichkeiten von Volksbegehren und Volksentscheid standen dabei schon von Anfang an in der Bayerischen Verfassung: Unterstützt ein Zehntel der Stimmberechtigten einen aus der Bevölkerung eingebrachten Gesetzentwurf, muss dieser allen Bürgerinnen und Bürgern zum Volksentscheid vorgelegt werden (Art. 74 BV). Darüber hinaus schreibt Art. 75 BV vor, dass auch Verfassungsänderungen – zusätzlich zur erforderlichen Zwei-Drittel-Mehrheit im Landtag – dem Volk zur Entscheidung vorgelegt werden müssen. Auch dieser Passus findet sich im Grundgesetz nicht.

Wozu dienen Volksbegehren und Volksentscheid?
M3

Volksbegehren und Volksentscheid bieten demnach die Möglichkeit, Beschlüsse der Landtagsmehrheit und der von ihr getragenen Staatsregierung zu korrigieren oder – bei fehlender politischer Initiative seitens der Regierung – die Gesetzgebung selbst in die Hand zu nehmen. Sie werden deshalb vor allem von oppositionellen Parteien und Gruppen initiiert, da diese hierdurch die Regierung zum Einlenken oder Umdenken bewegen können, was im parlamentarischen Gesetzgebungsverfahren aufgrund der bestehenden Mehrheitsverhältnisse nicht möglich wäre. Seit 1946 wurden in Bayern 21 Volksbegehren und 19 Volksentscheide durchgeführt (Stand: Anfang 2020).

Welche Elemente direkter Demokratie gibt es in Bayern auf kommunaler Ebene?
M3

Aufgrund eines erfolgreichen Volksentscheids besteht seit 1995 für die bayerischen Bürgerinnen und Bürgern auch die Möglichkeit, auf kommunaler Ebene direkt über politische Fragen abzustimmen. Ähnlich wie beim Volksbegehren auf Landesebene können seitdem in den Gemeinden, Städten und Kreisen bei Vorliegen einer bestimmten Anzahl von Unterschriften sogenannte Bürgerentscheide durchgeführt werden, zum Beispiel über den Ausbau verkehrsberuhigter Zonen oder ein neues Erlebnisbad. Seit der Einführung wurde von dieser Möglichkeit direkter Demokratie über 3000mal Gebrauch gemacht (Stand: Anfang 2020). Es gibt überdies noch eine weitere Möglichkeit der politischen Teilnahme auf kommunaler Ebene: Jeder Gemeindebürger kann sich in der Bürgerversammlung, die nach Artikel 18 der Bayerischen Gemeindeordnung abzuhalten ist, zu Wort melden und eigene Vorschläge zur Diskussion stellen.

Sollte es direkte Demokratie auch auf Bundesebene geben?
M4

Aufgrund der Erfolge direkter Demokratie auf kommunaler Ebene wird auch die Forderung nach bundesweiten Volksentscheiden immer lauter. Während Befürwortende betonen, dass dadurch das Demokratieverständnis der Bürgerinnen und Bürger gestärkt und der zunehmenden Politikverdrossenheit entgegenwirkt wird, befürchten kritische Stimmen etwa die Unmöglichkeit von notwendiger Kompromisssuche in der politischen Diskussion oder die Durchsetzung von Sonderinteressen durch gut organisierte Minderheiten.

2.2 Politische Parteien – sind sie noch zeitgemäß?

Zum Thema: Was eine Partei im weitesten Sinne tut und ist, wissen Sie vermutlich bereits. In diesem Kapitel setzen Sie sich nun mit den konkreten Aufgaben von Parteien auseinander und erfahren, welchen Problemen sich Parteien in Zukunft stellen müssen.

M6 Jugendliche und ihr Verhältnis zu Parteien und Politik

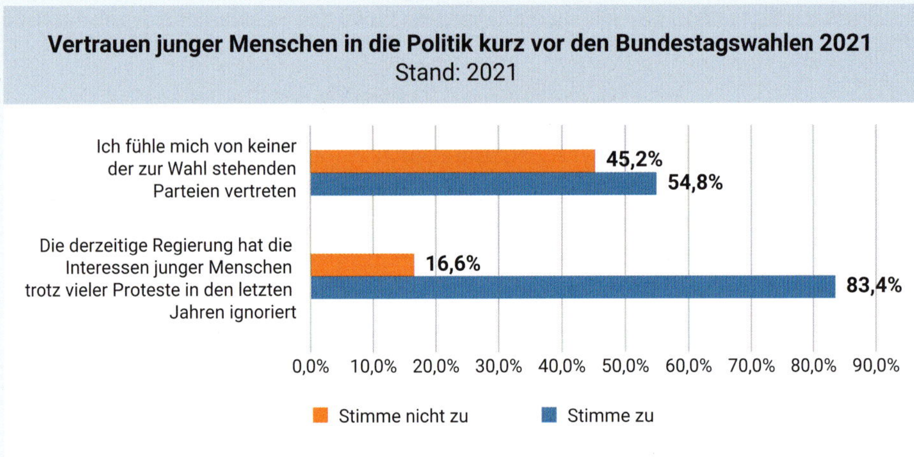

Quelle: Umfrage der Generationen Stiftung. Befragung durch Responi AG im Juni 2021. Stichprobe: 1500 Personen von 16 – 26 Jahren.

Einstiegsaufgabe

82000-158

Analysieren Sie die Statistik in **M6** und mutmaßen Sie über mögliche Gründe für Auffälligkeiten.

M7 Die Funktionen politischer Parteien

Die Bundesrepublik Deutschland ist eine Parteiendemokratie: Für die demokratische Willensbildung sind Parteien [neben anderen Faktoren wie z. B. den Medien] unverzichtbar. [...] Eine Schlüsselfunktion kommt den Parteien beim Wahlvorgang zu, denn bei den Wahlen stehen in der Bundesrepublik Deutschland primär die Parteien und ihre Spitzenkandidaten im Mittelpunkt. [...]
Es gehört deshalb zu einem zentralen Kennzeichen der Parteien [...] sich regelmäßig zur Wahl zu stellen. [...] Zu den Aufgaben [der Parteien] gehören:

Linke und rechte Parteien
Die Bezeichnung politscher Einstellungen als „links“ und „rechts“ geht auf die Sitzordnung der französischen Abgeordnetenkammer von 1814 zurück.

1 Personalbeschaffung
Parteien wählen Personen aus und präsentieren sie bei Wahlen zur Besetzung politischer Ämter.

2 Programmfunktion
Parteien integrieren unterschiedliche Interessen in einer Gesamtvorstellung von Politik in ein politisches Programm, für das sie um Zustimmung und um Mehrheiten werben.

3 Informationsfunktion
Parteien vermitteln Informationen über aktuell bedeutsame Sachverhalte.

4 Interessenartikulation
Parteien formulieren öffentliche Erwartungen und Forderungen von gesellschaftlichen Gruppen und Kräften an das politische System.

5 Partizipationsfunktion
Parteien stellen eine Verbindung zwischen den Bürgerinnen und Bürgern sowie den politischen Institutionen her; sie ermöglichen politische Beteiligung.

6 Legitimationsfunktion
Indem Parteien die Verbindung zwischen Bürgerinnen und Bürgern, gesellschaftlichen Gruppen sowie den politischen Institutionen herstellen, tragen sie zur Verankerung der politischen Ordnung im Bewusstsein der Menschen bei.

Korte, Karl-Rudolf: Parteienwettbewerb als Freiheitsgarant in der Krise?. In: Aus Politik und Zeitgeschichte 46-47/2018, S. 4

M8 Haben die aktuellen Parteien Zukunft?

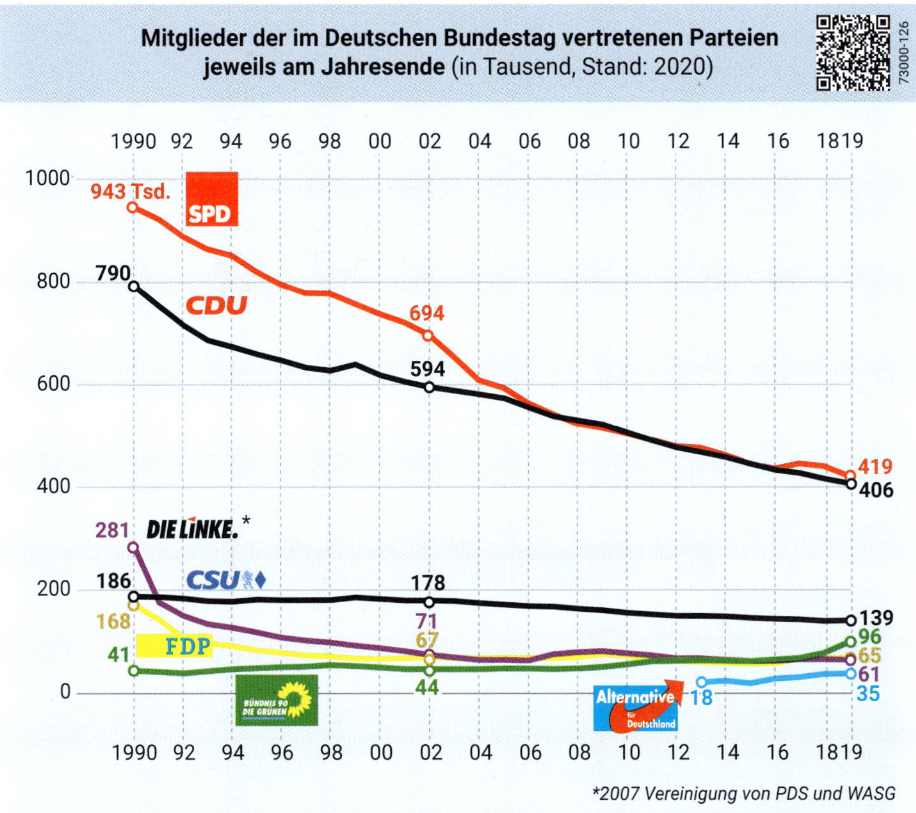

Nach: Globus Grafik 14079; Quelle: Zeitschrift für Parlamentsfragen, O. Niedermayer

Volkspartei
Eine Partei, die für Menschen jeder gesellschaftlichen Schicht und jeden Alters offen ist.

Aufgaben

82000-159

1. Stellen Sie die Aufgaben der Parteien dar, so dass das Verhältnis zwischen Bürgerinnen und Bürgern, Parteien, Parlament und Regierung deutlich wird (**M7**).
2. Analysieren Sie die Statistik in **M8**. Nehmen Sie dazu Bezug auf **M6** und ihr Vorwissen über die Altersstruktur der Bevölkerung Deutschlands.
3. Diskutieren Sie die Aussage „Volksparteien gehören der Vergangenheit an!" (**M6, M8**).

H zu Aufgabe 2
→ S. 184

WISSEN KOMPAKT

Parteien → M7

Unter Parteien (lat. pars = Teil) versteht man Zusammenschlüsse von Bürgern mit gemeinsamen politischen Überzeugungen. Sie nehmen dauerhaft an Wahlen teil, um diese in den politischen Entscheidungsprozess in Parlament und Regierung einbringen zu können. Nach Artikel 21 GG ist ihre Gründung frei, ihre innere Ordnung muss aber demokratischen Grundsätzen entsprechen. Falls ihre Ziele oder das Verhalten ihrer Anhänger aber darauf ausgerichtet sind, die freiheitlich-demokratische Grundordnung zur gefährden, sie also verfassungswidrig sind, können sie vom Bundesverfassungsgericht verboten werden. Im Unterschied zu einer Klassen-, Interessen- oder Honoratiorenpartei ist eine Volkspartei für Wählerinnen und Wähler und Mitglieder aller gesellschaftlicher Schichten und unterschiedlicher Weltanschauungen offen. Durch ein möglichst breites politisches Themenspektrum sucht sie somit eine möglichst große Wählerschaft zu gewinnen. In Deutschland verlieren die traditionellen Parteien CDU/CSU und SPD jedoch immer mehr an Bedeutung.

82000-122

Parteiprogramm → M7

Jede politische Partei besitzt ein Parteiprogramm, das alle Bürgerinnen und Bürger nachlesen können. Ein solches Programm hat in der Regel drei Bestandteile: Zum einen werden die bestehenden politischen, wirtschaftlichen, sozialen und kulturellen Verhältnisse beschrieben, zweitens Forderungen zu deren Verbesserung gestellt und drittens werden die Grundwerte der jeweiligen Partei für ihr politisches Handeln formuliert.

Organisation und Aufbau der Parteien → M7

	Beschließendes Organ	Vollziehendes Organ	Schiedsrichtsorgan
Bundesverband	Bundesparteitag ▶	Bundesvorstand – Präsidium –	Bundesschiedsgericht
Landesverband	▲ Landesparteitag ▶	Landesvorstand	Landesschiedsgericht
Kreisverband	▲ Kreisdelegierten-versammlung ▶	Kreisvorstand	Kreisschiedsgericht (z.T.)
Ortsverband	▲ Mitglieder-versammlung ▶	Ortsvorstand	–

Welche grundsätzlichen Aufgaben haben Parteien in einer Demokratie?
M7

Die zentrale Aufgabe von politischen Parteien ist, wie es im Artikel 21 GG steht, die Mitwirkung „bei der politischen Willensbildung des Volkes". Aus dieser knappen Formulierung ergeben sich zahlreiche weitere Funktionen, die Parteien erfüllen. Im Einzelnen sind dies folgende: Parteien ermöglichen den Bürgerinnen und Bürgern durch Wahlen oder als Mitglieder die Teilnahme am politischen Geschehen. Als Parteimitglied kann die Bevölkerung Programme mitformulieren und bei der Auswahl von Kandidaten und Kandidatinnen mitwirken. Parteien nehmen – vor allem über die Medien – Einfluss auf die öffentliche Meinung und fördern die politische Bildung der Bürgerinnen und Bürger, unter anderem über Parteiprogramme und Wahlveranstaltungen. In den Parteien werden die Interessen und Meinungen artikuliert, gebündelt und daraus politische Alternativen für Wahlen entwickelt. Zudem bilden sie das Führungspersonal aus, das bei Wahlen für politische Ämter kandidiert. Als Regierungsmehrheit stellen Parteien im Parlament das Regierungspersonal und nehmen Einfluss auf politische Entscheidungen. Im Parlament sind sie für ein funktionierendes System verantwortlich (Fraktionen, Arbeitsteilung, Organisieren von Mehrheiten für Regierungsvorschläge; als Oppositionspartei zudem für die Formulierung von Handlungsalternativen). Schließlich sorgen sie für eine kontinuierliche Verbindung zwischen Staat und Gesellschaft, indem sie einerseits die Bürgerinteressen gegenüber staatlichen Institutionen artikulieren und andererseits die Bürgerinnen und Bürger über staatliche Entscheidungen aufklären und diese erläutern. Diese Funktion trägt wesentlich zur Stabilität des politischen Systems bei.

Welche Parteien waren bisher in Regierungsverantwortung?
M8

In der bisherigen Geschichte der bundesdeutschen Parteien reichte es bisher nur einmal für eine Einparteien-Regierung (1953 für die konservative CDU unter dem Kanzler Konrad Adenauer). Ansonsten bildeten sich Koalitionen zwischen den Parteien, bis in die 90er Jahre stets die bürgerlich-liberale FDP mit CDU/CSU oder (von 1969 bis 1982) mit der ehemaligen Arbeiterpartei SPD koalierte. 1998 änderte sich dies, als die GRÜNEN erstmals zusammen mit der SPD Regierungsverantwortung übernahm. Zu sogenannten „Großen Koalitionen" zwischen den Volksparteien CDU/CSU und SPD kam es erst dreimal: Während einer ersten Wirtschaftskrise in den 1960er Jahren sowie in den Jahren 2004 bis 2008 und seit 2013. Seit dem Jahr 2021 wird Deutschland von einer Ampel-Koalition (bestehend aus der SPD, der FDP und den Grünen) regiert.

Welche erfolgreichen Parteineugründungen gab es in den letzten Jahrzehnten?
M8

Das Beispiel der Partei BÜNDNIS 90/DIE GRÜNEN zeigt, dass die bundesdeutsche Parteienlandschaft stetig in Bewegung ist. Seit dem Aufstieg der einstmalige alternativ-ökologischen Bürgerbewegung zu Beginn der 1980er Jahre schafften es auch einige andere Parteien zumindest vorübergehend, sich politisch zu etablieren. Während die LINKE, die aus der ostdeutschen SED-Nachfolgepartei PDS und ehemaligen Sozialdemokraten hervorgegangen sind, vor allem in den neuen Bundesländern mittlerweile mit den arrivierten Parteien aus der alten Bundesrepublik mehr als mithalten kann, versank die internet-affine PIRATENPARTEI nach anfänglichen Erfolgen in den Jahren 2011 und 2012 rasch wieder in der Bedeutungslosigkeit. Die 2013 gegründete und zunächst als EU-skeptisch auftretende rechtsliberale Alternative für Deutschland, kurz: AfD, gehört seit 2017 dem Bundestag an und sitzt auch in zahlreichen Landtagen. Als Gründe für ihren Erfolg nennen Wahlforscherinnen und Wahlforscher vor allem ihr nationalistisch-rechtspopulistisches und systemkritisches Gebaren, das rechtskonservativ-nationalistische und Protestwählerinnen und Protestwähler anzieht.

2.3 Wahlen: das zentralste Element der Demokratie?

Zum Thema: In diesem Kapitel erfahren Sie, warum wählen so wichtig ist und welche Richtlinien bei Wahlen eingehalten werden müssen. Sie machen sich außerdem Gedanken zu der Fragestellung, was passiert, wenn ein großer Teil der Bevölkerung nicht mehr an den Wahlen teilnimmt und was man dagegen tun könnte.

M9 „Die da oben machen doch eh was sie wollen!“ – oder?

1 „Man weiß doch gar nicht, wofür man eigentlich stimmt. Die Parteien machen doch eh, was sie wollen. Sie versprechen vor der Wahl das eine und tun dann das Gegenteil.“

2 „Mich interessiert Politik nicht. Es ist mir egal, wer da regiert. Mit meinem Leben hat das nichts zu tun.“

3 „Ich würde ja gerne wählen, aber ich kenne mich mit der Politik echt zu wenig aus. Das ist mir alles zu kompliziert!“

4 „Aber es gibt doch keine Partei, die genau zu mir passt und die meine Überzeugungen vertritt. An allen stört mich etwas.“

5 „Meine einzelne Stimme ist doch bedeutungslos und hat keinen messbaren Einfluss.“

6 „Die Entscheidungen werden doch sowieso von den Wirtschaftsbossen getroffen, Politikerinnen und Politiker sind nur Befehlsempfänger.“

7 „Jede Stimme für eine Partei stützt doch bloß das Schweinesystem, das aber gestürzt werden muss, damit eine wahre Demokratie möglich ist.“

8 „Die Parteien sind doch alle gleich.“

Nach: Bittner, Michael: Die Gründe der Nichtwähler. In: www.michaelbittner.info, Abruf am 28.07.2021

Einstiegsaufgaben

82000-160

1. Nehmen Sie spontan Stellung zu den einzelnen Aussagen.
2. Beschreiben Sie, ob und wo Sie solche oder ähnliche Aussagen schon selbst gehört haben.

M10 Sind Wahlen mehr als ein Kreuz am Wahltag?

Aufgrund der regelmäßig stattfindenden freien Wahlen muss die Politik den Aspekt der Herrschaft auf Zeit stets mit einkalkulieren. Die Politikverantwortlichen müssen, wenn sie wiedergewählt werden wollen, die Meinungs- und die Willensbildung der Wählerschaft berücksichtigen. Das gilt unabhängig davon, ob sich durch Kreuze auf dem Wahlzettel die Machtverhältnisse ändern oder nicht. Die Einflussmöglichkeiten der Bürgerinnen und Bürger auf die Politik sind somit umfassender und längerfristiger, als es der kurze Wahlakt suggeriert – sofern faktisch unterschiedliche Personen, Parteien und Programme zu wählen sind. Parteien sowie Politikerinnen und Politiker reagieren auf Trends der öffentlichen Meinung und berücksichtigen die Erwartungen sowie die Reaktionen derjenigen, die sie gewählt haben, in ihren Entscheidungen. [Der Philosoph] Karl R. Popper hat diesen Zusammenhang treffend beschrieben: „Jede Regierung, die man wieder loswerden kann, hat einen starken Anreiz, sich so zu verhalten, dass man mit ihr zufrieden ist. Und dieser Anreiz fällt weg, wenn die Regierung weiß, dass man sie nicht so leicht loswerden kann." Die Bürgerinnen und Bürger entscheiden nicht nur über die Verteilung der politischen Macht für eine bestimmte Zeit, sondern sie legitimieren sie auch. Regieren kann nur dann legitim sein, wenn es auf einer Form der Zustimmung der Regierten beruht. Wahlen legitimieren politische Herrschaft, kontrollieren die Regierenden und garantieren die Bindung der Politik an die Meinungen der Regierten. Die Regierung bleibt durch die Wahlen gegenüber der Wählerschaft politisch verantwortlich. Der Wahlakt ist eine aktive Teilhabe am politischen Entscheidungsprozess. Aber auch diejenigen, die nicht wählen, üben Einfluss aus. Die Höhe der Wahlbeteiligung hat Auswirkungen auf das Ergebnis. Je nach Wahltypus können die Wählenden über die Zusammensetzung der Parlamente, die Regierungsbildung und somit über die politischen Sachprogramme der kommenden Jahre entscheiden. Die Auswirkungen der Stimmabgabe sind vielfältig. Sie bedeutet weit mehr als die Entscheidung darüber, wer die zukünftige Regierung bilden wird.

Nach: Korte, Rudolf: Wahlen in Deutschland. Grundsätze, Verfahren und Analysen. Bonn: 2017, S. 7

suggerieren
etwas unterschwellig andeuten

M11 Welche Kriterien müssen Wahlen erfüllen?

Bergmoser + Höller Verlag AG, Zahlenbilder 86030

M12 Nichtwählende und Politikverdrossenheit – eine Gefahr für die Demokratie?

1 Was wäre wenn? – „Nichtwähler" als Partei

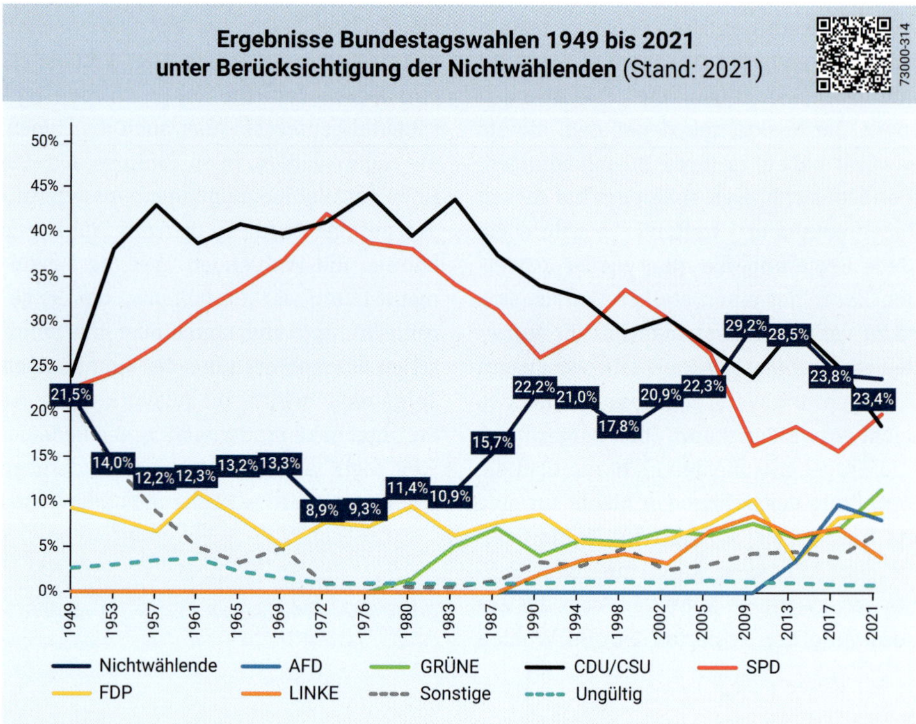

Nach: Brechtel, Udo. Quelle: Bundeswahlleiter. CC-BY-SA 3.0, Abruf am 15.11.2021

2 Woher kommt die Politikverdrossenheit?

Vor knapp zwei Wochen waren in Hannover und Mainz die Wahlen zum Oberbürgermeister; der erste Wahlgang. Die Beteiligung lag bei etwa 45 Prozent. Ebenfalls zu dieser Zeit fand der Mitgliederentscheid der SPD um den Vorsitz statt, ebenfalls die erste Runde. Nur 53 Prozent der Mitglieder machten mit. [...] [W]arum tritt jemand in eine Partei ein, zahlt Beiträge – und dann kümmert ihn nicht einmal die Frage, wer diese Partei führt? In einem Gastbeitrag für die Rheinische Post hat [Bundeswirtschaftsminister] Altmaier Symptome der Entfremdung aufgezählt: zum Beispiel die Thüringen-Wahl, bei der CDU, SPD, Grüne und FDP gemeinsam unter 50 Prozent blieben; oder die Halbierung der Mitgliederzahl der Parteien. SPD und Union müssten erkennen, „dass die Abwendung von den Parteien nicht mehr nur monokausal, wie etwa mit der Flüchtlingspolitik oder dem Klimaschutz, zu erklären ist". Sondern? Eben. An dem Punkt hört Altmaiers Analyse auf. Es folgen Vorschläge: Online-Anhörungen für Bürger bei der Gesetzesberatung, weniger informelle Gremien, Verkleinerung des Bundestages, Zusammenlegung von Wahlterminen. [...]

Woran Altmaiers Vorschläge garantiert nichts ändern: an der Entfremdung von Politikern und Bürgern. [...] Über die Ursachen haben zwei andere CDU-Politiker geschrieben, Thomas de Maizière und Roland Koch. De Maizière, der frühere Innenminister, beklagt, dass ein wachsender Teil der Menschen egoistischer geworden sei und an Politiker Forderungen stelle, die diese nicht erfüllen können: „Sie wollen besseren Handyempfang, aber keine Masten." Gemeinwohlorientierung von Politikern falle schwer, wenn Individualverwirklichung der Bürger vorherrsche.

Roland Koch, der Ex-Ministerpräsident von Hessen, führt an, dass sich die Politik zu oft ihre Meinungsbildung von der Meinungsforschung abnehmen lasse. Ihr Angebot richtet sich nach der vermeintlichen Nachfrage. Sollte es nicht andersherum sein?

Esslinger, Detlef: Eine Behandlung der Symptome, nicht der Ursache. In: www.sueddeutsche.de, 07.11.2019

3 Politikverdrossenheit in der Karikatur

Karikatur: Mester

M13 Kontrovers: Sollte es eine allgemeine Wahlpflicht geben?

Junge, Arme und schlechter Ausgebildete gehen deutlich seltener wählen als ältere, reichere und besser gebildete Wähler. Entsprechend sieht die Zusammensetzung der Parlamente aus. Eine einfache Möglichkeit, dieser schiefen Repräsentation entgegenzuwirken, liegt in der Einführung einer Wahlpflicht. In Deutschland wird dieses Instrument derzeit von rund zwei Dritteln abgelehnt.

Dennoch lohnt sich [...] ein frischer Blick auf die Idee. Länder wie Australien und Belgien weisen seit Jahrzehnten mithilfe einer Wahlpflicht eine Beteiligung von mehr als 90 Prozent auf. In beiden Ländern werden Geldstrafen fällig, wenn nicht gewählt wird. Doch über die Steigerung der Wahlbeteiligung hinaus hätte eine Wahlpflicht eine ganze Reihe von Vorteilen: Durch sie erhielte ein Land ein repräsentativeres Ergebnis, weil alle sozialen und Altersgruppen in entsprechender Weise vertreten wären und es somit erst wirklich demokratisch legitimiert wäre.

Eine Wahlpflicht hätte auch direkte Auswirkungen auf den Wahlkampf. Da sich Parteien nun allen Wählern stellen müssten, reichten klientel-bezogene Kampagnen nicht mehr aus. Politiker müssten sozial schwächere und anderweitig unterrepräsentierte Gruppen stärker beachten und auf sie eingehen.

Die Beteiligung aller Bürger an der Wahl könnte ein effektives Korrektiv gegen die einseitige Bevorzugung einzelner Wählergruppen sein. Und eine politisch gewollte Demobilisierung der Wähler, wie sie kürzlich Martin Schulz Angela Merkel vorgeworfen und Donald Trump in den USA erschreckend effektiv vorgeführt hat, wäre ebenso unmöglich. Auch eine Debatte wie die, ob Kanzleramtschef Peter Altmaier potenzielle AfD-Wähler zum Nichtwählen aufgefordert hat, gäbe es nicht.
Das größte Argument der Wahlpflichtgegner lautet: Das Wahlrecht beinhalte auch das Recht, nicht zu wählen. Eine Wahlpflicht sei ein zu tiefer Eingriff in die Persönlichkeitsrechte des Einzelnen. Tatsächlich greift der Staat schwerwiegend in das Leben seiner Bürger ein: Schulpflicht, Steuerpflicht, Meldepflicht, bis vor Kurzem die Wehrpflicht waren und sind deutlich tiefere Eingriffe als die Auflage, alle vier Jahre ein Kreuz machen zu müssen – ein Kreuz, das so wichtig ist für eine funktionierende Demokratie. Dennoch bleibt das Argument legitim, niemand könne gezwungen werden, eine Partei zu wählen. Hier kann Abhilfe geschaffen werden: mit einem Enthaltungsfeld auf dem Wahlzettel. Politisch überzeugte Nichtwähler könnten hier ihre Ablehnung aller Parteien kundtun und den Stimmzettel bei Bedarf zum Denkzettel machen. Auch das wäre zutiefst demokratisch.

Wer in Australien nicht wählen geht, muss Strafe zahlen

Herr, Vincent-Immanuel: Wahlpflicht wäre die Vollendung der Demokratie. In: www.tagesspiegel.de, 20.09.2017

Aufgaben

82000-161

1. Erarbeiten Sie aus dem Text **M10** die Bedeutung von Wahlen für die Demokratie und stellen Sie diese in einem Schaubild dar.
2. a) Analysieren Sie die Wahlgrundsätze (**M11**) und vergleichen Sie diese mit Ihnen bekannten Wahlbestimmungen in nicht-demokratischen Systemen.
   b) Gehen Sie die Wahlrechtgrundsätze durch und beschreiben Sie, welche möglichen Folgen das Weglassen eines Grundsatzes haben könnte.
3. Analysieren Sie die Materialien **M12** 1 und 2 und suchen Sie, gestützt auf Ihr historisches und politischen Vorwissen, nach Gründen für die aufgezeigte Entwicklung.
4. Analysieren und interpretieren Sie die Karikatur **M12** 3 .
5. Führen Sie eine Eishockey-Debatte zum Thema „Sollte es eine allgemeine Wahlpflicht geben?“ durch. Lesen Sie dazu zunächst die Quelle **M13** und erarbeiten Sie die dort genannten Argumente. Recherchieren Sie ggf. im Internet weiter und orientieren Sie sich dann für den genauen Ablauf der Debatte an der nachfolgenden Methodenkarte.

H zu Aufgabe 3
Setzen Sie dabei Wahlergebnisse einzelner Parteien in Bezug zueinander und zu dem Anteil an Nichtwählern und Nichtwählerinnen.

Ein politisches Streitgespräch führen: die Eishockey-Debatte

Das offene Austragen gegensätzlicher Meinungen und Interessen, etwa in den Parteien und Parlamenten, aber auch in Familien und Schulen, gehört zum Grundbestandteil der Demokratie, da nur so ein Kompromiss, mit dem alle zufrieden sind, gefunden werden kann. Eine gute Möglichkeit, eine geordnete Debatte zu führen, ist die „Eishockey-Debatte".

1 Vorbereitung der „Eishockey-Debatte"

Bevor Sie mit der Durchführung der „Eishockey-Debatte" beginnen, sollten Sie die Sitzordnung im Klassenzimmer folgendermaßen gestalten:

Eishockey-Debatte

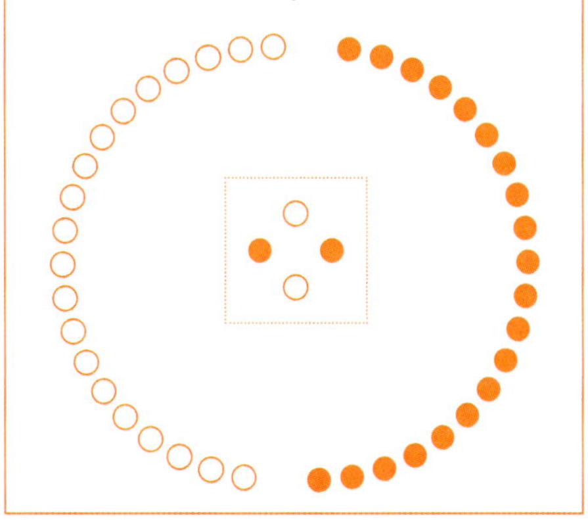

2 Durchführung der „Eishockey-Debatte"

1. In der „Eishockey-Debatte" diskutieren immer nur vier Schülerinnen und Schüler miteinander: zwei aus der Pro- und zwei aus der Kontra-Gruppe.
2. Das gesamte Team steht aber jederzeit bereit, in die Diskussion einzugreifen.
3. Hat ein Mitglied aus dem Diskussionsteam eine gute Idee oder ein schlagkräftiges Argument, dann wird es „eingewechselt": Das aktuelle diskutierende Gruppenmitglied geht zurück ins Publikum, ein Publikumsmitglied nimmt auf einem der Diskussionsstühle Platz – nun geht die Debatte weiter.
4. Die Debatte ist zu Ende, wenn keine neuen Argumente genannt werden bzw. wenn sich niemand mehr einwechseln lassen will.

Im Verlauf einer Debatte empfehlen sich u. a. folgende unterschiedliche Formulierungen, die durch Signalwörter (Operatoren) beschrieben werden:
- „nennen" bedeutet, Informationen unkommentiert angeben
- „darstellen": einen Sachverhalt ausführlich wiedergeben
- „definieren": einen Begriff exakt bestimmen, um ihn von anderen abzugrenzen
- „erklären / erläutern": etwas im Zusammenhang darstellen
- „begründen": eine Meinung mithilfe von Argumenten schlüssig darlegen
- „beurteilen": Behauptungen und Aussagen bezüglich ihrer Richtigkeit prüfen
- „bewerten": eine persönliche Aussage treffen
- „diskutieren / erörtern": eigene Gedanken entwickeln und mithilfe von Argumenten und Beispielen und unter Berücksichtigung verschiedener Standpunkte zu einem ausgewogenen Sachurteil gelangen

Bearbeiter

WISSEN KOMPAKT

Demokratische Legitimation → M10
Abstammend vom lateinischen Wort „lex" (das Gesetz) bedeutet der Begriff Legitimation die Beglaubigung oder Rechtfertigung, etwas Bestimmtes tun zu dürfen. So besitzt etwa der Bundestag eine demokratische Legitimation, allgemein verbindliche Gesetze auf den Weg zu bringen, weil er vom Volk gewählt wird und deshalb in dessen Namen handelt.

82000-123

Legislaturperiode → M10
In demokratischen Staaten wird ein Parlament nur für einen bestimmten Zeitraum, eine Legislatur- oder auch Wahlperiode genannt, gewählt, der Deutsche Bundestag beispielsweise für vier Jahre. Danach endet die Amtszeit der jeweiligen Abgeordneten und es finden Neuwahlen statt.

Aktives Wahlrecht → M11
Um bei Bundestagswahlen wahlberechtigt zu sein, müssen drei Bedingungen erfüllt sein: Man muss die deutsche Staatsangehörigkeit nach Art. 116, 1 GG besitzen, am Wahltag das 18. Lebensjahr vollendet haben und seit mindestens drei Monaten in der Bundesrepublik Deutschland oder in den übrigen Mitgliedstaaten der Europäischen Union eine Wohnung innehaben oder sich sonst gewöhnlich aufhalten. Bei Kommunalwahlen sind – ebenso wie bei Wahlen zum EU-Parlament – auch Ausländerinnen und Ausländer aus EU-Staaten wahlberechtigt. Zudem darf in einigen Bundesländern bei Kommunal- und auch Landtagswahlen schon mit 16 Jahren gewählt werden.

Passives Wahlrecht → M11
Gewählt werden können alle Deutschen im Sinn des Art. 116,1 GG, die am Wahltag das 18. Lebensjahr vollendet haben. Eine Ausnahme stellt die Wahl zur Bundespräsidentin oder zum Bundespräsidenten dar, da man als Kandidatin oder Kandidat mindestens 40 Jahre alt sein muss (Art. 54, 1 GG).

82000-124

Nichtwählerinnen und Nichtwähler → M12
Anteil der Wahlbevölkerung, die aus unterschiedlichsten Gründen nicht zu Wahl geht; der „unechte Nichtwählende" hätte gerne gewählt, ist aber plötzlich verhindert, z. B. durch Krankheit oder Urlaub; der „politikferne Nichtwählende" interessiert sich grundsätzlich nicht für Politik; der „abwägende Nichtwählende" entscheidet sich von Wahl zu Wahl, ob er geht; der „protestierende Nichtwählende" ist zwar am politischen Geschehen interessiert, gleichzeitig aber unzufrieden mit dem politischen Personal oder dem System und verweigert deshalb seine Stimmabgabe.

82000-125

Der Wahlvorgang → M11

Briefwahl
Kann eine Wählerin oder ein Wähler aus irgendwelchen Gründen nicht im Wahllokal erscheinen, so hat sie oder er die Möglichkeit der Briefwahl. Auf Antrag erhält sie oder er von der Gemeinde alle Wahlunterlagen. Der versiegelte Wahlumschlag muss am Tag der Wahl bis 18 Uhr beim Kreis- bzw. Gemeindewahlleiter eingegangen sein.

Wahllokal
Für die Durchführung der Wahlen sind Städte und Gemeinden zuständig.

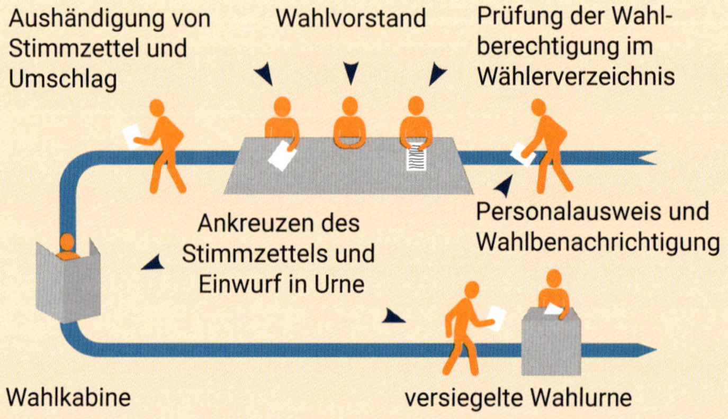

Wahlen sind das Fundament der Demokratie. Nichts Anderes bedeutet die Formulierung „alle Staatsgewalt geht vom Volke aus", wie es in Artikel 20, Absatz 2 des Grundgesetzes steht. Durch sie wird es den Bürgerinnen und Bürgern der Bundesrepublik Deutschland ermöglicht, den eigenen politischen Willen kundzutun und politisch mitzubestimmen. Denn sie entscheiden über die Zusammensetzung des Parlaments und damit über die politische Ausrichtung der Regierung. Die Möglichkeit, bei Wahlen gegeneinander anzutreten, ermöglicht es den unterschiedlichen politischen Parteien zudem, sich gegeneinander in Position zu bringen und den Wählern unterschiedliche Konzepte und Sachprogramme zur Entscheidung vorzuschlagen. Aus diesen Alternativen können die Bürger dann im wahrsten Sinn des Wortes wählen.

Welche Bedeutung haben Wahlen für die Demokratie?
M10, M11

Daher müssen die Verantwortlichen in der Politik darauf achten, stets auch Meinungen und Willensbekundungen der Wähler in ihre Entscheidungen mit einzubeziehen. Denn gewählt sind sie nur „auf Zeit", d. h. sie müssen sich nach Ablauf einer Legislaturperiode wieder einer Wahl stellen, und laufen deshalb Gefahr, von den unzufrieden gewordenen Bürgern abgewählt zu werden.

Weshalb finden regelmäßig Wahlen statt?
M10

Im preußischen Königreich des 19. und beginnenden 20. Jahrhunderts oder auch in den deutschen Diktaturen des Nationalsozialismus und der DDR gab es zwar auch Wahlen, doch entsprachen diese keinesfalls demokratischen Prinzipien. Das Grundgesetz formuliert in Artikel 38 Abs. 1 fünf zentrale Grundsätze von demokratischen Wahlen: Sie müssen allgemein sein, d. h. alle Bürger besitzen – frei von Diskriminierung – das aktive und passive Wahlrecht. Wahlen müssen zudem unmittelbar sein, so dass die Abgeordneten – anders als etwa in den USA – direkt ohne Zwischenschaltung von Wahlmännern gewählt werden. Des Weiteren erfolgen sie frei, also ohne staatlichen Druck auf den Wähler, verpflichtend zur Wahl gehen zu müssen. Demokratische Wahlen sind außerdem gleich, d. h. jeder Wahlberechtigte hat die gleiche Anzahl von Stimmen und jede Stimme zählt gleich viel. Schließlich erfolgt jede Wahl geheim, mit Wahlzellen, verdeckter Stimmabgabe, versiegelten Wahlurnen usw., so dass die persönliche Wahlentscheidung niemand erfährt.

Woraus entwickelten sich die bundesdeutschen Wahlrechtsgrundsätze?
M11

Da Wahlen die wichtigsten Mitwirkungsmöglichkeiten der Bürgerinnen und Bürger in der Demokratie darstellen, wird der Wahlvorgang in der Bundesrepublik eigens in der sogenannten Bundeswahlordnung geregelt. Jede Gemeinde führt die Wahlberechtigten, die in dem betreffenden Verwaltungsgebiet ihren ersten Wohnsitz haben, in einem Wählerverzeichnis. Etwa vier Wochen vor dem Wahltermin schickt sie jedem Wahlberechtigten einen Wahlschein mit der Mitteilung, wann und in welchem Wahllokal er seine Stimme abgeben kann. Ein ehrenamtlicher Wahlvorstand zählt die Stimmen öffentlich aus, damit keine Unregelmäßigkeiten vorkommen. Wählerinnen und Wähler, die aus irgendwelchen Gründen nicht im Wahllokal erscheinen können, haben die Möglichkeit, ihre Stimme nach Antrag per Briefwahl abzugeben.

Wie läuft eine Wahl eigentlich ab?
M11

Ein Trend, der zusehends Sorgen macht, ist die hohe Anzahl von Nichtwählenden. Mittlerweile gibt bei Bundestagswahlen etwa jeder vierte Wahlberechtigte keine Stimme mehr ab. Dabei sind es ganz unterschiedliche Gründe, weshalb viele Bürgerinnen und Bürger den Gang zur Wahlurne unterlassen: Grundsätzliches Desinteresse an Politik, Unzufriedenheit mit den etablierten politischen Parteien oder das Gefühl, politisch sowieso nichts bewegen zu können.

Warum nimmt die Zahl von Nichtwählenden beständig zu?
M12

2.4 Wie funktioniert das Wahlsystem der Bundesrepublik Deutschland?

Zum Thema: In diesem Kapitel bekommen Sie einen Einblick über die Vor- und Nachteile einzelner Wahlsysteme, erfahren wie in der Bundesrepublik Deutschland gewählt wird und was es mit der Erst- und Zweitstimme auf sich hat.

M14 Demokratie – immer einfach umzusetzen?

1 Im fiktiven Staat Republia finden Präsidentschaftswahlen statt. Drei Kandidaten rechnen sich Chancen auf eine Wahl aus. Gewählt wird, wer am meisten Stimmen erhält. R. Perez tritt für die konservative Partei KPR an, S. Alvarado tritt für die sozialdemokratische Arbeiterpartei SPR an und L. Castillo tritt für die Umweltschutzpartei GPR an. SPR und GPR stehen bei den meisten Themen politisch nahe beieinander. Gewählt wird Perez mit 45 % der Stimmen. Alvarado bekommt 30 % und Castillo 25 % der Stimmen.

2 Das Thema für eine Unterrichtsstunde am Ende des Schuljahres dürfen die Schülerinnen und Schüler der 10a diesmal selbst entscheiden. Insgesamt machen sie 12 Vorschläge für Themen, die für das Fach Politik und Gesellschaft denkbar wären. Die Lehrkraft eröffnet die Diskussion mit der Bitte: „Findet bis zum Ende der Stunde einen Kompromiss, mit dem alle einverstanden sind. Alle sollen zufrieden sein."

3 Der neue Bürgermeister der fiktiven Kleinstadt Frust wird mit 75 % der Stimmen gewählt. Die Wahlbeteiligung lag bei 30 %. Bei seiner Siegesrede erwähnt der neue Bürgermeister mehrmals euphorisch, dass die Mehrheit der Bürgerinnen und Bürger von Frust ihm das Vertrauen ausgesprochen haben.

4 Im fiktiven Küstenstaat Impor spricht sich der Großteil der Bevölkerung gegen den Bau von Küstenschutzanlagen und Dämmen aus. Diese seien in den nächsten Jahren nicht notwendig. Obwohl der Großteil der Bevölkerung unter 40 für die Dämme stimmt, ist deren Anteil an der Bevölkerung zu gering, um ins Gewicht zu fallen.

Bearbeiter

Einstiegsaufgaben

1. Beschreiben Sie in eigenen Worten, welche Probleme demokratischer Entscheidungsfindung die fiktiven Situationen 1 – 4 aufzeigen.
2. Sammeln Sie Lösungsvorschläge für die Situationen. Diskutieren Sie, ob Ihre Lösungsvorschläge als undemokratisch bezeichnet werden könnten.

M15 Führen alle Wahlsysteme zum gleichen Ergebnis?

1 Wie funktioniert die Mehrheitswahl?

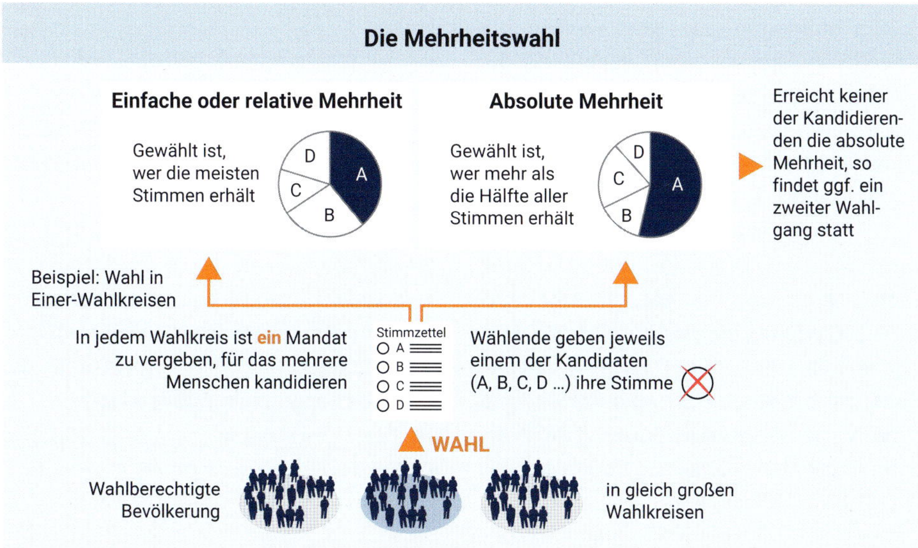

Nach: © Bergmoser + Höller Verlag AG; Zahlenbilder 85010

2 Wie funktioniert die Verhältniswahl?

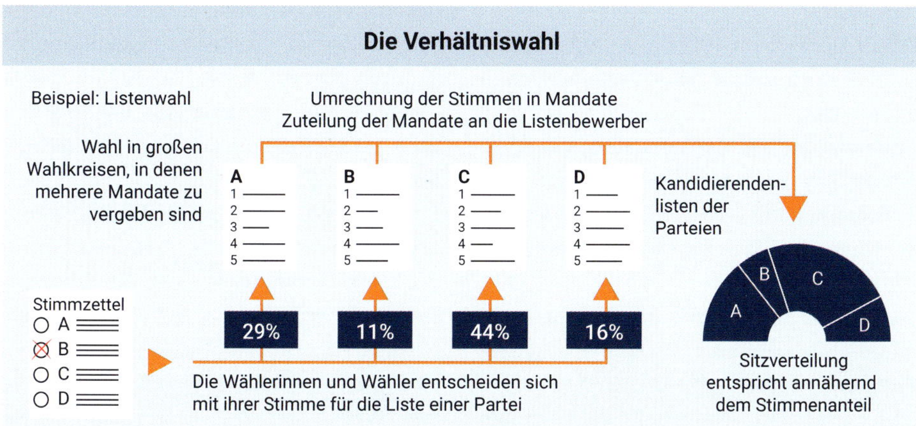

Nach: © Bergmoser + Höller Verlag AG; Zahlenbilder 85015

M16 So funktioniert das Wahlsystem der Bundesrepublik Deutschland

Wahlberechtigt ist jeder Deutsche ab Vollendung des 18. Lebensjahres – unabhängig von seinem Wohnort. […] Mit den zwei Kreuzen auf dem Wahlzettel wird nicht über die Kanzlerkandidaten abgestimmt. Stattdessen werden die Abgeordneten des Bundestags gewählt, die die Interessen der Wähler vertreten sollen. […] Die neu gewählten Abgeordneten stimmen dann über das Amt des Bundeskanzlers oder der Kanzlerin ab. Mit der Erststimme, die links auf dem Wahlzettel platziert ist, kann ein Bundestagskandidat aus dem eigenen Wahlkreis gewählt werden. In Deutschland gibt es insgesamt 299 Wahlkreise. Jede Partei darf ihre Bundestagskandidaten für die jeweiligen Wahlkreise auswählen. Es gibt aber auch parteiunabhängige

Erklärfilm: Bundestagswahl 2021

71910-21

Fünftprozenthürde
Diese ist auch unter dem Namen „Sperrklausel" bekannt.

Kandidaten. Der Kandidat des Wahlkreises mit den meisten Stimmen – der Wahlkreissieger – zieht über ein Direktmandat in den Bundestag ein. Daher werden 299 Kandidaten, die in ihrem Wahlkreis die meisten Stimmen bekommen haben, über die Erststimme als Abgeordnete festgelegt. So ist jede Region Deutschlands garantiert im Bundestag vertreten.

Auf der rechten Seite des Wahlzettels wird nicht für eine Person, sondern für eine Partei gestimmt. Die Zweitstimme entscheidet, wie stark eine Partei im Bundestag vertreten ist – also wie viele der 598 Sitze ihr zustehen. Holt eine Partei zehn Prozent der Stimmen, dann stehen ihr zehn Prozent der Sitze im Bundestag zu. Über Landeslisten haben die Parteien vorab festgelegt, welche Kandidaten sie über die Zweitstimme ins Parlament schicken wollen.

Bei der Sitzverteilung gilt: Die Direktkandidaten (Erststimme) bekommen zuerst ihre Plätze zugeteilt, dann die Kandidaten der Landesliste. Bei der Auswertung gibt es die sogenannte Fünfprozenthürde: Eine Partei muss mindestens fünf Prozent der Stimmen haben, um in den Bundestag einzuziehen. Es gibt nur eine Ausnahme: Gewinnt eine Partei drei Direktmandate, zieht sie auch mit unter fünf Prozent der Zweitstimmen in den Bundestag ein.

Wetschera, Wiebke: Bundestagswahl 2017: So funktioniert das Wahlsystem, 24.09.2017

M17 Wie das deutsche Wahlrecht reformiert werden kann

Frank Decker ist Professor am Institut für Politische Wissenschaft und Soziologie an der Friedrich-Wilhelms-Universität Bonn.

ZEIT ONLINE: Herr Decker, hat Deutschland ein gutes Wahlrecht für die Bundestagswahl?

Frank Decker: Im Prinzip ja. Aber es besteht Reformbedarf. Das Parteiensystem ändert sich.

Parteien- und Wahlsystem stehen in einer Art Dialog zueinander. Abgesehen vom Aufkommen der AfD, was sind die Veränderungen, auf die das Wahlsystem eine Antwort finden muss?

Da wäre zum Beispiel die Fünfprozenthürde. Sie soll eine Zersplitterung des Parteiensystems verhindern, hat aber den unangenehmen Nebeneffekt, dass ein Teil der Stimmen nicht berücksichtigt wird – nämlich derjenigen Parteien, die den Sprung ins Parlament nicht schaffen. Die Anzahl und der Stimmanteil kleiner Parteien sind stark gewachsen. Zur [Bundestagswahl 2021] treten jetzt [53] Parteien an. Bei der [Bundestagswahl 2013] haben 15,7 Prozent der Wähler für Parteien gestimmt, die nicht im Parlament vertreten sind. [...]

Trotzdem wollen Sie die Fünfprozenthürde beibehalten. Warum?

Gerade in der jetzigen Situation, in der sich die Parteienlandschaft auffächert, bewährt sich die Sperrklausel ja in ihrer eigentlichen Funktion, indem sie eine übermäßige Zersplitterung des Parlaments verhindert. Die Niederlande haben zum Beispiel keine solche Klausel, die Regierungsbildung ist dadurch sehr schwer. [...]

Sie plädieren [...] dafür, das System von Erst- und Zweitstimme ganz abzuschaffen. Warum?

Ein erheblicher Teil der Bevölkerung kennt den Unterschied nicht. Laut Umfragen denkt ein Drittel der Wähler, die Erststimme sei die wichtigere. Ein Wahlrecht muss transparent und verständlich sein.

Was würden Sie konkret ändern?

Das System der Wahlkreise und Listen, also der personalisierten Verhältniswahl, würde beibehalten. Aber mit einer einzigen Stimme sollten Bürger gleichzeitig Kandidat und Partei wählen. Wer eine Partei wählt, wählt deren Direktkandidaten mit und umgekehrt. Das ist übrigens das Wahlrecht, das bei der ersten deutschen Bundestagswahl 1949 galt. Auch der scheidende Bundestagspräsident Norbert Lammert hat sich für diesen Vorschlag ausgesprochen.

Was wäre der Vorteil für die Parteien?

Wenn eine Partei heute einen zugkräftigen Direktkandidaten hat, zahlt das noch nicht unbedingt auf die Karte der Partei ein. Ein guter Kandidat kann in diesem Modell seiner Partei zwei bis drei Prozentpunkte bringen. Die Rückkehr zum Einstimmensystem würde die personelle Komponente des Wahlsystems also stärken und nicht – wie immer behauptet wird – schwächen.

Otto, Ferdinand: Interview mit Frank Decker: Wie das deutsche Wahlrecht reformiert werden kann. In: www.zeit.de, 18.09.2017

M18 Fallbeispiel: Sind demokratische Wahlen immer „fair"?

In Großbritannien wählt die Bevölkerung das Unterhaus (House of Commons) nach dem relativen Mehrheitswahlrecht. („The winner takes it all" oder „First-Past-The-Post" genannt). Wahlberechtigt sind britische Staatsbürgerinnen und Staatsbürger, die mindestens 18 Jahre alt sind. Das Land ist in 650 Wahlkreise aufgeteilt. Alle Wählerinnen und Wähler haben in ihrem Wahlkreis eine Stimme. Der Premierminister oder die Premierministerin ist in der Regel der oder die Vorsitzende der stärksten Partei im Parlament.

Unterhaus
Das britische Unterhaus ist die gesetzgebende Kammer des britischen Parlaments.

Wahl des britischen Unterhauses im Jahr 2019

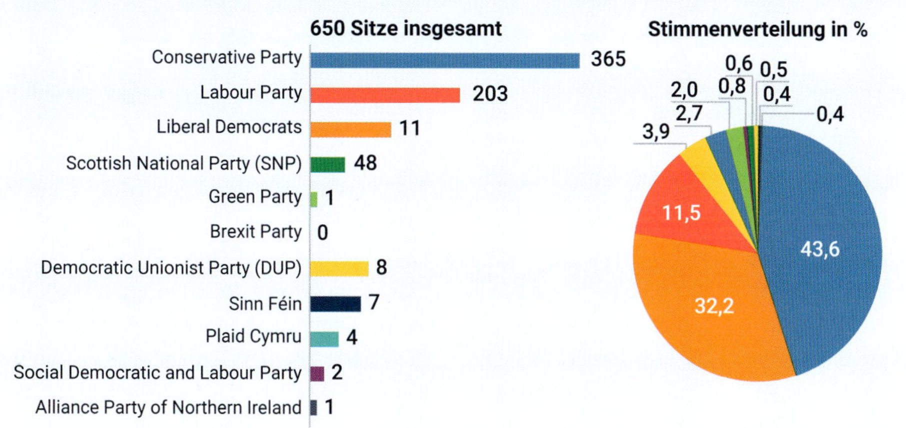

Bearbeiter

Aufgaben

1. a) Erarbeiten Sie zu zweit mithilfe von **M15** arbeitsteilig die Vor- und Nachteile der Mehrheits- bzw. Verhältniswahl.
   b) Stellen Sie Ihre Ergebnisse in der Klasse in Form eines Kurzvortrags vor.
2. Untersuchen Sie mithilfe des Textes **M16**, inwiefern das Wahlsystem der Bundesrepublik Deutschland versucht, die Vorteile von Mehrheits- bzw. Verhältniswahl zu verbinden und deren Schwächen auszugleichen.
3. Tragen Sie die Thesen des Wissenschaftlers in **M17** bezüglich der Reform des bundesdeutschen Wahlrechts zusammen und diskutieren Sie die damit verbundenen Folgen für Wählerinnen und Wähler sowie politische Parteien.
4. Analysieren Sie die Wahlstatistik in **M18** und nehmen Sie begründet Stellung zum Wahlergebnis. Problematisieren Sie die Wahl zum britischen House of Commons unter dem Gesichtspunkt „Repräsentation als Aufgabe eines Wahlsystems".

H **zu Aufgabe 4**
→ S. 184

WISSEN KOMPAKT

Wahlsysteme → M15

Grundsätzliche gibt es zwei Ausprägungen von Wahlsystemen: die Mehrheitswahl und die Verhältniswahl. Daneben gibt es noch Mischformen der beiden Systeme, wie etwa das der Bundesrepublik Deutschland, das als personalisierte Verhältniswahl bezeichnet wird.

Mehrheitswahlsystem

Hierbei konkurrieren die Kandidatinnen und Kandidaten eines Wahlkreises unmittelbar miteinander um die Stimmen der Wahlbevölkerung; gewählt ist, wer die meisten Stimmen (ggf. auch eine qualifizierte Mehrheit) auf sich vereinen kann. Der oder die gewählte Abgeordnete erhält dadurch ein sogenanntes Direktmandat und ist Vertreterin oder Vertreter dieses Wahlkreises.

Verhältniswahlsystem

Bei Verhältniswahlen stellen die Parteien eine Reihe von Kandidatinnen und Kandidaten auf einer Liste zur Wahl (auch Listenwahl genannt). Die Wahlbevölkerung kann zwischen unterschiedlichen Parteien entscheiden, die entsprechend ihrem Stimmenanteil und aufgrund eines besonderen Berechnungsverfahrens eine bestimmte Anzahl an Mandaten zugewiesen bekommen. Entsprechend der Listenplatzierung werden diese dann von den Kandidatinnen und Kandidaten eingenommen. Verhältniswahlen geben Parteien, ihren internen Bewerbungs- und Auswahlverfahren einen großen Einfluss darüber, wer letztendlich das Mandat bekommt.

82000-126

Fünf-Prozent-Hürde → M16

Bei der Fünf-Prozent Hürde (Sperrklausel) handelt es sich um eine Bestimmung im Wahlgesetz des Bundes, der Länder sowie vieler Kommunen. Demgemäß finden nach einer Wahl nur diejenigen Parteien bei der Vergabe von Abgeordnetensitzen Berücksichtigung, welche mindestens 5 % der abgegebenen Stimmen (oder mindestens drei Direktmandate) erhalten haben. Ansonsten verfallen diese Stimmen. Die Fünf-Prozent-Hürde dient dazu, zu verhindern, dass zu viele kleine Parteien ins Parlament einziehen können, was zu einer erschwerten Bildung einer Regierungskoalition führen würde.

82000-127

Überhangmandate → M16

Überhangmandate entstehen, wenn eine Partei mehr Direktmandate in den Wahlkreisen gewinnt als ihr über den Anteil der Zweitstimmen zustehen. In diesem Fall zieht der siegreiche Direktkandidat trotzdem in den Bundestag ein, wodurch sich die Zahl der Abgeordneten erhöht. Überhangmandate müssen seit 2013 ausgeglichen werden, da sie das Ergebnis der Zweitstimme sonst verzerren können. Zieht also ein Direktkandidat per Überhangmandat in den Bundestag ein, erhalten die anderen Parteien mehr Sitze entsprechend ihres Zweitstimmenergebnisses. Durch Überhangmandate und die neue Ausgleichregelung vergrößert sich der Bundestag immer mehr, so dass mittlerweile über eine Reform oder gar deren Abschaffung nachgedacht wird.

82000-128

Das Wahlsystem der Bundesrepublik Deutschland ist eine Mischung aus Mehrheits- und Verhältniswahl, wobei die Vorzüge des jeweiligen Wahlsystems bewahrt und die Nachteile vermieden werden. Bei Mehrheitswahlen etwa profitieren große Parteien unverhältnismäßig und ein großer Teil an Wählerstimmen geht verloren, während Verhältniswahlen eine Parteienzersplitterung im Parlament begünstigen und der unmittelbare Kontakt zwischen Abgeordneten und Wählerinnen und Wählern verloren geht.

Welche Nachteile weisen Mehrheits- bzw. Verhältniswahlen auf?
M15, M18

Das Bundeswahlgesetz bezeichnet das bundesrepublikanische Mischwahlsystem als eine „mit der Personenwahl verbundene Verhältniswahl". Dem entspricht, dass alle Wählerinnen und Wähler bei der Bundestagswahl zwei Stimmen für die Wahl der 598 Parlamentssitze im Bundestag haben. Mit der sogenannten Erststimme wird der jeweilige Abgeordnete der insgesamt 299 Wahlkreise gewählt, womit das Prinzip der relativen Mehrheitswahl umgesetzt wird (Direktmandat). Mit der Zweitstimme, die dem Prinzip der Verhältniswahl entspricht, wählt man die Landesliste einer Partei (Listenmandat). Der prozentuale Anteil der Zweitstimmen entscheidet darüber, wie viele Sitze eine Partei im Deutschen Bundestag bekommt. Daher ist die Zweitstimme die wichtige Stimme.

Wie funktioniert die „personalisierte Verhältniswahl" der Bundesrepublik Deutschland?
M16

Schon seit Längerem bemühen sich Fachleute aus Politik und Wissenschaft um eine Reform des Wahlsystems, um es einfacher zu gestalten und die Zahl der Bundestagsabgeordneten nicht immer mehr ansteigen zu lassen. Aufgrund der zunehmenden Zahl von Überhangmandaten sitzen nämlich statt der eigentlich vorgesehenen 598 mittlerweile über 700 Parlamentarier im Bundestag. Ein weiterer Grund für Reformen ist die Unterscheidung von Erst- und Zweitstimme, die vielen Wählerinnen und Wählern nicht geläufig ist und oft zu Verwirrung führt. Es existieren zwar viele Pläne für eine Veränderung des Wahlsystems, die unterschiedlich weit gehen, doch der Beharrungswille der etablierten Parteien, die den Verlust von Abgeordnetensitzen fürchten, ist groß, so dass bisher noch kein Vorschlag durchsetzen konnte.

Braucht es eine Reform des bundesdeutschen Wahlsystems?
M17

Alle demokratischen Wahlsysteme haben ihre Stärken und Schwächen. Wichtig ist aber auch, was das Ziel des jeweiligen Systems ist. Ziel des deutschen Verhältniswahlsystems ist es beispielsweise, lokale Repräsentation (durch die Erststimme) mit einer möglichst genauen Abbildung des Wahlverhaltens zu kombinieren (durch die Zweistimme). Nachteile, sind ein relativ kompliziertes System und oft langwierige Koalititionsverhandlungen. Mehrheitswahlsysteme bilden den Willen der Wählerinnen und Wähler weniger genau ab, sorgen aber zumeist dafür, dass eine Partei allein den Regierungsauftrag erhält.

Welches Wahlsystem ist „das Beste"?
M18

2.5 Organisierte Interessenvertretung: gemeinsam stärker?

Zum Thema: Sie wissen sicherlich aus Ihrem Alltag, dass sich Interessen besser durchsetzen lassen, wenn man gemeinsam statt alleine agiert. In diesem Kapitel erfahren Sie, welche Folgen dies für den politischen Alltag hat und stellen fest, dass dieses Thema auch seine Schattenseite hat.

M19 Einige dieser Logos kennen Sie sicherlich, oder?

Industriegewerkschaft Metall

Bundesvereinigung der Deutschen Arbeitgeberverbände

Bund der Steuerzahler

Allgemeiner Deutscher Automobil-Club

Bundesverband Erneuerbare Energien

Allgemeiner Deutscher Fahrrad-Club e. V.

Art. 9 GG:
(1) Alle Deutschen haben das Recht, Vereine und Gesellschaften zu bilden.

Einstiegsaufgaben

1. Legen Sie dar, welche Gruppen sich in den vorgestellten Verbänden zusammengefunden haben und welche Interessen sie verfolgen. Recherchieren Sie dazu gegebenenfalls im Internet.
2. Formulieren Sie fiktive Forderungen der einzelnen Verbände.

M20 Definition: Interessenverband

Zusammenschluss von Personen, die ihre gemeinsamen Interessen in der Öffentlichkeit durchsetzen wollen. Dazu versuchen sie u. a., auf die Gesetzgebung Einfluss zu nehmen. Von Parteien unterscheiden sie sich dadurch, dass sie nicht an allgemeinen Wahlen teilnehmen. Interessenverbände sind z. B. die Gewerkschaften der Arbeitnehmerinnen und Arbeitnehmer und auf der Gegenseite die Arbeitgeberverbände.

Thurich, Eckart: pocket politik. Demokratie in Deutschland. In: www.bpb.de, Abruf am 26.07.2021

M21 Fallbeispiel 1: Wie mithilfe von Gewerkschaften Druck auf Arbeitgeberinnen und Arbeitgeber ausgeübt wird

1 Bahn-Streik: Worum geht es überhaupt?

Auf die Kunden der Deutschen Bahn kommen schwere Streiktage mit vielen Zugausfällen und Verspätungen zu. Die Gewerkschaft Deutscher Lokführer GDL hat nach einer Urabstimmung ihre Mitglieder im Bahnkonzern zu einem Arbeitskampf aufgerufen. Im Güterverkehr begann der Streik bereits. Ab Mittwochfrüh werde auch der Personenverkehr bestreikt. [...] Wegen des Streiks strich die Bahn für Mittwoch und Donnerstag 75 Prozent ihrer Fernzüge – an beiden Tagen soll also nur ungefähr jeder vierte geplante Fernzug fahren. [...]

Die Lokführergewerkschaft GDL hat sich für einen bundesweiten Streik bei der Deutschen Bahn entschieden. 95 Prozent der Gewerkschaftsmitglieder hätten für einen Streik gestimmt, erklärte [der Vorsitzende der GDL] Weselsky nach einer Urabstimmung. Damit sei die notwendige Zustimmung von 75 Prozent weit übertroffen worden. [...]

Die Bahn kritisierte die Ankündigung der GDL scharf und sprach von einer „unnötigen Eskalation auf dem Rücken der Bahnkunden". „Die GDL-Spitze eskaliert zur Unzeit", erklärte Bahn-Personalvorstand Martin Seiler. „Gerade in einem systemrelevanten Bereich wie der Mobilität gilt es jetzt, sich an den Verhandlungstisch zu setzen und nicht unsere Kunden zu belasten." [...]

Der Konjunkturchef des Kieler IfW-Instituts, Stefan Kooths, befürchtete weitere Engpässe bei den Lieferketten durch den Streik. „Angesichts der ohnehin schon bestehenden Probleme bei der Versorgung von Vorleistungsgütern ist dies das Letzte, was jetzt in die konjunkturelle Landschaft passt", sagte Kooths. „Bisher hatten wir bei den Lieferketten vor allem Probleme auf dem Seeweg. Wenn jetzt noch ein weiterer Engpass mit dem Güterverkehr der Bahn dazukommt, dann verschärft sich die gesamte Situation weiter."

Tagesschau: Streik im Güterverkehr hat begonnen. In: www.tagesschau.de, 10.08.2021

Claus Weselsky ist seit 2008 Bundesvorsitzender der Gewerkschaft Deutscher Lokführer.

2 Spiegeln die Medien verschiedene Meinungen wider?

„Schon wieder?! Eine absolute Frechheit, diesen Streik auf dem Rücken uns von Pendlern auszutragen!"
aus einer Kommentarsektion eines Internetartikels

„Natürlich nervt es. Aber ein Streik wirkt eben nur, wenn er weh tut. Wäre ich an deren Stelle, würde ich mir auch wünschen, dass der Rest der Bevölkerung hinter mir steht."
Pendlerin in einem Radiointerview

LOKFÜHRER STREIKEN SCHON WIEDER!
Arbeiten die auch mal?
Erneuter Streik der GDL.
Tausende Urlauber sitzen fest!
ein überregionales Boulevard-Blatt

DER BAHNSTREIK SCHMERZT, ABER DIE FORDERUNGEN SIND LEGITIM UND NICHT ÜBERZOGEN.
Ein Streik in der Urlaubszeit ist für viele Menschen besonders hart – verurteilt werden sollte der Streik trotzdem nicht.
eine überregionale Wochenzeitung

Bearbeiter

M22 Hat der Lobbyismus auch gute Seiten?

Erklärfilm: Lobbyismus

71910-22

Heute findet Lobbying an vielen Orten statt: in Büros, auf Empfängen, in Clubs, bei parlamentarischen Abenden und Frühstücken, in Fachausschüssen und Kneipen. Dabei sind die Lobbyisten gegenüber den Politikern deutlich in der Übermacht. Vorsichtige Schätzungen gehen von mindestens 5000 Menschen aus, die in der Branche ihr Geld verdienen. Die meisten arbeiten in Verbänden. Dazu kommen Public-Affairs-Agenturen, Denkfabriken, Anwaltsfirmen und selbstständige Lobbyisten, die von Organisationen und Unternehmen mit speziellen Aufgaben betraut werden. In der Politik sind Lobbyisten geschätzt und gefürchtet zugleich. Das Gute an ihnen ist, dass sie Fachwissen und Branchenkenntnisse in den politischen Prozess einbringen und helfen, die Folgen einer Gesetzesänderung einzuschätzen. Wenn Gesetze formuliert werden, ist die Anhörung von Verbänden und der Wirtschaft deshalb explizit vorgeschrieben. Das Problem ist, dass keiner weiß, wie stark die Informationen gefärbt sind und ob sie überhaupt stimmen. Außerdem setzen sich finanzstarke Lobbyisten meist besser durch als Verbände, hinter denen nicht so viel Geld steht, wie beispielsweise Umweltverbände oder Verbraucherschützer. [...] Zudem haben finanzstarke Lobbygruppen viele ehemalige Minister, Staatssekretäre und Abgeordnete in ihren Reihen, deren Kontakte in den politischen Apparat besonders gut sind. Manchmal sind Politik und Lobbygruppen noch enger verflochten. So gibt es Parlamentarier, die parallel zum Mandat als Verbandsfunktionäre tätig sind oder in einem Aufsichtsrat sitzen. [...] Vor diesem Hintergrund verwundert es nicht, dass der Kampf gegen den überbordenden Lobbyismus von den Bundestagsabgeordneten nur halbherzig geführt wird. So ist die Bestechung von Abgeordneten nur dann strafbar, wenn sie schriftlich fixiert wird oder wenn ein Abgeordneter im Auftrag oder auf Weisung handelt. Auch Geld für ein Aufsichtsratsmandat anzunehmen, ist kein Problem. Und solange Abgeordnete keine nachweisbare Gegenleistung erbringen, dürfen sie sich von den Lobbyisten auch bewirten und beschenken lassen. [...] Aber es gibt auch Bundestagsabgeordnete, die die Forderungen der beiden großen deutschen lobbykritischen Organisationen LobbyControl und Transparency International unterstützen. Diese plädieren unter anderem dafür, dass Passagen in Gesetzestexten kenntlich gemacht werden müssen, wenn sie aus Lobbyunterlagen stammen, und dass ein verbindliches Lobbyregister eingeführt wird, in dem auch das Budget der Lobbygruppe erscheint.

Krol, Beate: Lobbyisten. In: www.planet-wissen.de, 06.01.2020

M23 Fallbeispiel 2: Auseinandersetzungen um bezahlbaren Wohnraum

„Wir brauchen den Mietpreisdeckel für ganz Deutschland“, fordert der kommissarische SPD-Chef Thorsten Schäfer-Gümbel im „Tagesspiegel“. In den gefragtesten Wohngegenden sollten die Mieten für fünf Jahre eingefroren werden. „Wir gewinnen damit Zeit, um zu bauen, zu bauen und noch einmal zu bauen“, so Schäfer-Gümbel. Die SPD-Spitze möchte das Vorhaben bald in die Koalition einbringen.

Der Vorschlag kommt ursprünglich aus dem Berliner Senat. Vergangene Woche wurde das Eckpunktepapier von Berlins Bausenatorin Katrin Lompscher (Linke) bekannt. Demnach sollen ab 2020 für fünf Jahre die Mieten in Berlin eingefroren werden. 1,5 bis 1,6 Millionen Berliner Wohnungen wären laut Mieterverein davon betroffen. Der Berliner Landesverband Haus und Grund reagierte prompt: Auf seiner Homepage ist ein Countdown zu sehen, darüber steht: „Erhöhen Sie unbedingt bis zum 17. Juni die Miete!" Am Tag danach berät der Berliner Senat über den Mietendeckel.

Bundeskanzlerin Angela Merkel sieht die Initiative kritisch. „Es muss weiter interessant und attraktiv sein, in Wohnraum zu investieren", sagte Merkel auf dem Deutschen Mietertag in Köln. Auch juristisch ist das Vorhaben umstritten: Die Wohnungswirtschaft verweist auf das Recht auf Eigentum im Grundgesetz. Eva Högl, stellvertretende Vorsitende der SPD-Bundestagsfraktion, hält den Mietendeckel hingegen für juristisch „auf jeden Fall" haltbar. Das Landesrecht biete Spielraum für preisregulierende Maßnahmen. [...] Der Mieterbund hält allein 200.000 neue bezahlbare Mietwohnungen pro Jahr für nötig, darunter wiederum 80.000 Sozialwohnungen. „Wir brauchen dringend bezahlbare Wohnungen", sagte Verbandspräsident Franz-Georg Rips zum Auftakt des Mietertages am Freitag. Für einen Großteil der Bevölkerung seien Eigentumswohnungen nicht finanzierbar. Der Bund müsste seine Mittel verdreifachen, bis der Rückstand an bezahlbaren Wohnungen aufgeholt sei, so Rips. Bundeskanzlerin Merkel setzt dabei auf private Investoren: „Die beste Antwort auf Wohnungsknappheit ist, neuen Wohnraum zu schaffen", sagte sie bei der Mitgliederversammlung des Deutschen Mieterbundes in Köln. Die Grünen fordern jährlich 100.000 „dauerhaft bezahlbare" Wohnungen, zudem ein Sofortprogramm mit dem 100.000 Dächer und Häuser ausgebaut werden. Vermieter, die bei der Miete unter dem Mietspiegel bleiben, sollen Steuervergünstigungen bekommen - das fordert der Städte- und Gemeindebund. So könnte beispielsweise die Einkommenssteuer für Mieteinnahmen entfallen.

In vielen deutschen Städten, wie hier in München, explodieren die Mietpreise.

Eiler, Lucas: Fünf Vorschläge für bezahlbaren Wohnraum. In: www.zdf.de, 14.06.2021

Aufgaben

82000-163

1. Erklären Sie auf Basis von **M20** und Ihrem eigenen Wissen, wie sich Interessenverbände von Vereinen unterscheiden.
2. a) Stellen Sie mithilfe von **M21** 1 den vorliegenden Konflikt in groben Zügen dar und beschreiben Sie, wie die organisierte Interessenvertretung der GDL bei der Durchsetzung ihrer Forderungen helfen könnte.
   b) Beurteilen Sie mithilfe der fiktiven Äußerungen in **M23** 2 die Vorteile der Meinungsvielfalt in der Bundesrepublik Deutschland.
3. Erarbeiten Sie aus dem Artikel **M24** die Vorzüge und Gefahren des Lobbyismus.
4. Erstellen Sie ein Diagramm zu dem in **M25** dargelegten Konflikt, in welchem Sie die beteiligten Parteien, Organisationen und deren Forderungen grafisch aufbereiten.
5. Diskutieren Sie abschließend auf Basis von **M21–M23** die Frage, ob und warum die organisierte Interessenvertretung ein wichtiges Kennzeichen der Meinungsvielfalt ist.

H **zu Aufgabe 2b**
→ S. 185

WISSEN KOMPAKT

Interessenverband → M20
Gemäß Artikel 9 GG „haben alle Deutsche das Recht, Vereine und Gesellschaften zu gründen". Solche freiwilligen Zusammenschlüsse von Personen, Gruppen, Unternehmen der Institutionen haben den Zweck, besondere Interessen zu bündeln und zu artikulieren, um Politik und Gesellschaft im Sinne der eigenen Absichten zu beeinflussen. An Wahlen nehmen Interessenverbände nicht teil.

Verein → M20
Ein Verein ist ein auf Dauer angelegter Zusammenschluss von mindestens sieben Personen, der bestimmte Zwecke (Freizeit, Beruf, Weltanschauung) verfolgt, unabhängig vom Wechsel der Mitglieder. Durch die Eintragung „e.V." ins Vereinsregister des Amtsgerichts wird ein Verein rechtsfähig. Im Gegensatz zu Interessenverbänden im engeren Wortsinn engagieren sich Vereine kaum politisch

82000-129

Gewerkschaft → M21
Eine Gewerkschaft ist ein Interessenverband dessen Hauptaufgabe darin besteht, Arbeitnehmende gegenüber Arbeitgebenden zu vertreten. Zur Durchsetzung der wirtschaftlichen und sozialen Interessen der Mitglieder können auch Streiks verwendet werden. Eine Niederlegung der Arbeit ist umso effektiver, je mehr Arbeitnehmende sich in der Gewerkschaft organisieren, da dieser Zustand für viele Unternehmen zu hohen Verlusten führen kann.

82000-130

Nichtregierungsorganisationen → M19, M20
Nichtregierungsorganisationen sind grundsätzlich alle Interessenverbände, die nicht von Regierungen oder staatlichen Stellen abhängig sind und gemeinsame, nicht-kommerzielle Interessen vertreten – von Gewerkschaften über Kirchen bis zum Sportverein. Im allgemeinen Sprachgebrauch bezeichnet der Begriff jedoch Organisationen, Vereine und Gruppen, die sich gesellschaftspolitisch engagieren. Einige wichtige und typische Betätigungsfelder von NROs (englisch: NGOs) sind Entwicklungspolitik, Umweltpolitik und Menschenrechtspolitik.

82000-131

Lobbyismus → M22
Der Begriff entstammt dem englischen „lobby" (= Vorhalle) und bezeichnet eine Form der Interessenvertretung in der Politik, bei der Verbandsvertreter (Lobbyisten) versuchen, durch gezielte Ansprache der wichtigsten politischen Institutionen ihren Argumenten Gehör zu verschaffen und Parlament und Regierung in ihrem Sinne zu beeinflussen.

82000-132

Adressaten und Mittel der Einflussnahme → M21–M23

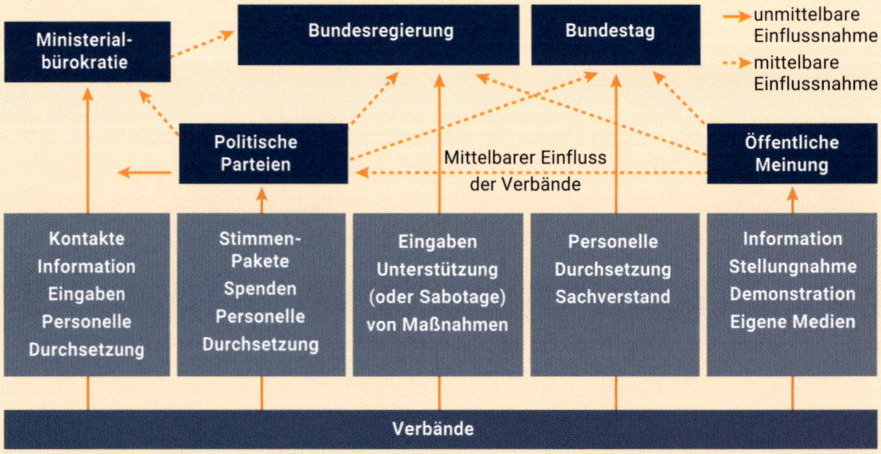

Nach: Rudzio, Wolfgang: Das politische System der Bundesrepublik Deutschland. 7. Auflage. Wiesbaden: VS Verlag für Sozialwissenschaften 2006, S. 79

Warum sind Interessenverbände ein wichtiger Bestandteil der Demokratie?
M21, M22

Im Gegensatz zu den politischen Parteien, die die Interessen ihrer oft sehr unterschiedlich zusammengesetzten Wählerschaft bündeln und vertreten müssen, haben Interessenverbände nur ganz spezielle Interessen einer bestimmten gesellschaftlichen Gruppe im Sinn. Trotzdem ist die Legitimität von Interessengruppen in einer freiheitlichen Demokratie unstrittig, hat doch jede das Recht, auf ureigene Interessen hinzuweisen und auf deren Umsetzung hinzuwirken. Der Pluralismus, d. h. die Anerkennung und der Respekt vor anderen Meinungen, Interessen und Zielen, gehört überdies zu den Grundpfeilern der Demokratie: Niemand darf aufgrund seiner politischen Überzeugungen ausgegrenzt werden; vielmehr ist jedem Menschen erlaubt, sich in Vereinen und Verbänden zusammenzuschließen, auch wenn die Interessen abseitig erscheinen oder nur von wenigen vertreten werden. Die einzige Anforderung dabei ist: Der demokratische Staat darf dadurch nicht gefährdet werden.

Welche unterschiedlichen Arten von Interessenverbänden gibt es?
M21–M23

Sehr einflussreiche Verbände sind Interessenorganisationen im Wirtschafts- und Arbeitsbereich, also die Gewerkschaften als die Interessenvertreter von Arbeitnehmern sowie die Arbeitgeberverbände, die die Löhne und Arbeitsbedingungen aushandeln und sie in Tarifverträgen festlegen. Das Grundgesetz gibt ihnen in Art. 9, 3 sogar das Recht, die Tarife völlig selbständig und ohne staatliche Vorgaben zu vereinbaren. Weltweit bekannte politische und ideelle Verbände wie Greenpeace oder Amnesty International haben das Wohl der gesamten Menschheit im Blick oder engagieren sich für den Schutz und die Einhaltung der Menschenrechte weltweit. Bundesweit engagiert sich etwa der BUND (=Bund Umwelt- und Naturschutz) als Vertreter zahlreicher Naturschutzgruppen für eine saubere Umwelt und den Erhalt des Ökosystems. Für das Wohl ihrer Mitmenschen treten zahlreiche soziale Wohlfahrtsverbände ein, wie etwa das Rote Kreuz, der katholische Caritas-Verband oder die evangelische Organisation Brot für die Welt. Der größte Sportfachverband der Welt ist der Deutsche Fußballbund, der die Interessen von Hobby- und Spielerinnen und Spielern vertritt, während dies beispielsweise der Deutsche Alpenverein für die Bergsteigerinnen und Bergsteiger tut oder der Bund Deutscher Radfahrer für seine Klientel. Oftmals entstammen Vereine ursprünglich Bürgerinitiativen, die sich ohne feste Organisationsstruktur aus der Bevölkerung gebildet haben, um basisdemokratisch vor Ort aus einem konkreten Anlass, etwa des Baus einer Umgehungsstraße, der Errichtung eines Baukomplexes oder eines Eingriffs in die Natur, ihre Interessen gegenüber Verwaltung, Politik und Wirtschaft durchzusetzen.

Stellt Lobbyismus eine Gefahr für die Demokratie dar?
M22

Kritikerinnen und Kritiker befürchten den zu großen Einfluss mächtiger Verbände und sprechen von der „fünften Gewalt“ des Lobbyismus, der die demokratischen Grundprinzipien gefährden kann. Gefahr droht ihrer Meinung vor allem dann, wenn – für die Bevölkerung nicht ersichtlich – Einfluss auf die Gesetzgebung genommen wird, etwa durch erhebliche finanzielle Mittel oder personellen Einsatz. Darum wird die Forderung laut, für völlige Transparenz, d. h. Offenlegung, der Verbindungen zwischen Politik und Verbänden zu sorgen und diese zu kontrollieren.

2.6 Massenmedien in der Demokratie – Fluch und Segen zugleich?

Zum Thema: Sie alle konsumieren Massenmedien. In diesem Kapitel erfahren Sie, welche Bedeutung Medien für den politischen Prozess haben und erfahren, wie moderne Technologien dazu führen, dass der Blick über den Tellerrand immer mehr erschwert wird.

M24 Wer informiert sich wo?

Einstiegsaufgaben 82000-164

1. Analysieren Sie die Grafik und erläutern Sie Auffälligkeiten.
2. Führen Sie die Umfrage in der Klasse durch und vergleichen Sie Ihre Ergebnisse mit denen in der Grafik.

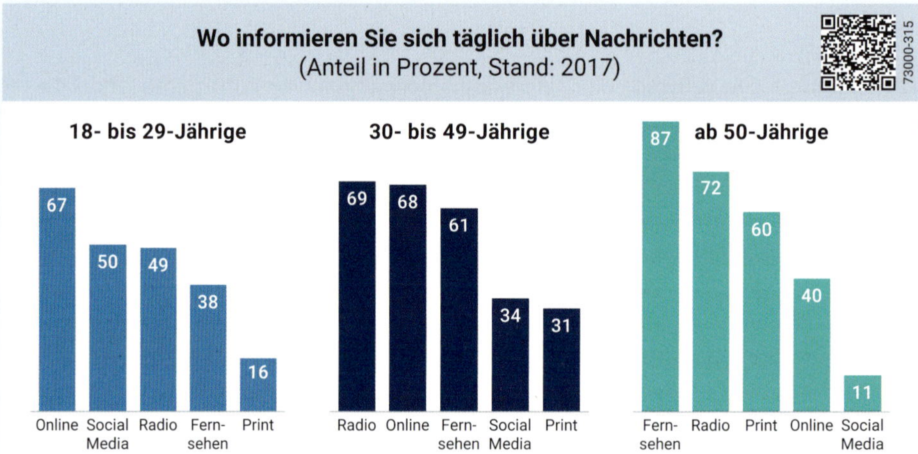

Nach: Globus Grafik 12889; Quelle: Pew Research Center (2018)

M25 Welche Funktion haben die Medien?

1 Pressefreiheit – Ein Grundpfeiler jeder Demokratie

Das Recht auf freie Meinungsäußerung ist kein Luxusprodukt. Die uneingeschränkte Pressefreiheit ist nichts, auf das eine Demokratie verzichten kann, sondern etwas, das sie mit aller Kraft verteidigen muss. Weil sie der Grundpfeiler dieser Staatsform ist, jener also, die dem Individuum die größtmögliche Freiheit und allen Minderheiten den besten Schutz bietet. Nur wenn es die Möglichkeit gibt, sich frei zu äußern, das Tun und Lassen von Politik und Wirtschaft kritisch zu hinterfragen, ungehindert zu recherchieren und eben jene Erkenntnisse zu publizieren, besteht die Möglichkeit, Korruption und Missstände aufzudecken und im besten Falle zu verhindern. Diese Erkenntnis ist beileibe nicht neu. Gerade wir Deutschen haben nicht zuletzt von Adolf Hitler gelernt, wie wichtig eine unabhängige Berichterstattung ist. Es war genaues Kalkül, dass am Anfang seiner Schreckensherrschaft das Ende der unabhängigen Presse stand.

Aber was bedeutet dieses Wissen heute? Zuallererst, dass wir nicht aufhören dürfen, über die Unterdrückung von Journalisten zu berichten, nicht lockerlassen dürfen, die Freilassung von inhaftierten Kollegen zu fordern, und jene Machthaber in die Pflicht zu nehmen, die versuchen, die freie Meinungsäußerung zu unterbinden. Es bedeutet, dass wir unsere eigenen Regierungen und die Oppositionsparteien auffordern müssen, sich genau hierfür einzusetzen. Auf diplomatischem Weg – aber wenn es sein muss auch durch konkretes

Handeln. [...] Dabei ist unmittelbare Gewalt gegen Journalisten nicht die einzige Bedrohung. Politiker wie Donald Trump oder auch Wladimir Putin haben erkannt, wo der Journalismus am leichtesten anzugreifen ist: bei seinem höchsten Gut, der Glaubwürdigkeit. Wenn der amerikanische Präsident die Medien als Lügenpresse bezeichnet, ist das mehr, als nur von seinen eigenen Lügen abzulenken. Es ist eine langfristige Strategie, die Glaubwürdigkeit seiner gefährlichsten Kritiker zu unterminieren. Und so jene zu schwächen, die dabei sind, seine Machenschaften und ihre Hintergründe aufzudecken.

Dabei sind besonders auch die Journalisten und Medienhäuser selbst gefordert, noch sorgfältiger zu recherchieren, noch kritischer auch die eigenen Kollegen zu hinterfragen und Fehler uneingeschränkt offenzulegen. Denn jedes bewusste Fehlverhalten, jede unbelegte Zuspitzung, jede einseitige Darstellung spielt jenen in die Hände, die verhindern wollen, dass Bürgerinnen und Bürger so gut informiert sind, um sich ihre eigene, unabhängige Meinung zu bilden. Das jedoch ist die Voraussetzung, dass Wahlen am Ende wirklich demokratisch sind.

Pohl, Ines: Kommentar: Pressefreiheit – Ein Grundpfeiler jeder Demokratie. In: www.dw.com, 27.12.2018

2 **Funktionen von Medien in einer Demokratie**

Selg, Olaf: Funktionen von Medien in einer Demokratie. In: www.bpb.de, 2014

M26 Fallbeispiel 1: Ist die Pressefreiheit in Deutschland in Gefahr?

1 **„Wenn du Lob bekommst für einen Artikel, dann hast du irgendetwas falsch gemacht"**

SZ: Herr Mihr, ist es nur ein Gefühl oder gerät die Pressefreiheit auch in westlichen Demokratien zunehmend unter Beschuss?

Christian Mihr: Wir beobachten als weltweit tätige Organisation tatsächlich auch in gefestigten Demokratien einen medienfeindlichen Diskurs, der grundsätzlich Journalismus in Frage stellt, die Arbeit von Journalistinnen und Journalisten diskreditiert und sie zu Feinden erklärt. Was die „Fake News"-Vorwürfe in den USA sind, sind bei uns die Lügenpresse-Rufe. Zum anderen werden im Kampf gegen Terrorismus weltweit Sicherheitsgesetze erlassen, die in Kauf nehmen, dass journalistischer Quellenschutz unter die Räder

Christian Mihr ist seit 2012 Geschäftsführer von Reporter ohne Grenzen, einer Organisation, die sich weltweit für die Pressefreiheit und gegen Zensur einsetzt.

gerät. Beides dient Diktaturen und autoritären Systemen als Vorbild. [...]

Wer an die USA und bedrohte Pressefreiheit denkt, der landet schnell bei Donald Trump. Der US-Präsident wettert regelmäßig gegen Journalisten. Aber auch die deutsche Geschichte ist nicht frei von solchen Attacken: Die Angriffe von Helmut Kohl auf den Spiegel sind legendär. Gibt es da einen Unterschied?

Mein erster Chefredakteur bei einer Lokalzeitung hat mir mal gesagt: Wenn du Lob bekommst für einen Artikel, dann hast du irgendetwas falsch gemacht. Ob ich das selbst so zugespitzt formulieren würde, weiß ich gar nicht, aber der Kern der Sache ist: Kritik gab es immer und auch Journalisten müssen sich ihr stellen. Gleichzeitig ist es aber auch Aufgabe von Journalismus, den Mächtigen auf die Füße zu treten und Dinge aufzudecken, die ihnen nicht gefallen. Der Unterschied ist, dass ein Helmut Kohl jenseits von Sonntagsreden – genau wie der Zeitgeist damals – nicht Journalismus als solches infrage gestellt hat.

Und genau das passiert heute?

Ich glaube schon. Wir befinden uns in einer Demokratiekrise, in der unter anderem gefühlte oder echte soziale Ungleichheiten dazu führen, dass Medien als Teil eines Systems verstanden werden, welches diese Probleme verursacht. Dabei dürfen wir nicht vergessen, was wir alles wissen durch Journalismus. Da sind etwa die von Journalistinnen und Journalisten enthüllten Panama Papers, durch die Korruption aufgedeckt wurde und Mächtige vor Gericht mussten. Wir wissen in Regensburg von dem Missbrauchsskandal, weil er durch journalistische Arbeit aufgedeckt wurde. [...]

Gibt es in Deutschland [...] Gesetze, die journalistische Arbeit erschweren?

Wir erleben immer wieder Polizeivertreter, die Journalisten verbieten, auf Demonstrationen zu fotografieren und dabei fälschlicherweise auf die Datenschutzgrundverordnung verweisen. Dabei müssen Polizisten das Berichterstattungsrecht der Journalisten eigentlich gewährleisten und einschreiten, wenn ihnen jemand ihre Arbeit unter Verweis auf den Datenschutz verbieten will.

Auel, Juri: „Obama war ganz sicher kein Waisenknabe". In: www.sueddeutsche.de, 12.09.2021

2 Hat die Corona-Pandemie die Pressefreiheit weiter eingeschränkt?

„Journalistinnen und Journalisten wurden geschlagen, getreten und zu Boden geschubst, sie wurden bespuckt und bedrängt, beleidigt, bedroht und an der Arbeit gehindert." Das ist das trostlose Fazit von „Reporter ohne Grenzen" für die Pressefreiheit in Deutschland im vergangenen Jahr [2020]. In ihrer am Dienstag erschienenen weltweiten „Rangliste der Pressefreiheit 2021" schätzt die Organisation die Pressefreiheit hierzulande wegen der zunehmenden Gewalt auf Demonstrationen nicht mehr „gut", sondern nur noch „zufriedenstellend" ein. [...]

Die Gewalt gegen Medienschaffende hat laut Reporter ohne Grenzen eine in der Bundesrepublik noch nie da gewesene Dimension erreicht. Mehr als drei Viertel der körperlichen Angriffe ereigneten sich demnach auf oder am Rande von Demonstrationen gegen die Corona-Maßnahmen oder auf Demos zum 1. Mai. Mindestens 65 gewalttätige Angriffe gegen Journalistinnen und Journalisten zählte die Organisation, eine Verfünffachung gegenüber 2019.

[...] Global habe die Corona-Pandemie repressive Tendenzen verstärkt und verfestigt. In fast drei Viertel der Länder weltweit sei die Pressefreiheit zumindest bedeutend eingeschränkt.

Nach: Von Blazekovic, Aurelie: Reporter in Gefahr. In: www.sueddeutsche.de, 20.04.2021

3 Glaubwürdigkeit einzelner Medien während der Corona-Pandemie

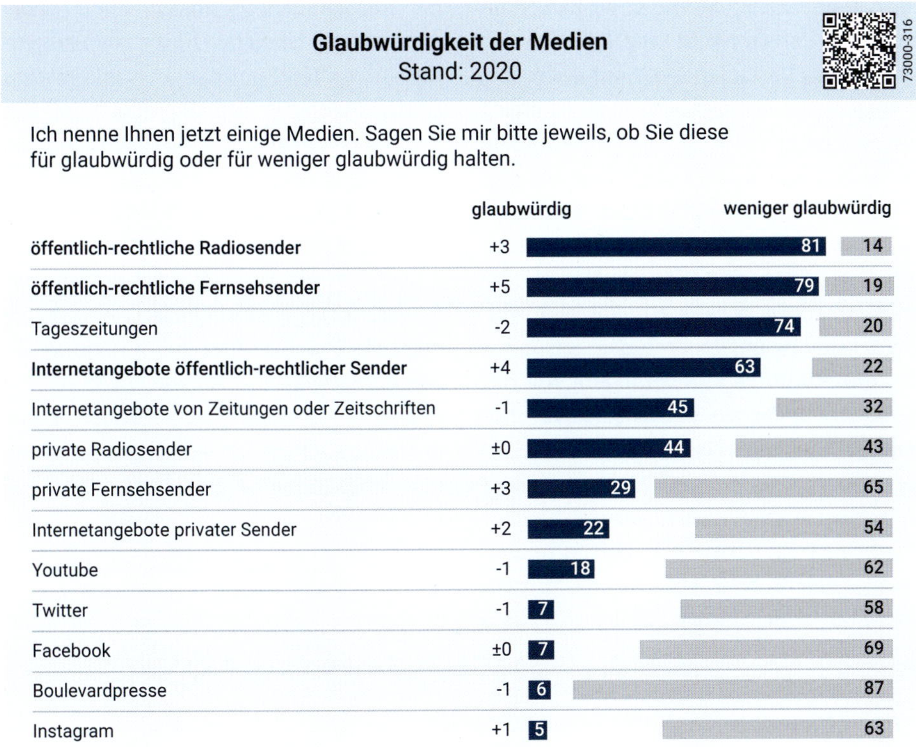

Quelle: infratest dimap

M27 Fallbeispiel 2: Schränken mediale Filterblasen die Meinungs- und damit die Willensbildung ein?

1 Wie Facebook & Co unsere Welt mit Algorithmen strukturieren

Der Begriff der Filterblase stammt von Eli Pariser, der 2011 ein gleichnamiges Buch dazu schrieb. Das Buch hat im Original den Untertitel „What the Internet Is Hiding from You". In der deutschsprachigen Übersetzung heißt es: „Filter Bubble: Wie wir im Internet entmündigt werden". Während die Übersetzung einen negativen Unterton hat, ist der originale Untertitel treffender. In einer Filterblase sehen wir als UserInnen von Facebook, Google, Twitter, Instagram, ... nicht alles, was sich da draußen tut. Gleichzeitig wird uns aber vorgetäuscht, dass wir alles sehen würden. Facebook suggeriert etwa am Ende der Timeline, dass man auch am Ende der Neuigkeiten angekommen sei. Wer mehr wissen wolle, müsse einfach mehr FreundInnen bekommen.

Wie kann es sein, dass ich das Ende meiner Facebook-Timeline so leicht erreichen kann, wenn ich doch mehr als 250 Seiten like/folge und über 300 FreundInnen auf Facebook habe? Die Antwort liegt im sogenannten Facebook-Algorithmus. Facebook will UserInnen an sich binden und spielt nur jene Inhalte aus, die laut Algorithmus für die UserInnen relevant sind. Um herauszufinden, was für mich als Userin relevant ist, beobachtet Facebook, welche Postings ich like, auf welchen Seiten ich mich aufhalte und wo es viele Überschneidungen zu anderen UserInnen gibt. Was der Facebook-Algorithmus im Detail berücksichtigt, hütet Facebook als Firmengeheimnis. [...] Filterblasen existieren nicht nur bei Facebook. Der dahinterliegende Algorithmus basiert überall darauf, die Informationen für die einzelnen UserInnen zu personalisieren. Eli Pariser nennt Empfehlungen auf Amazon als Vorläufer der Filterblasen. Ihre Personalisierung ist demokratiepolitisch unproblematisch. Die Personalisierung in der Google-Suche ist hingegen massiv problematisch. Schon ein kleiner Selbstversuch zeigt, dass kein Google Suchergebnis gleich ist. Wenn ich z. B. zweimal nach „Filterblase" suche, erhalte ich unterschiedliche Ergebnisse nur dadurch, dass ich meine IP-Adresse mittels VPN verändere. Alle anderen Parameter wie Cookies, Uhrzeit, eingeloggte Profile im selben Browser blieben unverändert. Der Unterschied hier ist minimal – aber er zeigt das Ausmaß dessen, was möglich ist. Eli Pariser schildert in seinem Buch „Filter Bubble" ein Beispiel, in dem zwei Frauen nach einem Ölkonzern suchen sollten: Die eine erhielt auf der ersten Seite der Google-Suchergebnisse Berichte über eine vorangegangene Umweltkatastrophe. Die andere fand positive Börsenkurse des Ölkonzerns. Hier liegt der Knackpunkt in den Personalisierungs-Algorithmen: Dadurch dass jeder einzelne User eine vermeintlich objektive, in Wahrheit aber stark personalisierte Ansicht an Informationen erhält, werden ähnliche Meinungen verfestigt und gegensätzliche Meinungen ausgeblendet. Auch Twitter und Instagram setzen mittlerweile ebenso wie Facebook und Google auf ebendiese Algorithmen. Keine guten Aussichten für den Zugang zu Meinungsvielfalt im Netz!

Nach: Permesser, Petra: Filterblasen: wie Facebook & Co unserer Welt mit Algorithmen strukturieren. In: www.weblog.datenwerk.at, Abruf am 04.08.2021

2 Filterblasen – ignorieren oder konfrontieren?

a Wegzuhören ist [in sozialen Netzwerken] einfacher als im richtigen Leben. Der entfernte Bekannte setzt ein „Gefällt mir" bei einer unsympathischen Seite? Er kommentiert einen Zeitungsartikel mit hanebüchenen Argumenten? [Manchmal] ist es besser, den Bekannten nicht auszublenden, zu ignorieren oder zu entfreunden, sondern ihn auszuhalten, um so vielleicht mehr über seine Meinungen oder Sorgen zu erfahren.

b Wer sich aufraffen kann, in eine Diskussion einzusteigen [...], kann im Idealfall nicht nur die eigene, sondern sogar fremde Filterblasen zum Platzen bringen. Nämlich dann, wenn er mit seiner Gegenmeinung auftaucht in einer Gemeinschaft, die sich bislang in einem abgeschotteten Raum gegenseitig bestätigt hat. Der Wissenschaftler Stöcker rät, sich als Nutzer ruhig auch mal in Diskussionen einzumischen, die einem missfallen. So könne man in die Filterblasen zumindest ein kleines Loch pieksen.

c Wer seine Filterblase wirklich zum Platzen bringen will, muss es sich ungemütlicher machen, andere Meinungen aushalten, und auch mal diskutieren. Nicht für jeden sei das was, sagt Stöcker. Aber es sei wichtig, sich zumindest klarzumachen, wie die Blase funktioniert. Der erste Schritt müsse sein zu begreifen, dass ein Algorithmus darüber entscheidet, was als nächstes in der Timeline serviert wird.

d Die Filterblase gibt es auch im echten Leben. Die meisten Freunde und Bekannten haben einen ähnlichen Ausbildungsgrad, Einstellungen und ein ähnliches Umfeld, sie konsumieren auch dieselben Medien. Wer allerdings diese Perspektive wechseln will, hat es heute [...] einfach. Als „taz"-Leser zum Beispiel einmal für zwei Wochen in die „Welt" reingucken, einen Blick in den britischen „Guardian" oder die „Neue Zürcher Zeitung" werfen – geht alles online. Das kann die eigene Perspektive nachhaltig ändern.

Nach: Kinkel, Nils / Less, Bettina: Wie geht's raus aus der Facebook-Filterblase? In: www.ndr.de, 12.01.2017

M28 Filterblasen in der Karikatur

Karikatur: Plaßmann, 2017

Aufgaben

82000-165

1. a) Erklären Sie mithilfe **M25** 1 die grundsätzlichen Funktionen der Medien in der Demokratie. Überlegen Sie sich zusammen mit Ihrer Sitznachbarin oder ihrem Sitznachbarn geeignete konkrete und aktuelle Beispiele dafür.
   b) Begründen Sie mithilfe **M25** 2 die Wichtigkeit der Pressefreiheit für die Demokratie
2. Analysieren Sie die beiden Materialien M26 1 und 2 hinsichtlich der mutmaßlich steigenden Einschränkungen der Pressefreiheit in Deutschland. Nehmen Sie dabei Bezug auf:
   - allgemeine Gefahren, die der Presse drohen;
   - die Situation während der Corona-Pandemie;
   - die Ergebnisse der Umfrage **M26** 3.
3. Definieren Sie Bezug nehmend auf **M27** 1 und auf Ihre persönlichen Erfahrungen den Begriff Filterblase. Verwenden Sie dazu auch selbst gewählte Beispiele.
4. a) Diskutieren Sie den Sinn der in **M27** 2 genannten Tipps auf Basis eigener Erfahrungen und Ihrer persönlichen Einschätzung.
   b) Entwerfen Sie, ausgehend von **M27** 2 und ihren eigenen Erfahrungen einen Flyer, in welchem Sie gleichaltrigen Tipps geben, wie man Filterblasen wirksam umgehen und zu einem differenzierten politischen Urteil gelangen kann.
5. Analysieren und interpretieren Sie die Karikatur im Hinblick auf die Kapitelfrage (**M28**).

H zu Aufgabe 4a
→ S. 185

WISSEN KOMPAKT

Massenmedien → M24, M25

Unter dem Begriff „Massenmedien" (lat. „Vermittler") versteht man solche Medien, die durch technische Vervielfältigung und Verbreitung Nachrichten und Unterhaltung in Form von Schrift, Ton und Bild an ein breites Publikum übermitteln. Neben der Zeitung als dem ältesten Massenmedium sowie Büchern, Rundfunk und Fernsehen fallen unter den Begriff auch sogenannte „neue Medien" wie das Internet.

82000-133

Öffentlich-rechtliche vs. private Medienunternehmen → M25, M26

Neben den öffentlich-rechtlichen Sendeanstalten ARD und ZDF gibt es seit 1984 auch privatwirtschaftlich-kommerzielle Rundfunkender. Während Letztere keinem speziellen Programmauftrag verpflichtet sind und sich nur über Einnahmen aus der Werbung finanzieren, werden die Öffentlich-Rechtlichen zu etwa 80 Prozent durch Rundfunkgebühren finanziert und sind dem Gemeinwohl verpflichtet. Das bedeutet, sie sollen eine „Grundversorgung" an Information, Kultur, Bildung und Unterhaltung gewährleisten. Angesichts der verpflichtenden monatlichen Gebühren geraten sie immer wieder unter Rechtfertigungsdruck.

82000-134

Pressefreiheit → M25

Die Pressefreiheit ist ein demokratisches Grundrecht und wird als besondere Ausprägung der Meinungsfreiheit (Art. 5 (1) GG) zusammen mit dem Recht der freien Berichterstattung durch Rundfunk und Film verfassungsrechtlich gewährleistet. Beschränkt wird sie durch die gesetzlichen Bestimmungen zum Jugendschutz und die allgemeinen Gesetze.

82000-135

Fake News → M25, M26

Als Fake News werden erfundene oder verfälschte Nachrichten bezeichnet, die überwiegend im Internet, vor allem in sozialen sozialen Netzwerken, verbreitet werden. Lesende und Zuschauende sollen dadurch manipuliert und beeinflusst werden. Der Begriff stammt ursprünglich aus dem 19. Jahrhundert, der Durchbruch in den allgemeinen Sprachgebrauch erfolgte im Verlauf des amerikanischen Präsidentschaftswahlkampfs 2016, da politisch motivierte Falschmeldungen zum Sieg Donald Trumps beitrugen.

„Lügenpresse" → M28, M29

„Lügenpresse" ist ein vor allem von rechten Populistinnen und Populisten verwendetes Schlagwort, das Misstrauen gegenüber den etablierten Medien, häufig sogar eine grundsätzliche Ablehnung derselben zum Ausdruck bringt. Es unterstellt Journalistinnen und Journalisten, absichtlich falsche Aussagen zu machen bzw. Tatsachen zu verdrehen. 2014 wurde der Begriff zum „Unwort des Jahres" gewählt, weil die pauschale Diffamierung fundierte Medienkritik verhindere und die Pressefreiheit gefährde.

82000-136

Welche Rolle spielen die Medien in der Demokratie?
M24, M25

Ausgehend von Artikel 5 GG, der die Meinungs-, Informations- und Pressefreiheit garantiert, nehmen die Medien in der Bundesrepublik Deutschland wie in allen freiheitlich-demokratischen Staaten eine wichtige Rolle ein. Sie informieren die Öffentlichkeit über Sachverhalte, Ereignisse und Probleme in einer sachlichen Art und Weise, so dass offen darüber diskutiert, gestritten und nach Lösungen gesucht werden kann. Außerdem kontrollieren und kritisieren sie die Arbeit der Regierung sowie der anderen politischen Parteien und decken falsche Entwicklungen und Skandale in Politik und Gesellschaft auf. Schließlich bringen sie wichtige neue Themen in die öffentliche Diskussion ein und regen eine Auseinandersetzung damit an.
Aufgrund dieser Rolle als Hauptträger der Meinungs- und Willensbildung und ihres großen Einflusses auf Politik und Gesellschaft werden die Medien oft auch als „vierte Gewalt“ bezeichnet.

Welche Gefahren drohen der Pressefreiheit?
M26

Aber auch in Demokratien steht es um die Informations- und Meinungsfreiheit nicht immer zum Besten. Staatliche Rügen oder gar Eingriffe in Medienkonzerne (auch durch Anzeigenkunden) gibt es ebenso in der sogenannten „freien“ westlichen Welt. Geheimdienstliche Überwachungen oder die Aufforderung an Journalisten, stets alle Informanten ihrer Recherchen zu nennen, beeinträchtigen die Meinungs- und Pressefreiheit ebenfalls. Dazu kommt die immer wieder anzutreffende Haltung der Medien selbst, einseitig und pauschal etwa Politikerinnen und Politiker und andere Entscheidungstragende zu kritisieren, was dem Ansehen der Demokratie enorm schaden kann. Gleiches gilt für grundsätzliche Angriffe auf die vermeintliche systemgesteuerte „Lügenpresse“, der vor allem rechtsgesinnte Kritikerinnen und Kritiker bewusste Irreführung und angebliche Desinformation der Bürgerinnen und Bürger vorwerfen, ohne sich inhaltlich überhaupt mit nicht ins rechte Weltbild passenden Nachrichten und Fakten auseinanderzusetzen.

Wie können Meinungs- und Pressefreiheit geschützt werden?
M26

Es ist für die Gesellschaft und Politik wichtig, sich die Bedeutung der Meinungsfreiheit für eine funktionierende Demokratie deutlich zu machen und sich stets für eine freie Berichterstattung einzusetzen, auch wenn diese mitunter allzu kritisch erscheinen mag und sich gegen eigene Werte und Überlegungen richtet. Aber ohne das Recht, seine eigene Meinung auch öffentlich machen zu können und diese auch in aller Offenheit zu diskutieren, ist ein selbstbestimmtes Leben in einem Staat nicht möglich. Und dazu gehört eben auch eine öffentliche Streitkultur in einem Land, die nur mithilfe einer freien Presse und einer möglichst großen Medienvielfalt garantiert wird. Eben deshalb sind Meinungs- und Interessenvielfalt auch wesentliche Kennzeichen einer pluralistischen Demokratie, die sich zudem gegen Hetze und Hass im Netz entschieden zur Wehr setzen muss.

Welche Gefahren gehen von Filterblasen aus?
M27, M28

Es ist kein Wunder, dass sich das Umfeld der Meisten aus Menschen zusammensetzt, die ähnliche Interessen haben, die ähnlich aufgewachsen sind und die einen ähnlichen Bildungsstand haben. Oft sind es jedoch die Meinungen anderer, die uns dabei helfen unsere Sichtweise zu verändern oder anzupassen. Filterblasen im Internet besitzen die Gefahr, dass andere Meinungen vollkommen ignoriert werden. Das Ergebnis kann eine Art Teufelskreis sein, in der sich diejenigen innerhalb der Blase mit immer extremeren Aussagen immer weiter radikalisieren.

2.7 Wie können Jugendliche lernen, politische Verantwortung zu übernehmen?

Zum Thema: In diesem Kapitel setzen Sie sich noch einmal damit auseinander, wie auch Sie bereits politisch aktiv werden können. Dazu werden Sie ein Portfolio erstellen, mit dem Sie sich Ihre Rolle im politischen Prozess bewusstmachen.

M29 Ist der Großteil der Jugendlichen politisch uninteressiert?

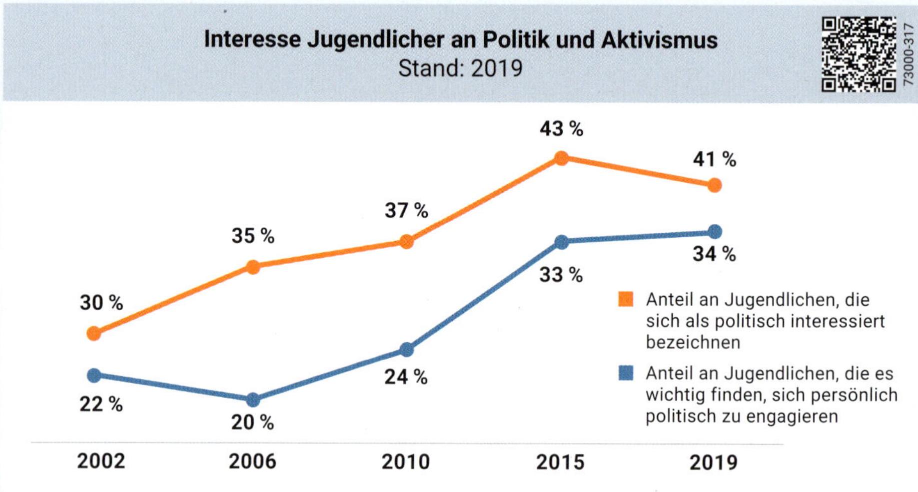

Nach: Jugend 2019. 18. Shell Jugendstudie

Einstiegsaufgabe

82000-166

Analysieren Sie die Grafik und mutmaßen Sie über Gründe für die dargestellte Entwicklung.

M30 Engagement ohne Wahl – geht das?

Slacktivisim
von „to slack“ (dt. trödeln); Ausdruck für politisches Engagement, das nur im Internet und auf der Couch stattfindet

Auch wenn Sie noch nicht wählen können, heißt das nicht, dass Sie sich nicht politisch engagieren können und sollten. Demokratie kann nur funktionieren, wenn es stetigen Nachwuchs an jungen, engagierten Menschen gibt, die für Ihre Ideale eintreten und etwas verändern möchten. Möglichkeiten des Engagements gibt es viele. An vielen Gymnasien in ganz Bayern finden Juniorwahlen statt, Planspiele ermöglichen es Schülerinnen und Schülern, Politik selbst auszuprobieren und zeigen schnell und anschaulich die Komplexität politischer Prozesse auf. Und selbstverständlich haben alle Parteien im Bundestag Jugendorganisationen, die sich immer über neue Mitglieder freuen. Vielleicht gibt es ja auch ein bestimmtes Thema, für das Sie sich begeistern können? Dann wäre es eine Überlegung wert, selbst aktiv zu werden und das Thema öffentlichkeitswirksam anzusprechen. Trotz aller Kritik an Slacktivism, bietet das Internet dennoch eine Möglichkeit, schnell und kostengünstig eine große Anzahl an Menschen zu erreichen und zu informieren – ganz egal, ob es sich um globale Probleme wie den Klimaschutz handelt oder um den örtlichen Skatepark, der erneuert werden müsste.

Bearbeiter

M31 Möglichkeiten der politischen Partizipation für Jugendliche

1 Juniorwahlen am Gymnasium Altötting

Den weinroten Ausweis hält sie in der einen, die Wahlbenachrichtigung in der zweiten Hand, mit ernstem Gesichtsausdruck wartet die junge Frau vor dem Wahlbüro. Nur langsam bewegt sich die Schlange in Richtung Wahlkabine – alles wie in echt. Allein das jugendliche Aussehen der potenziellen Wähler und der Vermerk Kinderreisepass auf dem ein oder anderen bereitgehaltenem Dokument lässt stutzig werden. Denn was hier am Mittwoch am König-Karlmann-Gymnasium durchgeführt wurde, war eine Juniorwahl zum Landtag. Alles wie in echt, nur eben als Probelauf im Rahmen der Schule gedacht. Der Charme der Aktion lag in der Detailtreue, wie Fachbetreuer Andreas Galneder erklärt. [...]

König-Karlmann-Gymnasium Altötting: Juniorwahl am KKG, Abruf am 07.10.2021

Vollständiger Text 1

71910-23

2 Planspiel Politik: Puchheimer Schüler als Stadträte

„Zur Erinnerung: Ihr seid jetzt in der Rolle der Stadträte und Stadträtinnen", geht Isabella Gürtler vom Kreisjugendrat kurz vor Beginn noch einmal die Etikette durch. „Rederecht hat jeder von euch. Wenn euch das Wort nicht erteilt wird, ist jeweils der Vorsitzende gefragt." An der heutigen Stadtratssitzung soll alles stimmen und möglichst realitätsgetreu sein: vom Sitzungssaal des Rathauses als authentischer Kulisse bis zur Leitung durch Bürgermeister Norbert Seidl.

Es ist der dritte von drei Tagen des „Planspiel Kommunalpolitik", und dessen Höhepunkt: Die 35 Gymnasiasten aus den Klassen 10d und 10e dürfen die von ihnen in Fraktionsgruppen erarbeiteten Anträge in einer simulierten Stadtratssitzung zur Diskussion stellen. Für die Schüler eine völlig neue Situation – Bürgermeister Norbert Seidl hingegen bleibt weitgehend in seiner Rolle und geht kritisch auf die einzelnen Punkte der Tagesordnung ein. [...]

Gierlinger, Marisa: Schüler machen Politik. In: www.sueddeutsche.de, 25.07.2019

Vollständiger Text 2

71910-24

3 Ein Interview mit Jugendparlamentariern aus Erlangen

Allgemein gefragt – was macht das Jugendparlament? Wie kann man sich die Arbeit vorstellen?

Judith Wahl: Man vertritt die Meinung der Jugendlichen innerhalb der Ausschüsse oder Gremien oder man diskutiert bei Sitzungen des Jugendparlamentes, was wir für junge ErlangerInnen tun können, um das Leben in der Stadt zu verbessern.

Justus Schömann: Und sonst ist man eigentlich relativ frei, was man sonst noch so macht, von Veranstaltungen über Projekte bis zu Aktionen oder anderen eigenen Ideen sind einem eigentlich fast keine Grenzen gesetzt. [...]

Kaindl, Constantin: Interview mit dem Jugendparlament Erlangen vor der Wahl, Abruf am 02.08.2021

Vollständiger Text 3

71910-25

4 Tagung des Jugendkreistags Würzburg

Kürzlich traf sich der Jugendkreistag zum zweiten Mal im Landratsamt in Würzburg. Er besteht aus 70 Jugendlichen zwischen 14 und 17 Jahren, die sich für die Anliegen junger Menschen im Landkreis stark machen wollen. Dafür stehen ihnen pro Jahr 10 000 Euro zur Verfügung.

Mit der ersten Sitzung des Jugendkreisrats waren die Schülerinnen und Schüler zufrieden. Traf dies auch auf die zweite Sitzung zu? Über insgesamt sieben Anträge diskutierten die Schüler. Sie bezogen sich primär auf umweltpolitische Themen. Auch der ÖPNV wurde wieder aufgegriffen. Diesmal ging es unter anderem um die Gleichstellung aller Landkreis-Schulen in Bezug auf den ÖPNV, die Einrichtung von Jugendzentren oder die Erstellung einer Website. Dort sollen alle Freizeitaktivitäten für Jugendliche im Landkreis aufgelistet sein. In den insgesamt vier Stunden fiel vor allem eines auf: Die Jugendlichen wollen sich mehr für den Umweltschutz einsetzen. [...]

Klein, Frederike: Jugendkreistag: Wie kann der Landkreis umweltfreundlicher werden? In: www.mainpost.de, 10.03.2020

Vollständiger Text 4

71910-26

5 Mitmischen: Erhebt eure Stimme online!

Mit einer Petition habt ihr die Möglichkeit auf direktem Wege zu meckern und Verbesserungsvorschläge einzubringen! Dieser Weg steht jedem offen – selbst Kindern. Denn laut Artikel 17des Grundgesetzes hat jeder das Recht, „sich einzeln oder in Gemeinschaft mit anderen schriftlich mit Bitten oder Beschwerden an die zuständigen Stellen und an die Volksvertretung zu wenden." [...] Im Schnitt gehen jährlich 19.000 solcher Petitionen beim Bundestag ein. Seit September 2005 auch über das Internet – denn seitdem gibt es so genannte E- bzw. Online-Petitionen. Die werden direkt im Internet eingereicht. [...] Im Forum könnt ihr zu schon existierenden Petitionen mitdiskutieren. Vielleicht gibt es euer Thema bereits oder ihr findet ein anderes spannend. Inhaltlich sind hier keine Grenzen gesetzt! Tierschutz, Verbraucherschutz, Medien... Petitionen gibt es praktisch zu allem. Auf der Unterzeichnerplattform des Bundestages findet ihr alle noch laufenden und bereits abgeschlossenen Petitionen. Außerdem könnt ihr verfolgen, welche Petitionen gerade dem Parlament zur Prüfung vorliegen. Egal, ob ihr mitdiskutieren, andere Petitionen unterstützen oder selbst eine einreichen möchtet – zuerst braucht ihr ein eigenes Benutzerkonto, müsst euch also beim E-Petitionsportal des Deutschen Bundestages registrieren. Benötigt wird dabei, neben Vor- und Nachname, auch die persönliche Anschrift. [...]

Mitmischen: Erhebt eure Sitmme! In: www.mitmischen.de, 19.06.2019

Vollständiger Text 5

71910-27

Aufgaben

82000-167

H zu Aufgabe 1
→ S. 185

1. Arbeiten Sie heraus, welche Möglichkeiten politischer Partizipation für Jugendliche in **M30** erwähnt werden. Bewerten Sie diese nach einem selbstgewählten Kriterienkatalog und treffen Sie eine Auswahl an Möglichkeiten, die für Sie reizvoll erscheinen.
2. Erstellen Sie mithilfe der nachfolgenden Methodenkarte und der Materialien **M31** 1 – 5 ein Civic Portfolio.

Das Erstellen eines Civic Portfolios

Der Begriff Portfolio stammt aus dem Italienischen („Portafoglio") und bedeutet eigentlich Brieftasche. Heutzutage verwendet man ihn im Allgemeinen für eine Sammelmappe, in der man zum Beispiel Kunstwerke, Bewerbungsunterlagen oder andere Dokumente unterbringen kann.

In der Schule ist der Begriff vor allem dafür geläufig, einen Entwicklungs- und Lernprozess (z. B. beim Spracherwerb oder der Erstellung von Präsentationen) zu dokumentieren. Aber auch im Politikunterricht können sie eingesetzt werden: Mit Hilfe von Civic Portfolios ist es möglich, zu erfassen, welche Arten gesellschaftlichen und politischen Engagements mit welchen staatsbürgerlichen (engl. civic) Kompetenzen verbunden sind. Das Führen eines Civic Portfolios zeigt somit auf, inwieweit man durch sein Verhalten Grundlagen von Demokratie und Partizipation (zum Beispiel das Bilden einer eigenen Meinung oder die Übernahme von Verantwortung) gelernt bzw. praktiziert hat.

1 Politische Kompetenzen erkennen

Um sich zunächst grundlegend damit vertraut zu machen, inwieweit bei verschiedenen Arten demokratischen Engagements von Jugendlichen politische Kompetenzen erworben werden, teilen Sie die Klasse in fünf Gruppen auf und analysieren Sie jeweils eines der Materialien **M30** 1 – 5.

Überprüfen Sie mithilfe der folgenden Tabelle, welche Kompetenzen jeweils dabei gefordert und gefördert werden und stellen Sie diese den anderen Gruppen in einem Kurzreferat vor.

Bürger(schafts)-Kompetenzen können sein:	++	+	o
eigene Meinung äußern			
Meinung anderer respektieren			
Kritik ertragen			
kritische Fragen stellen			
...			

2 Civic Portfolio anlegen und füllen

Legen Sie mithilfe eines Hefts oder einer Mappe ein individuelles Civic Portfolio mit diesen Inhalten an:
Die Tabelle kann so aussehen:

Datum	Unterricht	Schule	Umfeld	Art des Engagemnets

Teil 1: Listen Sie mithilfe der Tabelle 2 tabellarisch auf, bei welchen Gelegenheiten (wann, wo, wie) Sie sich bisher politisch beteiligt haben und / oder als Bürger bzw. Bürgerin aktiv geworden sind. Fügen Sie gegebenenfalls alle dabei gesammelten Unterlagen (Infos, Texte, eigene Ausarbeitungen, Fotos, Bescheinigungen etc., am besten mit Datum) bei.

Teil 2: Sammeln Sie Unterlagen über aktuelles politisches Engagement junger Menschen in Ihrer Umgebung (Nachrichtenmeldungen, Flyer, Fotos etc.) und nehmen Sie diese in Ihr Portfolio auf. Geben Sie zu jedem gesammelten Material eine kurze Einschätzung ab.

Teil 3: Führen Sie die nächsten Wochen eine Art Tagebuch und benutzen Sie eine weitere Tabelle (wie in Teil 1), um ihr aktuelles politisches Handeln zu dokumentieren.

Teil 4: Untersuchen Sie am Ende des Schuljahres mithilfe der Tabelle mit den Bürger-(schafts-)Kompetenzen, welche Kompentenzen Sie mittlerweile erworben haben und wo eventuell noch Nachholbedarf besteht.

3 Civic Portfolio präsentieren

Stellen Sie sich in der Klasse gegenseitig Ihre Ergebnisse vor und diskutieren Sie diese.

Juniorwahlen → M31
Die Juniorwahl ist ein handlungsorientiertes Konzept zur politischen Bildung an weiterführenden Schulen und wird seit 1999 durchgeführt. Im Rahmen von Landtags-, Bundestags- und Europawahlen werden Lehrkräfte und Schülerinnen und Schüler dabei unterstützt, eine realitätsgetreue Wahlsimulation an ihrer Schule zu organisieren und durchzuführen. Durch Juniorwahlen soll das politische Interesse von Jugendlichen gefördert, Begeisterung für politische Teilhabe und gesellschaftliches Engagement geweckt, Meinungsbildungsprozesse gefördert und das Urteilsvermögen gestärkt sowie die Wertschätzung des demokratischen Systems vermittelt werden.

Schülermitverantwortung → M31
In einer Schülermitverantwortung (SMV) arbeiten Schüler an der Gestaltung ihrer Schule und des Schulwesens mit. Sie vertreten dabei in erster Linie die Interessen ihrer Mitschülerinnen und Mitschüler und werden auch von den Schülern – meistens über die Klassensprecherversammlung – gewählt. In Bayern gibt es seit 2008 zudem eine demokratisch gewählte Vertretung aller Schülerinnen und Schüler, den Landesschülerrat. Das sechsköpfige Gremium wird von den 40 Bezirksschülersprechern gewählt und kann vor dem Kultusministerium Vorschläge und Anregungen der Schüler einbringen.

82000-137

Kinder- und Jugendparlament → M31
In Kinder- und Jugendparlamenten nehmen jugendliche Vertreter Interessen ihrer Altersgenossen gegenüber den jeweiligen Gemeinden wahr. Es kann sich dabei etwa um Fragen zur Gestaltung von Freizeitanlagen oder Schulhöfen, aber auch um Probleme des Umweltschutzes oder der Sicherheit im Straßenverkehr handeln. Mögliche Lösungsvorschläge werden den verantwortlichen Politikern in Form von konkreten Anträgen vorgelegt. Teilweise steht einem Jugendparlament auch ein eigener Etat zur Verfügung, über dessen Verwendung es selbst entscheiden kann.

Jugendportale → M31
Jugendportale sind speziell auf Jugendliche zugeschnittene Internetseiten, auf denen politische Organe wie etwa der Deutsche Bundestag (mitmischen.de) über ihre tägliche Arbeit berichten, um bei den ca. 12- bis 20jährigen die „Lust an der Politik" zu wecken und Wissen zu vermitteln, damit die Leser politische Vorgänge besser verstehen und einordnen können und sich im besten Fall selbst politisch engagieren wollen.

Petitionen → M31
Art. 17 GG erlaubt es jedem und jeder Deutschen, sich mit einer Petition (lateinisch „petitio": Bitte, Verlangen, Eingabe) – schriftlich oder digital – an eine zuständige Behörde, eine Volksvertretung oder den Bundespräsidenten zu wenden. Dabei kann es um einen allgemeinen politischen Gegenstand, zum Beispiel ein Gesetz oder ein behördliches Verfahren, gehen oder eine individuelle Bitte oder Beschwerde. Speziell eingerichtete Petitionsausschüsse oder Bürgerbeauftragte nehmen sich dieser Petitionen an, um gegebenenfalls dem sogenannten Petenten schnell und wirksam helfen zu können. Das Recht, sich an den Deutschen Bundestag zu wenden, haben auch Kinder und Jugendliche. Dort gibt es einen besonderen Ausschuss, die sogenannte Kinderkommission, die sich um deren Anliegen kümmert.

82000-103

Wie können junge Menschen grundsätzlich am politischen Leben teilnehmen?
M30, M31

Demokratie lebt davon, dass sie von den Bürgerinnen und Bürgern aktiv gestaltet und getragen wird. Auch für Kinder und Jugendliche gibt es dabei eine Vielzahl von Möglichkeiten, am demokratischen Prozess mitzuwirken und sich politisch zu engagieren. Wichtige Voraussetzung dafür ist natürlich eine Grundinformiertheit über politische Prozesse und das aktuelle Tagesgeschehen vor Ort und in aller Welt, was durch eine ausgewogene und regelmäßige Mediennutzung erreicht werden kann. Neben Gesprächen mit Eltern und Freunden und der Teilnahme an öffentlichen Veranstaltungen wie etwa Podiumsdiskussionen, Bürgersprechstunden und Demonstrationen besteht auch die Möglichkeit, sich online zu Wort zu melden, in Internetforen seine Meinung zu vertreten oder gar seinen eigenen Blog zu betreiben.

Welche Möglichkeiten gibt es, politische Prozesse mitzuerleben?
M30, M31

Daneben gibt es viele Möglichkeiten, die verschiedenen politischen Prozesse mitzuerleben, indem man sie simuliert, begleitet oder sie auf besonders jugendrelevante Inhalte überträgt. So können junge Menschen etwa mittels einer Juniorwahl das Procedere einer Wahl von der Information über die Wahlprogramme der verschiedenen Parteien, über die Wahlentscheidung und die Stimmabgabe an der Urne bis zur Auszählung der Stimmen nachvollziehen. In Planspielen kann man lernen, politische Prozesse nachzuspielen und nachzuempfinden, und erkennt dabei die Probleme, die es bedeutet, einen Kompromiss zu finden, der für alle Beteiligten akzeptabel ist. Schließlich können Kinder und Jugendliche Politikerinnen und Politiker direkt bei der Ausführung ihrer Tätigkeit erleben, indem sie bei öffentlichen Sitzungen zusehen oder bei einem im Besuch im Landtag oder Bundestag bei einer Plenardebatte dabei sind.

Auf welche Art und Weise können Jugendliche selbst aktiv in der Politik mitwirken?
M30, M31

Darüber hinaus ist es jungen Menschen mittlerweile aber auch möglich, über die Einübung der Übernahme politischer Verantwortung schließlich selbst aktiv Politik zu gestalten. Angefangen in der Schule bei der Wahl von Klassen- und Schülersprechern, über ein Engagement bei der Schülermitverantwortung bis hin zu einem Sitz in einem Kinder- oder Jugendparlament – die Bandbreite demokratischer Mitwirkungsmöglichkeiten ist breit und vielfältig. Weiterhin bieten Engagement in einer Jugendgruppe oder einem Verein, einer Bürgerinitiative oder einer Nichtregierungsorganisation (NGO) Tätigkeitsfelder politischen Handelns. Und schließlich können Jugendliche ab einem gewissen Alter – von Partei zu Partei unterschiedlich – auch dort Mitglied werden und sich in deren Jugendorganisationen betätigen.

Was sind die Folgen politischen Engagements der jungen Generation?
M30, M31

Der grundsätzliche Nutzen politischen Engagements von Kindern und Jugendlichen kann dabei gar nicht hoch genug eingeschätzt werden. „Was sie hier für Erfahrungen machen, prägt ihre Vorstellung von gesellschaftlicher Demokratie", sagt etwa der Bildungsforscher Klaus Hurrelmann. Das bewahre sie davor, sich von der Demokratie abzuwenden und scheinbar einfachen, populistischen Forderungen bzw. Lösungsmöglichkeiten anzuschließen. Allerdings ist es auch Aufgabe der Politik, die Anliegen und Nöte der jungen Menschen ernst zu nehmen und sich mit ihnen intensiv und vorurteilsfrei auseinanderzusetzen, statt sie nicht als unwichtig oder überzogen abzutun.

KOMPETENZEN ANWENDEN

Kompetenz-Check Kapitel 2

71910-28

Die nachfolgenden Aufgaben bieten Ihnen die Möglichkeit, sich selbst zu überprüfen. Sie erlauben Ihnen, abzuschätzen, inwieweit Sie die gewonnenen Kenntnisse und Fähigkeiten gezielt anwenden können. Mögliche Lösungsvorschläge finden Sie über die QR- und Mediencodes zu den jeweiligen Aufgaben.

1 Was man für Demokratie tun muss …

Wenn du dich nicht entscheidest,
dann verlasse ich dich.

– deine Demokratie

Lösungsvorschlag

71910-29

Aufgaben

1. Erläutern Sie die Aussage und begründen Sie, ob Sie zustimmen.
2. Beziehen Sie auf Basis Ihres erworbenen Wissens in wenigen Sätzen Stellung zur Frage einer Wahlpflicht.

2 „Lügenpresse“ in der Karikatur

Karikatur: Harm Bengen

Lösungsvorschlag

71910-30

Aufgabe

Analysieren und interpretieren Sie die Karikatur auf Basis des im vorherigen Kapitel erworbenen Wissens.

3 „Fridays for Future" – wegweisend für politisches Engagement?

In Deutschland leben mehr als 19 Millionen Menschen unter 25 Jahren. Im Westen des Landes umfasst das rund 24 Prozent der Bevölkerung, im Osten 19 Prozent. Nicht alle von ihnen dürfen schon wählen, aber die Bewegung „Fridays for Future" hat es geschafft, viele zu mobilisieren. Mitte März [2019] rief die Umweltbewegung zum ersten weltweiten Klimastreik auf, Ende Mai folgte der zweite.

Über 300.000 Menschen, meist Schüler und Studenten, demonstrierten auch in Deutschland, viele zum ersten Mal. Eine stichprobenartige Befragung auf der ersten Klimademo Mitte März, durchgeführt vom Institut für Protest- und Bewegungsforschung, ergab, dass rund 31 Prozent der Schüler und Studierenden zuvor noch nie an einer Demonstration teilgenommen hatten.

Greta Thunberg hat die Klimabewegung in Schweden begründet. Sie gilt vielen der jungen Klimaschützer als Vorbild. „Greta Thunberg hat einen Damm gebrochen. Sie wird in die Geschichte eingehen als der Mensch, der den Diskurs verändert hat. Mit Fridays for Future haben junge Menschen, die unter 18 sind und nicht wählen dürfen, das erste Mal gespürt, wie es ist, die Weltagenda mitzugestalten", sagt Jugendforscher Simon Schnetzer. [...]

Derzeit wirkt es in Deutschland so, als habe ein ganzes Land plötzlich seine Bürger unter 30 Jahren entdeckt. Studierende werden in die wichtigsten politischen Talkshows im Fernsehen eingeladen und zieren das Titelbild des renommierten Nachrichtenmagazins „Spiegel". [...]

Eines hat sich allerdings in den letzten Jahres verändert: Die neue Protestkultur ist weiblich. Eine Untersuchung der Technischen Universität Chemnitz hat ergeben, dass die „Fridays for Future"-Proteste in Amsterdam, Florenz, Warschau und Wien zu 70 Prozent von Demonstrantinnen geführt wurden. [...]

Sich Gehör zu verschaffen, geht mittlerweile anders. Die jungen Engagierten haben einen mächtigen Verbündeten: die sozialen Netzwerke. Kurz vor der Europawahl sorgte das Video des deutschen YouTubers Rezo für Aufregung. Darin kritisierte er die großen Volksparteien CDU und SPD vor allem für deren mangelhaften Klimaschutz. Das Video wurde über 14 Millionen Mal angeklickt. In einer Videobotschaft rieten anschließend über 70 bekannte deutsche YouTuber davon ab, CDU oder SPD zu wählen.

Hänel, Lisa: Deutschlands Jugend – politisch wie nie? In: www.dw.com, 07.06.2019

Aufgaben

1. Begründen Sie auf Basis des Textes, warum sich Jugendliche zunehmend an politischen Prozessen beteiligen und welche Gründe dahinterstecken.
2. Mutmaßen Sie, warum Jugendliche eher weniger die traditionellen Möglichkeiten politischer Partizipation zu nutzen scheinen.

Lösungsvorschlag

71910-31

1

2

3

4

5

6

a) Seit dem Jahr 1994 dient Schloss Bellevue als Amtssitz des Bundespräsidenten oder der Bundespräsidentin.

b) Der Amtssitz dieses Verfassungsorgans ist nicht in Berlin, sondern in Karlsruhe.

c) Seit 1999 tagt der Deutsche Bundestag im Reichstagsgebäude in Berlin.

d) Das Bundeskanzleramt ist der Sitz der Bundesbehörde, welche die Bundeskanzlerin oder den Bundeskanzler unterstützt.

e) Das Preußische Herrenhaus ist seit dem Jahr 2000 der Sitz des Bundesrats.

Zusammenwirken der politischen Institutionen in Deutschland

3

„Das Parlament kann nicht anstelle der Regierung verhandeln. Und die Regierung kann nicht anstelle des Parlaments entscheiden", sagte der frühere Bundestagspräsident Norbert Lammert im Interview mit der Frankfurter Allgemeinen Zeitung und spricht damit die unterschiedlichen Aufgaben dieser beiden Verfassungsorgane in Deutschland an.
Fünf Verfassungsorgane gestalten die Politik maßgeblich und bestimmen so das Leben aller in Deutschland lebenden Menschen. Durch neue Gesetze passt sich der Staat ständig dem Wandel der Zeit sowie neuen Herausforderungen an und versucht diese zu bewältigen. Daher kann und darf der politische Prozess nie zum Stillstand kommen.
Durch die vielseitigen Verflechtungen zwischen den Verfassungsorganen müssen diese kooperieren, was nicht selten zu Auseinandersetzungen zwischen den politischen Akteuren darüber führt, welche Inhalte die wichtigsten und welche Wege die richtigen sind. Dabei darf Streit nicht fehlen, denn „Was nicht umstritten ist, ist auch nicht sonderlich interessant" (J.W. von Goethe).

Kompetenzen

Am Ende des Kapitels sollten Sie Folgendes können:

- Wesentliche Aufgaben und Funktionen zentraler Verfassungsorgane erläutern
- Stellung und Handlungsspielraum des deutschen Bundeskanzlers beurteilen
- Aufgaben des Bundestages und Stellung seiner Abgeordneten erklären
- Stationen des Gesetzgebungsverfahrens darstellen
- Sich mit einem aktuellen politischen Thema anhand des Politikzyklus auseinandersetzen

Aufgaben

1. Ordnen Sie die Bildunterschriften (6) den entsprechenden Bildern (1 – 5) zu.
2. Viele Organe haben seit der Gründung der Bundesrepublik Deutschland ihren Amtssitz wechseln müssen. Recherchieren Sie, wo diese jeweiligen Institutionen zuvor ihren Sitz hatten.
3. Ebenso wie sich Amtssitze ändern, entwickelt sich auch die Gesellschaft weiter. Wofür würden Sie sich besonders einsetzen, wenn Sie politische Macht hätten? Tauschen Sie sich mit Ihrer Lernpartnerin oder Ihrem Lernpartner aus.
4. Stellen Sie Vermutungen an, welche Beteiligung die in Teilaufgabe 2 erwähnten Organe auf „Ihre" Gesetzesänderung haben könnten.

LERNAUFGABE

Lerninhalte für den Distanzunterricht erarbeiten

Stellen Sie sich vor, dass wegen höherer Gewalt die Schülerinnen und Schüler wochenlang nicht in die Schule dürfen und sich stattdessen die Lerninhalte zu Hause aneignen müssen. Auch in einer späteren Phase wechseln sich Distanzunterricht und Präsenzunterricht ab. Mithilfe dieses Kapitels können Sie und Ihre Mitschülerinnen und Mitschüler sich in dieser Situation gegenseitig dabei unterstützen, das Wichtigste über die politischen Institutionen zu lernen und Ihren Lernfortschritt eigenständig bzw. gegenseitig zu überprüfen.

Weitere Informationen zur Lernaufgabe

71910-32

1 Aufgabe

Ihre Aufgabe ist es, die wichtigsten Inhalte zu den politischen Institutionen zu erfassen, zusammenzufassen und sinnvoll zu ordnen, sodass die Inhalte der einzelnen Unterkapitel (arbeitsteilig) für einen vermeintlichen Distanzunterricht aufbereitet werden.

2 Basiswissen – die fünf wichtigsten Verfassungsorgane

Bearbeiten Sie das Kapitel 3.1 nach dem dort beschriebenen Vorgehen. Erstellen Sie zu diesem Kapitel ein Spiel, das die gelernten Inhalte bei einer gemeinsamen Videokonferenz oder im Präsenzunterricht überprüft.

3 Vertiefendes Wissen zu Exekutive und Legislative in der politischen Praxis

- Formulieren Sie Leitfragen zu den Kapiteln 3.2 bis 3.4 und beantworten Sie diese ausführlich mithilfe der Materialien.
- Notieren Sie sich zentrale Begriffe der Kapitel 3.2 bis 3.4 auf jeweils einem Kärtchen. Ihre Lernpartnerin oder Ihr Lernpartner soll diese Begriffe dann sinnvoll anordnen. Leere Kärtchen können mit Symbolen (z. B. Pfeilen) oder zusätzlichen Begriffen ergänzt werden. Beachten Sie, dass es natürlich eine Vielzahl unterschiedlicher und dennoch richtiger Anordnungen gibt.
- Kopieren Sie eines der Schaubilder auf ein Blatt und überkleben Sie einzelne Begriffe. Diese müssen dann im Anschluss von Ihrer Lernpartnerin oder Ihrem Lernpartner ergänzt werden.

4 Angewandtes Wissen: der Politikzyklus

Sammeln Sie Zeitungsüberschriften und ordnen Sie diesen den passenden Kategorien im Politikzyklus zu. Finden Sie dabei für jede Kategorie jeweils ein Beispiel.

5 Umsetzung

Tauschen Sie mit einem Lernpartner oder einer Lernpartnerin die von Ihnen erstellten Materialien untereinander aus. In Aufgaben, in denen Sie mit anderen zusammenarbeiten sollen, weichen Sie ggf. auf Kommunikationsmedien oder tatsächlich verfügbare Personen aus.

3.1 Die Verfassungsorgane der Bundesrepublik Deutschland

Zum Thema: Warum sind manche Organe so wichtig, dass sie durch unser Grundgesetz vorgegeben sind und was sind ihre Hauptaufgaben? Dies erarbeiten Sie in diesem Kapitel in einem Lernzirkel.

M1 „Das Zusammenspiel der Organe realisiert den Organismus“

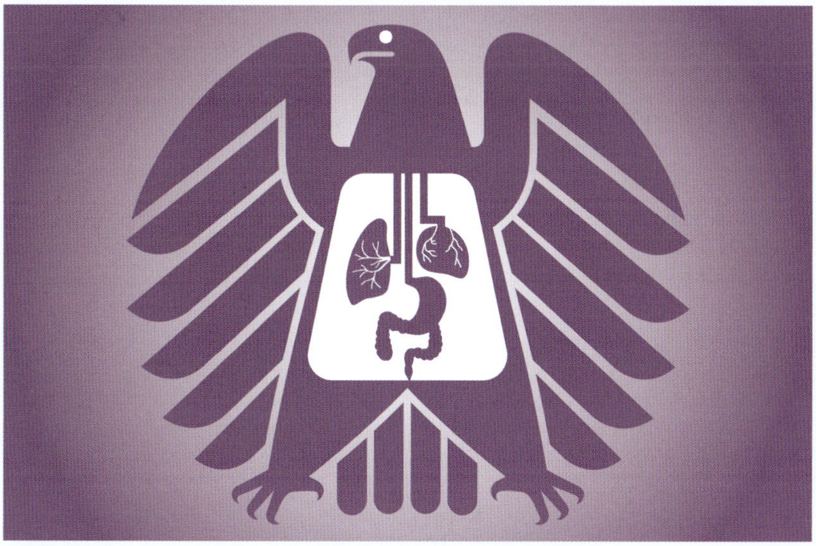

Nach: mitmischen.de Dein Portal zum Bundestag, © Deutscher Bundestag

Einstiegsaufgabe

Interpretieren Sie die Intention des Grafikers und nehmen Sie dabei Bezug auf die Material- und die Kapitelüberschrift.

M2 Verfassungsorgane

Verfassungsorgane sind die in der Verfassung vorgesehenen obersten Organe eines Staates. In der Bundesrepublik Deutschland zählen zu den Verfassungsorganen der Bundespräsident, der Deutsche Bundestag, der Bundesrat, die Bundesregierung, die Bundesversammlung, der Gemeinsame Ausschuss und das Bundesverfassungsgericht. Die Rechte und Pflichten der Verfassungsorgane des Bundes sind im Grundgesetz geregelt.

Nach: Bundestag: Verfassungsorgane. In: www.bundestag.de, Abruf am 10.09.2021

Gemeinsamer Ausschuss
Der gemeinsame Ausschuss übernimmt im Verteidigungsfall die Aufgabe des Parlaments, falls diese nicht zusammentreten können.

Aufgaben

1. Sammeln Sie im Klassenverband spontan Wissen über die Funktionen der genannten Verfassungsorgane.
2. Führen Sie im Anschluss das Stationenlernen (S. 108–115) durch.

METHODE

Verfassungsorgane durch Stationen kennenlernen

Die Verfassungsorgane der Bundesrepublik Deutschland sind im Detail äußerst komplex. Die folgende Methode soll Ihnen dabei helfen, in relativ kurzer Zeit einen Überblick über die Hauptfunktion des jeweiligen Organs zu bekommen und es Ihnen gleichzeitig ermöglichen, die Vernetzung der einzelnen Organe untereinander besser nachvollziehen zu können.

1 Durchführung

a) Jede der Stationen besteht aus einer (oder mehreren) Buchseiten. Die Reihenfolge, in der die Stationen bearbeitet werden, können Sie dabei frei wählen.

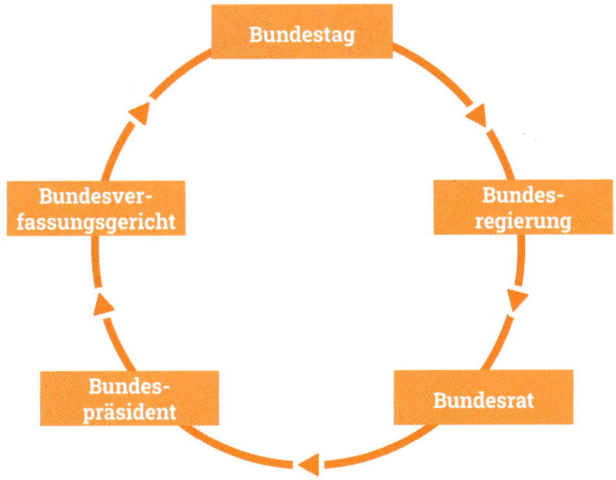

b) Alternativ können Sie die Stationen auch mithilfe von Stamm- und Expertinnen- und Expertengruppen erarbeiten. Hier sollte jedoch darauf geachtet werden, dass die Ergebnisse präsentiert und die schriftlichen Aufgaben auch der ganzen Klasse zu Verfügung gestellt werden.

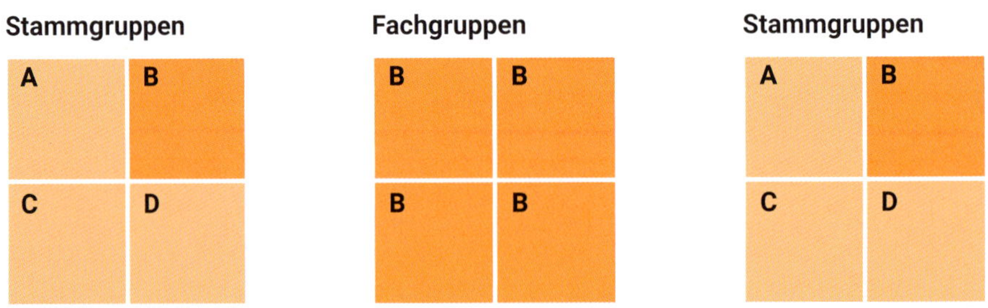

2 Aufgaben

Die Aufgaben der jeweiligen Station erledigen Sie als Gruppe oder einzeln, wobei die jeweils erste Aufgabe der Aufgabenblöcke schriftlich festgehalten werden sollte.

I. Der Bundestag: das oberste demokratische Staatsorgan

M3 Was macht das Parlament?

Olaf Scholz und Bundestagspräsidentin Bärbel Bas

Abgeordnete im Plenarsaal des Deutschen Bundestages

Schriftzug am Eingangsportal des Reichstags, dem Gebäude des Deutschen Bundestages

Die ehemalige Bundeskanzlerin spricht zu den Abgeordneten des Deutschen Bundestages.

Plenum
Vollversammlung aller Abgeordneten

Fraktion
Zusammenschluss von Abgeordneten (mind. 5 %), die gemeinsam ihre Interessen durchsetzen wollen

Ausschüsse
Arbeitsgruppen, in denen Gesetzesvorlagen inhaltlich beraten und Plenarsitzungen vorbereitet werden

Opposition
Die Fraktionen, welche nicht Teil der Regierung sind.

M4 Aufgaben des Deutschen Bundestages

1 Der Deutsche Bundestag ist das Parlament der Bundesrepublik Deutschland. Seine Abgeordneten werden auf jeweils vier Jahre vom Volk als dessen Repräsentanten (Vertreter) in allgemeinen Wahlen bestimmt.

In der deutschen Demokratie sollen die Deutschen über sich selbst bestimmen. „Alle Staatsgewalt geht vom Volke aus" [Art. 20 GG], so lautet der urdemokratische Grundsatz von der Volkssouveränität in unserer Verfassung. In einem Flächenstaat wie Deutschland mit über 80 Millionen Menschen kann dies freilich nicht bedeuten, dass das Volk nun auch sämtliche politischen Entscheidungen in all ihren komplizierten Einzelheiten ständig selbst trifft. Für diese Aufgabe wählt es alle vier Jahre 598 Vertreter, weitere Abgeordnete können aufgrund von Überhang- [und Ausgleichsmandaten] hinzukommen. Die Gewählten treten im Deutschen Bundestag in Berlin zusammen.

Dort erfüllen sie vier Hauptaufgaben (Funktionen):

1. Sie wählen den Regierungschef (Wahlfunktion). Das geschieht in der Regel nur einmal, immer dann, wenn ein neuer Bundestag zusammentritt.
2. Sie beraten und beschließen neue Gesetze, nach denen alle Bürgerinnen und Bürger sich zu richten haben (Gesetzgebungsfunktion). Damit sind sie eigentlich ununterbrochen beschäftigt, und

zwar in den meisten der z. Zt. 22 Ausschüssen des Bundestages.

3. Sie kontrollieren die laufende Arbeit der Regierung (Kontrollfunktion). Dazu lassen sie sich mündlich und schriftlich Anfragen von der Regierung beantworten, nehmen in den Bundestagsausschüssen bei der Beratung über neue Gesetze gleichzeitig die Regierungsarbeit genauer unter die Lupe, setzen – wenn nötig – einen Untersuchungsausschuss ein und – ganz wichtig: Sie teilen der Regierung jährlich in einem Gesetz über den Haushaltsplan das Geld zu, das diese zum Regieren braucht. Vorher lassen sie sich natürlich genau erklären, wofür das im Einzelnen ausgegeben werden soll.

Schließlich verstehen sie sich als

4. das Forum [lat. Marktplatz] der Nation, auf dem fortlaufend alle mit allen diskutieren und dabei die aktuellen politischen Probleme zur Sprache gebracht (artikuliert) werden (Artikulationsfunktion).

Thurich, Eckart: pocket politik. Demokratie in Deutschland. überarb. Neuaufl. Bonn: Bundeszentrale für politische Bildung 2011.

2 Vertrauensfrage und Misstrauensvotum

Der Bundestag ist außerdem Teil von zwei wichtigen Verfahren, welche es ermöglichen, die Kanzlerschaft frühzeitig zu beenden.

Vertrauensfrage

Beschleicht den Bundeskanzler das Gefühl, dass zwischen ihm und den Abgeordneten das Vertrauen schwindet, kann er durch einen Antrag überprüfen lassen, ob seine Politik noch die Zustimmung der Mehrheit hat. Der Kanzler kann entweder direkt fragen, ob die Abgeordneten ihm noch vertrauen. Oder aber er kann eine Sachfrage stellen. Zum Beispiel kann er fragen, ob der Bundestag einem bestimmten Gesetzentwurf zustimmt – und dazu sagen, dass diese Entscheidung das Vertrauen in seine Person belegen würde. Oder eben nicht. Wenn die Mehrheit der Abgeordneten dem Kanzler nicht mehr vertraut, kann dieser den Bundespräsidenten laut Artikel 68 des Grundgesetzes bitten, den Bundestag innerhalb von 21 Tagen aufzulösen.

Konstruktives Misstrauensvotum

Das Parlament kann dem Bundeskanzler oder der Bundeskanzlerin das Misstrauen aussprechen und ihn oder sie abberufen. Allerdings unter der Bedingung, dass die Parlamentarier sich dann auch auf einen neuen Regierungschef einigen.

Hat die Mehrheit der Abgeordneten dem bisherigen Kanzler beziehungsweise der Kanzlerin das Misstrauen ausgesprochen, ersucht der Bundestag den Bundespräsidenten, den alten Regierungschef zu entlassen und den neuen zu ernennen. Der Bundespräsident muss diese Bitte erfüllen.

Mitmischen.de: Lexikon. In: www.mitmischen.de, Abruf am 26.10.2021

Cluster
Bei einem Cluster handelt es sich um eine schriftliche Assoziationskette, die von einem zentralen Begriff startet.

Aufgaben

1. Erstellen Sie mithilfe der Materialien (**M3**, **M4**) einen Cluster zu den Aufgaben des Bundestages.
2. Erläutern Sie sich gegenseitig die Aufgaben des Bundestages unter Einbeziehung von M3.

II. Die Bundesregierung: Die Spitze der Exekutive

M5 Aufgaben der Bundesregierung

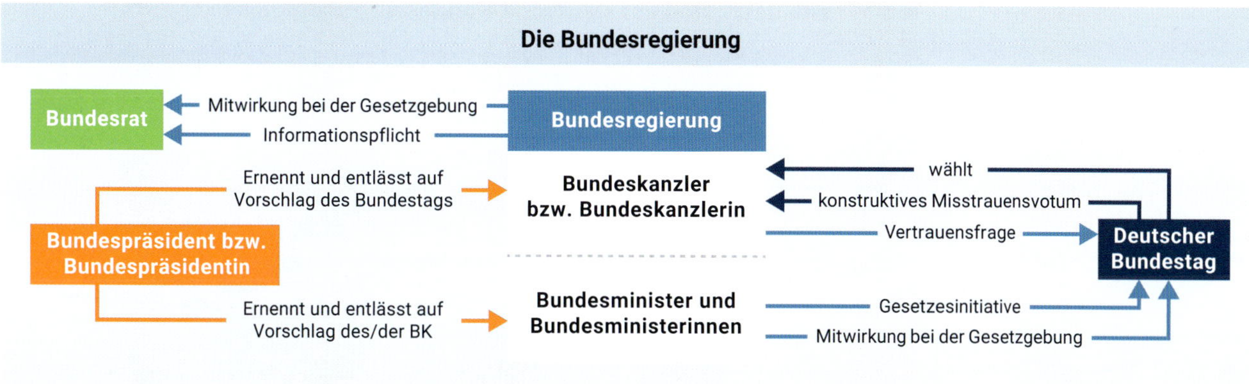

Bearbeiterin

Die Regierung der Bundesrepublik Deutschland besteht aus dem Bundeskanzler (zurzeit einer Bundeskanzlerin) [...] und den Bundesministerinnen und Bundesministern [...]. Was die Mehrheit im Bundestag, die Legislative, will, setzt sie als Spitze der Exekutive in praktische politische Maßnahmen um. Zugleich hat sie als die politische Führung Deutschlands die Aufgabe, selbständig Initiativen zu ergreifen, politische Ziele zu setzen, die Gesamtentwicklung unseres Landes zu steuern und langfristig zu planen. Im Grundgesetz steht, dass der Bundeskanzler vom Bundestag gewählt wird [Art. 63 GG]. Das wird auch selbstverständlich so gehandhabt, aber die Entscheidung, wer Kanzler werden soll, haben praktisch schon vorher die Bürgerinnen und Bürger bei der Bundestagswahl getroffen. Aus Bundestagswahlen sind Kanzlerwahlen geworden, in denen die Parteien den Bürgerinnen und Bürgern ihre Kanzlerkandidaten anpreisen und zur Auswahl stellen. Der Bundeskanzler ist Chef der Bundesregierung. Er trägt damit auch die Gesamtverantwortung gegenüber dem Parlament. Die Bundesminister werden auf seinen Vorschlag vom Bundespräsidenten ernannt und entlassen. [...] Der Bundeskanzler verfügt über ein eigenes Amt, das Bundeskanzleramt, die Zentrale der Regierungsarbeit. Damit beobachtet und koordiniert er die Arbeit in den einzelnen Bundesministerien – und kontrolliert sie zugleich. [...] Alle bisherigen Bundesregierungen sind Koalitionsregierungen gewesen. Das heißt, mehrere Fraktionen schlossen ein Bündnis (Koalition) und legten in einem Koalitionsvertrag fest, welche Regierungspolitik sie in Zukunft verfolgen wollten. Wie viele Ministerinnen und Minister sie dann in die Bundesregierung entsandten, hing von ihrer Stärke im Parlament ab.

Thurich, Eckart: pocket politik. Demokratie in Deutschland. Überarb. Neuaufl. Bonn: Bundeszentrale für politische Bildung 2011.

Erklärfilm: Regierungsbildung

71910-43

Aufgaben

1. Übertragen Sie die Grafik in **M5** in Ihre Unterlagen und erschließen Sie sich die Funktion der Bundesregierung mithilfe des Textes.
2. Erklären Sie sich in Kleingruppen (max. zu dritt) das Schaubild und beseitigen Sie eventuelle Unklarheiten.

III. Der Bundesrat: das „Parlament" der Länderregierungen

M6 Wie setzt sich der Deutsche Bundesrat zusammen?

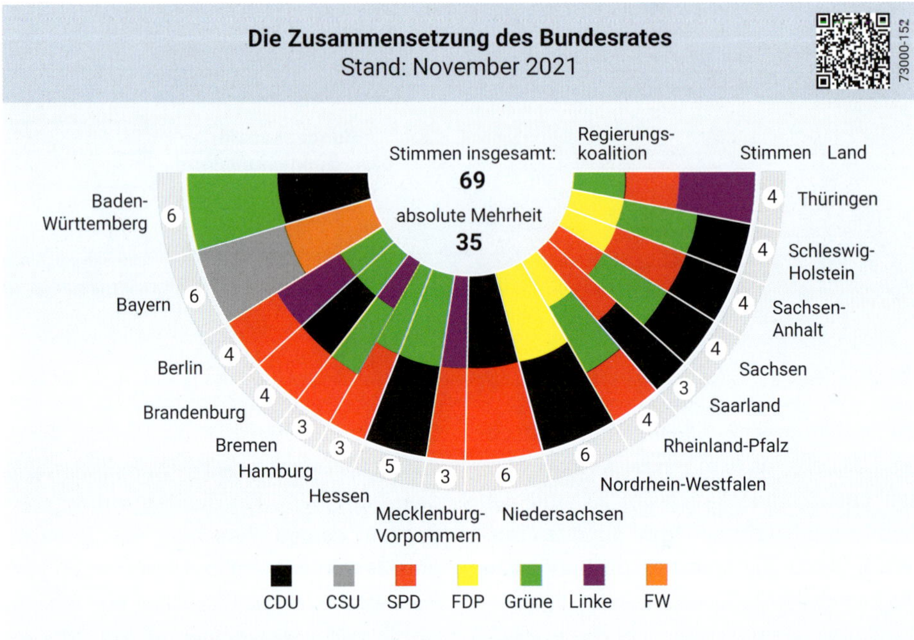

Nach: © Bundesrat, 2020, Stand: November 2021

Art. 50 GG
Durch den Bundesrat wirken die Länder an der Gesetzgebung und Verwaltung des Bundes und in Angelegenheiten der Europäischen Union mit.

Nur wer in einer Landesregierung Sitz und Stimme hat, kann Mitglied des Bundesrates sein (Artikel 51 Abs. 1 GG).
Die Opposition in den einzelnen Ländern hat keine Möglichkeit, sich im Bundesrat unmittelbar Gehör zu verschaffen. Gemäß Artikel 51 Absatz 2 des Grundgesetzes hat jedes Land mindestens drei Stimmen, Länder mit mehr als zwei Millionen Einwohnern haben vier, Länder mit mehr als sechs Millionen Einwohnern fünf, Länder mit mehr als sieben Millionen Einwohnern sechs Stimmen. [...]
Das abgestufte Stimmengewicht ist ein Kompromiss zwischen der „föderativen" Forderung nach Gleichbehandlung der Länder und dem demokratischen Ideal einer exakten Repräsentation der jeweiligen Einwohnerzahlen. Diese Lösung soll auch gewährleisten, dass die großen Länder die übrigen nicht übertrumpfen, aber auch die kleinen Länder die großen nicht majorisieren können. „Bundesrats-Wahlen" gibt es nicht. Der Bundesrat kennt deshalb auch keine Wahlperioden. Er ist verfassungsrechtlich gesehen ein „ewiges Organ", das sich auf Grund der Landtagswahlen von Zeit zu Zeit erneuert.
Die Wahlen zum Landesparlament haben dadurch stets auch eine bundespolitische Bedeutung. Die Wähler entscheiden zwar in erster Linie über die Zusammensetzung des Landtages und darüber, wer im Land regieren soll; indirekt wird damit aber zugleich festgelegt, wer im Bundesrat Sitz und Stimme erhält, denn die Mehrheit im Landesparlament bestimmt die Landesregierung, die ihrerseits die Bundesratsmitglieder aus ihrer Mitte bestellt (Artikel 51 Abs. 1 GG).

Bundesrat: Zusammensetzung des Bundesrates. In: www.bundesrat.de, 18.05.2021

M7 Einstimmigkeit als Vorgabe

Erklärfilm: Bundesrat

71910-33

1 Wann tritt der Bundesrat zusammen?

Der Bundesrat tritt regelmäßig freitags in Abständen von drei bis vier Wochen zu einer Plenarsitzung zusammen. Sie beginnt stets um 9.30 Uhr und ist öffentlich. Das in aller Regel umfangreiche Sitzungsprogramm – 50, 60, manchmal mehr als 80 Tagesordnungspunkte – wird straff abgewickelt. Ein oder zwei Beratungsgegenstände bilden meist den Schwerpunkt der Sitzung und werden ausführlich debattiert. Zu den übrigen Punkten geben die Redner dann nur noch Erklärungen ab, in denen die Entscheidungen ihrer Regierung erläutert und begründet werden. [...] Ein besonderes Merkmal der Bundesratssitzungen ist die ruhige Tonart, in der die Aussprachen stattfinden. Die Atmosphäre ist eher unterkühlt als hitzig, man redet eher ruhig, sachlich und gesetzt.

2 Zerreißprobe für Landesregierungen

Jedes Land kann seine Stimmen nur einheitlich abgeben, so schreibt es das Grundgesetz vor. Die Landesregierungen müssen sich also vor den Abstimmungen im Bundesrat darüber einigen, wie die Stimmen abgegeben werden sollen. Insbesondere für Koalitionsregierungen kann das Abstimmungsverhalten im Bundesrat zu schweren Belastungen führen und sogar zur Zerreißprobe werden.

3 Gründe für Abstimmungsregelung

Im Bundesrat soll der Wille des Landes und nicht der des einzelnen Bundesratsmitglieds zum Ausdruck kommen. Die vorgeschriebene einheitliche Stimmabgabe verhindert außerdem, dass sich die Stimmen eines Landes gegenseitig aufheben.

4 Neutralität durch Enthaltung?

Ein neutrales Verhalten durch Stimmenthaltung ist im Bundesrat im Grunde genommen nicht möglich. Beschlüsse können nämlich im Bundesrat nach Artikel 52 Absatz 3 des Grundgesetzes nur mit absoluter Mehrheit, bei Verfassungsänderungen sogar nur mit Zweidrittelmehrheit der Gesamtstimmenzahl gefasst werden. Stimmenthaltung wirkt sich deshalb wie ein Nein aus – und dessen inhaltliche Bedeutung hängt von der jeweiligen Fassung der Abstimmungsfrage ab.

Bundesrat: Die Stimmabgabe. In: www.bundesrat.de, Abruf am 22.06.2021

Aufgaben

1. Erstellen Sie einen Hefteintrag „Grundinformationen Bundesrat".
2. Erläutern Sie die Zusammensetzung des Bundesrates und wer jeweils von geänderten Regelungen der Zusammensetzung profitieren würde.
3. Diskutieren Sie Vor- und Nachteile der einheitlichen Stimmabgabe eines Bundeslandes.

IV. Die Bundespräsidentin oder der Bundespräsident: Das Staatsoberhaupt der Bundesrepublik

M8 Der erste Mann im Staate

Theodor Heuss (FDP) war von 1949 bis 1959 der erste Bundespräsident der Bundesrepublik Deutschland.

Politisch allzu viel zu sagen hat der deutsche Bundespräsident nicht. Der erste Mann im Staate steht laut Grundgesetz protokollarisch an der Spitze der Republik, vor Bundestag und Bundesregierung, also auch vor der Bundeskanzlerin, die diese Formalie schon mal ganz gerne vergisst: „Dazu habe ich mich geäußert und das muss ich als deutsches Staatsoberhaupt oder besser gesagt als deutsche Bundeskanzlerin tun", korrigiert sich Merkel.

Der Präsident verdient auch mehr Geld: rund 200.000 Euro im Jahr plus Aufwandsentschädigung und kostenloser Amtswohnung, aber er steht weder der Armee vor wie sein österreichischer Amtskollege, noch führt er die politischen Geschäfte wie der französische Staatspräsident. Der deutsche Bundespräsident repräsentiert die Bundesrepublik Deutschland nach innen und nach außen. Das heißt, er hält schöne Reden und empfängt Staatsgäste. Die wirklich wichtigen Staatsbesuche aber macht selbstverständlich die Kanzlerin, die auch die Richtlinien der Politik bestimmt. Immerhin schlägt der Bundespräsident den Bundeskanzler oder die Bundeskanzlerin zur Wahl vor – kaum mehr als eine verfassungsmäßige Höflichkeitsformel, denn gewählt wird der Regierungschef selbstverständlich vom Parlament.

Praktische Bedeutung bekommt das Amt aber bei der Unterzeichnung von Bundesgesetzen, die der eine oder andere Amtsinhaber auch schon mal gerne aus verfassungsrechtlichen Bedenken verweigert hat. Notar der Nation ist der Präsident auch bei einer vorzeitigen Auflösung des Bundestages, die er absegnen muss. Die Bundeskanzler Brandt, Kohl und Schröder hatten durch extra verlorene Vertrauensabstimmungen im Bundestag Neuwahlen erzwingen wollen. Die amtierenden Bundespräsidenten hatten dies jeweils gehorsam durch gewunken.

Heinrich, Claus: Der erste Mann im Staate. In: www.tagesschau.de, 22.03.2012

Erklärfilm: Wahl des Bundespräsidenten

71910-34

Die Wahl des Bundespräsidenten oder der Bundespräsidentin
Der Bundespräsident oder die Bundespräsidentin wird von der Bundesversammlung für eine Amtszeit von fünf Jahren gewählt. Eine Wiederwahl ist einmal möglich. Die Bundesversammlung ist ein eigenes, nicht-ständiges Verfassungsorgan, welches aus den Mitgliedern des Bundestags und ebensovielen Wahlleuten besteht, die von den Volksvertretungen der einzelnen Bundesländer gewählt werden. Unter diesen Wahlleuten finden sich oft auch Prominente, wie z. B. der ehemalige Fußballbundestrainer Joachim Löw. Wählbar sind alle Deutschen, die das 40. Lebensjahr vollendet haben, in der Praxis haben sich die Parteien aber zuvor schon auf Kandidatinnen und Kandidaten geeinigt. Gewählt ist, wer in den ersten beiden Wahlgängen die absolute Mehrheit (also min. 50 % der Stimmen) oder im dritten Wahlgang die relative Mehrheit (also die meisten Stimmen) auf sich vereinigt.

Bearbeiterin

Aufgaben

1. Verfassen Sie ein Stellenangebot für das Amt der/des Bundespräsident/in.
2. Beurteilen Sie die Bedeutung des Amtes in der Bundesrepublik Deutschland.

V. Das Bundesverfassungsgericht: Korrektiv oder politischer Akteur?

M9 Wahl und Aufgaben

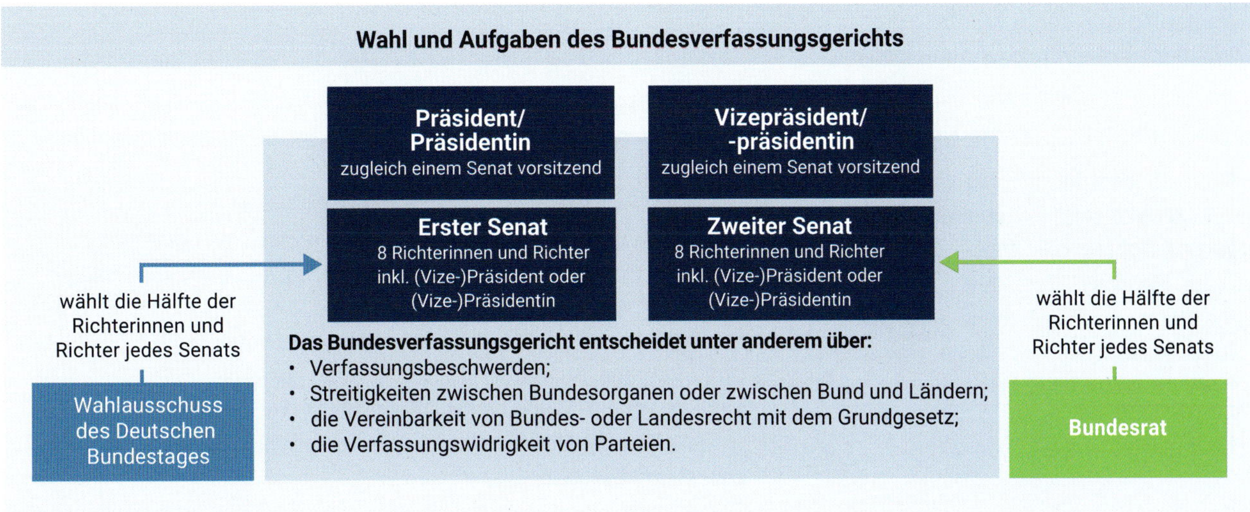

Bearbeiterin

M10 Hüter der Verfassung oder Akteur der Politik?

Das Bundesverfassungsgericht in Karlsruhe wacht über die Einhaltung des Grundgesetzes für die Bundesrepublik Deutschland. Seit seiner Gründung im Jahr 1951 hat das Gericht dazu beigetragen, der freiheitlich-demokratischen Grundordnung Ansehen und Wirkung zu verschaffen. Das gilt vor allem für die Durchsetzung der Grundrechte. Zur Beachtung des Grundgesetzes sind alle staatlichen Stellen verpflichtet. Kommt es dabei zum Streit, kann das Bundesverfassungsgericht angerufen werden. Seine Entscheidung ist unanfechtbar. An seine Rechtsprechung sind alle übrigen Staatsorgane gebunden. Die Arbeit des Bundesverfassungsgerichts hat auch politische Wirkung. Das wird besonders deutlich, wenn das Gericht ein Gesetz für verfassungswidrig erklärt. Das Gericht ist aber kein politisches Organ. Sein Maßstab ist allein das Grundgesetz. Fragen der politischen Zweckmäßigkeit dürfen für das Gericht keine Rolle spielen. Es bestimmt nur den verfassungsrechtlichen Rahmen, innerhalb dessen sich die Politik entfalten kann. Die Begrenzung staatlicher Macht ist ein Kennzeichen des modernen demokratischen Verfassungsstaates.

Bundesverfassungsgericht: Aufgaben. In: www.bundesverfassungsgericht.de, Abruf am 22.06.2021

Wichtige Urteile des Bundesverfassungsgerichts

71910-35

Aufgaben

1. Stellen Sie die Aufgaben und Funktionen des Bundesverfassungsgerichts in einem Hefteintrag zusammen.
2. Recherchieren Sie Hintergrundinformationen zu einem Urteil des BVerfG (QR-Code in Randspalte), das Sie besonders interessiert und diskutieren Sie dieses mit einem Lernpartner oder einer Lernpartnerin.

WISSEN KOMPAKT

Fraktion → M3
Eine Fraktion ist der Zusammenschluss von mindestens fünf Prozent der Bundestagsmitglieder (in der Regel von) einer Partei im Parlament.

Regierungsfraktion → M3, M5
Fraktionen, deren Abgeordnete in der Regierung ein Amt ausüben, werden Regierungsfraktion genannt.

Oppositionsfraktion → M3
Die Minderheit im Parlament kontrolliert und kritisiert die Regierung. Sie bietet dem Volk inhaltliche und personelle Alternativen.

82000-169

Aufgaben des Bundestages → M4
Zu den Hauptaufgaben des Deutschen Bundestages zählen vor allem:
Gesetzgebung des Bundes: Durch Gesetze wird ein Land politisch gesteuert. Diese auszuarbeiten und zu beschließen ist Aufgabe des Bundestages. Der Bundesrat hat Mitwirkungsrechte. Auch der jeweils für ein Jahr gültige Haushaltsplan ist Teil der Gesetzgebung.
Wahlfunktion: Der Bundestag wählt u. a. die Bundeskanzlerin oder den Bundeskanzler. Schon vor der Bundestagswahl stehen aber die Spitzenkandidatinnen und Spitzenkandidaten der großen Parteien fest, sodass die Bürgerinnen und Bürger durch ihre Stimmabgabe die Regierungsbildung indirekt mitbestimmen.
Kontrolle der Regierung: Dem Prinzip der Gewaltenteilung nach kontrolliert die Legislative die Exekutive und hat dafür Kontrollrechte. Diese gewährleisten, dass die Opposition von ihnen Gebrauch machen kann. Dazu zählen:
- Kleine Anfrage: Schriftliche Anfrage an die Regierung zu einem konkreten Einzelthema, die Antwort der Regierung erfolgt schriftlich.
- Große Anfrage: Auf die schriftliche Antwort der Regierung folgt eine Debatte im Plenum, wodurch die Öffentlichkeit davon mitbekommt.
- Aktuelle Stunde: Aktuelle Themen werden jeweils maximal fünf Minuten im Plenum diskutiert.
- Fragestunde: Regelmäßig zu Beginn einer Plenarsitzung können hier einzelne Abgeordnete (also ohne an eine Fraktionsstärke gebunden zu sein) Einzelfragen einbringen und Zusatzfragen stellen.
- Untersuchungsausschuss: 25 Prozent der Abgeordneten können diese öffentliche Verhandlung (ähnlich einem Gerichtsverfahren) zur Klärung fragwürdiger Sachverhalte einfordern.

82000-170

Bundesregierung → M5
Die Bundesregierung (auch Kabinett genannt) besteht aus den Bundesministern und der Bundeskanzlerin bzw. dem Bundeskanzler der oder die den Vorsitz führt. Die Regierung berät und entscheidet u. a. über alle Gesetzesentwürfe, die dem Bundestag vorgelegt werden, sowie bei allen Streitfragen zwischen den Ministerinnen und Ministern.

82000-171

Vorzeitiges Ende einer Kanzlerschaft → M4 2
Eine bloße Abwahl der Kanzlerin oder des Kanzlers ist in Deutschland nicht möglich. Folgende zwei Wege können eine Kanzlerschaft vorzeitig beenden:
Konstruktives Misstrauensvotum: Die Mehrheit des Bundestages kann einen amtierenden Regierungschef nur absetzen, indem sie mit absoluter Mehrheit eine neue Kanzlerin oder einen neuen Kanzler wählt. Dies garantiert die Handlungsfähigkeit der Bundesregierung.
Vertrauensfrage: Hat die Kanzlerin oder der Kanzler das Gefühl, dass die Parlamentsmehrheit nicht mehr hinter ihr oder ihm steht, kann er von sich aus die Vertrauensfrage stellen. Im Falle eines negativen Ausgangs kann sie oder er die Bundestagspräsidentin oder den Bundestagspräsidenten um die Auflösung des Bundestags bitten.

82000-172

Bundesrat→ M6, M7

Im Bundesrat sind insgesamt 69 Vertreterinnen und Vertreter der Landesregierungen versammelt, die hier an der Gesetzgebung und Verwaltung des Bundes beteiligt sind und in Angelegenheiten der EU mitwirken.

82000-173

Stellung des Bundespräsidenten → M8

Die Hauptaufgabe des deutschen Staatsoberhauptes liegt in der Repräsentation nach innen und außen. Im Gegensatz zur Weimarer Republik sind die eigenständigen Entscheidungsmöglichkeiten der Bundespräsidentin oder des Bundespräsidenten im politischen Prozess grundsätzlich stark begrenzt. Die größte Macht des Amtes liegt in den Reden – diese erreichen oft enorme Macht und Aufmerksamkeit. In ihrer oder seiner überparteilichen Funktion wird sie oder er als „Präsident/in aller Deutschen" gesehen, unabhängig davon, welcher Partei sie oder er grundsätzlich nahesteht.

Wahl des Bundespräsidenten → M8

Die Bundespräsidentin oder der Bundespräsident wird auf fünf Jahre von der Bundesversammlung gewählt. Dieses Verfassungsorgan wird aus allen Angeordneten des Bundestages und der gleichen Anzahl an Vertreterinnen und Vertretern der Länderparlamente gebildet und tritt nur zur Wahl des Staatsoberhauptes zusammen. Voraussetzung für das Amt ist, dass man die deutsche Staatsbürgerschaft und das Wahlrecht zum Bundestag besitzt sowie mindestens 40 Jahre alt ist. Eine Wiederwahl ist möglich.

82000-174

Bundesverfassungsgericht (BVerfG): Wahl und Zusammensetzung → M9

Das Bundesverfassungsgericht besteht aus insgesamt 16 Richterinnen und Richtern, die je zur Hälfte von einem speziellen Wahlausschuss des Bundestages und zur anderen Hälfte vom Bundesrat mit jeweils Zweidrittel Mehrheit gewählt werden. Die Richterinnen und Richter haben eine Amtszeit von zwölf Jahren und können nicht wiedergewählt werden. Dies soll ihre persönliche Unabhängigkeit gewährleisten. Das BVerfG ist aufgeteilt in zwei Senate und hat seinen Sitz in Karlsruhe.

Aufgaben des BVerfG → M10

Als „Hüter der Verfassung" schützt es die Grundrechte der Bürgerinnen und Bürger und kann auf Antrag jeden Akt der anderen politischen Organe auf seine Verfassungsmäßigkeit hin prüfen, d. h. ob das Ergebnis mit dem Grundgesetz vereinbar und ordnungsgemäß zustande gekommen ist.

82000-175

3.2 Dominiert die Kanzlerin bzw. der Kanzler in der Bundesregierung?

Zum Thema: Regieren heißt, Probleme lösen. Die Bevölkerung erwartet von ihrer Regierung, dass sie für die drängendsten Herausforderungen Lösungen findet und die Zukunft gestaltet. Doch wer gehört überhaupt zur Regierung und wie arbeitet sie?

M11 Bundeskanzlerinnen und Bundeskanzler in den Schlagzeilen

1 **Corona-Krise:**
Merkel wendet sich in einer TV-Ansprache ans Volk
18.03.2020

2 **Scholz greift durch:**
Ungeimpfte sollen sich einen Ruck geben!
05.12.2021

3 **Warschau:**
Willy Brandts große Geste
07.12.1970

4 **Helmut Kohl spricht in Dresden:**
Ein Bundeskanzler für ganz Deutschland?
22.12.1989

5 **Wahlergebnis offiziell:**
„Der Alte" siegt mit absoluter Mehrheit
15.09.1957

Bearbeiterin

F
Recherchieren Sie zu den Hintergründen der Zeitungsartikel

Einstiegsaufgabe

82000-191

Lesen die Zeitungsschlagzeilen in **M11** und beschreiben Sie, wie diese die Macht des Bundeskanzlers oder der Bundeskanzlerin demonstrieren.

M12 Die Arbeitsprinzipien der Bundesregierung

§

Art. 65 GG
Der Bundeskanzler bestimmt die Richtlinien der Politik und trägt dafür die Verantwortung. Innerhalb dieser Richtlinien leitet jeder Bundesminister seinen Geschäftsbereich selbständig und unter eigener Verantwortung. Über Meinungsverschiedenheiten zwischen den Bundesministern entscheidet die Bundesregierung.

Grundgesetz der Bundesrepublik Deutschland. In: www.gesetze-im-internet.de, Abruf am 21.06.2021

1 Kanzlerprinzip
Als Regierungschef hat der Bundeskanzler oder die Bundeskanzlerin eine herausgehobene Stellung innerhalb des Kabinetts. Er oder sie soll für die inhaltliche Geschlossenheit der Regierungsarbeit garantieren. Der Handlungsspielraum hängt dabei vor allem von den Mehrheitsverhältnissen im Bundestag und dem Koalitionspartner ab.

2 Ressortprinzip
Alle Ministerinnen und Minister leiten ihren Bereich selbstständig und tragen dafür die Verantwortung.

3 Kollegialprinzip
Es ist nicht die Kanzlerin oder Kanzler, die oder der bei Meinungsverschiedenheiten zwischen verschiedenen Ministerien eine Entscheidung trifft, sondern die Kabinettsmitglieder gemeinsam.

Bearbeiterin

M13 Gewaltenteilung in Deutschland: nicht ganz traditionell?

Schon vor gut 300 Jahren hielten Philosophen solch geballte Macht in einer Hand für sehr gefährlich. Um die Bürger vor Machtmissbrauch zu schützen, sind sie auf den Gedanken der Gewaltenteilung gekommen. […] Gewaltenteilung ist heute ein Erkennungszeichen jeder wirklichen Demokratie. In erster Linie müssen die Gerichte von der Regierung unabhängig sein und sich nur nach den Gesetzen richten. In Deutschland kann das höchste Gericht, das Bundesverfassungsgericht (Teil der Judikative), den Bundeskanzler (Teil der Exekutive) und ebenso den Bundestag (Teil der Legislative) stoppen, wenn sie etwas tun oder beschließen, was gegen die Verfassung verstößt.
Exekutive und Legislative stehen sich jedoch in einer parlamentarischen [Demokratie] wie der Bundesrepublik Deutschland nicht mehr als Gegenspieler gegenüber. Im Gegenteil: Sie sind personell miteinander verflochten (Gewaltenverschränkung): Eine Parlamentsmehrheit, die Regierungskoalition, wählt einen Abgeordneten zum Regierungschef (Bundeskanzler), der trotzdem zugleich weiterhin Abgeordneter bleibt. Die Regierungskoalition sieht natürlich keine Veranlassung, „ihre" Regierung in erster Linie zu kontrollieren, sie unterstützt sie vielmehr wo sie kann. Denn diese Regierung soll ja die politischen Programme und Vorstellungen der Parlamentsmehrheit in praktische Politik umsetzen.
Die Rolle des Gegenspielers und im Wesentlichen auch die Rolle des Kontrolleurs der Regierung sind dadurch vom Parlament als Ganzem auf die Opposition übergegangen. Insofern ist diese ein unentbehrliches Element des demokratischen Systems. Über das bisher Beschriebene hinaus gibt es in Deutschland weitere Formen der Gewaltenteilung. Staatliche Aufgaben sind zwischen Bund und Ländern verteilt, die Länder sind an der Gesetzgebung des Bundes beteiligt. Im alltäglichen Leben kontrollieren sich konkurrierende Parteien und Verbände gegenseitig. Weil Pressefreiheit herrscht, können außerdem die Massenmedien auf Machtmissbrauch im Staat oder in der Gesellschaft aufmerksam machen – oft mit durchschlagendem Erfolg.

Thurich, Eckart: Gewaltenteilung. In: Bundeszentrale für politische Bildung, pocket politik: Demokratie in Deutschland, Bonn 2011

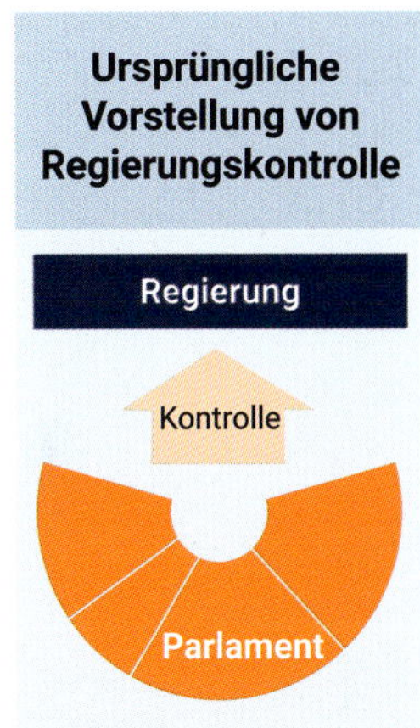

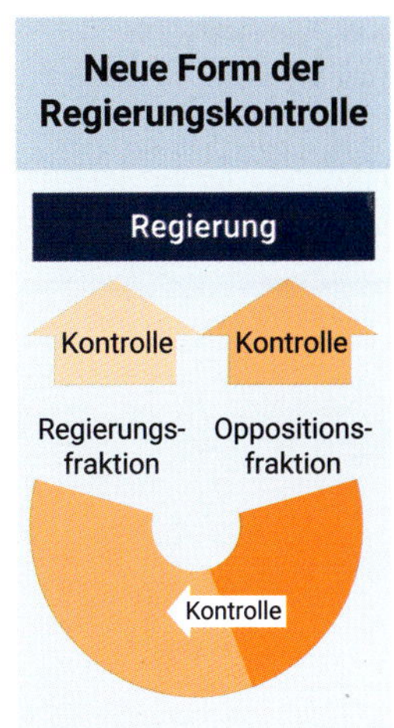

Bearbeiterin

M14 Besteht die Macht des Kanzlers den Praxistest?

Bearbeiterin

M15 Allmächtig durch die Richtlinienkompetenz?

Nun ist das freilich mit dem Recht, die Richtlinien zu bestimmen, so eine Sache. Denn Kanzler sind keine Regimentsobristen, die einfach mal befehlen, was zu sein hat und was nicht. Und die Minister sind keine Untergebenen. Der Politikwissenschaftler Wilhelm Hennis, der vor 50 Jahren den klassischen Text zum Thema geschrieben hat (immer noch lesenswert), stellte damals fest: „Dieses Recht gilt nur mit Wenn und Aber." Nicht ohne. Und der Kanzler, der einem Minister den besagten Grundgesetzartikel unter die Nase hält oder ihn im Kabinett ausdrücklich daran erinnert, vor allen anderen, würde so nur seine Schwäche erkennen lassen. Die Richtlinienkompetenz ist ein Recht, das nur indirekt wirkt. Konrad Adenauer soll das R-Wort nur ein einziges Mal in einem Rundschreiben verwendet haben. In Koalitionen ist es ohnehin schwierig. Von Helmut Schmidt stammt der Satz, aus der Anfangszeit der Großen Koalition von 1966: „Es gibt keine Richtlinienkompetenz gegen Brandt und Wehner." Kein Kanzler kann bestimmen, wen der Koalitionspartner zu Ministern macht. Selbst in der eigenen Partei muss er oder sie auf Fraktion und Landesverbände achten. Aber es gibt Mittel und Wege, die Richtlinienkompetenz ohne Machtworte oder drastische Aktionen auszuüben. Hennis verwies auf das Recht des Kanzlers, die Geschäfte zu führen. Wenn ein Minister also nicht fähig oder nicht willens ist, Richtlinien umzusetzen, so kann man ihm auch einen Geschäftsbereich entziehen. Im Falle Thomas de Maizières war das der Entzug der Koordination der Flüchtlingsthemen im Kabinett und mit den Ländern. Zur Machtausstattung des Kanzlers gehört auch das Recht auf Information. Die Minister müssen alles, was im Rahmen der Richtlinien von Bedeutung ist, der Regierungschefin via Kanzleramt mit-

Willy Brandt
Bundeskanzler
1969–1974

Herbert Wehner
Bundesminister für gesamtdeutsche Fragen
1966–1969

Thomas De Maizière
Bundesminister des Inneren 2013–2018

teilen. Da scheint der Innenminister zwischenzeitlich eine eigene Meinung gehabt zu haben. Die Ultima Ratio, die sich aus der Richtlinienkompetenz ergibt, schrieb Hennis einst, sei die Entlassung eines Ministers. Aber auch hier kann ein Kanzler, kann eine Kanzlerin die Machtmittel so einsetzen, dass es letztlich zu einem Rücktritt kommt – oder zur Wiederannäherung des Betroffenen an die Richtlinien.

Dass Merkel sehr an Umfrageergebnissen interessiert ist, muss nicht heißen, dass sie immer entsprechend handelt. Einfluss und Durchsetzungskraft eines Kanzlers hängen nicht davon ab, wo die eigene Partei gerade im Politbarometer oder im Deutschlandtrend steht. [...] Viel wichtiger sei [laut Hennis] die Anerkennung bei den „Professionellen", also in den Fraktionen, im Kabinett, nicht zuletzt in den Ministerien, auch beiden Führungsfiguren in den Medien.

Funk, Albert: Wie viel Macht hat Angela Merkel. In: www.tagesspiegel.de, 23.11.2015

M16 Wer hat die Bundesrepublik bisher regiert?

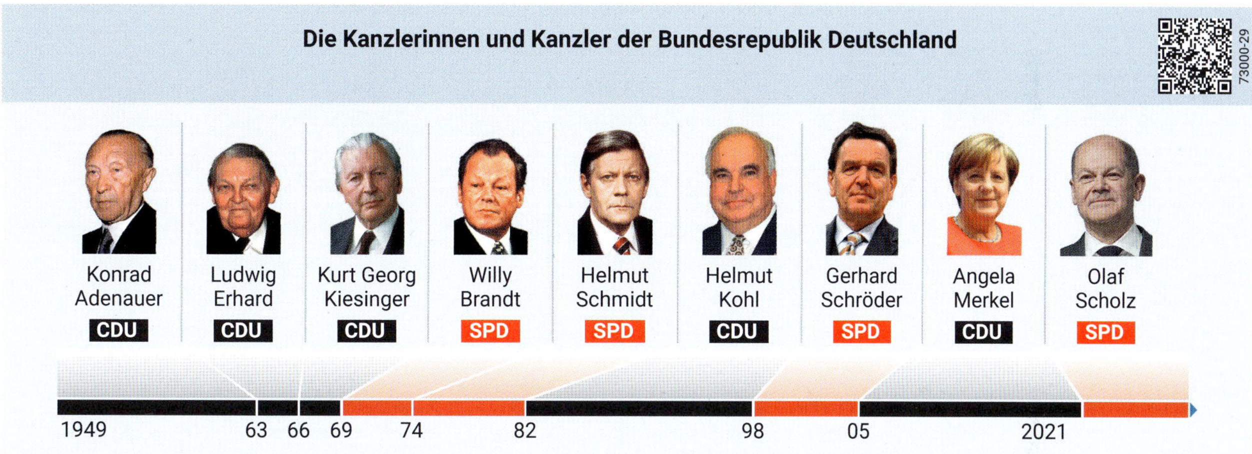

dpa-Grafik 27049

Aufgaben

82000-192

1. Ordnen Sie die Arbeitsprinzipien in **M12** den entsprechenden Sätzen im Grundgesetz Artikel 65 zu.
2. a) Vergleichen Sie ausgehend von Ihrem Vorwissen aus dem Fach Geschichte die klassische Gewaltenteilung mit der in der Bundesrepublik Deutschland (**M13**).
   b) Beurteilen Sie die Folgen dieser Gewaltenverschränkung: Gibt es dann überhaupt eine Kontrolle der Regierung?
3. Beziehen Sie Stellung: Wäre es wünschenswert, dass das Kanzlerprinzip eine noch stärkere verfassungsrechtliche Aufwertung erfährt?
4. Erläutern Sie gemeinsam im Gruppengespräch die politischen Rahmenbedingungen, die Einfluss auf die Arbeit des Bundeskanzlers bzw. der Bundeskanzlerin nehmen (**M14**), indem Sie ausgehend von **M15** jeweils passende Beispiele aus der politischen Praxis anführen.
5. Bereiten Sie in Gruppen ein gemeinsames Kurzreferat zu einem Bundeskanzler oder der Bundeskanzlerin (**M17**) vor. Verwenden Sie dazu die nachfolgende Methodenkarte und binden Sie Ihr erworbenes Wissen über Stellung und Handlungsspielraum des Bundeskanzlers bzw. der Bundeskanzlerin ein.

H zu Aufgabe 3
→ S. 185

METHODE

Ein Kurzreferat zu einem Bundeskanzler oder einer Bundeskanzlerin im Kontext der Zeitperiode halten

Eine der großen Herausforderungen der Politik (und auch der Geschichte) besteht darin, dass Entscheidungen sowohl im Kontext der Zeit, als auch auf Basis von modernen Wertvorstellungen betrachtet und bewertet werden können und sollten. Die Bundeskanzler und die Bundeskanzlerin der Bundesrepublik Deutschland werden dabei oft mit bestimmten Ereignissen oder Epochen der Bundesrepublik verbunden. Diese Methode hilft Ihnen dabei, ein Kurzreferat zu einem der Bundeskanzler oder der Bundeskanzlerin im Zeitspiel der Bundesrepublik Deutschland zu halten.

1 Vorarbeit

Ihr Vortrag sollte selbstverständlich pünktlich beginnen. Sie sollten außerdem versuchen, beim Publikum Interesse für die Darbietung zu wecken. Dies geschieht am besten durch visuelle Hilfen (z. B. Bilder) und kluge Fragestellungen. Scheuen Sie sich auch nicht, das Publikum spontan und direkt anzusprechen, es mit Vergleichen zu konfrontieren oder auch bewusst zu provozieren.

2 Faktenauswahl

- Informieren Sie sich zunächst über zeitgeschichtliche Hintergründe.
- Beschränken Sie sich bei der Biografie nur auf zentrale Informationen, bzw. solche, die die späte Kanzlerschaft beeinflussen.
- Recherchieren Sie Hintergrundinformationen zum Regierungsstil, zur Beliebtheit in der Bevölkerung, zu zukunftsweisenden Entscheidungen und Entwicklungen.

3 Urteilsbildung

- Beurteilen Sie den Handlungsspielraum des Bundeskanzlers oder der Bundeskanzlerin und bewerten Sie die Kanzlerschaft hinsichtlich ihrer Machtausübung.
- Befragen Sie nach Möglichkeit verschiedene Zeitzeugen, was ihnen zu der Kanzlerschaft in Erinnerung geblieben ist.

4 Vortrag

Verzichten Sie auf einen rein textorientierten Vortrag, sondern gestalten Sie ihr Kurzreferat interessant, indem Sie z. B. von Bildern, kurzen (!) Filmbeiträgen, Schlagzeilen oder Karikaturen ausgehen und Ihre Zuhörerinnen und Zuhörer aktiv einbinden.

1

Brandts Kniefall in Warschau 1970

2

Wahlkampfauftritt Kohls 1990 in Erfurt

Kanzlerprinzip → M12
Da innerhalb der Bundesregierung nur der Kanzler oder die Kanzlerin direkt vom Bundestag gewählt wird, nimmt er innerhalb des Kabinetts eine herausragende Stellung ein. Dies spiegelt sich auch im Grundsatz wieder, dass ihm die Richtlinienkompetenz zusteht. Demnach bestimmt der Regierungschef die Grundsätze, den Rahmen der Politik.

82000-176

Kollegialprinzip → M12
Kanzlerin und Kanzler bzw. Ministerinnen und MInister entscheiden gemeinsam bzw. durch eine Mehrheitsbildung in politischen Angelegenheiten oder bei Meinungsverschiedenheiten.

82000-177

Ressortprinzip → M12
Jedes Regierungsmitglied leitet seinen Aufgabenbereich in eigener Verantwortung. So lange sich ein Minister innerhalb des vom Kanzler oder der Kanzlerin vorgegebenen politischen Rahmens bewegt, kann ein Regierungschef sich also nicht ohne Weiteres in dessen Ressort „einmischen".

82000-178

Gewaltenteilung → M13
Eine Gewalt im politischen Sinne ist gleichbedeutend mit „Macht" oder „Herrschaft". Damit die staatliche Gewalt nicht zu sehr konzentriert ist und missbraucht werden kann, wird diese auf die gesetzgebende Gewalt (Legislative), die ausführende Gewalt (Exekutive) und die rechtssprechende Gewalt (Judikative) verteilt. Diese Funktionen werden den unabhängigen Staatsorganen zugewiesen.

82000-179

Die drei Gewalten: Legislative, Exekutive und Judikative

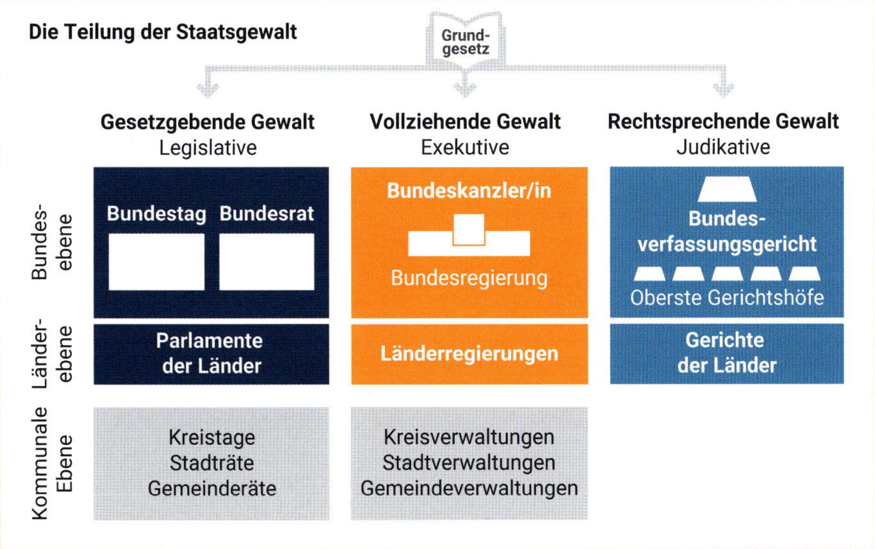

© Bergmoser + Höller Verlag AG 61110

Gewaltenverschränkung → M13
Im politischen System Deutschlands sind die Gewalten zum Teil stark miteinander verschränkt. So war bisher z. B. der/die Bundeskanzler/in (Exekutive) immer auch Parlamentarier/in (Legislative). Da der Bundestag den Regierungschef wählt, bilden zudem die Regierungsfraktionen eine Handlungseinheit mit der Exekutive.

82000-180

WISSEN IM KONTEXT

Was bedeutet der Begriff „Kanzlerdemokratie“?
M12, M13

Die drei Arbeitsprinzipien der Bundesregierung überschneiden sich zum Teil bzw. beinhalten ein gewisses Spannungsverhältnis. Es herrscht allerdings Konsens darüber, dass die Richtlinienkompetenz Vorrang hat. Erst innerhalb dieses Grundsatzes gilt das Ressortprinzip. Daher spricht man beim politischen System Deutschlands oft von einer „Kanzlerdemokratie“. Diese Bezeichnung darf allerdings nicht den falschen Eindruck erwecken, das gerade sehr selbstbewusste Ministerinnen und Minister die Vorrangstellung der Kanzlerin oder des Kanzlers immer als selbstverständlich hinnehmen.

Wie mächtig ist die deutsche Bundeskanzlerin bzw. der deutsche Bundeskanzler?
M14, M15

Hohe Machtausstattung der Kanzlerin/des Kanzlers

- Richtlinienkompetenz: bestimmt Richtlinien der Regierungspolitik
- Kanzlerprinzip: führt die Bundesregierung an, schlägt Ministerinnen und Minister vor und kann diese auch aus dem Amt entlassen
- Legitimation: einziges, vom Parlament direkt gewähltes Amt in der Bundesregierung
- leitet die Kabinettssitzungen
- Konstruktives Misstrauensvotum: Kann nur gestürzt werden, indem der Bundestag mehrheitlich eine Nachfolgerin oder einen Nachfolger wählt
- Vertrauensfrage: in Verbindung mit einer Sachfrage eingesetzt, stellt dieses Instrument ein hohes Machtpotenzial gegenüber der eigenen Mehrheit im Parlament dar (Disziplinierung)

Einschränkungen der Macht des Kanzlers bzw. der Kanzlerin

- Rücksichtnahme auf bzw. Absprache mit Koalitionspartnern bei Ausarbeitung des Koalitionsvertrages und Regierungsbildung und während der Regierungszeit
- Ressortprinzip: Ministerinnen und Minister leiten ihr Ressort selbstständig
- Kollegialitätsprinzip: Meinungsverschiedenheiten werden in der Bundesregierung gemeinsam entschieden
- Rücksichtnahme auf Interessen der eigenen Partei (eigene Wiederwahl, innerparteilicher Rückhalt)
- Zusammenarbeit mit Bundesrat/Länderregierungen
- Bundesverfassungsgericht kann politische Entscheidungen rückgängig machen
- Berücksichtigung der internationalen Verflechtungen (Steuerungskompetenzen der EU, Rücksichtnahme auf internationale Partner, Institutionen, Gremien)
- Beachtung des Wählerinnen- und Wählerwillens

Fazit: Die politischen Rahmenbedingungen und die Verflechtungen zwischen den Verfassungsorganen beschränken die Macht der Bundeskanzlerin bzw. des Bundeskanzlers.

3.3 Bundestagsabgeordnete – Vertreterinnen und Vertreter des Volkes?

Zum Thema: Jede und jeder kennt das Reichstagsgebäude in Berlin. Vielleicht waren Sie selbst ja schon einmal dort. Über die dort zusammenkommenden Abgeordneten „Bewohner" und deren Aufgaben wissen viele allerdings nicht so genau Bescheid. Bei Ihnen wird sich das im Laufe des Kapitels ändern.

M17 Abgeordnete – kein Spiegel der Gesellschaft?

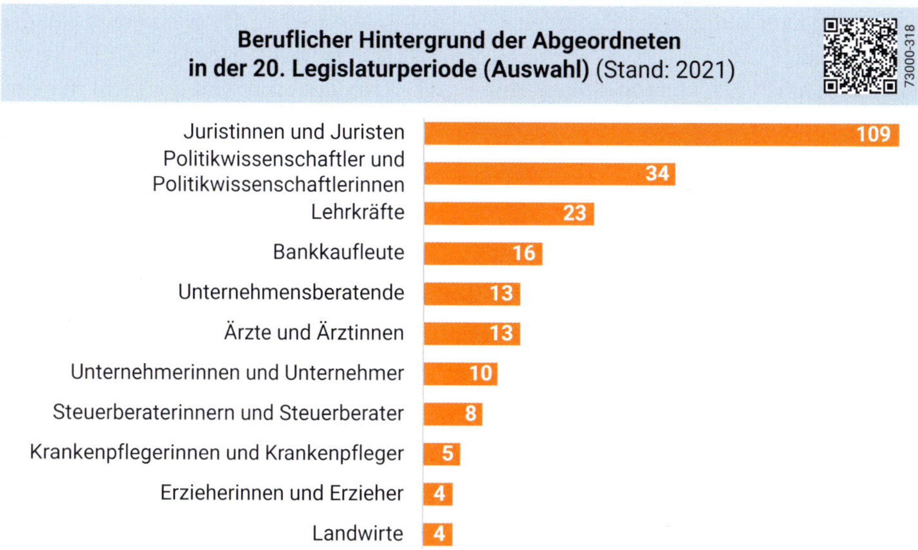

Bearbeiterin

Einstiegsaufgabe

Nehmen Sie mithilfe der Grafik **M17** und der Material- und Kapitelüberschrift Stellung zu der Funktion der Bundestagsabgeordneten als Vertreterinnen und Vertreter des Volkes.

M18 Welche Abgeordneten fehlen?

Als in Athen die Demokratie erfunden wurde, war es noch einfach: Jeder Wähler war auch Politiker. Wer wählen durfte, ging auf den Marktplatz und machte Politik. Kein Athener konnte sich beschweren, dass die Politiker sich nicht für seine Interessen einsetzten. Außer Frauen und Migranten, versteht sich. Die durften nicht wählen. Und das wiederum führt zu einem Problem, das auch 2500 Jahre später im Deutschen Bundestag besteht.

[...] Verglichen mit der Gesamtbevölkerung sitzen im Parlament nicht nur zu wenige Frauen und zu wenig Migranten, sondern auch: zu wenig Landbewohner, zu wenige Menschen mit Hauptschulabschluss, zu wenige mit einer Behinderung.

In Artikel 38 des Grundgesetzes steht: „Die Abgeordneten des Deutschen Bundestages [...] sind Vertreter des ganzen Volkes." Des

Fraktionsdisziplin
Verpflichtung von Abgeordneten, die Stimme gemäß der Vorgabe ihrer Fraktion zu geben

ganzen Volkes. Und was ist mit denen, die fehlen? Kann der Bundestag wirklich auch die Interessen jener Bevölkerungsgruppen wirksam vertreten, die sich nur vereinzelt in seinen Reihen wiederfinden? [...] Dahinter steht schlussendlich die große Frage, für wen der Bundestag Politik macht: Für die deutschen Staatsbürger oder für alle Menschen, die in Deutschland leben – und damit für alle, die potenziell von seinen Entscheidungen betroffen sind? Also: Wer ist das Volk und wie ist seine Vertretung – die ureigenste Aufgabe des Parlaments – zu verstehen?

Weil unmöglich alle Minderheiten vertreten sein können, gibt es das Konzept der substantiellen Repräsentation, wonach nicht die Bürger selbst, sondern vor allem deren Interessen vertreten sein sollen. Die Logik: Nicht nur Frauen können sich für Frauen einsetzen, nicht nur Ostdeutsche denken an die Bedürfnisse der Menschen von Thüringen bis Vorpommern.

Hinzu kommt, dass die Entscheidungen in modernen politischen Systemen in der Regel entlang der Parteilinien fallen. [...] Eine empirische Studie über zwölf europäische Länder zeigt, dass die Präferenzen von Frauen generell schlechter vertreten werden als die von Männern, unabhängig davon, wie viele Frauen im Parlament sitzen. [...] Diese Diskrepanzen spielen Rechtspopulisten in die Hände, die das Narrativ von „denen da oben", von einer abgehobenen politischen Kaste in Berlin pflegen. [...]

Es gibt eine radikale Lösung für das Problem der Repräsentation: Würden die Parlamente nicht gewählt, sondern per Los bestimmt, wären sie in ihrer Zusammensetzung der Bevölkerung sehr viel ähnlicher. Dafür würden allein schon die Gesetze der Statistik sorgen. [...] Das sei eine uralte Methode, um Mandate unabhängig von der sozialen Stellung und dem politischen Einfluss zu verteilen. Und Bürger aus politikfernen Schichten könnten so einen Einblick in den Politikbetrieb gewinnen und diesem sogar neue Stimmen bringen, die vielleicht eher den Ton von Menschen treffen, die sich bereits von der Politik abgewandt haben.

Aber die Repräsentation ist nicht die einzige Aufgabe eines Parlaments. Es muss auch in der Lage sein, professionell zu arbeiten und effektiv Entscheidungen zu treffen. „Ein durch Zufall zusammengesetztes Parlament wäre nicht zu kontrollieren", sagt Thomas Saalfeld [Politikwissenschaftler an der Uni Bamberg]. Mechanismen wie die Fraktionsdisziplin haben ihre Berechtigung. Das Streben nach Wiederwahl erzeugt einen Anreiz, Politik im Sinne der Wähler zu machen. „Eher vorstellbar wäre ein Begleitforum mit zufällig ausgewählten Mitgliedern", sagt Saalfeld. „Eine Art zusätzliche Kammer mit beratender Funktion. Die dafür sorgt, dass in politischen Debatten alle Perspektiven abgebildet werden."

Brunner, Katharina / Ebitsch, Sabrina / Endt, Christian / Hosse, Julian / Schories, Martina / Witzenberger, Benedict / Zajonz, Moritz: Seid ihr alle da? In: Süddeutsche Zeitung, 24./25.02.2018

M19 Abgeordnete – leicht verdientes Geld oder harter Job?

Der Arbeitsplatz eines Abgeordneten ist zweigeteilt: In den Sitzungswochen liegt der Schwerpunkt auf der Arbeit in Berlin, an den Wochenenden und sitzungsfreien Wochen betreuen die Abgeordneten meist ihren Wahlkreis und berichten über ihre Abgeordnetentätigkeit.

a) Sitzungswochen in Berlin

Am Montag bereiten sich die Abgeordneten zusammen mit ihren Mitarbeitern auf die Woche vor. Am Nachmittag treffen sich dann die Führungsgremien von Partei und Fraktion.

Dienstags bestimmt die Arbeit in den

Fraktionen den Tag. Vormittags kommen die Parlamentarier in Arbeitsgruppen zusammen und besprechen die Ausschusssitzungen. Am Nachmittag trifft sich dann die gesamte Fraktion und diskutiert über die Fraktionspolitik der Sitzungswoche.
Die Ausschusssitzungen finden am Mittwoch statt. In den ständigen Ausschüssen wird der größte Teil der inhaltlichen Arbeit geleistet. Hier präsentieren alle Fraktionen ihre Ansichten zu Gesetzesvorhaben, verhandeln Kompromisse und bereiten die Entscheidungen des Plenums vor.
Das Plenum startet in der Regel am Mittwoch. Den Fragestunden und Regierungsbefragungen am Mittwochnachmittag folgen die abschließenden Plenarsitzungen am Donnerstag und Freitag.
Die parlamentarische Arbeit im Plenum, und den Ausschuss-, Arbeitsgruppen- und Fraktionssitzungen wird durch viele weitere Termine ergänzt. Die Vorbereitung auf Reden, die Teilnahme an Fachkonferenzen, Anhörungen und Presseterminen, aber auch die Betreuung von Besucher- oder Schülergruppen aus dem Wahlkreis stehen im Terminkalender der Abgeordneten.

b) Sitzungsfreie Woche

Egal ob Listenkandidat oder Gewinner eines Wahlkreismandats: Im Wahlkreis stehen die Abgeordneten den Bürgern Rede und Antwort. Regelmäßige Sprechstunden dienen dazu, die Probleme vor Ort zu kennen und die Interessen der Bürgerinnen und Bürger im Bundestag vertreten zu können. In den sitzungsfreien Wochen halten die Abgeordneten den Kontakt zu lokalen Parteigremien, Unternehmen, Verbänden und Vereinen aus ihrem Wahlkreis.

Nach: Dossier: Deutsche Demokratie: Arbeitswoche eines Bundestagsabgeordneten. In: www.bpb.de, 15.12.2009

M20 Hier wird gearbeitet: die Ausschüsse

Bearbeiterin

Untersuchungsausschüsse während der 19. Legislaturperiode
- Terroranschlag vom 19.12.2016 auf dem Berliner Breitscheidplatz
- „PKW-Mautaffäre" am 12.12.2019
- „Wirecard-Untersuchungsausschuss" am 08.10.2020

Aufgaben

82000-193

1. Sammeln Sie in einer Tabelle die Aufgaben eines Abgeordneten in einer Sitzungswoche und in einer sitzungsfeien Woche (**M19**).
2. Erstellen Sie eine Mindmap zum Thema „Ausschüsse" mit geeigneten Ober- und Unterkategorien (**M20**).
3. Diskutieren Sie, ob das deutsche Parlament in seiner Zusammensetzung das Volk angemessen repräsentieren kann (**M18**).

F zu Aufgabe 3
Recherchieren Sie den Anteil der in der Einstiegsaufgabe erwähnten Berufe an der Gesamtbevölkerung.

Abgeordnete → M19

Ein Abgeordneter des Deutschen Bundestages wird bei der Bundestagswahl für vier Jahre (eine Legislaturperiode) vom Volk gewählt. Ein vorzeitiges Ausscheiden aus dem Parlament ist nur möglich, wenn der oder die Abgeordnete das Mandat niederlegt oder es ihm oder ihr strafrechtlich aberkannt wird – wofür jedoch zuerst die Immunität aufgehoben werden muss. Abgeordnete werden auch als Parlamentarierinnen bzw. Parlamentarier, Volksvertreterinnen bzw. Volksvertreter, Mitglieder des Bundestages (MdB) oder – auf Landesebene – Mitglieder des Landtages (MdL) bezeichnet.

82000-181

Bundestagsausschuss → M20

Da der Bundestag mit mindestens 598 Abgeordneten (plus Überhangmandate) zu groß ist, um Detailaufgaben zu erledigen und Einzelheiten zu besprechen, werden dazu Arbeitsgruppen gebildet (sog. „Ausschüsse").

82000-182

Rechte von Abgeordneten → M19

Besondere Rechte sollen die Abgeordneten vor Druck von außen schützen:

- Indemnität sichert der Parlamentarierin oder dem Parlamentarier zu, sich im Bundestag frei äußern zu dürfen, solange sie oder er niemanden verleumderisch beleidigt.
- Immunität schützt den Abgeordneten davor, aus politischen Gründen angeklagt zu werden.
- Diäten entschädigen für den Verdienstausfall, während man ein Mandat ausübt. Sie stellen die finanzielle Unabhängigkeit von Parlamentarierinnen und Parlamentariern sicher.

Pflichten von Abgeordneten → M19

Abgeordnete müssen bestimmte Verhaltensregeln (z. B. grundsätzliche Anwesenheit in den Bundestagsgebäuden an Sitzungstagen, Eintragung in Anwesenheitslisten) befolgen. Ansonsten drohen ihnen finanzielle Sanktionen.

82000-183

Können Abgeordnete das Volk wirklich vertreten?
M18

Bei einer Repräsentation vertritt eine einzelne Person oder eine Gruppe eine Gesamtheit von Personen. Durch die Abgabe ihrer Stimme wählen die Bürgerinnen und Bürger diejenigen Repräsentanten (Abgeordneten), die sich dann während der nächsten Legislaturperiode für ihre Interessen einsetzen sollen. Deshalb spiegeln die Kräfteverhältnisse der Fraktionen auch den Volks- bzw. Wählerwillen wider. Da der Bundestag das deutsche Volk repräsentiert, wird kontrovers diskutiert, ob es wünschenswert wäre, dass die Zusammensetzung des Parlaments etwas mehr der Zusammensetzung der deutschen Gesellschaft (nach Alter, Bildung, Geschlecht, Beruf) entspricht.

Warum sitzen oft so wenige Abgeordnete im Plenarsaal
M19

Die Arbeit, die eine Parlamentarierin oder ein Parlamentarier erledigt, nimmt man naturgemäß vor allem dann wahr, wenn sie öffentlich zu sehen ist. Daher geht man fälschlicherweise davon aus, dass der Alltag eines Abgeordneten aus Fernsehauftritten besteht.
Medien kritisieren zudem in öffentlichkeitswirksamen Schlagzeilen häufig den nur dünn besetzten Plenarsaal des Bundestagsgebäudes. Tatsächlich findet die Hauptarbeit der Volksvertreterinnen und Volksvertreter aber überwiegend in Ausschüssen oder an seinen Schreibtischen – ob während Sitzungswochen in Berlin oder in sitzungsfreien Zeiten im Wahlkreisbüro – statt.

Was geschieht in den Ausschüssen?
M20

Obwohl die Ausschüsse in Deutschland nicht befugt sind, Entscheidungen zu treffen, findet hier die Hauptarbeit des Parlaments statt. Nach der ersten Lesung einer Gesetzesinitiative im Plenum erfolgt hier die genaue Ausarbeitung. Neben den Mehrheitsverhältnissen des Bundestages spiegelt sich in den Ausschüssen die jeweilige Fraktionsstärke auch in der Besetzung der Vorsitzenden wider.
Damit sachliche Fragen im Vordergrund stehen, finden Ausschusssitzungen grundsätzlich unter Ausschluss der Öffentlichkeit statt. Bei Bedarf können die Parlamentarier auch externe Experten (z. B. aus Wissenschaft, Gewerkschaft, Kirche etc.) hinzuziehen. Dass bei Abstimmungen im Plenum nur sehr selten einstimmig bzw. mit nur wenigen Gegenstimmen Gesetze verabschiedet werden, zeigt, dass es in den Ausschüssen nicht gelingt, einen Konsens herzustellen. Dies liegt vornehmlich daran, dass es eher die Fraktionen sind, innerhalb derer eine Einigkeit hergestellt werden kann und deren Positionen im Ausschuss vertreten werden. Am Ende der Beratungen erteilt der Ausschuss eine Beschlussempfehlung für die Abstimmung im Plenum. Diese wird durch eine Mehrheitsentscheidung im Ausschuss herbeigeführt und wird daher häufig als „Probeabstimmung“ bezeichnet.

3.4 Abstimmungsverhalten im Bundestag – Fraktionswille oder souveräne Abgeordnete?

Zum Thema: Obwohl es keinen Fraktionszwang in Deutschland geben darf, fällt doch auf, dass die Fraktionen im Bundestag häufig nahezu geschlossen abstimmen. Wie kommt es dazu? Bei welchen Themen gibt es hingegen keine fraktionsinterne Einigkeit?

M21 Dem Deutschen Volke?

Art. 38 Abs 1 GG
Die Abgeordneten [...] sind Vertreter des ganzen Volkes, an Aufträge und Weisungen nicht gebunden und nur ihrem Gewissen unterworfen.

Karikatur: Stuttmann, 2019

Einstiegsaufgabe

Beurteilen Sie spontan die Intention des Künstlers und setzen Sie die Karikatur in Bezug zu Art. 38 GG

M22 Nur ihrem Gewissen unterworfen?

In der Theorie gibt es in der Bundesrepublik Deutschland keinen Fraktionszwang - und es darf ihn auch nicht geben: Art. 38 Absatz 1 Satz des Grundgesetzes ist da unmissverständlich [...]. Praktisch sieht das aber oft anders aus: Über Entscheidungen wird meist bereits vor der Abstimmung im Bundestag intern in den Fraktionen abgestimmt. Fast alle Mitglieder halten sich an das Ergebnis. Der Fraktionszwang, auch Fraktionsdisziplin genannt, ist in keinem Gesetz und auch nicht der Bundestagsgeschäftsordnung festgeschrieben. Allerdings schreiben ihn Koalitionsregierungen regelmäßig in den Koalitionsverträgen fest.

Ein Argument der Befürworter einer Fraktionsdisziplin ist die Arbeitsfähigkeit der Regierung. Ohne Fraktionsdisziplin könnten Abweichler der Koalitionsfraktionen gemeinsam mit der Opposition Gesetzesvorhaben blockieren. Außerdem heißt es oft, da Abgeordnete sich im Wahlkampf auf ihre Partei verlassen können, müsste die Partei sich umgekehrt auch auf die Abgeordneten verlassen können.
Ein Abgeordneter, der sich nicht an den Fraktionszwang hält, kann dafür nicht geahndet werden. Auch das regelt das Grundgesetz, in Artikel 46 Absatz 1: „Ein Abgeordneter darf zu keiner Zeit wegen seiner Abstimmung oder wegen einer Äußerung, die er im Bundestage oder in einem seiner Ausschüsse getan hat, gerichtlich oder dienstlich verfolgt oder sonst außerhalb des Bundestages zur Verantwortung gezogen werden."
Allerdings hat der Abgeordnete bei einem Konflikt mit der Fraktion die Möglichkeit, diese zu verlassen. Umgekehrt kann er bei fraktionsschädigendem Verhalten aus der Fraktion ausgeschlossen werden. Ein Ausschluss unterliegt strengen Bedingungen und ist gerichtlich anfechtbar. Ein ausgetretener oder ausgeschlossener Abgeordneter verliert aber nicht sein Mandat, sondern bleibt als fraktionsloser Abgeordneter im Parlament.

Tagesschau: Nur Ihrem Gewissen unterworfen? In: www.tagesschau.de, 22.10.2015

M23 Notfalls auch gegen die eigene Fraktion?

1 *Dr. Norbert Lammert (CDU) im Interview*

Gäbe es weniger Wut-Bürger, wenn mehr Mut-Parlamentarier da wären, die ihre Entscheidungen offen verteidigen?
Ich glaube, ich trete niemandem zu nahe, wenn ich sage, dass der typische Bürger nicht täglich wütend und der typische Parlamentarier nicht täglich mutig ist. Wir reden in beiden Fällen über Ausnahme- und Grenzsituationen.
Täuscht der Eindruck, dass die meisten Parlamentarier am Ende doch regelmäßig der Fraktionsdisziplin den Vorrang vor der eigenen Meinung geben, wenn beide nicht übereinstimmen?
Die Fraktionsdisziplin wird zwar viel kritisiert, ist in Wirklichkeit aber eine Errungenschaft eines parlamentarischen Systems. Denn sie stellt die Kalkulierbarkeit von Entscheidungen sicher, auf die der Wähler Anspruch hat. Denn der wählt ja nicht Solisten ins Parlament, sondern Gruppierungen, von denen er im Saldo am ehesten die Vertretung seiner Interessen erwartet. Deswegen wäre es gewiss kein Fortschritt, wenn jeder der gewählten Abgeordneten zu jeder Frage seine ganz persönliche Auffassung im Parlament verträte. Es ist vielmehr sinnvoll, wenn sich die einer Partei angehörenden und für sie kandidierenden Abgeordneten um eine gemeinsame Willensbildung bemühen.
Wo bleibt das Aber?
Zu den vielen klugen Regelungen unserer Verfassung gehört, dass die Fraktionen in ihr gar nicht vorkommen, wohl aber der Abgeordnete, der an Aufträge und Weisungen ausdrücklich nicht gebunden ist. Der Begriff Fraktionsdisziplin findet sich folgerichtig auch nicht im Grundgesetz.
Fraktionen sind eine Realität, die für das Funktionieren des Parlaments wichtig sind, aber am Ende entscheidet der Abgeordnete ganz allein, wie er abstimmt.
Der langjährig erfahrene Parlamentarier Norbert Lammert hat immer mal ausprobiert, was passiert, wenn man anders als die eigene Fraktion abstimmt. Wie viel Mut braucht man dafür?
Es ist sicher ein Unterschied, ob jemand als Neuling oder als Langgedienter so handelt, ob jemand Gewicht in der Partei hat oder nicht, ob er eine herausgehobene Funktion hat oder keine. Ich bin ganz früh in meiner parlamentarischen Laufbahn in

Norbert Lammert, CDU, Präsident des 18. Deutschen Bundestages eine solche Situation gekommen und mit den Versuchungen konfrontiert worden, die sich daraus ergeben. Es ging damals um eine beabsichtigte Amnestieregelung in Parteispendenaffären; ich habe als Einziger in der Fraktion erklärt, ich könne da nicht mitwirken, und habe deshalb meine Zustimmung verweigert. Prompt wurde ich von den Medien in die Kategorie Abweichler einsortiert. Seitdem kam regelmäßig bei einschlägigen Entscheidungen die Anfrage, ob ich nicht auch da eine andere Meinung als die Fraktion hätte.

Wie sind Sie aus dieser Falle herausgekommen?

[...] Es gibt zwei Voraussetzungen dafür, notfalls auch gegen die eigene Fraktion an einer Beurteilung festzuhalten. Erstens muss es eine wichtige Angelegenheit sein. Es ist nicht zumutbar, für jede zweit- oder drittrangige Frage die eigene Meinung zur Geltung bringen zu wollen. Das würde den parlamentarischen Betrieb paralysieren. Zweitens muss ich überzeugt sein, von diesem Thema ähnlich viel zu verstehen wie die Fachleute in der Fraktion, auf deren Urteil ich mich in der Regel genauso selbstverständlich verlasse wie die sich auf das meine in den Dingen, in denen ich die größere Expertise habe. Es kommt relativ häufig vor, dass man in einer wichtigen Frage eine abweichende Meinung hat; es kommt ähnlich häufig vor, dass man sich in einer Sache so trittfest glaubt wie andere. Aber dass beides zusammenkommt, ist doch eher selten.

FAZ: Der Parlamentarier ist nicht täglich mutig. In: www.faz.net, 16.10.2011

2 *Marco Bülow (Bis 2018 SPD, danach Die Partei) im Interview*

[Herr Bülow,] [w]as hat sich denn konkret verschlechtert seit Ihrem Einzug in den Bundestag vor fast 20 Jahren?

Wir erleben einen enormen Machtverlust der Fraktionen gegenüber der Regierung. Böse formuliert: Eigentlich bräuchte es nur einen oder eine Fraktionsvorsitzende, der Rest der Plätze im Bundestag könnte mit Beamten besetzt werden.

Weil sie meist geschlossen im Block abstimmen?

Die Regierungsfraktionen nicken ab, was kommt. Und die Gesetze kommen fast alle von der Regierung. Oppositionsanträge werden ohnehin nie übernommen – dabei müsste es meinem demokratischen Verständnis nach viel mehr Austausch zwischen Regierung und Opposition geben, viel mehr Zusammenarbeit und Abstimmungen über Fraktionsgrenzen hinweg.

Aber das gibt es doch auch.

Viel zu selten kommt das vor – [z. B.] bei der Ehe für alle. Da aber auch nur, weil die Kanzlerin die Abstimmung zur Gewissensfrage gemacht hat. Was ja schon nahezu pervers ist: dass die Kanzlerin entscheidet, was eine Gewissensfrage ist, und nicht der Abgeordnete.

Nun findet ja auch in den Fraktionen vor einer Abstimmung ein Meinungsbildungsprozess statt, an dem der einzelne Abgeordnete beteiligt ist. Die Fraktionsdisziplin sichert auch die Arbeitsfähigkeit des Parlaments.

Es muss eine Solidarität geben, aber beidseitig und ohne Zwang. Denn derzeit ist es so: Wer sich dem Fraktionszwang widersetzt, wer allein versucht, andere Mehrheiten zu suchen, wird abgestraft – ist schnell der Außenseiter. Wegen des Zwangs auch innerhalb der Koalition und weil ja das öffentliche Bild der Geschlossenheit gewahrt werden soll, werden am Ende höchstens Nuancen an der Regierungsvorlage geändert. [...] Jeder Abgeordnete bricht praktisch in jeder Sitzungswoche das Grundgesetz, weil er eben nicht wie dort vorgeschrieben seinem Gewissen, sondern dem Fraktionsvorsitzenden oder der Regierung folgt.

Nach: Bellikili, Okan: Wir haben keine echte Demokratie mehr. In: www.spiegel.de, 04.07.2021

M24 Abstimmungsverhalten im Bundestag – freies Mandat oder Fraktionsdisziplin?

1 **Abstmmungsverhalten zu „Gezielte Einwanderung in den deutschen Arbeitsmarkt"**

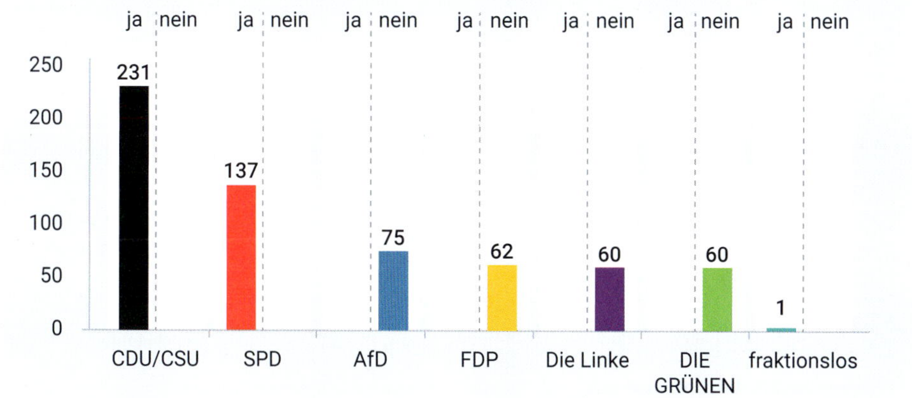

2 **Abstmmungsverhalten zu „Organspenden-Reform"**

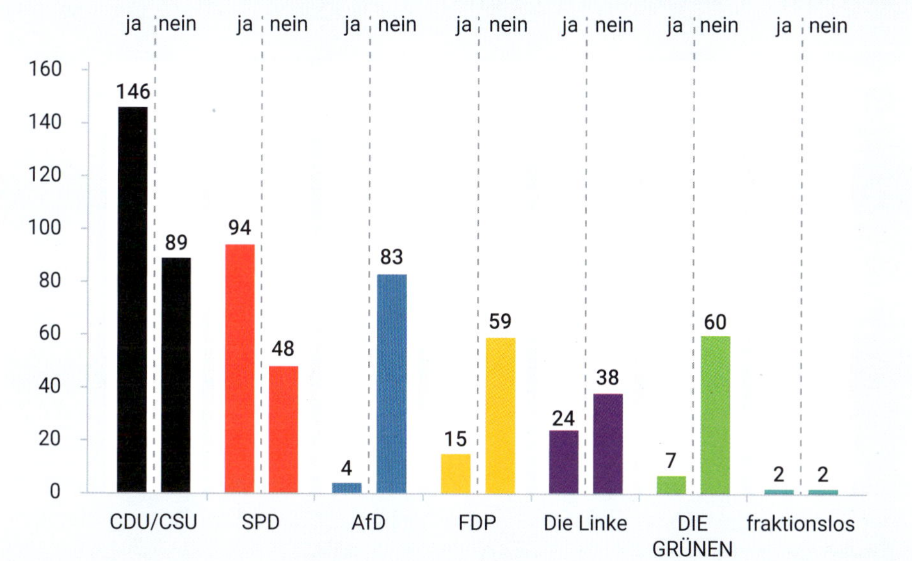

Zahlen nach: www.abgeordnetenwatch.de, 07.06.2019

Aufgaben

82000-194

1. Sammeln Sie in einem Schaubild Gründe für das oft einheitliche Abstimmungsverhalten einer Fraktion (**M22–M23**).
2. Prüfen Sie die parlamentarische Realität in Deutschland hinsichtlich der Frage: „freies Mandat oder Fraktionsdisziplin" (**M24**)?
3. Diskutieren Sie in Kleingruppen: Bei welchen Themen würden Sie die Fraktionsdisziplin explizit aufheben?

F zu Aufgabe 2
Recherchieren Sie, worum es bei den beiden Abstimmungen konkret ging.

H zu Aufgabe 3
→ S. 185

Abgeordnete befragen

Der Terminkalender von Abgeordneten ist oft schon Monate im Voraus gefüllt. Mit der richtigen Vorbereitung besteht dennoch die Chance, dass Sie als Kleingruppe die Möglichkeit zu einem Interview bekommen. Nicht nur, weil ein solches Interview letztendlich auch für Abgeordnete Werbung ist, sondern auch, weil das politische Interesse für die meisten Politikerinnen und Politiker ein wichtiger Aspekt ist. Im Folgenden finden Sie einige Hinweise und Ideen, wie Sie ein solches Interview (persönlich, telefonisch oder per Videokonferenz) realisieren können.

Finden Sie Ihre Bundestagsabgeordneten

71910-36

Mitmischen.de: Was lieben Sie an Ihrem Wahlkreis?

71910-37

1 Kontaktaufnahme

Setzen Sie sich mit Ihrer oder Ihrem Bundestagsabgeordneten in Kontakt. Ein persönliches und angemessenes Anschreiben mit genügend zeitlichem Puffer erhöht Ihre Erfolgschancen auf einen Gesprächstermin.
Möglichkeit 1: Einladung des/der Abgeordneten an die Schule
Möglichkeit 2: Befragung des/der Abgeordneten im Wahlkreis
Möglichkeit 3: Videokonferenz

▼

2 Themen finden und Fragen formulieren

Informieren Sie sich über Ihre oder Ihren Abgeordneten und derer bzw. dessen Schwerpunktthemen vorab im Internet. Lesen Sie die vollständigen Interviews, um Anregungen für interessante Fragen zu finden.

▼

3 Durchführung:

Besprechen Sie vorab, wie das Interview genau durchgeführt wird, ob Sie sich bei den Fragen abwechseln und wie Sie reagieren wollen, wenn sie das Gefühl haben, das Ihren Fragen ausgewichen wird. Es ist selbstverständlich, dass Sie dennoch immer freundlich bleiben.

Bitten Sie Ihre Abgeordnete oder Ihren Abgeordneten darum, das sie das Gespräch zur nachträglichen Weiterverarbeitung aufzeichnen dürfen (Bild/Ton). Teilen Sie hierfür Gruppenmitglieder ein.

▼

4 Auswertung / Präsentation

Sprechen Sie bereits im Vorfeld innerhalb der Klasse ab, wie die Ergebnisse präsentiert werden sollen und berücksichtigen Sie dies schon bei der Planung und Durchführung.

Tipp: Es lohnt sich auch ein Blick in benachbarte Wahlkreise, um mehrere Abgeordnete befragen zu können.

Fraktionsdisziplin → M22, M23

Eine Abgeordnete oder ein Abgeordneter darf nach Art. 38 GG nicht dazu gezwungen werden, gemäß der Vorgabe seiner Fraktion abzustimmen. Dennoch existiert im Bundestag eine Fraktionsdisziplin, die sich u. a. schon durch die Arbeitsweise des Bundestags ergibt. Befürworterinnen und Befürworter der Fraktionsdisziplin vertreten die Meinung, dass die Fraktionsdisziplin ein wichtiges Mittel ist, um politische Entscheidungen für Wählerinnen und Wähler transparent zu halten. Auch bei der Konsensfindung im Parlament selbst sorgt die Fraktionsdisziplin dafür, dass die Mehrheitsverhältnisse von Anfang an zumindest grob klar sind. Auch wenn eine Fraktion Abweichlerinnen und Abweichler nicht direkt bestrafen kann, ist es dennoch möglich, diese langfristig zu sanktionieren, z. B. in dem deren Wiederwahl nicht unterstützt wird.

82000-185

Gewissensfragen → M24

Unter Gewissensfragen versteht man Abstimmungen im Parlament, bei denen sich die Fraktionsführungen bewusst dazu entschieden haben, die Abgeordneten von der Fraktionsdisziplin zu entbinden. Es handelt sich dabei zumeist um ethische Fragestellungen, bei denen es aus persönlichen oder religiösen Gründen nur bedingt zumutbar ist, Abgeordnete gegen das eigene Gewissen abstimmen zu lassen. Beispiele für Gewissensfragen waren z. B. Legalisierung der Präimplantationsdiagnostik, Entscheidungen zur Organspende oder die Einführung der Ehe für Alle.

82000-186

Diäten

Als Diäten werden die Abgeordnetenentschädigungen bezeichnet, die von den Mitgliedern eines Parlaments gewählt werden. Seit dem 1. Juli 2021 beträgt die Entschädigung für Mitglieder des deutschen Bundestags rund 10.012,89 Euro pro Monat. Kontrovers diskutiert wird in diesem Zusammenhang immer wieder das „Diäten-Urteil" des Bundesverfassungsgerichts von 1975, welches die Abgeordneten dazu verpflichtet, per Gesetz selbst über die Höhe der Entschädigung zu beschließen. Ein Ziel der Entschädigung besteht darin, dass so die finanzielle Unabhängigkeit der Abgeordneten gesichert wird.

WISSEN IM KONTEXT

Welche Rolle spielen die Fraktionen?
M22, M23, M24

Schon an der Sitzordnung im Deutschen Bundestag lässt sich die große Bedeutung der Fraktionen sehen: Die Abgeordneten sitzen nicht nach Bundesländern oder alphabetisch geordnet nebeneinander, sondern nach Fraktionen. Neben der Ausschussarbeit nimmt die Tätigkeit für die Fraktion die meiste Zeit der Abgeordneten in Anspruch: Hier bereiten sie Gesetzesentwürfe und Entscheidungen fraktionsintern vor und beraten dabei über Details und Einzelfragen. Dies ermöglicht es den einzelnen Abgeordneten, sich auf bestimmte Sachgebiete (z. B. Gesundheit, Bildung, Finanzen) zu spezialisieren und in anderen Bereichen den Fraktionskollegen zu vertrauen. Anders wären die vielen und komplexen Bereiche der Politik nicht zu bewältigen. Ihre unterschiedlichen Experten entsendet jede Fraktion dann in die jeweiligen Fachausschüsse.

Verhindert Fraktionsdisziplin ein freies Mandat
M23, M24

Das Grundgesetz garantiert den Abgeordneten, dass sie lediglich ihren Gewissen folgen müssen. Gleichzeitig betont es in Art. 21 GG die Willensbildungsfunktion der Parteien: Demnach sollen Fraktionen ein geschlossenes Handeln vorweisen, wozu eine Fraktionsdisziplin erforderlich ist. Da dies nicht gleichbedeutend ist mit einem Fraktionszwang, sind trotz des scheinbaren Spannungsverhältnisses beide Prinzipien durchaus miteinander vereinbar. Die Abgeordneten wurden vom Volk gewählt, u. a. weil sie in einer bestimmten Partei sind, in die sie aufgrund ihrer Überzeugung eingetreten sind. Daher sollten sie grundsätzlich mit der Parteilinie übereinstimmen und für ihre Wählerinnen und Wähler vorhersehbare Entscheidungen treffen, um eine Blockade des politischen Prozesses zu vermeiden. Trotzdem können sie, gerade wenn sie dies im Vorfeld mitteilen, auch eine abweichende Position beim Votum vertreten.

Gibt es „Disziplinierungsmaßnahmen" für Abgeordnete?

Je stabiler die Mehrheitsverhältnisse einer Fraktion sind, desto eher wird die von der Fraktionsposition abweichende Stimmabgabe eines Abgeordneten akzeptiert. So votieren erfahrungsgemäß oft Oppositionsfraktionen oder Regierungsfraktionen mit nur knapper Regierungsmehrheit relativ einheitlich, um nach außen hin Stärke und innere Geschlossenheit zu demonstrieren.

Bei besonders brisanten und relevanten Themen kann die Regierungschefin bzw. der Regierungschef auch einen „Kunstgriff" bzw. eine besondere „Schraubzwinge" anwenden, indem eine Sachfrage mit der Vertrauensfrage verbunden wird: So verknüpfte Gerhard Schröder 2001 die Abstimmung über den Einsatz von Bundeswehrsoldaten in Afghanistan mit der Frage darüber, ob er selbst im Amt bleiben soll, und setzte sich damit in dieser höchst umstrittenen Debatte durch.
Diese Vorgehensweise war allerdings in der Geschichte der Bundesrepublik Deutschland bisher eine einmalige Angelegenheit und wurde von vielen Seiten stark kritisiert.

Doch es gibt „sanftere" und „diskretere" Disziplinierungsmaßnahmen, die durchaus gebräuchlich sind:
Abgeordnete, die häufig eine abweichende Meinung vertreten, müssen damit rechnen, dass sie von der Fraktion vergebene einflussreiche Posten z. B. in Ausschüssen verlieren oder einen schlechteren Listenplatz ihrer Partei bei der nächsten Bundestagswahl erhalten. Dies verschlechtert ihre Chancen auf eine Wiederwahl.

3.5 Gesetzgebung in Deutschland am Beispiel des Klimaschutzes – kompliziert und langwierig?

Zum Thema: Am Gesetzgebungsprozess sind in Deutschland mehrere Institutionen beteiligt. Dies bringt Vor- und Nachteile mit sich. Welche das sind, erfahren Sie in diesem Kapitel. Anschließend können Sie sich selbst dazu ein Urteil bilden.

M25 Klimaschutz: erst jetzt eine Debatte in Deutschland?

Teilnehmende der Klima-Demonstration „Fridays for Future“ im März 2019 in Berlin

Einstiegsaufgabe

82000-195

Mutmaßen Sie, warum die Bewegung Fridays for Future im Jahr 2019 so großen Aufwind bekommen hat und äußern Sie sich zur Motivation der Demonstrierenden. Könnten Sie sich selbst vorstellen, an einer Demonstration zum Thema Klimaschutz teilzunehmen?

M26 Klimapaket:vom Kabinett zum Gesetz

1 9. Oktober 2019: Kabinett beschließt Klimapaket

Trotz viel Kritik an der Unzulänglichkeit der Maßnahmen hat das Kabinett am 9. Oktober 2019 das Klimapaket verabschiedet. Das Ziel des Pakets besteht darin, dass die deutschen Klimaziele bis 2030 erreicht werden. Ziel ist es die Treibhausgase im Vergleich zum Jahr 1990 um 55 Prozent zu senken. 20 Jahre später soll die gesamte EU klimaneutral (d. h. ohne Einfluss auf das Klima) sein.

Bearbeiterin

2 15. November 2019: Bundestag nimmt das Klimapaket der Koalition an

Der Bundestag hat am Freitag, 15. November 2019, das sogenannte Klimapaket angenommen. Teil des Klimapakets ist [...] der von CDU/CSU und SPD eingebrachte Gesetzentwurf „zur Einführung eines Bundes-Klimaschutzgesetzes und zur Änderung weiterer Vorschriften“ [...]. Die Vorlage der Koalitonsfraktionen CDU/CSU und SPD wurde gegen die Stimmen von AfD, FDP, Die Linke und Bündnis 90/Die Grünen angenommen. [...] Mit dem Gesetz werden im Kern die Klimaschutzziele erstmals gesetzlich normiert und die Sektorziele des Klimaschutzplans 2050 in jährliche Emissionsbudgets für die Sektoren Energie, Industrie, Verkehr, Gebäude, Landwirtschaft und Abfallwirtschaft übertragen. Der Ausschuss für Umwelt, Naturschutz und Technikfolgenabschätzung hat dazu eine Beschlussempfehlung und einen Bericht vorgelegt.

SPD: Riesenschritt zu mehr Klimaschutz

In der Debatte betonte Dr. Matthias Miersch für die SPD-Fraktion, dass die Auseinandersetzung darüber, was wirkungsvoller Klimaschutz sei, im Parlament weitergehe. „Neun Jahre hat es gedauert, bis wir ein Klimaschutzgesetz bekommen. Heute ist der Tag, an dem wir einen Riesenschritt zu mehr Klimaschutz in diesem Land gehen“, sagte Miersch. Halte sich ein Ministerium nicht an die gesetzlich fixierten Ziele, müsse sich vor dem Parlament verantwortet und müssten Pläne aufgestellt werden, wie diese doch erreicht werden können. Es werde jedes Jahr im Bundestag darüber diskutiert, „ob wir auf dem richtigen Weg sind oder nicht“, sagte er. Die beschlossenen Maßnahmen seien „erste Schritte“, weitere Maßnahmen, wie etwa das Kohleausstiegsgesetz müssten folgen, kündigte Miersch an.

AfD: Blinder Aktionismus

Marc Bernhard (AfD) kritisierte die Klimapolitik der Bundesregierung als „blinden Aktionismus“ und „nationalen Alleingang“. Die Bundesregierung habe keine Ahnung, wie sich das Paket in der Realität auswirke und wie viel CO_2 eingespart werden könne.

Das Paket sei „völlig überstürzt, handwerklich schlecht und nach Auffassung von Experten auch verfassungswidrig“, sagte Bernhard. Autofahren werde etwa zu einem „Privileg der Reichen“. Er kritisierte, dass durch die „Klimahysterie die deutsche Automobilindustrie den Löffel abgibt“ und Arbeitsplätze vernichtet würden.

CDU/CSU: Verantwortungsvolles Paket

Dass das Thema Klimaschutz im Bundestag bleibe und dieser die Zustimmung zu der Versorgungsermächtigung geben müsse, betonte Dr. Georg Nüßlein (CDU/CSU). Das Paket sei verantwortungsvoll und bedeute nicht „Klimaschutz über allem“, entgegnete er der AfD-Fraktion. Mit den Innovationen, die angestoßen würden, gehe es nicht darum, das Verhalten der Menschen zu ändern und auf Repressionen statt auf Anreize und Technologien zu setzen.

Weil es den internationalen Anstoß brauche, sei er stolz darauf, dass mit dem Paket ein nationaler Emissionshandel angestoßen werde. Entscheidend sei, dass dieser anschlussfähig sei an das, was die Europäische Union machen werde. Nüßlein betonte, die Umstellung werde den Wettbewerb voranbringen. In Richtung der Grünen-Fraktion appellierte er, dem gesamten Klimapaket im Bundesrat zuzustimmen.

Linke: Damit werden die Klimaziele nicht erreicht

Auf die kritischen Stellungnahmen von Experten zum Klimapaket verwies Lorenz Gösta Beutin (Die Linke). „Die Bundesregierung ist dabei, die energie- und klimapolitischen Ziele vor die Wand zu fahren. Hören Sie auf diese Brandbriefe“, rief er der Bundesregierung zu. Mit dem Paket sei Deutschland nicht in der Lage, die Klimaziele 2030 zu erreichen. „Das ist das Prinzip Hoffnung, und damit werde wir nicht weiterkommen“, sagte Gösta Beutin. Er kritisierte weiter, dass Arbeitsplätze im Fotovoltaik- und Windenergiebereich verloren gegangen seien und mahnte, dass durch die neuen Abstandsregelungen bei der Windkraft weitere Arbeitsplätze in der Branche auf dem Spiel stünden. Er plädierte für einen raschen Kohleausstieg per Gesetz, eine echte Verkehrswende und energetische Sanierungen, die sozial gerecht seien.

→

Grüne: Regierung hat Kontakt zur Realität verloren

Dr. Anton Hofreiter (Bündnis 90/Die Grünen) sagte, die Bundesregierung habe „zu wesentlichen Teilen der Gesellschaft und zur Realität den Kontakt verloren." Der Tag sei ein schlechter für den Klimaschutz. „Echter Klimaschutz geht nur gegen diese Regierung", sagte Hofreiter. Viele der Maßnahmen des Pakets seien „im besten Fall ungenügend und im schlechtesten Fall kontraproduktiv". Die selbst gesetzten Klimaziele und auch die Pariser Klimaziele könnten mit dem Klimapaket nicht erreicht werden. Auch das Instrument des CO_2-Preises sei ökologisch unwirksam ausgestaltet. Das Paket sei zudem sozial ungerecht, da ein Großteil des eingenommenen Geldes einbehalten und nicht an die Menschen zurückgegeben werde.

Deutscher Bundestag (lbr/sas/rol/eis): Bundestag nimmt das Klimapaket der Koalition an. In. www.bundestag.de, 15.11.2019

↓

3 Der Bundestag stimmt zu – und was sagt der Bundesrat?

Für mehr Klimaschutz müssen sich Bürger und Wirtschaft in den kommenden Jahren auf spürbare Änderungen einstellen. Der Bundestag beschloss am Freitag mit den Stimmen der Koalitionsfraktionen wesentliche Teile des Klimaschutzpakets. [...] Der Bundesrat muss den steuerlichen Teilen des Pakets noch zustimmen, also etwa der höheren Pendlerpauschale oder der Mehrwertsteuersenkung bei der Bahn. Es ist aber denkbar, dass auch am Rest des Klimapakets an der ein oder anderen Stelle noch geschraubt wird. Der Bundesrat berät Ende November erneut über das Klimaprogramm. Ein Vermittlungsausschuss von Bundestag und Bundesrat gilt als wahrscheinlich.

Vor einer Woche war in Beratungen des Bundesrats deutlich geworden, dass die Länder das Klimapaket der großen Koalition an vielen Stellen noch verändern wollen. Baden-Württembergs Ministerpräsident Winfried Kretschmann (Grüne) hatte gesagt, was die Bundesregierung vorgelegt habe, sei „weder schnell noch wirksam genug". Alle Grünen, die in Regierungen beteiligt seien, lehnten etwa den vorgeschlagenen CO_2-Preis als zu niedrig und damit unwirksam ab. Da die Grünen in 9 von 16 Ländern mitregieren, können sie Beschlüsse blockieren und verzögern. Der Zeitplan der Koalition ist eng: Noch in diesem Jahr sollen viele der Vorhaben sämtliche Hürden nehmen, also auch durch den Bundesrat.

dpa: Klimapaket kommt: Das hat der Bundestag beschlossen. In: www.nordbayern.de, 15.11.2019

↓

4 16. Dezember 2019: Bundesrat billigt Klimapaket

Mehr tun für den Klimaschutz – aber die Bürger nicht überfordern. Das ist kurz gesagt die Hauptbotschaft der Politik kurz vor Weihnachten und dem Start ins neue Jahr. Oder wie Winfried Kretschmann, Ministerpräsident von Baden-Württemberg (Grüne), am Freitag sagte: Der Kampf gegen den Klimawandel gehe nicht ohne Zumutungen, die Zumutungen müssten aber zumutbar sein. Nach dem Bundestag billigte auch der Bundesrat einen Kompromiss von Bund und Ländern zu Änderungen am Klimapaket.

dpa: Was das Klimapaket für die Bürger bedeutet. In: www.sueddeutsche.de, 20.12.2019

Erklärfilm: Gesetzgebungsprozess

71910-38

M27 Der Gesetzgebungsprozess in Deutschland im Schaubild

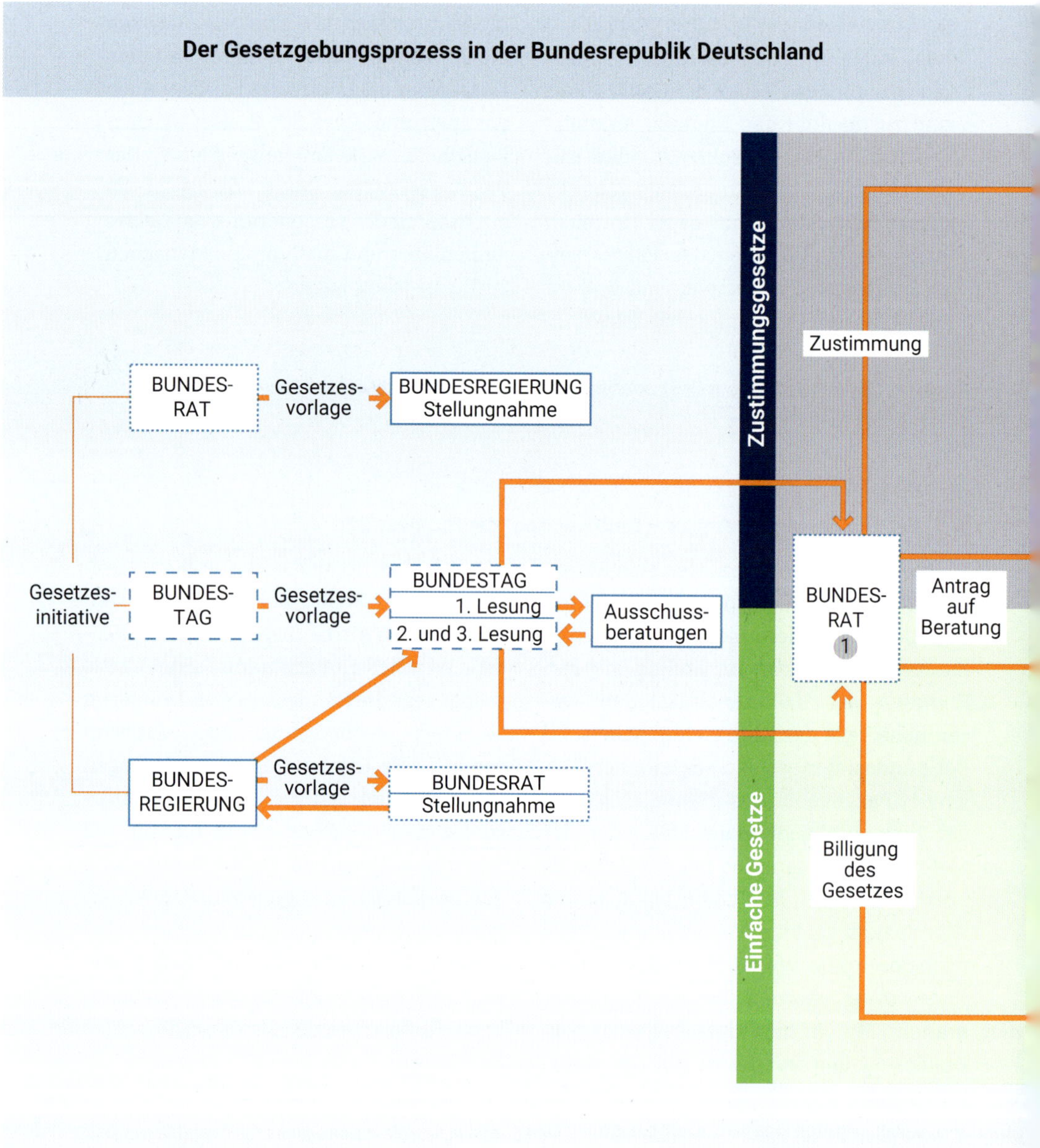

1. Bei sofortiger Ablehnung: Anrufung des Vermittlungsausschusses durch Bundestag oder Bundesrat möglich.
2. Bestätigung des Gesetzesbeschlusses oder kein Vorschlag.
3. Bei Ablehnung des Änderungsvorschlags: ursprünglicher Gesetzesbeschluss.
4. Bei vorgeschlagener Aufhebung: Stimmt der Bundestag zu, ist das Gesetz gescheitert, andernfalls Weiterleitung an den Bundesrat.

Bearbeiterin

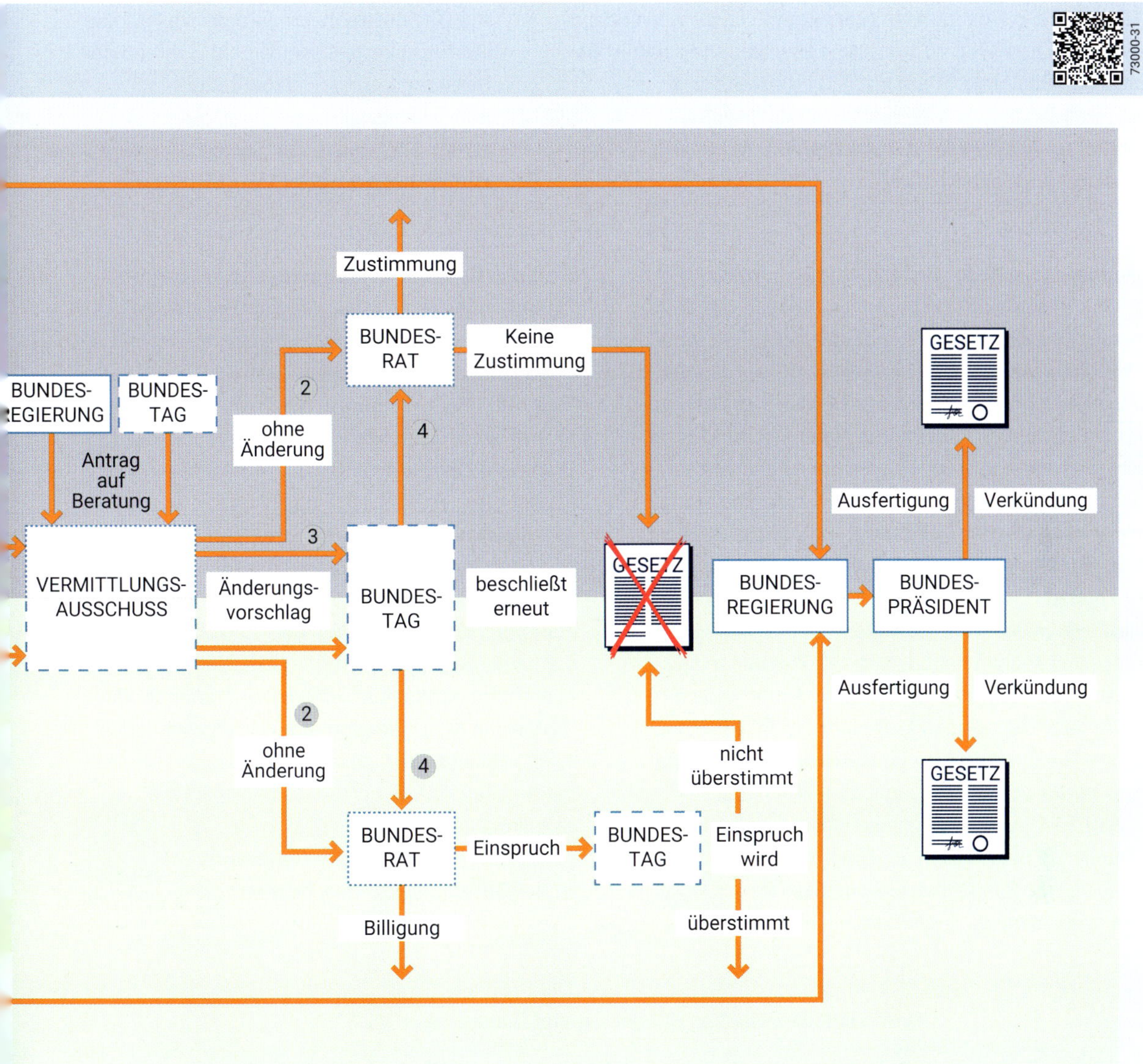

Verfassungsändernde Gesetze erfordern eine 2/3-Mehrheit im Bundestag und im Bundesrat

Aufgaben

82000-196

1. Verfolgen Sie den Gang der Gesetzgebung im politischen System Deutschlands nach (**M26** 1 – 3), indem Sie die Schritte, die das Klimapaket gemacht hat, dem Schaubild **M27** zuordnen.
2. Erläutern Sie anhand des Gesetzgebungsprozesses die Gewaltenverschränkung zwischen Legislative und Exekutive im politischen System der Bundesrepublik Deutschland (**M27**).
3. Beziehen Sie Stellung zur in der Kapitelüberschrift auf S. 137 formulierten Problematik.

Recht auf Gesetzesinitiative → M26, M27
Die Initiative zu ergreifen, bedeutet immer aktives Handeln, in diesem Fall ein Gesetz auf den Weg zu bringen. Über diese legislative Gewalt verfügen der Deutsche Bundestag (mindestens fünf Prozent seiner Mitglieder), der Bundesrat (mit der Mehrheit seiner Stimmen) und die gesamte Bundesregierung (keine einzelnen Ministerinnen und Minister).

82000-187

Gesetzesentwurf → M26, M27
Als Gesetzesentwurf wird der vollständig ausformulierte Gesetzestext während der Beratungs- und Bearbeitungsphase so lange bezeichnet, bis er der Legislative zur Schlussabstimmung vorgelegt wird.

82000-188

Die Verfassungsorgane in der Gesetzgebung → M26, M27
Die Gesetzgebung ist ein oft langwieriger Prozess, an dem Bundesregierung, Bundestag und Bundesrat mitwirken. Aber auch einzelne Interessengruppen versuchen, über ihre Interessenorganisationen oder die öffentliche Meinung Einfluss zu nehmen. Das Initiativrecht haben Bundesregierung, Bundesrat und Bundestag (mindestens fünf Prozent der Abgeordneten). Die meisten Initiativen kommen von der Bundesregierung. Die Entwürfe werden von den Fachministerien ausgearbeitet, vom Kabinett abgesegnet und in den Bundestag eingebracht. Nach den Beratungen im Plenum (1. Lesung) wird der Entwurf an die Ausschüsse verwiesen. Dort findet eine intensive Beratung statt. Experten können befragt, strittige Themen ausdiskutiert und Kompromisse gefunden werden. Unter anderem versuchen hier Interessenverbände Gesetze in ihrem Sinne zu beeinflussen. Der überarbeitete Entwurf kommt zur 2. und 3. Lesung und zur Beschlussfassung ins Plenum zurück. Anschließend wird (bei zustimmungspflichtigen Gesetzen) im Bundesrat beraten und abgestimmt und am Ende muss der/die Bundespräsident/in das Gesetz unterzeichnen, damit es in Kraft treten kann.

82000-189

Einfache Gesetze/Zustimmungsgesetze → M27
Einspruchsgesetze, auch „einfache Gesetze" genannt, können auch zustande kommen, wenn der Bundesrat diese nicht billigt. Der Bundesrat kann aber bei nicht zustimmungspflichtigen Gesetzentwürfen mit der Mehrheit seiner Mitglieder (35 Stimmen) Einspruch einlegen. Hierfür muss er zunächst den Vermittlungsausschuss – wiederum mit mindestens 35 Stimmen – einberufen. Kommt es dort zu keinem Kompromiss, kann der Bundesrat Einspruch einlegen. Soll das Gesetz zustande kommen, kann der Bundestag diesen Einspruch mit entsprechender Mehrheit überstimmen.
Zustimmungsgesetze können nur zustande kommen, wenn der Bundesrat eine Gesetzesinitiative billigt. Gelingt dies nicht, wird versucht, im Vermittlungsausschuss einen Kompromiss zu erarbeiten.
Kommt es hier zu keinem Kompromiss, ist der Gesetzentwurf gescheitert.

82000-190

Unterschiede zwischen Bundestag und Bundesrat → M27

Bundestag	Der Bundestag wird direkt vom Volk gewählt.	Der Bundestag vertritt das ganze Volk Deutschlands.	Der Bundestag beschließt Gesetze.	Die Bundestagsabgeordneten sind persönlich gewählt, sie stimmen frei ab und sind nur dem eigenen Gewissen verpflichtet.
Bundesrat	Die Mitglieder des Bundesrates werden von den Landesregierungen entsandt.	Der Bundesrat vertritt die Länder.	Der Bundesrat wirkt bei der Gesetzgebung mit (Zustimmungs- und Einspruchsgesetze).	Die Mitglieder des Bundesrates sind als Mitglieder der Landesregierungen durch Landtagswahlen politisch legitimiert. Die Stimmen eines Landes müssen einheitlich abgegeben werden.

Wie lange dauert in der Regel die Verabschiedung eines Gesetzes?
M27

Diese Frage kann nur sehr unterschiedlich beantwortet werden.
Befindet sich das Land vor akuten politischen Herausforderungen, die sofortiges Handeln erfordern, kann die Verabschiedung von Gesetzen sehr schnell gehen. So wurden im Zuge der Corona-Pandemie 2020 innerhalb weniger Wochen verschiedene Gesetzespakete mit jeweils mehreren Einzelgesetzen verabschiedet, um z. B. in den Bereichen Infektionsschutz, Insolvenzrecht, Hartz-IV, Arbeitsplatz- und Wirtschaftspolitik schnellstmöglich auf die aktuellen Herausforderungen reagieren zu können. Möglich wurde dies durch eine enge Zusammenarbeit von Regierung, Regierungsmehrheit und weiten Teilen der Opposition.
Es kann aber auch passieren, dass ein Gesetzesverfahren sich über mehrere Jahre hinzieht. So geschehen beim Zuwanderungsgesetz: Am 07.11.2001 wurde das Gesetz in den Bundestag gebracht und erst am 30.07.2004 vom Bundespräsidenten verabschiedet.
Insgesamt kann die Dauer eines Gesetzesverfahrens nicht bestimmt werden, da viele unterschiedliche Akteure – auch jenseits der Verfassungsorgane (Interessenverbände, Europarecht, Demonstrationen, Wahlkämpfe, etc.) – auf ein Gesetz einwirken können.

Welches Verfassungsorgan in Deutschland initiiert die meisten Gesetze?
M26, M27

In der Regel kommen etwas mehr als zwei Drittel aller Gesetzesvorlagen von der Regierung, 20 % vom Bundestag und ca. 10 % aus dem Bundesrat. Diese Zahlen sind natürlich immer abhängig von den jeweiligen Stimmenverhältnissen in den Verfassungsorganen und variieren entsprechend.
Dass die Gesetzesinitiativen aus der Hand der Regierung derart überwiegen, liegt vor allem daran, dass dieses Verfassungsorgan über den umfangreichsten Verwaltungsapparat verfügt, den es braucht, um komplexe Sachverhalte in abstimmungsfähige Gesetzesvorlagen umzuarbeiten.

Inwiefern verhindert die Gewaltenverschränkung einen Machtmissbrauch?
M27

Es gibt mehrere Gründe, warum ein Machtmissbrauch in Deutschland durch die Gewaltenverschränkung verhindert wird. Zum einen befinden sich die verschiedenen Gewalten Exekutive, Legislative und Judikative in verschiedenen Händen und Gruppen. Ferner herrschen zwischen den Gewalten eine Vielzahl von Verbindungen und Verflechtungen. Die Verfassungsorgane sind zum anderen schließlich durch ein System von Hemmungen und Gegengewichten (checks and balances) aufeinander angewiesen und können sich somit auch gegenseitig kontrollieren.

3.6 Nach dem Gesetzesbeschluss – nimmt das denn nie ein Ende?

Zum Thema: Eine Partei, die einfache Lösungen für Probleme bietet, an denen sich andere Parteien schon jahrelang abarbeiten – klingt verlockend! Warum es schnelle Lösungen in der Politik oft nicht geben kann, erfahren Sie in diesem Kapitel.

M28 Einschränkungen? Bitte nur, wenn es mich nicht betrifft!

Warteschlange am Flughafen München

Klimaschutzdemo im Münchner Stadtteil Haidhausen

Einstiegsaufgabe

82000-197

Führen Sie in Ihrer Klasse eine Blitzumfrage zu folgender Frage durch: Würden Sie zugunsten des Klimaschutzes auf Flugreisen oder Fleisch (je nachdem, was Ihnen wichtiger ist) verzichten?

M29 Klimaschutz – geht es zu langsam voran?

1 Rekord bei SUV-Zulassungen

Laut den Zahlen des Kraftfahrzeugbundesamtes gehörten im Juli 2021 etwa ein Drittel der PKW-Zulassungen zum Segment SUV und Geländewagen. Absolut sind die Zahlen zwar weiterhin vom Rekordjahr 2019 entfernt, dies ist aber v. a. durch die Corona-Krise und den Chipmangel in China begründet.

Bearbeiterin

2 Klimahysterie – Unwort des Jahres 2019

Mit dem Wort „Klimahysterie“ werden Klimaschutzbemühungen und die Klimaschutzbewegung [attackiert] und wichtige Debatten zum Klimaschutz [in ein schlechtes Licht gerückt]. Der Ausdruck wurde 2019 von vielen in Politik, Wirtschaft und Medien [...] verwendet. Er pathologisiert pauschal das zunehmende Engagement für den Klimaschutz als eine Art kollektiver Psychose. Vor dem Hintergrund wissenschaftlicher Erkenntnisse zum Klimawandel ist das Wort zudem irreführend und stützt in unverantwortlicher Weise wissenschaftsfeindliche Tendenzen.

Nach: Unwort des Jahres: 2019. In: www.unwortdesjahres.net, Abruf am 17.09.2021

Pathologisierung
Ein Verhalten als krankhaft deuten.

M30 Sind Dumpingpreise schuld am Klimawandel?

Der Lebensmittelgipfel, zu dem die Bundesregierung Vertreter von Supermarktketten und Discountern geladen hat, darf nur ein Ergebnis kennen: fairere Preise für Landwirte und ihre Erzeugnisse. Es geht um die Existenz vieler Bauernhöfe – aber zugleich um weit mehr.

Verkommen Lebensmittel zur Ramschware, leiden nämlich zugleich Verbraucher, Umwelt und Klima. Die Bauernproteste überall im Land sind Ausdruck der Verzweiflung. Wenige große Einzelhandelsketten diktieren die Preise. Immer weniger davon kommt bei den Landwirten an, zugleich werben die Discounter mit immer günstigeren Sonderangeboten. Zudem steigt der Druck auf die Landwirte auch in anderen Bereichen. Sie sollen immer billiger produzieren, gleichzeitig aber Tiere gut behandeln, Bienen und das Klima retten, die Landschaft pflegen und allerhöchste Qualitätsmaßstäbe erfüllen. Nur kosten darf es natürlich nichts.

Auch die Besserwisserei ist beachtlich. So wie gefühlt jeder deutsche Fußballfan besser als der Bundestrainer weiß, wie die Nationalmannschaft auszusehen hat, glauben viele besser als die Bauern zu wissen, wie Felder bestellt und Tiere gehalten werden sollten. Und dann ist da noch die Lebensmittelindustrie. Sie steht oft zwischen Bauern und Handel und ebenfalls unter Preisdruck. Doch bei vielen weiterverarbeiteten Nahrungsmitteln macht der Anteil der Rohware nur einen geringen Anteil aus, im Brot steckt etwa meist lediglich Getreide für wenige Cent. Es wäre also nicht existenzgefährdend, würden die Erzeuger fairer bezahlt. Das gilt genauso für den Handel, der in einem unbarmherzigen Preiskampf steht, den er freilich selbst befeuert. Werden Fleisch, Obst und Gemüse zu Preisen angeboten, die nicht einmal die Kosten der Erzeuger decken, ist deren Empörung über solche Form des Dumpings durchaus verständlich.

Diese verfahrene Situation zu entschärfen wird für Agrarministerin Julia Klöckner, Wirtschaftsminister Peter Altmaier und Bundeskanzlerin Angela Merkel (alle CDU) beim Gipfeltreffen in Berlin nicht leicht. Dreht die Politik an den falschen Stellschrauben, können die Folgen fatal sein. Wird etwa alle Verantwortung für Klimaschutz im Lebensmittelsektor einseitig bei den Bauern abgeladen, ohne dass diese dabei unterstützt werden, beschleunigt sich das Sterben der Höfe weiter.

Faire Wettbewerbsbedingungen schaffen, in Deutschland, in Europa und der Welt – das muss das Ziel sein. Wenn von deutschen Erzeugern Nachhaltigkeit verlangt wird, hat das auch für die internationale Konkurrenz zu gelten. Wie bei der Energie muss bei den Lebensmitteln künftig die Klimabilanz zählen. Regionale Erzeugnisse sind da im Vorteil. Für faire Erzeugerpreise stehen die Verbraucher mit in der Pflicht. Lebensmittel sind im europäischen Vergleich ziemlich günstig in Deutschland. Italiener und Franzosen etwa lassen sich ihr Essen deutlich mehr kosten – was sich in Vielfalt und Qualität des Angebots niederschlägt. Zwar ist wahr, dass viele Haushalte in Deutschland über wenig Geld verfügen und auf den günstigen Einkauf bei den Discountern angewiesen sind. Doch auf deren Parkplätzen stehen durchaus auch teure Karossen von Besserverdienern.

Gutes, regional erzeugtes und handwerklich verarbeitetes Essen ist hierzulande leider bislang eben kein Statussymbol. Vielleicht ändert sich das ja in Zukunft. Werden Flugreisen weniger und die Autos kleiner, bleibt mehr im Geldbeutel für gesunde, nachhaltige und hochwertige Lebensmittel. Davon hätten alle etwas: die Bauern, der Handel, die Kunden – und natürlich die Umwelt.

Junginger, Bernhard: Im Kampf gegen Dumpingpreise geht es wirklich um die Wurst. In: www.augsburger-allgemeine.de, 03.02.2020

Dumping
Der Verkauf von Gütern oder Dienstleistungen unter den Herstellungskosten oder Selbstkosten.

M31 Kommentar: Das Klimapaket ist besser als sein Ruf

Der Preis für den Ausstoß von CO_2, auf den sich die Koalition geeinigt hat, ist viel zu niedrig, um eine Verhaltensänderung zu bewirken. Einige der Beschlüsse schützen das Klima nicht, sondern belasten es. Die Anhebung der Pendlerpauschale gehört dazu. Aber vielleicht ist das Klimapaket politisch betrachtet am Ende doch nicht so verheerend, wie es zunächst den Anschein hat.

Das Argument verläuft so: Demokratische Politik ist nicht die Einsicht in das Notwendige. Die Menschheit wird mit großer Wahrscheinlichkeit untergehen, wenn nicht schnell entschlossene Maßnahmen zum Schutz des Klimas ergriffen werden. Das ist ein wissenschaftlicher Fakt. Aber daraus folgt noch lange nicht, dass es für solche Maßnahmen politische Mehrheiten gibt. Denn so eindrucksvoll die Klimademonstrationen vom Wochenende waren – für eine Mehrheit der Bevölkerung gilt: Der Ausstoß von Kohlendioxid soll sinken, aber das soll bitte schön nichts kosten.

Klimapolitik ist wie jede Reformpolitik immer ein Stück weit eine Politik gegen das Volk. Das ist das politische Grunddilemma des 21. Jahrhunderts. Dieser Gegensatz wird sich irgendwann auflösen, denn die Folgen der Erderwärmung werden eher früher als später unseren Alltag auf den Kopf stellen. Doch dann ist es für korrigierende Maßnahmen zu spät.

Anders formuliert: Sich selbst überlassen würde die Menschheit wahrscheinlich den Weg in die Vernichtung ihrer eigenen Lebensgrundlagen beschreiten. In der Empörung über das Klimapaket sollte nicht übersehen werden, dass einigen selbst die jetzt beschlossenen Maßnahmen zu weit gehen. Das ist der Rahmen, innerhalb dessen die Regierungen in den meisten Industrienationen agieren. [...] In Deutschland hat sich die große Koalition für ein Maßnahmenbündel entschieden, das die Belastungen für die Bürger in den kommenden Jahren geringhält und dann allmählich steigert. Man hatte Angst davor, sonst viele Menschen zu verlieren.

Doch was am vergangenen Freitag beschlossen wurde, ist der Einstieg in eine Klimapolitik – nicht mehr, aber eben auch nicht weniger. Denn damit hat die Koalition das Klima dauerhaft als Politikvariable etabliert. Allein dadurch wird sich die Debatte verändern.

Nichts hält künftige Regierungen davon ab, den Preis für die Tonne Kohlendioxid schneller zu erhöhen, als es nun geplant ist. [...] Man sollte den Regierungsbeschluss also als Anstoß verstehen. Der Ball ist jetzt im Spiel. Genau da gehört er hin.

Schieritz, Mark: Das Klimapaket ist besser als sein Ruf. In: www.zeit.de, 23.09.2019

Aufgaben

82000-198

1. Analysieren Sie die Debatte um das Klimapaket (→ S. 137–146) anhand der Leitfragen des Politikzyklus (→ S. 147).
2. Begründen Sie mithilfe von **M30** und **M31**, warum mit der Verkündigung des Klimapaketes das Thema Klimaschutz in der politischen Debatte nicht beendet wurde.
3. a) Simulieren Sie eine Pressekonferenz, in der Kleingruppen jeweils eine der beteiligten Interessensgruppen vertreten.
   b) Beziehen Sie jeweils in einem kurzen Statement Stellung, ob das Klimapakt als Erfolg gewertet werden kann.
   c) Sammeln und vergleichen Sie anschließend die unterschiedlichen Positionen.
4. a) Recherchieren Sie aktuelle Daten zu den in **M28** und **M29** 1 genannten Themenbereichen.
   b) Stellen Sie begründete Vermutungen über den Fortgang der Gesamtthematik an.

H zu Aufgabe 4b
→ S. 185

Der Politikzyklus – einen politischen Prozess analysieren

Modelle dienen in den Wissenschaften dazu, die komplexe Wirklichkeit vereinfacht abzubilden und zu erschließen – so auch in der Politikwissenschaft.
Der Politikzyklus ist ein Analysemodell, mit dem politische Prozesse, die in einer Demokratie oft lange dauern, veranschaulicht werden. Dazu wird der Prozess in mehrere idealtypische Phasen eingeteilt, die jeweils besondere Aspekte in den Mittelpunkt der Betrachtung rücken. Zum einen wird so der (chronologische) Ablauf eines politischen Prozesses deutlich, zum anderen kann man die politischen Zusammenhänge besser erkennen, weil sie etwas reduziert und damit auch vereinfacht dargestellt werden.

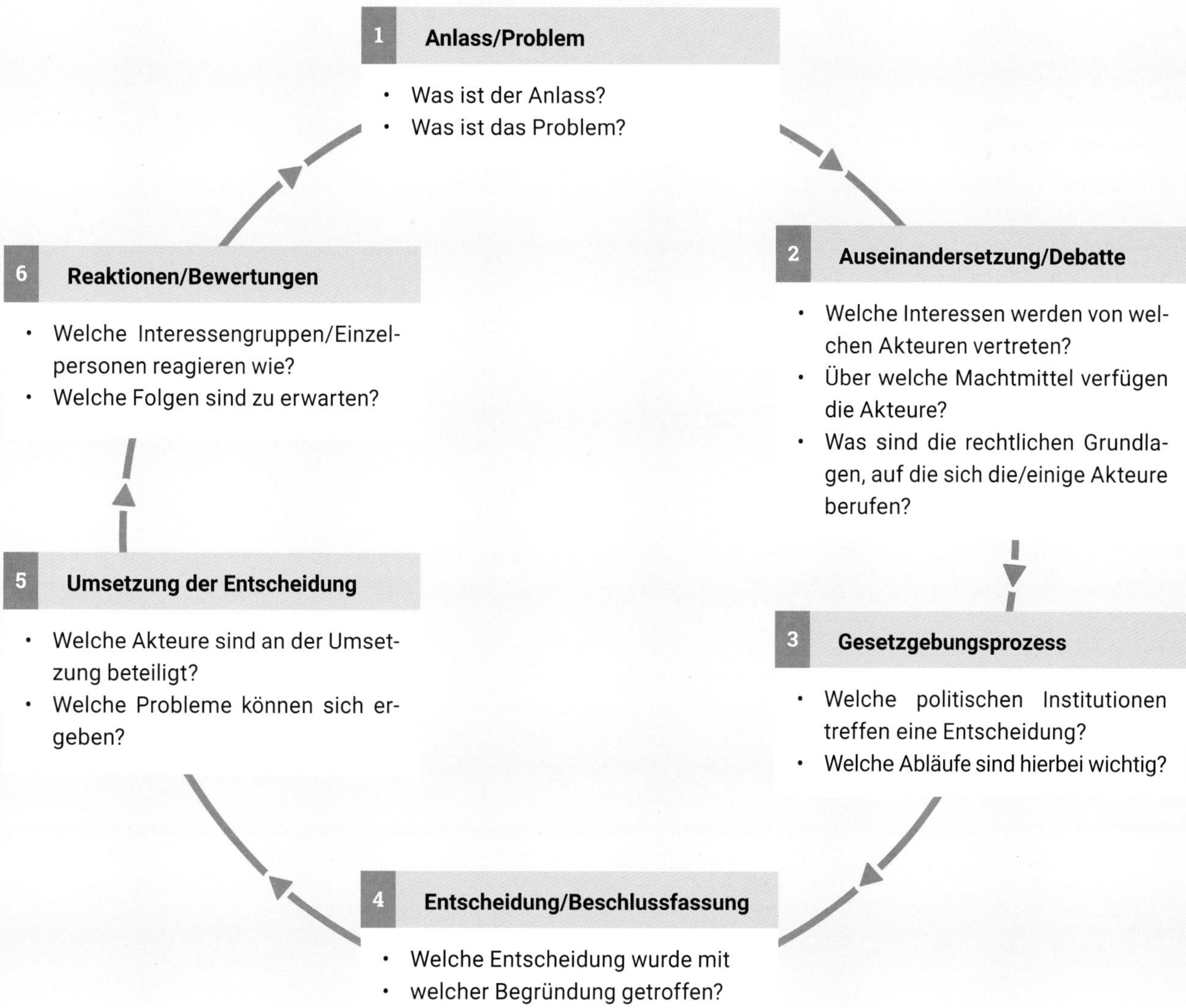

Bearbeiterin

WISSEN IM KONTEXT

Warum endet der politische Prozess nie?
M29–M31

Politik kann mit dem Modell des Politikzyklus beschrieben werden. Der Politikzyklus beruht auf der Annahme, dass Politik als Prozess der Problembearbeitung zu verstehen ist. Da sich Politik mit der Lösung von Problemen beschäftigt, steht am Anfang des Politikzyklus ein gesellschaftlich relevantes Problem. Ob es sich tatsächlich um ein Problem handelt und wie man es lösen könnte, darüber wird öffentlich diskutiert. Es folgt der Gesetzgebungsprozess und – wenn es eine parlamentarische Mehrheit dafür gibt – die Verabschiedung eines Gesetzes durch den Deutschen Bundestag und gegebenenfalls den Bundesrat. Die Entscheidung wird öffentlich diskutiert und bewertet. Ist das Problem durch das Gesetz beseitigt, dann endet der Politikzyklus (vorerst) an dieser Stelle. Ist das Problem nicht beseitigt, dann beginnt der Politikzyklus von Neuem. Deshalb wird Politik auch als eine Kette von Versuchen zur Lösung von Problemen verstanden.
Da sich die Umstände immer wieder ändern, neue Herausforderungen auftreten oder Probleme anders wahrgenommen werden, ist häufig ein Nachsteuern nötig und auch ein vermeintlich beendeter Politikzyklus beginnt erneut.

Aus welchen unterschiedlichen Perspektiven können Probleme wahrgenommen und beurteilt werden?
M29–M31

Welche unterschiedlichen Perspektiven gibt es?	
individuelle Perspektive	Sie bezeichnet den subjektiven Blick eines Individuums bzw. der sozialen Gruppe, der es angehört, auf eine politische Streitfrage. Die individuelle Perspektive ist die eigene persönliche Wahrnehmung und Einschätzung eines Problems. Stellen Sie sich vor, es gäbe einen Konflikt in Ihrer Stadt: Es geht um die Frage, ob der öffentliche Personennahverkehr kostenlos werden soll. Wie Sie das Problem wahrnehmen, hängt entscheidend von Ihrer Lebenssituation ab.
öffentliche Perspektive	Sie bezeichnet die Interessen und Werte anderer Akteurinnen und Akteure. Um einen politischen Konflikt zu verstehen, müssen wir auch die Interessen und Einschätzungen anderer in unsere Analyse und Bewertung einbeziehen. Andere Perspektiven können im Einklang oder auch im Widerspruch zu unseren eigenen Interessen stehen. In unserem Beispiel: Pendlerinnen und Pendler, die zur Arbeit fahren, sehen den kostenlosen Nahverkehr dann positiv, wenn sie selbst profitieren oder weil sie hoffen, dass der Verkehr auf der Straße abnimmt und sie dann wieder zügiger mit dem Auto vorankommen. Menschen, die in der Stadt wohnen und betroffen sind vom hohen Verkehrsaufkommen, werden es begrüßen, wenn viele Pendlerinnen und Pendler auf den Nahverkehr umsteigen. Menschen, die vom öffentlichen Nahverkehr abgekoppelt sind, sehen den Vorstoß eher kritisch. Ihnen wäre es lieber, wenn der ländliche Raum besser an das Verkehrsnetz angebunden wäre.
systemische Perspektive	Sie ist sehr abstrakt und beschäftigt sich mit der Frage, wie eine politische Entscheidung sich auf ein ganzes System auswirkt. Man betrachtet nicht mehr einzelne Interessen oder Blickwinkel, sondern untersucht, wie ein großer Teilbereich durch eine Entscheidung verändert wird.

Nach welchen Kriterien können politische Lösungsvorschläge beurteilt werden?
M29–M31

Wenn ein politisches Problem bewerten werden soll, dann ist es im ersten Schritt nötig, Argumente zu sammeln, die die politischen Maßnahmen oder Streitfragen betreffen. In einem zweiten Schritt müssen die Argumente dann kategorisiert und auf einer abstrakteren Ebene unterschieden werden. Dies erfolgt mithilfe von Kriterien, die in Bezug auf unterschiedliche Positionen untersucht werden müssen.

Mögliche Urteilskriterien im Überblick			
Effektivität			Ist die Problemlösung geeignet, um das angestrebte Ziel zu erreichen?
Effizienz			Rechtfertigt das Ziel die angewandten Mittel? Stehen die Kosten in einem vertretbaren Verhältnis zum angestrebten Nutzen?
Legalität			Ist der Lösungsvorschlag mit den bestehenden Gesetzen und den Normen der Verfassung zu vereinbaren?
Nachhaltigkeit			Ist der Lösungsvorschlag geeignet, das Problem dauerhaft zu lösen?
Legitimität	Menschenwürde		Inwiefern werden Menschenwürde und -rechte berücksichtigt?
	Freiheit		Inwieweit finden individuelle und öffentliche Freiheit Berücksichtigung?
	Partizipation (Teilhabe)		Findet Partizipation statt? Wird Partizipation berücksichtigt?
	Solidarität		Wird Solidarität berücksichtig/gefährdet?
	Frieden		Inwieweit wird Frieden umgesetzt/gefährdet?
	Gerechtigkeit	Bedarfsgerechtigkeit	Werden die unterschiedlichen Bedürfnisse der Akteure berücksichtigt?
		Gleichheitsgrundsatz	Werden alle Akteure gleich behandelt?
		Leistungsgerechtigkeit	Wird die individuelle Leistung berücksichtigt?
		Chancengerechtigkeit	Haben alle Akteure die gleichen Chancen?
		Generationengerechtigkeit	Werden die Interessen und Bedürfnisse zukünftiger Generationen berücksichtigt?
	Verursacherprinzip		Kommen die Verursacher für die Schäden auf? Dazu gehört in unserem Beispiel die Frage, ob sich Belastungen der Menschen durch eine Stärkung des Nahverkehrs verringern würden, ob die öffentlichen Verkehrsmittel dem Ansturm überhaupt gewachsen wären und wie das Vorhaben überhaupt zu finanzieren wäre.

KOMPETENZEN ANWENDEN

Kompetenz-Check Kapitel 3

71910-39

Die nachfolgenden Aufgaben bieten Ihnen die Möglichkeit, sich selbst zu überprüfen. Sie erlauben Ihnen, abzuschätzen, inwieweit Sie die gewonnenen Kenntnisse und Fähigkeiten gezielt anwenden können. Mögliche Lösungsvorschläge finden Sie über die QR- und Mediencodes zu den jeweiligen Aufgaben.

1 Klimaschutz in Deutschland

Deutschland im Klimaschutzindex jetzt auf Rang 13

- Trotz Fortschritten sieht es aktuell noch so aus, als würde kein Staat die Pariser Klimaschutzziele erreichen
- Die skandinavischen Staaten liegen auf Platz 4 bis 6, Deutschland (Platz 13) kommt jedoch näher heran
- Die beiden Staaten mit dem größten Treibhausgasaustoß China und USA sind trotz neuer Klimaziele weit abgeschlagen

Auf Basis von: Redaktionsnetzwerk Deutschland: Klimaschutzindex: Deutschland macht im weltweiten Vergleich leichte Fortschritte. In: www.rnd.de, 09.11.2021

Aufgaben

1. Beurteilen Sie auf Basis Ihrer persönlichen Einschätzung, ob die Politik hier erfolgreich war.
2. Sammeln Sie Beispiele für erfolgreiche und missglückte politische Maßnahmen zum Thema Klimaschutz in den letzten Monaten.
3. Vergleichen und diskutieren Sie ihre Ergebnisse miteinander. Klären Sie dabei auch die Frage, warum sie zu unterschiedlichen Urteilen gekommen sind.

Lösungsvorschlag

71910-40

2 Welche Fraktionen schlagen Gesetze vor?

Hintergrund: Die Regierungskoalition in der 19. Wahlperiode bestand aus einer großen Koalition der Parteien CDU/CSU und der SPD.

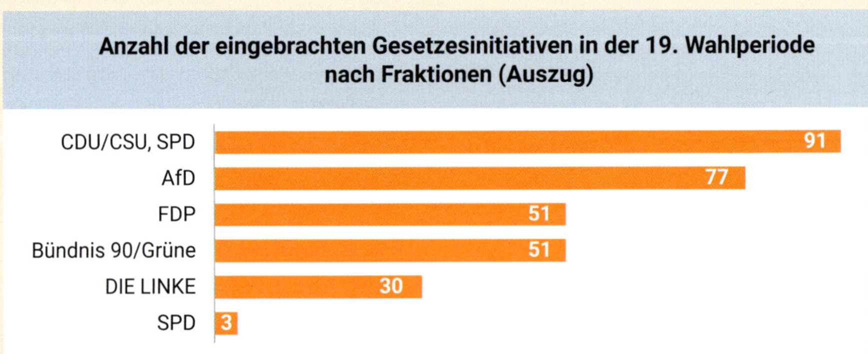

Bearbeiterin, Quelle: Statista

Aufgabe

Vergleichen Sie die Anzahl der eingebrachten Gesetzesinitiativen der verschiedenen Fraktionen. Erklären Sie die Unterschiede, indem Sie sich mit der Funktion der einzelnen Fraktionen und deren Selbstverständnis auseinandersetzen.

Lösungsvorschlag

71910-41

3 Politikzyklus und Politik im Alltag

Mehrwertsteuer für Hoteliers
Abgeordnete der CDU fordern, dass die Entscheidung, Hoteliers nur mit dem ermäßigten Mehrwertsteuersatz zu belasten, zurückgenommen wird.

Autofahren zukünftig mit 17
Bundesregierung macht den Weg frei für das „begleitete Autofahren mit 17". Von der Neuregelung, der Bundestag und Bundesrat noch zustimmen müssen, erhofft sich das Kabinett insgesamt weniger Verkehrsunfälle.

Bundesaußenministerin fordert eine Welt ohne Atomwaffen
Staaten sollen abrüsten.

Volksentscheid in Bayern
Die Bürgerinnen und Bürger Bayerns stimmen per Volksentscheid für ein strengeres Rauchverbot.

45.000 Lehrkräfte fehlen
Jetzt sollen Pensionäre unterrichten.

Proteste gegen neues Industriegebiet
Die Ankündigung der Stadtverwaltung, ein neues Industriegebiet auszuweisen, löst eine Flut an Leserbriefen aus.

Entscheidung des höchsten Gerichts
Die Einschränkungen der „Bundesnotbremse" im Zuge der Corona-Pandemie verstößt nicht gegen das Grundgesetz. Das Bundesverfassungsgericht verwarf mehrere Verfassungsbeschwerden gegen die Änderung des Infektionsschutzgesetzes.

Atomkraftwerke sollen länger laufen
Der Bundestag berät darüber, ob die Laufzeiten für Atomkraftwerke verlängert werden sollen.

Viele Schulgebäude in schlechtem Zustand
Zur Sanierung fehlt jedoch in vielen Gemeinden das Geld.

Alterung der Gesellschaft
In Ostdeutschland mehr offene Lehrstellen als Bewerbende.

Bearbeiterin

Aufgabe
Ordnen Sie die Meldungen den einzelnen Phasen des Politikzyklus zu und begründen Sie Ihre Entscheidung.

Lösungsvorschlag
71910-42

1 **Weltfriedens-Index: So steht es um den Weltfrieden**
Stand: 2021

73000-307

Länder und Gebiete nach dem Level der Friedlichkeit

Weniger friedlich — Sehr friedlich — Keine Daten

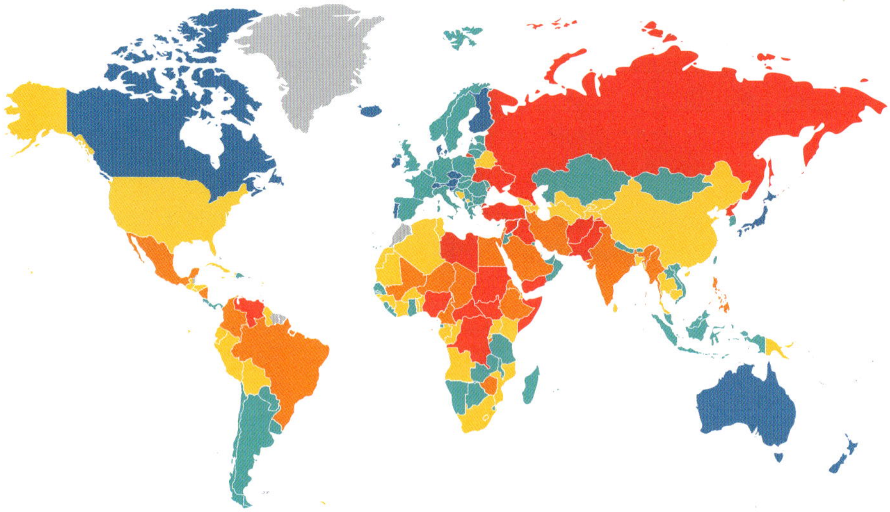

Statista, 2021

2 Der Welthunger-Index (WHI)

Der WHI 2020 zeigt einen weltweit „mäßigen" Durchschnittswert. Dahinter verbergen sich jedoch große Herausforderungen für bestimmte Regionen, Länder und Bevölkerungsgruppen: Afrika südlich der Sahara und Südasien sind die Regionen mit den weltweit höchsten Hungerwerten, der WHI fällt für 2020 durchwegs in die Kategorie „ernst", für drei Länder (Tschad, Timor-Leste und Madagaskar) ist er „sehr ernst". In acht Ländern wird der WHI als „vorläufig sehr ernst" eingestuft (Burundi, Zentralafrikanische Republik, Komoren, Demokratische Republik Kongo, Somalia, Südsudan, Syrien und Jemen). Zur Zeit der Datenerhebung konnten die Auswirkungen der Covid-19-Pandemie noch nicht berücksichtigt werden.

Der Welthunger-Index (WHI)
Stand: 2020

73000-308

Hinweis: Der WHI stuft die Länder auf einer 100-Punkte-Skala ein, Werte unter 10,0 bedeuten kein bzw. niedriger Hunger, bis 19,9 mäßiger, bis 49,9 ernster bzw. sehr ernster Hunger, über 50,0 ist die Hungersituation gravierend. Die zugrundeliegenden Daten stammen von UN-Organisationen. Der Wert wird jeweils errechnet aus den prozentualen Anteilen an Unterernährten, an untergewichtigen Kindern, an Wachstumsverzögerungen bei Kindern und an der Sterblichkeitsrate von Kindern unter fünf Jahren. Die Tabelle zeigt einen Ausschnitt von Ländern mit einem Index über 5

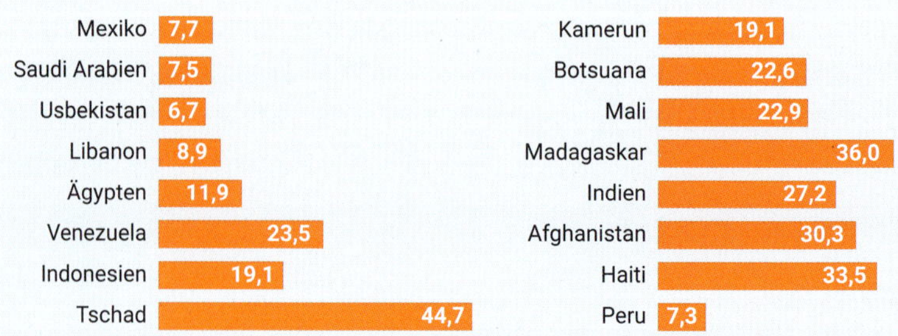

Bearbeiter; Zahlen nach: Deutsche Welthungerhilfe

Grundzüge der internationalen Zusammenarbeit

4

Es braucht einiges Wissen, um die jeweils aktuellen Aufgaben der deutschen Außenpolitik zu verstehen und einen fundierten Standpunkt zu ihren Entscheidungen zu entwickeln. Grundlagen dafür sind Kenntnisse zu den besonderen Chancen und völkerrechtlichen und politischen Spielräumen, auf denen Außenpolitik beruht. In einer stark medial bestimmten Öffentlichkeit ist zudem die Fähigkeit nötig, die Darstellung verschiedener Positionen kritisch einzuordnen. Im folgenden Kapitel lassen sich überdies an Beispielen Kooperations- und Konfliktfelder herausarbeiten und Kriterien für eine wertebasierte Urteilsbildung entwickeln.

Kompetenzen

Am Ende des Kapitels sollten Sie Folgendes können:

- die Vorgaben des Grundgesetzes für die deutsche Außenpolitik kennen und damit verbundene Ziele wiedergeben
- anhand der Einbindung Deutschlands in verschiedene internationale Organisationen ausgewählte Bereiche zwischenstaatlicher Zusammenarbeit mit Blick auf Ziele und Spannungsfelder beschreiben
- Recherchemöglichkeiten im Internet nutzen und die Ergebnisse unter medienkritischen Gesichtspunkten bewerten
- die Unterschiede bei der medialen Darstellung eines außenpolitisch wichtigen Themas erfassen und ihre unbeabsichtigten bzw. beabsichtigten Wirkungen beurteilen
- aktuelle Entscheidungen der deutschen Außenpolitik im Spannungsfeld zwischen grundgesetzlichen Vorgaben, Bündnisverpflichtungen und nationalen Interessen einordnen und erörtern

Aufgaben

82000-199

1. Schlagen Sie drei Kriterien vor, die sich zur Ermittlung des Weltfriedensindex eignen (1 auf S. 158).
2. Vergleichen Sie die beiden Indices (1, 2) auf der linken Seite und stellen Sie begründete Vermutungen an, inwieweit sich für bestimmte Regionen Wechselbeziehungen ergeben können.

LERNAUFGABE

Eine Präsentation zu einer außenpolitischen Krise erstellen

Im Verlauf des folgenden Kapitels lernen Sie verschiedene Aspekte der internationalen Zusammenarbeit kennen: Es geht um die verfassungsrechtlichen Grundlagen der deutschen Außenpolitik (4.1), deren Verflechtung mit internationalen Organisationen (4.2), ferner um mitunter problematische Folgen außenpolitischer Entscheidungen (4.3) sowie um die Wirkungen von öffentlichen Kontroversen und medialen Darstellungen (4.4).

1 Aufgabe

Erarbeiten Sie eine Präsentation (digital oder als Plakatreihe, ggf. arbeitsteilig in Gruppen – greifen Sie dazu eventuell auf digitale Kommunikationsmittel zurück) zu einem internationalen Konflikt oder einer Krise. Beispielhaft geht es hier um den Konflikt um die Krim-Halbinsel. Legen Sie bei der Recherche und beim Vortrag den Schwerpunkt auf die Beteiligung der deutschen Außenpolitik.

2 Inhalt der Präsentation

Weitere Vorschläge für Präsentationsthemen

71910-44

Folgende Inhalte sollte Ihre Präsentation in Bezug auf die Krim-Krise enthalten. Wenn Sie einen anderen aktuellen außenpolitischen Konflikt bearbeiten, so recherchieren Sie vergleichbare Aspekte.

- eine knappe Chronik der Krim-Krise seit 2014
- eine Karte Osteuropas mit den zur EU und zur NATO gehörenden Staaten
- ein Kurzporträt des Minsk II genannten Abkommens aus dem Jahr 2015 (Beteiligte/Ziele)
- eine aktualisierte Karte zur West- bzw. Ostorientierung der Bevölkerung in verschiedenen Regionen der Ukraine (Ethnien, Alltagssprache, Amtssprache, Einstellungen)
- eine Beispielsammlung für die Sanktionen der EU gegenüber Russland seit 2014
- aktuelle Positionen der deutschen Außenpolitik, der EU und der NATO im Vergleich

3 Plakatreihe bzw. digitale Präsentation erstellen

Halten Sie sich je nach gewählter Form an die entsprechenden Gestaltungsrichtlinien. Denken Sie bei der Gestaltung an die Adressaten (klares Layout; Beschränkung auf Wesentliches; ansprechende Kombination von Text/Grafiken/Bilder/Statistiken; Verständlichkeit).

4 Präsentieren und Diskutieren der Ergebnisse

Ihre Ergebnisse sind im Anschluss Grundlage für eine Diskussion, z. B. zur Frage: Welchen Beitrag können diplomatische Mittel (Verhandlungen, Abkommen, Sanktionen) zur Befriedung von Konflikten leisten? Beziehen Sie dazu auch Ihre Kenntnisse aus dem Geschichtsunterricht zum 20. Jahrhundert mit ein.

4.1 Das Grundgesetz: Wegweiser und Regelwerk für außenpolitische Entscheidungen?

Zum Thema: Auf außenpolitische Entscheidungen wirken meist gleichzeitig mehrere Faktoren ein: die geografische Lage Deutschlands, wirtschaftliche Erwägungen, die Stellung als politische Mittelmacht, nationale Interessen wie auch weltpolitische Entwicklungen. Gibt es trotz dieser Gemengelage Prinzipien, an denen sich die Politik orientiert? Welchen Zielen muss sie sich verpflichtet fühlen und welche Spannungsfelder wird sie beachten müssen?

M1 Fallbeispiele: Herausforderungen für die deutsche Außenpolitik

Weltweite Migration

Demokratiebewegungen weltweit

Konflikte im Nahen Osten

Risiken und Attacken im Cyberraum

Einstiegsaufgaben

82000-200

Die Fotos zeigen einige Herausforderungen, denen sich die deutsche Außenpolitik gegenübersieht.

1. Beschreiben Sie kurz eines der Probleme und erläutern Sie jeweils denkbare Handlungsspielräume der deutschen Außenpolitik.
2. Ergänzen Sie weitere Ihnen wichtig erscheinende Problem- und Spannungsfelder in der internationalen Politik.
3. Erstellen Sie eine Rangliste aus den Fotos in **M1**:
   a) Was sind Ihrer spontanen Meinung nach die drängendsten Herausforderungen?
   b) Vergleichen Sie Ihre Ergebnisse in der Klasse.

M2 Die deutsche Außenpolitik in ihren Grenzen

1 Vorgaben des Grundgesetzes für die deutsche Außenpolitik

Grundgesetz
Das Grundgesetz steht in der Hierarchie der Normen über den Bundesgesetzen und den von ihnen abgeleiteten Verordnungen der Exekutive.

§

Präambel
(Das deutsche Volk) [...] von dem Willen beseelt, als gleichberechtigtes Glied in einem vereinten Europa dem Frieden der Welt zu dienen.

Art. 1 Abs. 2:
Das deutsche Volk bekennt sich darum zu unverletzlichen und unveräußerlichen Menschenrechten als Grundlage jeder menschlichen Gemeinschaft, des Friedens und der Gerechtigkeit in der Welt.

Art. 24 Abs. 2
Der Bund kann sich zur Wahrung des Friedens einem System gegenseitiger kollektiver Sicherheit einordnen; er wird hierbei in die Beschränkungen seiner Hoheitsrechte einwilligen, die eine friedliche und dauerhafte Ordnung in Europa und zwischen den Völkern der Welt herbeiführen und sichern.

Art. 25
Die allgemeinen Regeln des Völkerrechtes sind Bestandteil des Bundesrechtes. Sie gehen den Gesetzen vor und erzeugen Rechte und Pflichten unmittelbar für die Bewohner des Bundesgebietes.

Art. 26 Abs. 1
Handlungen, die geeignet sind und in der Absicht vorgenommen werden, das friedliche Zusammenleben der Völker zu stören, insbesondere die Führung eines Angriffskrieges vorzubereiten, sind verfassungswidrig. Sie sind unter Strafe zu stellen.

2 Das Völkerrecht und die Hierarchie der Normen

Völkerrecht im Erklärfilm
71910-45

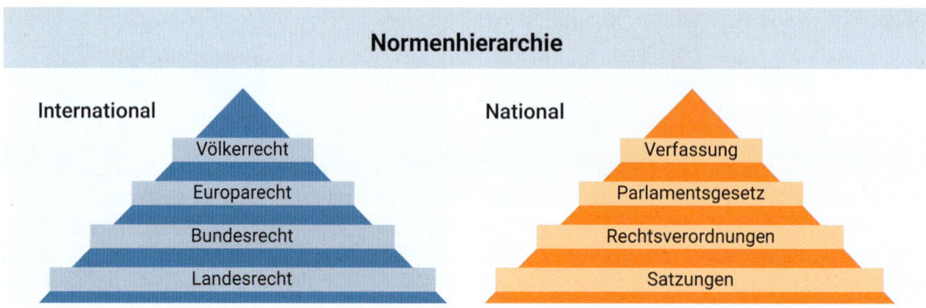

Bearbeiter

In einer globalisierten Welt mit einer radikal wachsenden Zahl an internationalen Verflechtungen und Gemeinschaftsaufgaben steigt der Bedarf an Regelungen, die über die Grenzen des Nationalstaats hinaus wirksam sind. [...] Völkerrecht kann dabei als Summe der Rechtsnormen verstanden werden, die die Beziehungen der Völkerrechtssubjekte untereinander regeln. Es bezieht sich vorwiegend auf die zwischenstaatlichen Beziehungen, und zielt mithin auf den Umgang von souveränen Staaten miteinander. Seit 1945 sind mehr als 40 000 Verträge zwischen Staaten geschlossen worden, die ausgelegt und angewendet werden. Seit geraumer Zeit ist allerdings der Bereich der internationalen Organisationen hinzugekommen, so dass Völkerrecht heute als das Recht betrachtet werden kann, welches das Verhalten von Staaten und internationalen Organisationen betrifft.

Lahl, Kersten / Varwick, Johannes: Sicherheitspolitik verstehen. Bonn 2019, S. 54f.

Grundlagen des Völkerrechts
Dem Völkerrecht zugrunde liegt die Charta der Vereinten Nationen (VN) aus dem Jahr 1945; Hauptaufgabe der VN: Sicherung des Weltfriedens und der Einhaltung des Völkerrechts.

3 Was ist die DNA der deutschen Außenpolitik?

„Deutschland wird geschätzt dafür, wie es sich weltweit für die friedliche Beilegung von Konflikten, für Rechtstaatlichkeit und ein nachhaltiges Wirtschaftsmodell einsetzt. [...] Uns wird allerhand zugetraut, bisweilen vielleicht sogar zu viel. Am Ende obliegt es den Deutschen selbst, die schwierigen Fragen zu beantworten: Wo liegen unsere Interessen? Wie weit reicht unsere Verantwortung? Was ist, kurz gesagt, die „DNA" der deutschen Außenpolitik?

Die Grundkoordinaten der deutschen Außenpolitik – engste Partnerschaft mit Frankreich innerhalb eines geeinten Europas und ein starkes transatlantisches Bündnis für Sicherheit und wirtschaftliche Verflechtung – haben sich bewährt und bleiben weiterhin der feste Rahmen unserer Politik. Darüber hinaus aber müssen wir uns künftig drei zentralen Aufgaben stärker zuwenden: dem Krisenmanagement, der sich dynamisch wandelnden internationalen Ordnung und unserer Rolle innerhalb Europas. [...] Im Umgang mit Krisen muss deutsche Außenpolitik ihren Blick verstärkt auf Prävention, Ausgleich, und Mediation richten, um zu verhindern, dass uns am Ende nur noch die Schadensbegrenzung bleibt. Deutschland ist bereit, hier international noch mehr zu tun. Früher, entschiedener und substanzieller wollen wir handeln – nicht nur in der akuten Krise, sondern verstärkt in der frühzeitigen Einhegung von Konflikten, aber auch in der Nachsorge in Post-Konflikt-Situationen. Dafür müssen wir unsere Instrumente schärfen und neue Werkzeuge entwickeln."

Frank-Walter Steinmeier, deutscher Außenminister von 2005–2009 und von 2013–2017. Von 2017–2022 Bundespräsident.

Steinmeier, Frank-Walter: Zur „DNA" der deutschen Außenpolitik. In: www.ipg-journal.de, 26.02.2015

DNA
Desoxyribonukleinsäure (DNA), „Bauplan des Lebens", Erbgut, in jeder Zelle nachweisbar

Partnerschaft mit Frankreich
Seit den 1960er-Jahren besteht eine engere politische Verbindung zwischen Frankreich und Deutschland.

Post-Konflikt-Situation
Lage in einem Land nach einem offenen Konflikt im Land oder mit äußeren Feinden

4 Die Notwendigkeit einer strategischen Klammer zu den USA

„Nie zuvor hatte die Bundeswehr so breite Verantwortung zu tragen wie heute: Solidarität mit unseren Bündnispartnern in Mittel- und Osteuropa, Auslandseinsätze vom Balkan über Afghanistan und Mali bis in den Irak und den Indischen Ozean, Verteidigung auch im Cyberraum und Unterstützung bei heimischen Notlagen – nun auch in der Pandemie. [...]

Wir brauchen die Bundeswehr, weil Deutschland Verantwortung für seine eigene Sicherheit übernehmen muss. Weil wir für unsere Nachbarn und Verbündeten Verantwortung übernommen haben – so wie sie für unsere Sicherheit Verantwortung übernehmen. Weil sich die Welt um uns herum verändert – und zwar nicht immer so, wie wir uns das wünschen.

Wir haben in diesen Tagen die berechtigte Hoffnung, ein transatlantisches Bündnis erneuern zu können, das seit siebzig Jahren unsere Sicherheit garantiert. [...] Für Deutschland ist die Entwicklung einer verteidigungspolitisch handlungsfähigen EU ebenso dringlich wie der Ausbau des europäischen Pfeilers der NATO. Wir Deutsche müssen verstehen, dass ein starkes Europa unsere Investition in ein transatlantisches Verhältnis ist. Erst dann hat unsere Partnerschaft mit den USA wieder eine strategische Klammer, die auch Differenzen aushalten wird. Deshalb ist es so wichtig, dass wir Deutsche alles tun, um Europa stark zu machen. Wenn wir in Europa investieren, werden es andere Europäer auch tun. Das wird uns mehr kosten, aber es sollte uns

Verhältnis zwischen USA und Deutschland
Von 2016 bis 2020 hatte sich unter dem US-Präsidenten Trump das Verhältnis zwischen Deutschland und Europa einerseits und den USA andererseits deutlich abgekühlt. Die Rede bezieht sich auf diesen Zeitraum und hofft auf eine neue Situation ab 2021.

mehr wert sein als nur Geld. Gerade in der Sicherheits- und Verteidigungspolitik. [....] Allein und nur auf die EU zu setzen hieße Europa in die Spaltung zu treiben. Wir werden den stärksten und größten Partner im Bündnis weiter dringend brauchen. Aber nur ein Europa, das sich selbst glaubwürdig schützen will und kann, hat die besten Chancen, die Vereinigten Staaten in der Allianz halten zu können. Und darum muss es gehen."

Steinmeier, Frank-Walter: Rede anlässlich des 65. Gründungstags der Bundeswehr. In: www.bundespräsident.de, 19.11.2020

M3 Deutsche Außenpolitik: „Verantwortung" als Leerformel?

Der Autor bezieht sich auf deutsche Politiker:innen, die immer wieder den Begriff „Verantwortung" ins Zentrum ihrer Reden zur Außenpolitik stellen, und resümiert:

Verantwortung ist zum Universal-Schwurbelkleister der deutschen Außenpolitik avanciert. Man bedient sich des Begriffs und verbreitet eine diffuse Wohligkeit inmitten weltpolitischer Turbulenzen und kann so wunderbar die unangenehmen Fragen nach schwierigen Abwägungen zwischen konkurrierenden Interessen und der Suche nach den richtigen Instrumenten übertünchen. Wir sollten uns deshalb vom Begriff „Verantwortung" verabschieden und stattdessen offen ringen: um widerstreitende Interessen und Mittel zu ihrer Durchsetzung.

Dabei ist es nicht so, dass die außenpolitischen Interessen Deutschlands ein sonderliches Geheimnis wären: Frieden und Sicherheit, Wohlstand sowie Demokratie und Menschenrechte [...]. Relevant wird es erst, wenn Interessen miteinander konkurrieren und wenn die Mittel zur Erreichung strittig sind. Erst dann zeigt sich die Qualität der außenpolitischen Diskussion. Beim Exportweltmeister Deutschland ist dies häufig der Fall, wenn wirtschaftliche Interessen mit den Zielen Sicherheit sowie Demokratie und Menschenrechte abgewogen werden. Besonders deutlich wird dies im Verhältnis zum wichtigsten Handelspartner China. Lange Zeit handelte Berlin auf Grundlage der Annahme, dass China und Deutschland perfekt komplementäre Wirtschaftspartner seien. Diese Annahmen haben sich als falsch herausgestellt.

Benner, Thorsten: Gegen das Geschwurbel. In: Deutsche Gesellschaft für Auswärtige Politik (Hg.): Internationale Politik. 2019. Nr. 2. S. 15

M4 Kontroverse zu außenpolitischen Konzepten

1 Deutschland in einer aktiven Führungsrolle?

Die außenpolitische Lage Deutschlands in der Mitte Europas verändert sich dramatisch. Noch ist das nicht physisch spürbar, aber die Sicherheitsarchitektur, die Machtbalance, die Rolle Amerikas in Europa und die Institutionen, die das alles verwalten und organisieren sollen, sie alle befinden sich im Umbruch. Wie die neue Ordnung aussehen wird, ist unklar. Klar jedoch ist, dass Deutschland zu einem ihrer Hauptträger werden muss. Lage, Größe und wirtschaftliche Kraft des Landes führen dazu, dass es dabei auf Deutschland mehr als auf jedes andere europäische Land ankommen wird, ob der Kontinent in Freiheit und Frieden in die Zukunft geht oder auf harte unberechenbare Zeiten zusteuert. Um dieser strategischen Führungsaufgabe gewachsen zu sein, wird Deutschland sein Verständnis von Macht und Verantwortung, von Solidarität und Verteidigungs-

Strategische Führungsaufgabe
Durchdachte, langfristige Planungen zur Erreichung eines Ziels mit der Chance, Staaten als Mitstreiter und Verbündete zu finden

bereitschaft, von eigener Größe und Rücksichtnahme deutlich verändern müssen. Deutschland wird strategisch erwachsen werden müssen. Warum ist das so und welche Aufgaben kommen dabei auf Deutschland zu? [...] Es muss nahegebracht werden, dass die eigene Geschichte wirksame Mahnung bleiben muss, aber nicht gegen eine aktive Führungsrolle beim Gestalten der freiheitlichen europäischen Ordnung, sondern dafür. Deutschland darf gern verstehen, dass Wehrhaftigkeit nicht der Feind des Friedens ist, sondern seine Voraussetzung. Und dass das Recht nicht aufgrund seiner guten Absichten Geltung hat, sondern aufgrund der Tatsache, dass es durchgesetzt werden kann.

Techau, Jan: Deutsche Außenpolitik muss strategischer werden. In: Achour, Sabine / u. a. (Hg.): Politikum. Heft 2/2019, S. 47 und S. 51

2 Deutschland als Zivilmacht?

Deutschland verfügt über ausgewiesene Kompetenzen als Zivil-, Wirtschafts- und Netzwerkmacht. Es sollte also alles daransetzen, sich auch in der EU für ein europäisches modernes Zivilmachtkonzept einzusetzen und sich als multinational agierende Macht (weiter) zu etablieren. Das wäre im deutschen wie auch im europäischen Interesse und könnte weltweit dazu beitragen, europäische Interessen besser zur Geltung zu bringen und die Attraktivität des europäischen Modells zu erhöhen. Deutschland sollte hier eine besondere Rolle einnehmen, da es seit Jahrzehnten ein Zivilmachtkonzept verfolgt, wirtschaftlich erfolgreich ist und auf Alleingänge – auch militärischer Art – verzichtet hat.

Militärisch sollte sich Deutschland nur in Ausnahmefällen [...] an Aktionen beteiligen, und auch die Europäische Union insgesamt sollte diesem Grundsatz folgen. Einen deutlich höheren Beitrag als bislang sollte Deutschland zum Aufbau von regionalen Sicherheitsstrukturen leisten. [...]

Für die deutsche Politik besteht die vornehmliche Aufgabe darin, nicht erneut in die Falle der Geopolitik zu tappen. Eine Rückkehr zu geostrategischem Agieren, zu Machtpolitik unter Einsatz oder Androhung militärischer Gewalt kann nicht im Interesse Deutschlands sein.

Kappel, Robert: In der Falle der Geopolitik. In: Achour, Sabine / u.a. (Hg.): Politikum. Heft 2/2019, S. 54

Geopolitik
Denkansatz in Politik und Wissenschaft, der Ziele und Ansprüche in der internationalen Politik auf geografische Gegebenheiten weltweit zurückführt

M5 Fallbeispiel: Deutschland und der Libyen-Konflikt

Unaufgeregt und aufgeräumt präsentierte Angela Merkel am Sonntagabend die 55 Forderungen des Berliner Gipfels zur Lage in Libyen. Die angereisten 12 Regierungs- und Staatschefs hatten sich bedingungslos hinter die zukünftige Einhaltung des Waffenembargos und weitere Friedensbemühungen gestellt. Dank deutscher Vermittlung ist eine Krise auf die internationale Agenda gerückt, die jahrelang unter ferner liefen gehandelt wurde. Weil Libyen reich ist und die zahlreichen lokalen Konflikte so undurchschaubar scheinen wie die Wege der Schmuggler über die Grenzen der Nachbarländer. Merkel und Maas konnte ihren prominenten Besucher:innen und den libyschen Kriegsparteien die Aussage entlocken, dass man sich in einem einig sei: Eine militärische Lösung könne es in Libyen nicht geben. [...] In Syrien, Westafrika, der Krim, dem Irak oder dem Kaukasus wird wie in Libyen seit Jahren Politik mit

Libyen-Konflikt
Libyen gilt als Drehscheibe für die Migration; seit 2011 herrscht ein Bürgerkrieg zwischen zwei Milizgruppen; staatliche Strukturen sind z. T. zerstört; es kommt zu Menschenrechtsverletzungen in Flüchtlingslagern.

Angela Merkel (CDU), Bundeskanzlerin von 2005–2021, spricht neben Heiko Maas (r. SPD), Außenminister (2018–2021) von Deutschland, Ghassan Salame (l.), UN-Sonderbeauftragter für Libyen, und Antonio Guterres (2.v.l.), Generalsekretär der Vereinten Nationen, nach der Libyen-Konferenz auf einer Pressekonferenz.

Waffengewalt gemacht. Sicherheit vor Demokratie ist die Devise der Staatengemeinschaft in immer mehr Regionen der Welt. So werden auch die Waffenlieferungen an die libyschen Milizen nicht enden, sondern, eingeschränkt, weitergehen. Auch die Schlacht um Tripolis ist wohl nicht vorbei. Aber immerhin gibt es nun einen Mechanismus, um diejenigen zur Verantwortung zu ziehen, die für Verbrechen an der Zivilbevölkerung und Migrant:innen verantwortlich sind. Libyen und die angrenzende Sahel-Region dürfen im Berliner Politikbetrieb nun kein Schattendasein mehr spielen. Korrupte Regierungen und radikale Gruppen machen die Region in Verbindung mit Migration zu einer Gefahr für die Nachbarländer wie Tunesien, aber auch für Europa.

Keilberth, Mirco: Der Wohlfühl-Gipfel. In: www.taz.de, 20.1.2020

Aufgaben

82000-201

1. Die Fotos in **M1** zeigen Probleme der internationalen Politik dar. Stellen Sie dar, welchen Zusammenhang es mit den vom Grundgesetz geforderten Leitlinien (**M2** 1) gibt.
2. Skizzieren Sie eine Antwort auf die Titelfrage zu **M2** 3 als Mindmap.
3. a) Politikerinnen und Politiker fordern immer wieder, die deutsche Außenpolitik sollte sich gleichzeitig um mehrere Partner bemühen. Ermitteln Sie die wichtigsten Partner aus **M2** 3 und **M2** 4.
   b) Erläutern Sie in Kleingruppen die jeweilige Motivation der in **M2** 2, 3 dargestellten Partner.
4. Verteidigen Sie gegenüber dem Autor von **M3** die Verwendung des Begriffs „Verantwortung", wenn es um deutsche Außenpolitik geht.
5. Die Karikatur im nebenstehenden QR-Code gibt eine Sichtweise auf die Diskussion zum Thema „Deutschlands Verantwortung".
   a) Beschreiben Sie ihre Intention.
   b) Beurteilen Sie die Tendenz der Karikatur unter Beachtung von **M2** 4 und **M3**.
6. Erschließen Sie aus dem Kontext, wie die Formulierung in **M4** 1 zu verstehen ist, Deutschland werde „strategisch erwachsen werden müssen".
7. Stellen Sie die Positionen in **M4** 1 und **M4** 2 argumentativ gegenüber. In welchen Punkten beziehen sich die Autoren auf Vorgaben des Grundgesetzes?
8. a) Ermitteln Sie aus dem Text **M5** Prinzipien und Vorgehensweisen der deutschen Außenpolitik.
   b) Vergleichen Sie damit das Vorgehen der bundesdeutschen Regierung in einem aktuellen internationalen Konflikt. In welchen Punkten sehen Sie Parallelen?

Karikatur: Deutschlands Verantwortung

71910-46

Analyse von Pressefotos

Viele große Unternehmen, Behörden und Organisationen unterhalten eigene Presseabteilungen. Sie übernehmen die Public-Relations-Arbeit (PR), informieren die Öffentlichkeit über Ziele und Entwicklungen und sollen die Kontakte zu den jeweilig wichtigen Adressaten sicherstellen. Diesen Funktionen dienen Texte, Fotos, Filme und Internetauftritte.
Die meist von eigenen Stabsstellen veröffentlichten Fotos wollen also nicht nur dokumentieren. Um ihre weiteren Funktionen zu entschlüsseln, empfiehlt sich eine systematische Analyse in vier Schritten:

1 Fragen an das Pressefoto

1. Von wem stammt das Foto? Welcher besondere Anlass wurde festgehalten?
2. Was ist dargestellt? Ist eine bestimmte Perspektive bevorzugt?
3. Welche Informationen liefern ggf. die Unterschriften dazu?
4. Welche Botschaften werden mit der Veröffentlichung – über die Dokumentation hinaus – transportiert? Formulieren Sie sie in wenigen Sätzen.

Fotos aus Schritt 2 für den Vortrag

71910-47

2 Fotos zum Bundeswehreinsatz in Mali

1. Bilden Sie Gruppen mit drei/vier Schülerinnen/Schülern.
2. Jede Gruppe sucht sich ein Foto aus, das sie analysieren möchte.

Die Särge der 2017 bei einem Hubschrauberabsturz im Rahmen des MINUSMA-Einsatzes in Mali getöteten Bundeswehr-Piloten kommen in Deutschland an.

Bundeswehrsoldat bei einem Kontrolleinsatz in Mali im Jahr 2020

Hinweis zu beiden Fotos
Die beiden offiziellen Fotos der Presseabteilung der Bundeswehr stehen im Zusammenhang mit dem Einsatz von rund 1.000 deutschen Soldaten (2020) beim MINUSMA-Einsatz in Mali/Westafrika. Der UN-Sicherheitsrat stimmte dem Einsatz von multinationalen Truppen erstmals 2012 zu. Sie sollten die Waffenruhe zwischen den Konfliktparteien im Land sicherstellen und die Aussöhnung und den Wiederaufbau des Staates unterstützen.

MINUSMA
Mission multidimensionelle intégrée des Nations Unies pour la stabilisation au Mali

3 Präsentation und Reflexion

1. Stellen Sie Ihre Ergebnisse der Klasse in einem Kurzreferat vor. Nutzen Sie dazu die nebenstehenden QR-Codes, um die Fotos an die Wand projizieren zu können.
2. Vergleichen Sie Ihre Gruppenergebnisse in der Klasse.

Bearbeiter

Außenpolitik → M2–M3

Der Begriff umfasst die politischen Entscheidungen und Handlungen, mit denen ein Nationalstaat seine Interessen gegenüber anderen Staaten vertritt, ferner das Agieren in internationalen Organisationen. In den meisten Staaten unterliegt die Kompetenz dafür grundsätzlich der Regierung. Außenpolitik zeigt sich in Verhandlungen, Staatsbesuchen, Verträgen und der Ausgestaltung der diplomatischen Beziehungen. Zur Außenpolitik zählen auch wirtschafts-, kultur- und entwicklungspolitische Entscheidungen und Kontakte.

82000-01

Internationale Politik – Internationale Beziehungen → M1–M5

Die beiden Begriffe werden nicht immer trennscharf verwendet. Meist beschreibt die Internationale Politik die Kontakte zwischen den politischen Systemen, mithin zwischen Regierungen. Akteure sind zudem internationale Organisationen. Die Aktivitäten nichtstaatlicher Akteure, also die Kontakte von zivilgesellschaftlichen Akteuren, werden oft als Internationale Beziehungen bezeichnet. Zu ihren Akteuren gehören z. B. Nichtregierungsorganisationen (NGOs), Verbände, Städte oder Schulen.

82000-02

System gegenseitiger kollektiver Sicherheit → M3

Das Bundesverfassungsgericht versteht darunter „Systeme, die durch ein friedensicherndes Regelwerk und den Aufbau einer eigenen Organisation für jedes Mitglied einen Status völkerrechtlicher Gebundenheit [begründen], der wechselseitig zur Wahrung des Friedens verpflichtet und Sicherheit gewährt".

Seit seiner Gründung bemühte sich die Bundesrepublik Deutschland nach den Belastungen aus der NS-Zeit um Anerkennung in der internationalen Staatenwelt und um Einbettung in internationale Verträge und Organisationen (GG-Präambel: „als gleichberechtigtes Mitglied"). Nachbarn und Siegermächte des 2. Weltkriegs hatten nach den Erfahrungen in der 1. Hälfte des 20. Jahrhunderts ebenfalls ein starkes Interesse daran, dass Deutschland in gemeinsame Vereinbarungen und Gremien eingebunden ist, um einen „deutschen Sonderweg" zu verhindern.

82000-04

Zivilmachtkonzept → M4 2, M5

Die deutschen Regierungen verfolgten mit Blick auf die eigene Vergangenheit und mit Rücksicht auf daraus resultierende Empfindsamkeiten bei den europäischen Nachbarn stets eine in militärischen Fragen eher zurückhaltende Außenpolitik. Dabei setzen sie sich von den Großmächten ab, zu deren Strategien und Instrumenten militärische Optionen gehörten. Deutschland richtete seinen Politikstil auf die Zivilisierung der internationalen Politik mit einer starken Wertorientierung und auf Diplomatie und Verhandlungen aus. Dies schloss andererseits militärische Beteiligungen im Rahmen von Bündnissen und UNO-Mandaten nicht aus, führte allerdings immer wieder in Politik und Gesellschaft zu Kontroversen. Um militärische Einsätze, darunter auch bewaffnete Friedensmissionen, außerhalb des NATO-Gebiets zu legitimieren, braucht es nach einem Urteil des Bundesverfassungsgerichts aus dem Jahr 1994 die Zustimmung des Bundestags („Parlamentsvorbehalt"). So ist anders als in vielen anderen Ländern gewährleistet, dass das Für und Wider eines Einsatzes stets im öffentlichen Raum diskutiert werden muss.

82000-03

Welchen Zielen und Prinzipien folgen die Entscheidungen deutscher Außenpolitik?
M2–M5

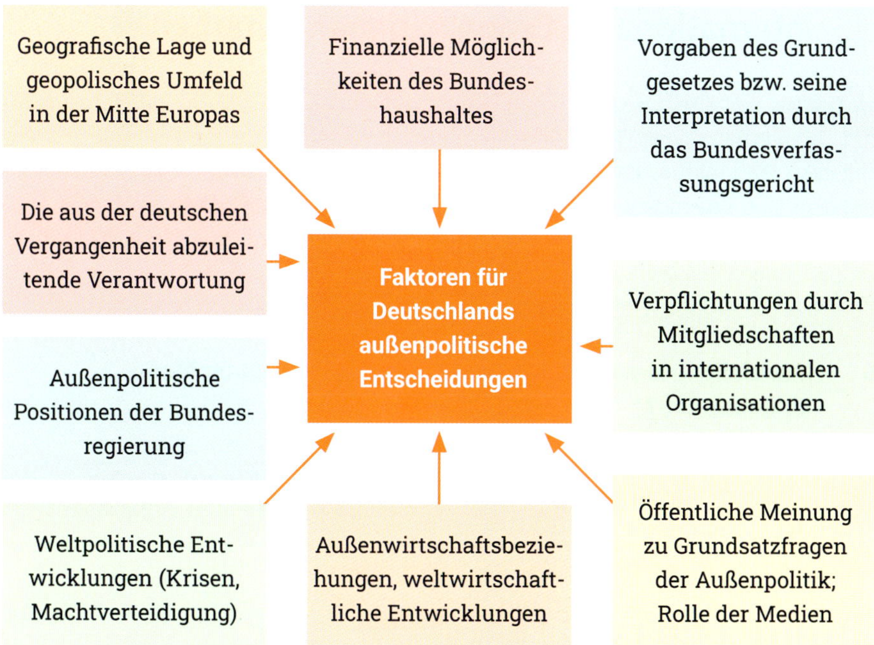

Bearbeiter

Welche Erwartungen haben andere Staaten an Deutschland?
M2 4, M4 1, 2

Schon zu Beginn des Kalten Kriegs anfangs der 1950er-Jahre forderten die westlichen Alliierten von Deutschland, sich militärisch in die westliche Verteidigungspolitik einzuordnen. Mit dem Aufbau der Bundeswehr und dem Beitritt in die NATO (1955) folgte die deutsche Politik diesem Verlangen. In den letzten Jahrzehnten verstärkten sich die Erwartungen seitens befreundeter Staaten, einen größeren Beitrag zur militärischen Stärke des Westens zu leisten. So wurde die deutsche Außenpolitik über Jahrzehnte hinweg von anderen Staaten oft als zu zurückhaltend empfunden. Das außenpolitische Auftreten wurde im Missverhältnis zur wirtschaftlichen Stärke gesehen. Es häuften sich deshalb Aufforderungen, sich militärisch zu ertüchtigen und in der internationalen Politik sichtbarer als Akteur aufzutreten.

Welche Schwerpunkte setzte die deutsche Außenpolitik seit den 1950er-Jahren?
M2

Neben den prinzipiellen Vorgaben des Grundgesetzes waren die geografischen und geopolitischen Gegebenheiten stets bestimmend. So war die Westbindung seit den 50er-Jahren eine wesentliche Konstante, d. h. die Nähe zu den westeuropäischen Nachbarn und die transatlantischen Beziehungen zu den USA. Diese Bindungen hatten historische, kulturelle, politische und vor allem auch wirtschaftliche Hintergründe. Eine besondere Beziehung entstand zu Frankreich. Die Politiker beider Länder unternahmen Anstrengungen, die sog. Erbfeindschaft zu beenden und Politik und Menschen miteinander zu versöhnen. In verschiedenen Phasen in den letzten Jahrzehnten wechselten sich Nähe und Distanz ab, die Verbindung Paris-Bonn bzw. Berlin galt aber meist als starke Achse in Europa. Zu Beginn der 1970er-Jahre öffnete sich die deutsche Politik gegenüber den osteuropäischen Ländern („Ostpolitik") und schloss mit mehreren Ländern die sog. Ostverträge. Seit der deutschen Wiedervereinigung 1990 und dem Wegfall des „Eisernen Vorhangs" eröffneten sich der deutschen Politik immer wieder besondere Kontakte und Handlungsoptionen. Andererseits kam es immer wieder zu Spannungen in beide Richtungen.

4.2 Warum die Bundesrepublik Deutschland in internationalen Organisationen mitarbeitet

Zum Thema: Seit ihrem Bestehen bemüht sich die Bundesrepublik Deutschland um Partner in der internationalen Politik und um Interessenausgleich bei Kontroversen auf diplomatischem Weg. Aktuell ist sie Mitglied in rund 120 internationalen Organisationen. Welche davon sind besonders wichtig? Bei welchen Themen und Problemen kann sie ihren Beitrag leisten? Welche Verpflichtungen geht sie damit ein? Und wo ergeben sich Vorteile und Spannungen aus der Mitgliedschaft?

M6 In welche internationalen Organisationen ist Deutschland eingebunden?

Beispiele für Deutschlands Einbindung in wichtige internationale Organisationen

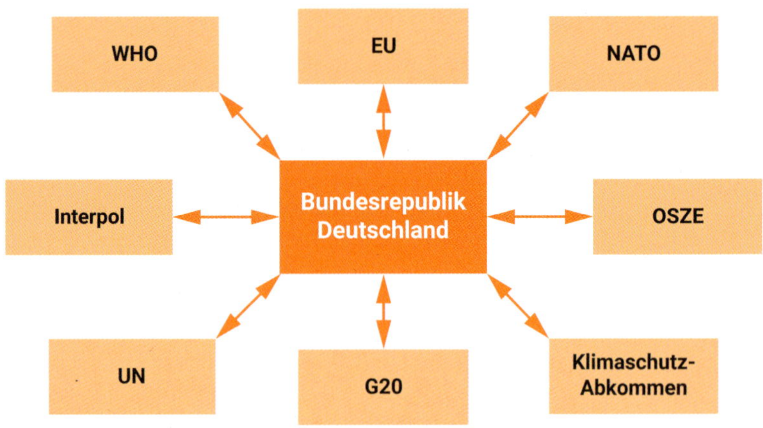

Bearbeiter

Einstiegsaufgaben

82000-202

1. Die Abkürzungen und Begriffe in der Grafik sind immer wieder in der öffentlichen Diskussion. Erstellen Sie zwei Listen:
   a) Welche Begriffe können Sie entschlüsseln? Vielleicht wissen Sie sogar etwas zur Funktion der jeweiligen Organisation?
   b) Welche Begriffe sagen Ihnen wenig oder nichts? Klären Sie dann Bedeutung und Funktion mittels einer Recherche (→ Methodenglossar).
2. Wählen Sie eines der folgenden Probleme aus und bestimmen Sie, welche Organisation mit welchen Mitteln zur Lösung beitragen könnten.
   Verschuldung, Terrorismus, Armut, Menschenhandel, CO_2-Minderung, Hunger, organisiertes Verbrechen, Drogenhandel, militärische Bedrohung, Migration, Menschenrechtsverletzungen, Cyberkriminalität.

M7 Die Mitgliedschaft der Bundesrepublik Deutschland in der UNO

1 Wie ist der UN-Sicherheitsrat aufgebaut und welche Aufgaben übernimmt er?

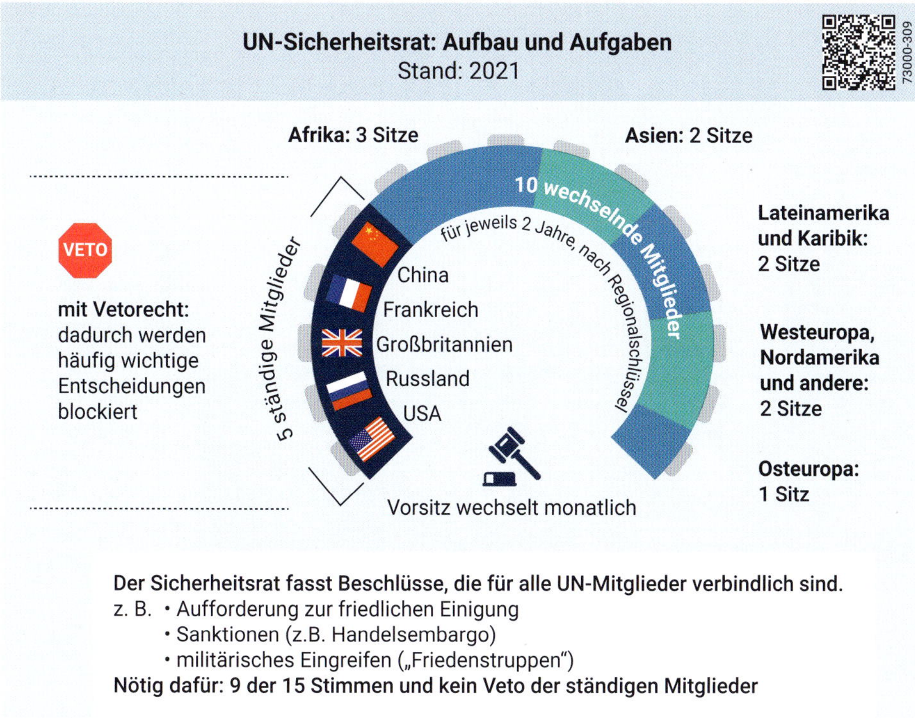

Nach: dpa-Infografik, Globus Grafik 5983

Bedeutung des UN-Sicherheitsrats
Der UN-Sicherheitsrat gilt als das mächtigste Gremium der Vereinten Nationen (United Nations). Zu seinen Aufgaben zählen vor allem die internationale Sicherheit und die Wahrung des Weltfriedens.

2 Wie stark engagiert sich Deutschlands Bundeswehr in der Welt?

„Blauhelme“ können auf Beschluss des Sicherheitsrates und mit Einverständnis der jeweiligen Konfliktparteien zur Sicherung des Friedens in einer Region eingesetzt werden.

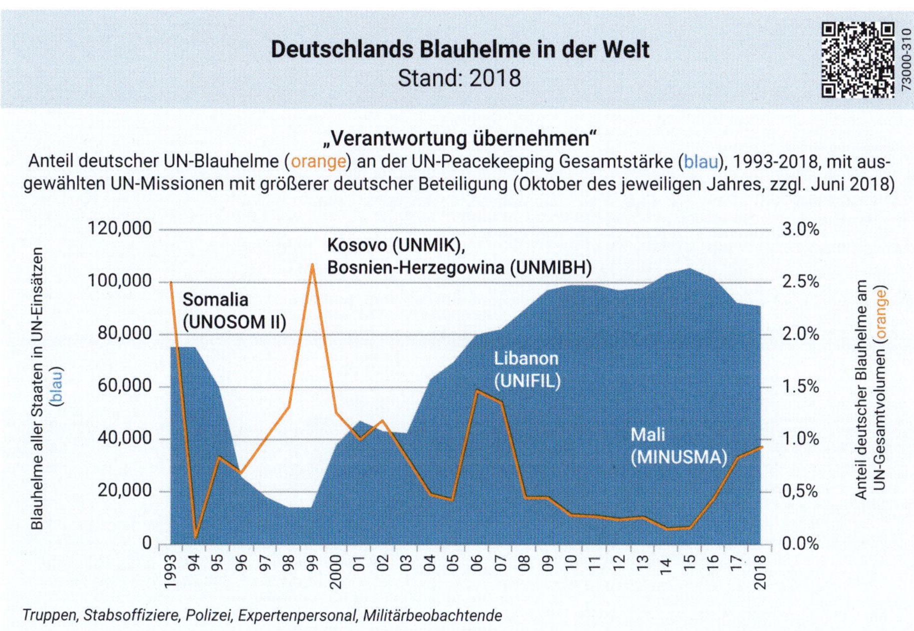

Quelle: UN Peacekeeping; Einfacher Dienst

Peacekeeping
Instrument der UN-Friedenssicherung mit Mandat durch den Sicherheitsrat mit Militär, Polizei- und Zivilkräften aus verschiedenen Ländern

M8 Die langfristigen Ziele der UNO

© 17ziele.de

M9 Die Bundesrepublik Deutschland in der EU

1 Wer gehört zur Europäischen Union?

EU: Gründerstaaten, Beitritte, Beitrittskandidaten und Austritte
Stand: 2021

73000-311

Gründerstaaten 1958
Belgien, Deutschland, Frankreich, Italien, Luxemburg, Niederlande

Beitritte
1973 Dänemark, Großbritannien, Irland
1981 Griechenland
1986 Portugal, Spanien
1995 Finnland, Österreich, Schweden
2004 Estland, Lettland, Litauen, Malta, Polen, Slowakei, Slowenien, Tschechien, Ungarn, Zypern
2007 Bulgarien, Rumänien
2013 Kroatien

Austritt
2020 Großbritannien

Beitrittskandidaten
Albanien, Montenegro, Nordmazedonien, Serbien, Türkei

Bearbeiter

2 Welche Entscheidungsebenen und -wege gibt es in der Europäischen Union?

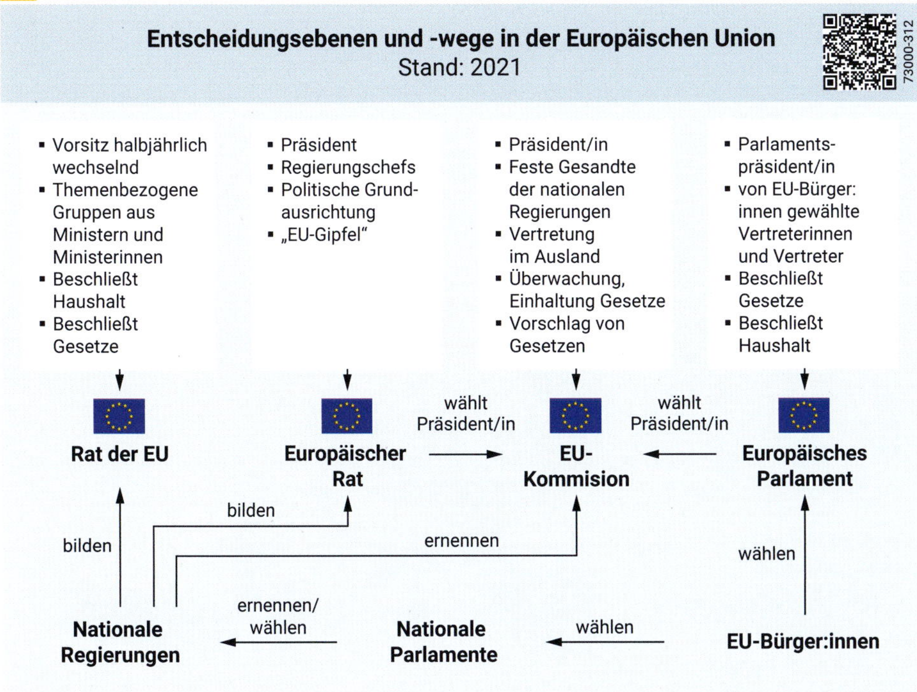

Bearbeiter

EU-Parlament
Das EU-Parlament besteht aus 705 Abgeordneten, davon 96 aus Deutschland (13,6 %). Derzeit sind im EU-Parlament sieben Fraktionen (Stand 2021).

3 Warum die EU für Deutschlands Außenpolitik wichtig ist

Gegen die großen Rechtsbrecher dieser Welt, die ihr Interesse auf eigene Faust durchsetzen, hat Deutschland die Allianz für den Multilateralismus ins Leben gerufen. Heiko Maas hat in New York dafür geworben und gearbeitet. Das ist eine gute Sache, die den Einsatz verdient. Nur wird Deutschland mit Kanada, Australien, Japan und Südkorea und Dutzenden kleinerer Staaten nicht das Klima, nicht die Rüstungskontrolle, nicht das Iran-Abkommen retten können. Zumal sie alle über die Welt verteilt ihre eigenen Sorgen und Nöte haben. Die stärkste Interessengemeinschaft, der die Deutschen angehören, bleibt die EU. Ja, Europa ist leider geschwächt – durch Rechtspopulisten, durch Einmischung von Russland, Amerika und China, durch Familienzoff über Migranten, Verfassungsrecht und Rüstungsexporte. Das Gegenargument: Die EU ist der stärkste Wirtschaftsblock der Welt, sie lässt die großen Monopole zittern, Europa setzt Normen und Standards von globaler Bedeutung, Europa hat zwei Länder mit ständigem Sitz im Sicherheitsrat.
Ohne Europa kann Berlin den Rechtsbrechern nicht die Stirn bieten. Dass es mit ihr geht, zeigen die EU-Sanktionen gegen die russische Intervention in der Ukraine, die halfen, das russische Vordringen zu stoppen. Aber auch das gemeinsame Auftreten der E-3 in der Iran-Krise, wo Frankreich, Deutschland und Großbritannien fest vereint sind, allem Brexit-Theater zum Trotz. Diese Gruppe hat einst das Atomabkommen erfunden. Die Status-quo-Macht Deutschland sollte sich deshalb für bestimmte Veränderungen mehr öffnen. Die Bundesregierung wirkt nämlich auch in der EU nur wie eine Weiter-so-Kraft. Besser wäre, Europa mutig und zielstrebig fortzuentwickeln, die EU mit Frankreich in ihrem Kern und ihren Gemeinschaftsaufgaben zu härten. So könnten die Europäer die eigene Welt wirksamer gegen die mächtigen Gegner da draußen verteidigen.

Thumann, Michael: Deutschlands stärkste Waffe ist Europa. In: www.zeit.de, 27.09.2019

Brexit-Theater
Der Austritt des Vereinigten Königreichs aus der EU zog sich wegen innenpolitischer Probleme im UK und den langwierigen Verhandlungen mit der EU von 2016 bis 2020 hin.

M10 Deutschland in der NATO seit 1955

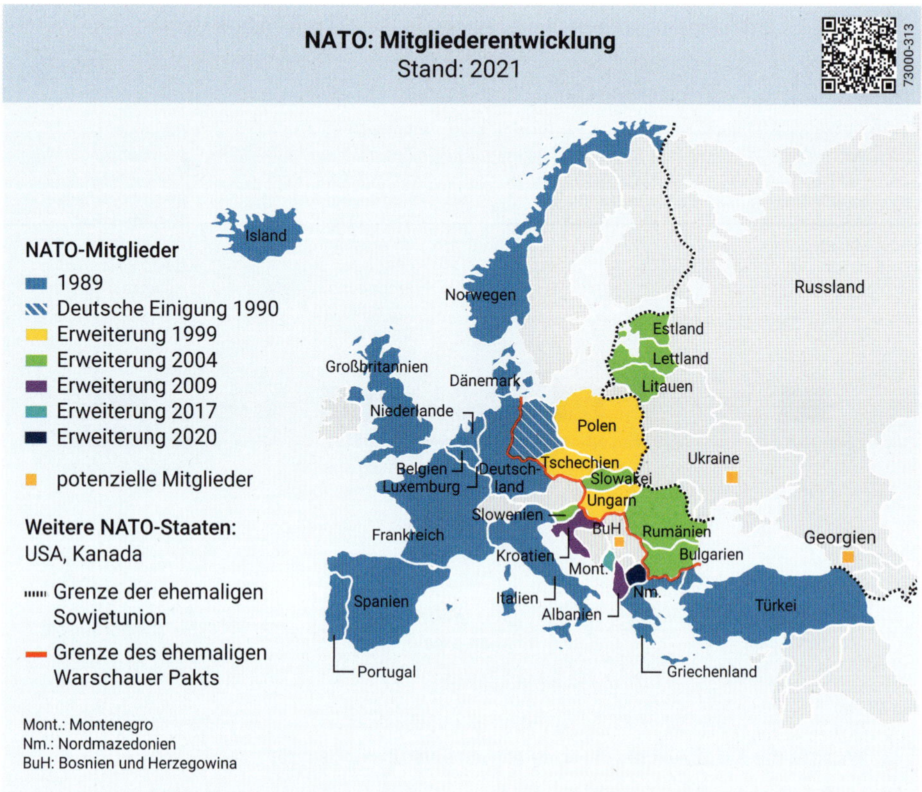

Bergmoser + Höller Verlag AG, Zahlenbilder 621105

Aufgaben

82000-203

1. Die UNO versteht sich als „Gewissen der Welt“ (Kofi Annan, Generalsekretär 1997-2006). Überprüfen Sie anhand von **M7** 1, inwieweit das Konzept und die Struktur der UNO diese Charakterisierung erlauben.
2. Halten Sie den Titel der Grafik „Verantwortung übernehmen“ in **M7** 2 unter Berücksichtigung von **M3** und **M4** für gerechtfertigt? Begründen Sie Ihre Position.
3. Die UNO hat sich die Schaffung eines „positiven Friedens“ zum Ziel gesetzt. Im Unterschied zum „negativen Frieden“ (Abwesenheit von Krieg) zielt er auf die Gewährleistung grundlegender Menschenrechte und gerechter sozialer Bedingungen. Recherchieren Sie auf der Grundlage von **M8**, welche Beiträge zu einem „positiven Frieden“ Deutschland leistet.
4. Die EU unterscheidet sich in ihrer Struktur vom politischen System der Bundesrepublik (**M9** 2). Klären Sie die Unterschiede unter den Aspekten Legitimation durch Wahlen, Zuständigkeiten und Gewaltenteilung (ggf. arbeitsteilig).
5. Recherchieren Sie, welche Verpflichtungen der NATO-Vertrag den Mitgliedstaaten auferlegt, dort insbesondere der Art. 5.
6. a) Stellen Sie mit Hilfe einer Internetrecherche in einem Kurzreferat einen OSZE-Wahlbeobachtungseinsatz vor.
   b) Beurteilen Sie den Einsatz unter dem Aspekt, inwieweit er einen Beitrag zur Demokratisierung eines Landes liefern kann.

Hinweis
Sie können die Materialien **M7–M10** auch mit Hilfe eines Gruppenpuzzles (→ S. 108) bearbeiten.

H zu Aufgabe 2
→ Seite 185

H zu Aufgabe 6
71910-48

Multilateralismus → M6, M7, M9 3

Der Begriff beschreibt außenpolitisches Handeln, das prinzipiell die Abstimmung mit zwei oder mehr Staaten zum Ziel hat, um internationale und globale Probleme zu verringern oder zu lösen. Im Unterschied zu unilateraler oder bilateraler Politik wird die Problemlösung über Verhandlungen und Vereinbarungen zwischen allen Beteiligten und Betroffenen versucht. Wesentliche Instrumente und Gremien dafür sind die Systeme kollektiver Sicherheit. Dazu gehören UNO, NATO, Europäische Union oder OSZE. Sie versuchen eine gemeinsame Antwort aller Mitglieder auf Probleme zu finden, die alle betreffen.

82000-05

Internationale Organisationen – supranationale Organisationen → M7 1, 2

Internationale Organisationen gewährleisten die politische, wirtschaftliche und gesellschaftliche Verflechtung der Staaten. Sie beruhen auf vertraglichen Grundlagen, in denen Rechte und Pflichten der Mitglieder geregelt sind. Ebenfalls festgeschrieben sind die Zuständigkeiten und Befugnisse von Gremien und ständigen Einrichtungen (z. B. Generalversammlung, Gerichtshöfe, ausführende Organe). Ziele und Aufgaben betreffen z. B. wirtschaftliche, kulturelle, politische, militärische oder wissenschaftliche Schwerpunkte (z. B. UNO, NATO, Organisation zur wirtschaftlichen Zusammenarbeit, Europäische Weltraumorganisation, G7: Gruppe von 7 Industrienationen). Sind staatliche Behörden miteinander in Kontakt, so sind es intergouvernementale Organisationen, international aktiv sind zudem zivilgesellschaftliche Organisationen (Non Government Organizations, NGO, z. B. das Internationale Rote Kreuz, Greenpeace oder Amnesty International). Supranationale Organisationen sind davon zu unterscheiden, weil nur sie die Befugnis haben, selbst Gesetze und Vorschriften für die Mitglieder zu erlassen, an die diese sich halten müssen (Europäische Union). Es wurden also nationale Souveränitätsrechte an supranationale Institutionen abgegeben.

82000-06

Der Zusammenhang zwischen Außen- und Sicherheitspolitik → M9–M10

Ein engerer Begriff von Sicherheitspolitik meint die Bestrebungen eines Staates, das eigene Territorium und die eigene Bevölkerung vor Angriffen von außen zu schützen. Sicherheit kann jedoch nur noch über die Kooperation mit anderen Staaten gewährleistet werden, Gefahren sind z. B. der internationale Terrorismus, Cyberangriffe, Massenvernichtungswaffen oder grenzüberschreitende kriminelle Vereinigungen. Die Zusammenarbeit zwischen den Staaten wurde zu diesen Problemen zunehmend intensiviert, wird jedoch öfter durch nationale Interessen oder unkoordiniertes Vorgehen beeinträchtigt. In einem weiteren Sinn gehören zu diesen weltweiten Herausforderungen auch Überbevölkerung, Armut und Hunger, Klimawandel, Migration oder Ressourcenknappheit.

82000-07

Milleniumsziele/Sustainable development goals (SDG) der UNO → M8

Im Jahr 2000 beschlossen die UN-Mitgliedstaaten erstmals weltweite und langfristige Entwicklungsziele. Im Jahr 2015 traten an ihre Stelle 17 neue Ziele für nachhaltige Entwicklung (SDG). Dieser „Weltzukunftsvertrag" verknüpft die seit 2000 begonnene Armutsbekämpfung, die ökonomische, ökologische und soziale Entwicklung weltweit mit dem Prinzip der Nachhaltigkeit. Das gemeinsam anzustrebende Ziel ist ein Frieden, in dem alle Menschen in Freiheit und in einer intakten Umwelt leben können.

82000-08

WISSEN IM KONTEXT

Wie kann Deutschland die Lösung von internationalen und globalen Problemen unterstützen?
M7–M10

Um bei der Lösung internationaler Probleme mitwirken zu können, beteiligt sich die Bundesrepublik an vielen internationalen Organisationen, Gremien, Konferenzen oder Bündnissen. Dabei bringt Deutschland in unterschiedlichem Maß und situationsbedingt sein politisches, wirtschaftliches, kulturelles und militärisches Gewicht ein. Der Großteil dieser Aktivitäten findet in Institutionen statt mit vertraglichen Grundlagen, regelmäßigen Konsultationen und Beschlüssen. Darüber hinaus spielen informelle Kontakte und diplomatisches Vorgehen eine Rolle, je nach Situation und Absicht mehr oder weniger öffentlich. Bündnisverpflichtungen, nationale politische und wirtschaftliche Interessen und eine grundsätzliche Werteorientierung verlangen ständiges Abwägen und führen nicht selten zu Entscheidungsdilemmata. Häufig spiegeln sich die verschiedenen Prioritäten in der innenpolitischen Diskussion wider.

Wer entscheidet in der Außenpolitik?
M9 3

Die Entscheidungsmacht in außenpolitischen Fragen liegt mit wenigen Ausnahmen beim Ministerium für auswärtige Angelegenheiten, meist in Abstimmung zwischen den Koalitionspartnern und mit dem Kanzleramt.
Mitunter führt die Mitgliedschaft in den hier aufgeführten Organisationen auch zu Rollen- und Entscheidungskonflikten, die dann innen- wie außenpolitisch ausbalanciert werden müssen. Beispiele dafür liefern unterschiedliche Sichtweisen zwischen den europäischen Ländern z. B. zur Migrations- oder Klimapolitik oder Spannungen mit den Großmächten.

Welche Rolle kann Deutschland in der UNO spielen?
M7 1

Als Mitglied der UNO engagierte sich Deutschland schon öfter als für zwei Jahre gewähltes nichtständiges Mitglied im Weltsicherheitsrat. Er wird allerdings dominiert von den fünf ständigen Mitgliedern, von denen jedes Beschlüsse durch ein Veto blockieren kann. Bei den truppenstellenden UN-Mitgliedern nimmt Deutschland nur eine nachgeordnete Rolle ein, unterstützt Friedensmissionen aber z.B. bei Transport und Ausrüstung. Als Mitglied, Partner und Geldgeber hat sich Deutschland in mehreren Unterorganisationen der UNO Ansehen verschafft. In rd. 30 UN-Organisationen ist Deutschland vertreten und aktiv, so vor allem in der UNESCO (Bildung, Wissenschaft, Kultur und Kommunikation), in der WHO (Weltgesundheit), der ILO (Internationale Arbeitsorganisation), dem UNHCR (Flüchtlingshilfe), dem WFP (Welternährungsprogramm), der Weltbank (Kredite für Armutsbekämpfung) und der UNICEF (Kinderhilfsorganisation).

Welche Wechselbeziehungen herrschen zwischen EU und Deutschland?
M9 2 – 3

Deutschland gehörte zu den sechs Gründungsmitgliedern der Europäischen Union und fühlte sich seit 1957 für das Zusammenwachsen Europas mitverantwortlich. So war es in der Nachkriegszeit in die europäischen politischen und wirtschaftlichen Entwicklungen eingebunden. Der EU hat es zum großen Teil den wirtschaftlichen Aufstieg zu verdanken, da mit dem zollfreien Binnenmarkt Wirtschaftskraft und Exportstärke wuchsen. Deutschland gehört zu den wichtigsten sog. Nettozahlern (Zahlungen und Rückzahlungen im Saldo), dennoch wird die EU-Mitgliedschaft in der Bevölkerung akzeptiert, auch weil sie den Stellenwert Deutschlands in Europa mitbestimmt. Der deutsche Einfluss im Europäischen Rat, in der Kommission, im EU-Parlament war in verschiedenen Phasen unterschiedlich stark, insgesamt gilt Deutschland aber – oft in Verbindung mit Frankreich – als Motor der EU.

Wie ist das Verhältnis zwischen NATO und Deutschland?
M10

Mitglied der NATO wurde Deutschland bereits 1955. Es konnte dadurch in Zeiten des „Kalten Kriegs" und in seiner prekären Lage an der Grenze zum Warschauer Pakt auf die Truppen der NATO-Mitglieder und den atomaren Schutzschirm seitens der USA, Frankreichs und Großbritanniens vertrauen. Deutsche Soldaten waren von 2002 bis 2021 bei dem NATO-Einsatz in Afghanistan beteiligt. Die NATO-Mitglieder drängen Deutschland seit Jahren, das militärische Potenzial und die militärische Präsenz zu verstärken.

4.3 Die Komplexität außenpolitischer Entscheidungen am Beispiel Afghanistan

Zum Thema: Die deutsche Außenpolitik musste – zusammen mit anderen Ländern – nach 20 Jahren Bundeswehreinsatz in Afghanistan einen Misserfolg hinnehmen. Die Ziele waren nicht erreicht worden, die Auswirkungen für das Land und die Bevölkerung folgenschwer. Wo sind die Ursachen dafür zu sehen? Schon bei den Einsatzzielen? Beim Vorgehen? Bei den Bündnisverpflichtungen? Und lassen sich die Erfahrungen für künftige Entscheidungen nutzbar machen?

M11 9/11 – ein Tag, der die Welt veränderte?

Mitglieder der global vernetzten Terrororganisation Al-Qaida mit islamistischen Wurzeln verübten am 11. September 2001 einen Anschlag mit besonderen Ausmaßen. Sie lenkten zwei entführte Passagierflugzeuge in die beiden Türme des World-Trade-Centers in New York, ein drittes in das Verteidigungsministerium in Washington D.C. Über 3.000 Menschen sterben, darunter 11 Deutsche. Am Tag darauf verurteilte der UN-Sicherheitsrat den Anschlag, sah darin eine Bedrohung des Weltfriedens und betonte das Recht auf kollektive Selbstverteidigung. Die damals 19 Mitglieder der NATO erklärten am 04.10.2001 den Bündnisfall nach Art. 5 des NATO-Vertrags. Als Rückzugsregion der Terroristen galt Afghanistan. Schon am 07.10.2001 begann die militärische Intervention mit dem Ziel, Al-Quaida zu zerschlagen.

Bearbeiter

World Trade Center, New York, 11.09.2001

Einstiegsaufgaben

82000-204

1. Was assoziieren Sie persönlich mit dem Begriff 9/11?
2. Befragen Sie Bekannte und Verwandte danach, wie Sie den 11. September 2001 erlebt haben.

Zeittafel Afghanistankonflikt

71910-49

M12 Wie reagierte Deutschland?

„Die heutige Entscheidung über die Bereitstellung von Bundeswehreinsätzen im Kampf gegen den Terrorismus stellt sicher eine Zäsur dar. Erstmals zwingt uns die internationale Situation, zwingt uns die Kriegserklärung durch den Terrorismus dazu, Bundeswehreinheiten für einen Kampfeinsatz außerhalb des NATO-Vertragsgebietes bereitzustellen."

Schröder, Gerhard: Deutscher Bundestag, 202. Sitzung. In: Plenarprotokoll 14/202, 16.11.2021

Am 16.11.2001 stellte Bundeskanzler Gerhard Schröder die Vertrauensfrage (Art. 68 GG), um die Geschlossenheit der rot-grünen Koalition in dieser Frage abzusichern. Die deutsche Außenpolitik schlug mit der Entsendung einen neuen Weg ein. Der Bundestag stimmte mit 336 gegen 326 Stimmen für Schröders Vorgehen.

Gerhard Schröder (SPD) war von 1998 bis 2005 Bundeskanzler.

Taliban
Bewaffnete Bewegung in Afghanistan und Pakistan; Ziel: Errichtung einer streng islamistisch-fundamentalistischen Gesellschafts- und Staatsordnung

M13 Welche Opfer forderte der Einsatz in Afghanistan?

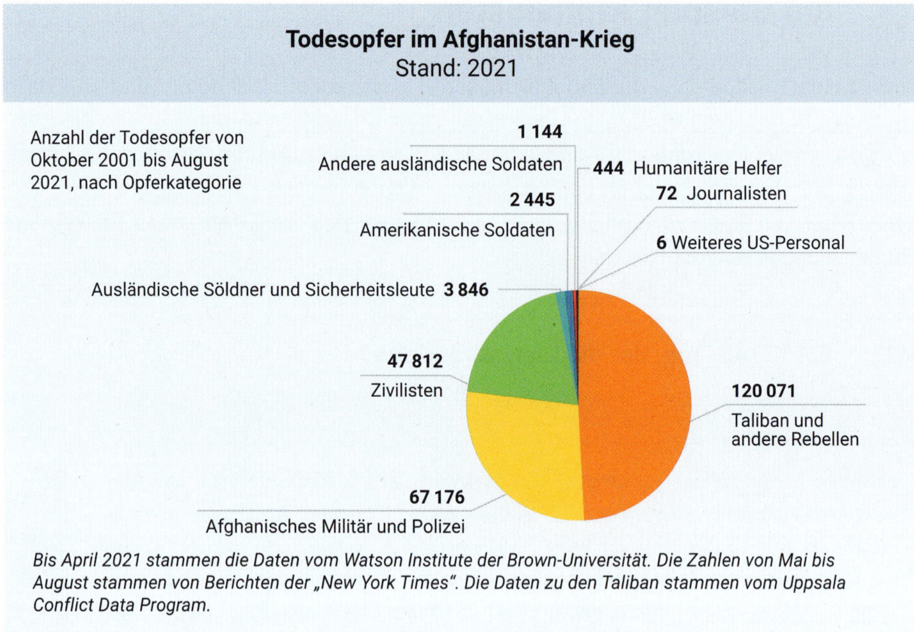

Bearbeiter; Quellen: Brown-Universität, „New York Times", Uppsala Conflict Data Program, Afghanistan-Index

Die „Kosten" des Einsatzes
In den Jahren 2001 bis 2021 waren etwa 150 000 deutsche Soldatinnen und Soldaten in Afghanistan im Einsatz, viele mehrfach. 59 kamen um, 35 im Gefecht oder durch Anschläge. Eine Bilanz der Bundesministerien im Oktober 2021 ergab Gesamtausgaben für den Einsatz in Höhe von 17,3 Mrd. €.

ISAF (International Security Assistance Force)
unter NATO-Führung stehende Sicherheits- und Aufbaumission (2001-2014), anschließend bis 2021 „Resolute Support" zur Unterstützung der afghanischen Sicherheitskräfte

M14 Welche Länder haben in Afghanistan die Führung übernommen?

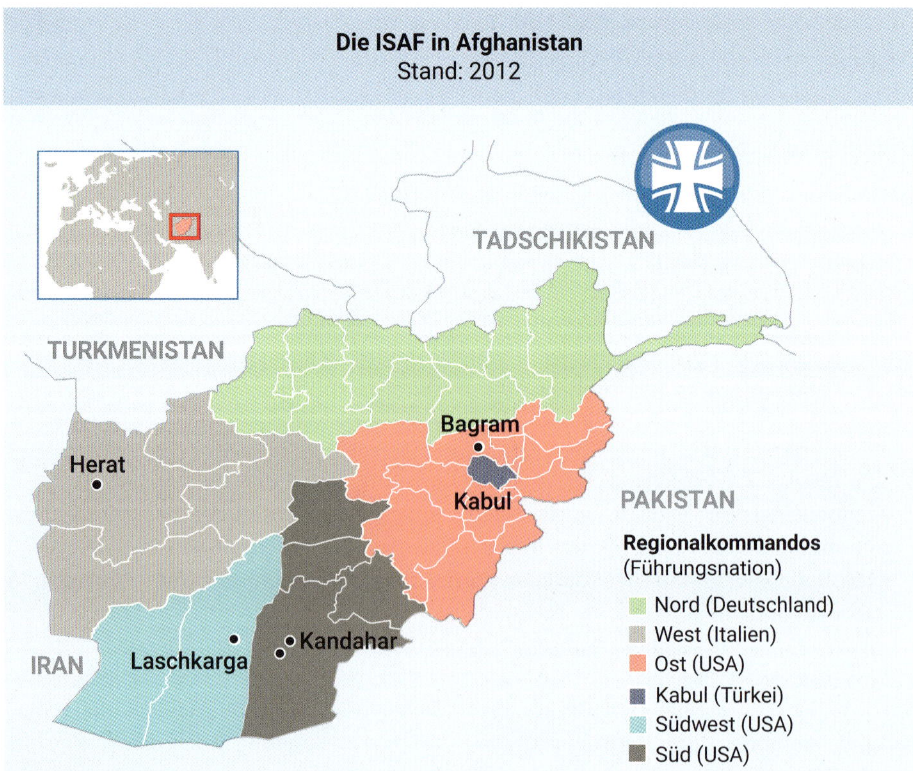

Nach: dpa-infografik / dpa 16356, Quelle: Bundeswehr

M15 Kontrovers: War der Einsatz in Afghanistan ein Erfolg?

Das Ende der 2001 begonnen Afghanistan-Mission war seit Februar 2020 absehbar, als der damalige US-Präsident Donald Trump mit den Taliban den Abzug der US-Truppen vereinbarte.

1 Bundespräsident Steinmeier: Eine Zäsur, die die Welt verändern wird?

„Die dramatischen Bilder aus Kabul und die Ereignisse in Afghanistan lassen niemanden unberührt. Besonders bedrückend sind sie für alle, die sich in den vergangenen zwanzig Jahren für ein besseres Leben der Menschen dort engagiert und dafür vielfach die eigene Gesundheit, ja das eigene Leben eingesetzt haben; für die zehntausenden Soldatinnen und Soldaten der Bundeswehr, die in Afghanistan gedient haben; für die Angehörigen derjenigen, die gefallen sind. [...] Der rasche Zusammenbruch der afghanischen Regierung und ihrer Streitkräfte sowie die widerstandslose Übernahme der Herrschaft durch die Taliban wird lange Schatten werfen. Das Scheitern unserer jahrelangen Anstrengungen, in Afghanistan ein stabiles, tragfähiges Gemeinwesen aufzubauen, wirft grundlegende Fragen für Vergangenheit und Zukunft unseres außenpolitischen und militärischen Engagements auf. Bittere Fragen, die wir nicht in erster Linie schnell, sondern ehrlich und gründlich beantworten müssen.

Und Antworten müssen wir auch im westlichen Bündnis gemeinsam suchen. Denn ohne dieses Bündnis und die Solidarität im Bündnis wären wir vor zwanzig Jahren nicht nach Afghanistan gegangen. Das deutsche Engagement wie das Engagement vieler anderer NATO- und westlicher Staaten in Afghanistan ist nur im Bündnis zu verstehen und zu bewerten.

Dennoch bleibt es dabei: Wir erleben in diesen Tagen eine menschliche Tragödie, für die wir Mitverantwortung tragen, und eine politische Zäsur, die uns erschüttert und die Welt verändern wird."

Steinmeier, Frank-Walter: Statement zur aktuellen Lage in Afghanistan. In: www.bundespräsident.de, 17.08.2021

2 Außenminister Heiko Maas: Lage falsch eingeschätzt?

Außenminister Maas hat nach der Machtübernahme der Taliban in Afghanistan Fehler eingestanden. Die Bundesregierung habe diese Entwicklung nicht so vorhergesehen. [...] „Es gibt da nichts zu beschönigen", sagte Maas. Weder die Bundesregierung noch ihre westlichen Partner einschließlich der Nachrichtendienste hätten die aktuelle Entwicklung so vorhergesehen. „Es gebietet die Ehrlichkeit, das in aller Form so einzugestehen." Maas sagte, die Geschwindigkeit, mit der die Taliban Kabul eingenommen hätten, habe sowohl die Bundesregierung als auch deren NATO-Partner überrascht.

Tagesschau: „Wir haben die Lage falsch eingeschätzt". In: www.tagesschau.de, 16.08.2021

3 Reinhard Erös, Stiftung „Kinderhilfe Afghanistan": Der ganze Einsatz eine Totgeburt?

Kommt der Abzug [...] zu spät?

Ich fordere seit Jahren, dass die ausländischen Truppen Afghanistan verlassen. Zur Sicherheit tragen die für den Großteil der Bevölkerung nichts bei. Die ausländischen Soldaten schützen sich vor allem selber und die wirtschaftlichen Eliten. Das Hochsicherheitslager der Bundeswehr bei Mazar-i-Sharif ist seit Jahren ein potemkinsches Dorf, das Sicherheit vorspielen soll. Mit ausländischem Militär ist in der Geschichte Afghanistans noch nie etwas erreicht worden. Der ganze Einsatz war von Anfang an eine Totgeburt, mit circa 1,3 Billionen Dollar dazu einer der teuersten Kriege in der modernen Geschichte.

Wird sich Ihre Arbeit vor Ort ändern?

Unsere Einrichtungen, 30 Schulen mit über 60000 Schülern – die meisten davon Mädchen –, vier Mutter-Kind-Kliniken, drei Waisenhäusern, eine Universität auch für Mädchen, sind nie angegriffen worden. Es gab auch keine Bedrohungen gegen unsere 2000 Mitarbeiter, obwohl wir im Osten des Landes aktiv sind, der als Heimatland der Taliban gilt. Daher erwarte ich, dass alles so weiterläuft wie bisher. Wir haben bei jedem Projekt vor dem ersten Spatenstich auch mit religiösen Verantwortlichen vor Ort, also in dem Sinne auch den Taliban, gesprochen. Wenn es Einwände gab, haben wir ein Projekt nicht gemacht.

Dörner, Jan: „Von Anfang an eine Totgeburt". In: www.frankenpost.de, 28.06.2021

4 Joachim Simon, Beauftragter des katholischen Militärbischofs für die Militärseelsorge in den Einsatzländern: „Der Einsatz war nicht umsonst."

„Der Einsatz war nicht umsonst, die gebrachten Opfer waren nicht vergeblich", sagte Simon am Dienstag auf Anfrage von katholisch.de. Die internationalen Truppen hätten der geschundenen Bevölkerung Afghanistans für eine längere Zeitspanne zumindest in manchen Regionen mehr Sicherheit und Lebensqualität verschafft. „Deutsche Soldatinnen und Soldaten haben sich im Dienst für Sicherheit und Freiheit engagiert und bewährt", so Simon. Dafür verdienten sie Respekt, die körperlich und seelisch Verwundeten staatliche Fürsorge, die Gefallenen ein ehrenvolles Gedenken und ihre Hinterbliebenen Solidarität. ... (Es) bleibe die Hoffnung, dass sich die Taliban in den vergangenen Jahren in manchen gesellschaftlichen Fragen etwas bewegt hätten. „Es gibt Berichte von Hilfsorganisationen, dass man mit den Taliban auch verhandeln kann, wenn es um Schulbildung oder medizinische Versorgung geht, und sie das Verhandelte auch respektieren", so Simon. Insofern hoffe er, dass Afghanistan unter einer möglichen neuen Herrschaft der Taliban nicht noch einmal zum Rückzugsort für islamistische Terroristen werde.

Zimmermann, Steffen: Militärseelsorger: Bundeswehreinsatz in Afghanistan war nicht umsonst. In: www.katholisch.de, 10.08.2021

Aufgaben

82000-205

1. Klären Sie Anlass und Umstände für die Entscheidung des Deutschen Bundestags vom 16.11.2001 (**M12**) mithilfe der Zeittafel (QR-Code).
2. Erschließen Sie aus **M13** die Konflikte, die mit dem Einsatz in Afghanistan von 2001 bis 2021 verbunden waren.
3. Die Materialien **M15** liefern verschiedene Perspektiven auf den Einsatz in Afghanistan.
   a) Stellen Sie die hier genannten Ursachen für die Entwicklungen zusammen.
   b) Welche Reaktionen bei den beteiligten Soldatinnen und Soldaten sind zu erwarten? Schlagen Sie den verantwortlichen Politikerinnen und Politikern vor, wie sie darauf reagieren könnten.
   c) Bundeskanzler Gerhard Schröder nannte das Vorgehen im Jahr 2001 eine „Zäsur" für die deutsche Außenpolitik, ebenso wie Bundespräsident Fank-Walter Steinmeier 20 Jahre später den Abzug der Truppen. Beurteilen Sie auf Grundlage des gewonnen Hintergrundwissens, unter welchen Aspekten der Begriff jeweils berechtigt oder übertrieben ist.
4. Die Erfahrungen mit dem Bundeswehreinsatz von 2001 bis 2021 sind Grundlage für die Entscheidungen im Parlament zu militärischem Engagement im Ausland. Recherchieren Sie dazu die aktuellen Positionen in der Öffentlichkeit (Parlament, Parteien, Medien etc.).
5. Führen Sie zum Thema „Deutsches Militärengagement im Ausland" ein Streitgespräch durch. Überprüfen Sie davor und danach das Meinungsbild in der Klasse.

H zu Aufgabe 3b
→ S. 185

Wie wurde der Einsatz der Bundeswehr in Afghanistan rechtlich begründet?
M11, M12

Der Terroranschlag auf die Türme des World-Trade-Centers in New York am 11. September 2001 ging von einer fundamentalistisch-islamistischen Organisation aus. Als festgestellt wurde, dass der Anschlag vom Ausland aus gesteuert war, beriefen sich die UNO auf das Recht zur Selbstverteidigung und die USA auf Art. 5 des NATO-Vertrags. Damit waren die Vertragspartner aufgefordert, militärischen Beistand zu leisten.
In Deutschland bedarf es dazu verfassungsrechtlich der Zustimmung des Bundestags („Parlamentsheer"). Bundeskanzler Schröder erreichte dafür Ende 2001 eine knappe Mehrheit im Bundestag. Wenige Wochen danach beteiligten sich Soldaten der Bundeswehr an einer zunächst auf sechs Monate begrenzten „Friedensmission" mit dem Ziel, den Terrorismus zu bekämpfen. Das Mandat wurde allerdings regelmäßig verlängert, ab 2014 ohne Kampfeinsatz. In der deutschen Bevölkerung wurde der Einsatz – wie Umfragen zeigten – stets skeptisch gesehen. Auch deswegen vermieden die in der Verantwortung stehenden Politikerinnen und Politikern lange Jahre den Begriff Krieg für die Auseinandersetzungen.

Wie kam es so überraschend zu einem Abzug der Truppen?
M15

Als die USA im Jahr 2020 unter Präsident Trump nahezu bedingungslos den Abzug ihrer Streitkräfte ankündigten, bereiteten sich auch die NATO-Partner auf den Abzug vor. Am 29. Juni 2021 verließen die letzten deutschen Soldatinnen und Soldaten das Einsatzgebiet.

Welche innenpolitischen Folgen hatte der Abzug in Deutschland?

Die innenpolitische Diskussion zum Einsatz fiel in den Bundestagswahlkampf 2021. Kritikerinnen und Kritiker bezweifelten den Sinn von Auslandseinsätzen generell, thematisierten die politischen wie militärischen Abhängigkeiten von den USA und stellten auch andere Auslandseinsätze (z. B. in Mali) zur Diskussion. Kritisiert wurde ferner die mangelhafte Transparenz zum Zweck und zu den Methoden, die kaum in der deutschen Politik diskutiert worden waren. Selbst die erste Phase des Einsatzes (Auslöschen von Al-Qaida) wird als nur teilweise erfolgreich eingeschätzt.
Übereinstimmung bei der Bewertung besteht darin, dass der Einsatz in der zweiten Phase an der Vorstellung der „Nation Building" orientiert war und gescheitert sei: Es sei nicht gelungen, Gesellschaft und Staat gegen die herkömmlichen Strukturen und Stammestraditionen nach westlichen Vorstellungen zu entwickeln.
Mit der Vertreibung der gewählten Regierung durch die Taliban im Sommer 2021 und dem Abzug der NATO-Kräfte wurden auch die Teilerfolge im Bildungs- und Gesundheitswesen oder bei der Versorgung der Bevölkerung zunichte gemacht. In der Folge flüchteten viele Afghanen in die Nachbarländer und nach Europa.
Innenpolitisch stand eine unzureichende Fürsorge der deutschen Politik für die sog. „Ortskräfte" in der Kritik. Sie hatten z. T. lange Jahre für die Bundeswehr gearbeitet (z. B. als Dolmetscherinnen und Dolmetscher) und sahen sich den Verfolgungen durch die Taliban ausgesetzt.

4.4 Wie ein außenpolitisches Thema in der Öffentlichkeit diskutiert wird – das Beispiel Klimapolitik und der CO_2-Preis

Zum Thema: Internationale Vereinbarungen wirken sich auf die nationale Politik aus. Ihre Umsetzung in nationales Recht führt häufig zu kontroversen Diskussionen in der Öffentlichkeit. Dies gilt besonders für die Klimapolitik. Welche Eckpunkte setzen Abkommen? Welche Akteure wollen bei der Umsetzung in die nationale Politik ihre Positionen und Interessen einfließen lassen? Welche Ziele wollen sie durchsetzen?

M16 Reaktionen auf die neue CO_2-Bepreisung

Bis 2050 sollen alle EU-Mitgliedstaaten klimaneutral sein, bis 2030 sollen 55 % weniger Klimagase im Vergleich zu 1990 freigesetzt werden. Um diese Ziele zu erreichen, wird in Deutschland seit 2021 ein CO_2-Preis für die Bereiche Wärme und Verkehr erhoben. Seitdem wird der Ausstoß von Treibhausgasen bei Heizen und Autofahren über einen nationalen CO_2-Emissionshandel bepreist. Das Brennstoffemissionshandelsgesetz ist mit entsprechender Veränderung am 10.11.2020 in Kraft getreten.

1 Klimaschutz: Mieterbund rechnet mit zusätzlichen Belastungen durch CO_2-Steuer

Der Deutsche Mieterbund fordert, dass die Vermieter durch die CO_2-Steuer anfallende Zusatzkosten im Bereich der Heizung tragen. Auch Verbraucherschützer mahnen.

Dpa: Klimaschutz – Mieterbund rechnet mit zusätzlichen Belastungen durch CO_2-Steuer. In: www.handelsblatt.de, 13.07.2019

2 Bosch-Chef: „CO_2-Vorgaben der EU-Kommission bedrohen Auto-Jobs"

Die geplanten CO_2-Grenzwerte der EU sind nach Ansicht von Bosch-Chef Volkmar Denner zu ambitioniert. Die Umsetzung der Vorgaben würde Arbeitsplätze in der Autobranche kosten, warnte er.

© Crain Communications GmbH: Bosch-Chef: „CO_2-Vorgaben der EU-Kommission bedrohen Auto-Jobs". In: www.automobilwoche.de, 11.12.2019

3 Unterschiedliche Reaktionen auf Klima-Einigung: „vertretbar" oder „nicht ausreichend"?

Bei der CO_2-Bepreisung sind Bund und Länder nun einig – mit dem Kompromiss zufrieden sind aber die wenigsten. [...] Robert Habeck von den Grünen sprach von einem „wichtigen Zwischenschritt" [...]: Die Erhöhung des CO_2-Preises sei gegen die Große Koalition durchgesetzt worden. „Das ist allerdings nicht, was wir wollten", sagte Habeck – man habe ehrgeizigere Pläne gehabt.

© Tagesschau.de: Reaktion auf Klimaeinigung – „vertretbar" oder nicht „ausreichend". In: www.tagesschau.de, 16.12.2019

Einstiegsaufgaben

Weitere Positionen zur CO_2-Abgabe

71910-50

In **M16** und im nebenstehenden QR-Code finden Sie Positionen zur CO_2-Abgabe.

1. Stellen Sie Vermutungen an, an wen Sie jeweils mit welcher Absicht gerichtet sind.
2. Analysieren Sie die Aussagen und Forderungen, ggf. arbeitsteilig, indem Sie sie
   a) nach politischen, wirtschaftlichen und sozialen Motiven trennen;
   b) die Akteure nach der Zahl der jeweils vertretenen Bürgerinnen und Bürger sowie Beschäftigte sortieren;
   c) die jeweilige Strategie bestimmen (z. B. informativ, argumentativ, offen oder versteckt drohend, eigenes Interesse mit dem Gemeinwohl verknüpfend, emotionalisierend, wissenschaftlich, ab- bzw. aufwertend; Ja-aber-Methode).

M17 Internationale Vereinbarungen und Verpflichtungen

1 Das Pariser Abkommen 2015: weltweite Decarbonisierung

In der Präambel des Abkommens wird vereinbart, dass die Vertragsparteien „beim Vorgehen gegen Klimaänderungen ihre jeweiligen Verpflichtungen im Hinblick auf die Menschenrechte, das Recht auf Gesundheit, die Rechte von indigenen Völkern, lokalen Gemeinschaften, Migrantinnen und Migranten, Kindern, Menschen mit Behinderungen und besonders schutzbedürftigen Menschen und das Recht auf Entwicklung sowie die Gleichstellung der Geschlechter, die Stärkung der Rolle der Frau und die Gerechtigkeit zwischen den Generationen achten, fördern und berücksichtigen". Als ein zentrales Ziel ist in das Abkommen aufgenommen worden, dass „der Anstieg der durchschnittlichen Erdtemperatur deutlich unter 2 Grad Celsius über dem vorindustriellen Niveau gehalten wird und Anstrengungen unternommen werden, um den Temperaturanstieg auf 1,5 Grad Celsius über dem vorindustriellen Niveau zu begrenzen" (Artikel 2,1). [...] Die Industrieländer müssen konkrete Ziele zur Verminderung des CO_2-Ausstoßes formulieren, die übrigen Länder werden im Abkommen dazu ermutigt. Die nationalen Ambitionen sollen sich stetig steigern: „Die Anstrengungen aller Vertragsparteien werden im Laufe der Zeit eine Steigerung darstellen, wobei die Notwendigkeit anerkannt wird, die Vertragsparteien, die Entwicklungsländer sind, bei der wirksamen Durchführung dieses Übereinkommens zu unterstützen." (Artikel 3) Die Staaten verpflichten sich also, ihre Klimaziele im Laufe der Zeit zu erhöhen. Es ist klar, dass mit dem Vertrag das fossile Zeitalter zu Ende geht.

© Deutsche Gesellschaft für die Vereinten Nationen e. V.: Das Klimaabkommen von Paris. In: www.nachhaltig-entwickeln.dgvn.de, Abruf am 08.03.2021

Decarbonisierung
Abkehr der Energiewirtschaft von der Nutzung kohlenstoffhaltiger Energieträger; vor allem Erdöl, Erdgas, Kohle (aus Biomasse vor Jahrmillionen entstanden)

Ratifizierung
Völkerrechtlich verbindliche Bestätigung durch den deutschen Bundestag am 22.9.2016

2 Der „Green-Deal" der Europäischen Union

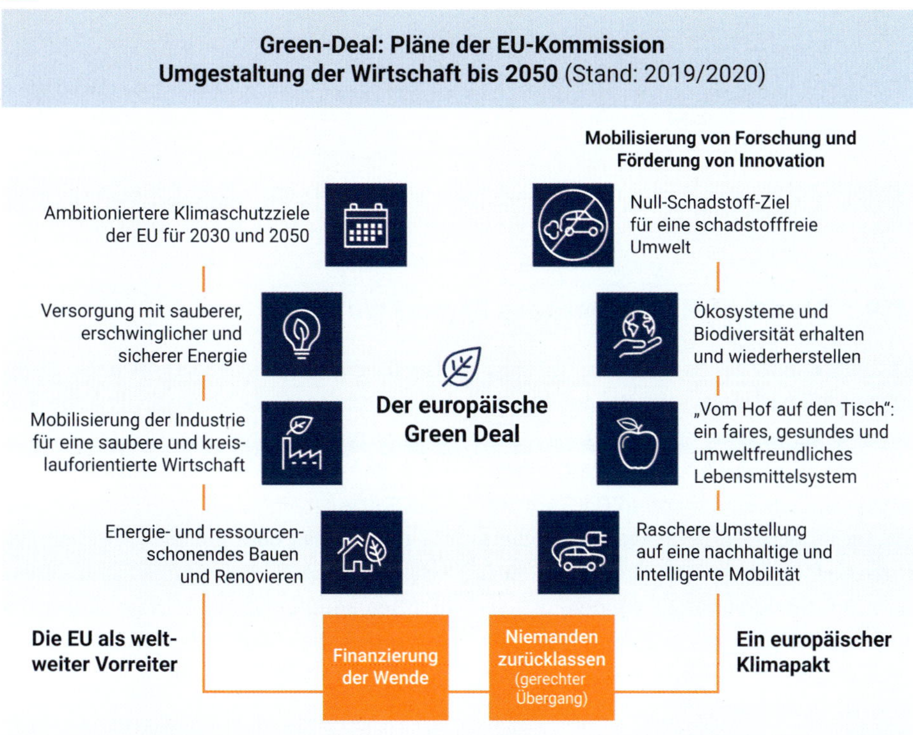

Quelle: Green Deal / EU Kommission

Finanzierung
Im Jahr 2020 plante die EU die Mobilisierung von einer Billion Euro bis 2030 (öffentliche und private Mittel).

„Niemanden zurücklassen"
Hilfsfonds sollen einzelnen Ländern (z. B. Polen) die Energiewende ermöglichen.

3 Forderungen des EU-Parlaments

Bis 2050 müssen alle EU-Staaten klimaneutral sein. Im Rahmen des neuen Klimagesetzes fordert das Parlament ehrgeizige Zwischenziele für 2030 und 2040. [...] Das neue Klimaschutzrecht soll aus dem politischen Versprechen der EU, bis 2050 klimaneutral zu werden, eine verbindliche Verpflichtung machen. Das Ziel: Bürgern und Unternehmen die Rechtssicherheit und Vorhersehbarkeit bieten, um für den anstehenden Wandel gerüstet zu sein. Bis 2050 muss nach Ansicht des Parlaments nicht nur die EU, sondern auch jeder einzelne Mitgliedstaat klimaneutral werden. Danach müsse die EU sogenannte negative Emissionen erreichen, also mehr CO_2 binden als freisetzen. Damit dies gelingt, müsse genug Geld bereitgestellt werden.

© Europäisches Parlament: Pressemitteilung: EU-Klimagesetz: Parlament will Emissionen bis 2030 um 60% reduzieren. In: www.europarl.europa.eu, 08.10.2020

M18 Auswirkungen des Green-Deals auf Deutschland: Welche Bereiche sollen wie viel Emissionen einsparen?

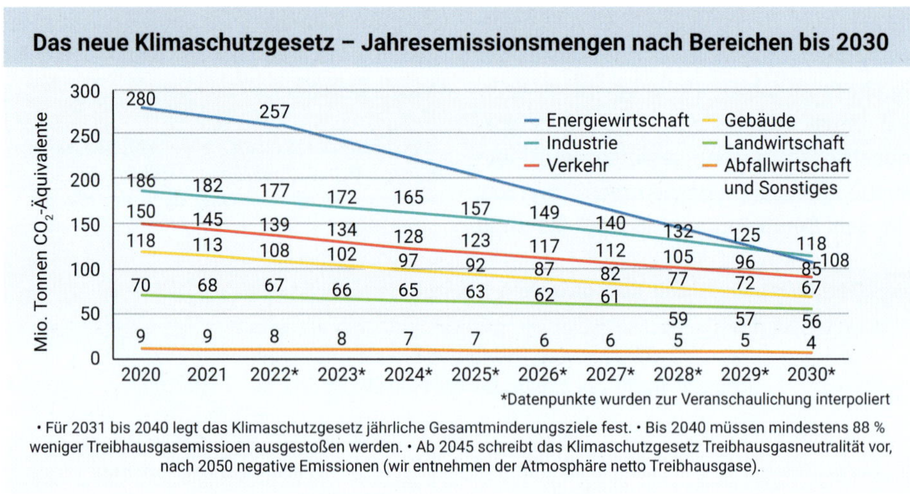

Zahlen nach: Bundesministerium für Umwelt, Naturschutz, nukleare Sicherheit und Verbraucherschutz

M19 Der CO_2-Preis: Stimmen aus Bayerns Wirtschaft

Bis 2050 soll die EU nach Willen der Kommission klimaneutral sein. Bei den bayerischen Unternehmen sei der Wunsch und der Wille da, höhere Klimaschutzstandards mitzugestalten, sagt Manfred Gößl von der IHK für München und Oberbayern. Er steht grundsätzlich hinter dem Green Deal, aber bis 2050 klimaneutral zu werden, das sei „nicht realistisch – ganz eindeutig."
Die Skepsis der IHK will Katharina Reuter vom Bundesverband der grünen Wirtschaft nicht so stehen lassen, man habe einfach keine andere Wahl: „Wie können Sie da der jungen Generation noch in die Augen schauen? Es ist tatsächlich die Verantwortung unserer Zeit, die Maßnahme und die Reduktionspfade festzulegen." [...] Die Sorge der Vereinigung der bayerischen Wirtschaft ist, dass auf die Unternehmen übermäßig große Belastungen zukommen, Firmen könnten abwandern in Länder mit weniger hohen Standards. Andere Fachleute sehen eher die Chancen.

© Bayerischer Rundfunk: Wie wirkt sich der Green Deal der EU auf Bayerns Wirtschaft aus? In: www.br.de, 29.10.2020

Auszüge aus dem geänderten Brennstoffemissionshandelsgesetz vom 10.11.2020

71910-51

M20 Der CO_2-Preis karikiert ...

Karikatur: Tomicek, 2020

BVerfG-Urteil zum Klimaschutzgesetz
Das Bundesverfassungsgericht verpflichtete am 29.04.2021den Gesetzgeber mit Blick auf Art. 2a GG (Schutz der natürlichen Lebensgrundlagen) zu Maßnahmen auch nach 2030. Den Anforderungen dieses Beschlusses wurde mit einer Gesetzesänderung Rechnung getragen.

Aufgaben

82000-206

1. Vergleichen Sie den „Green Deal" der EU (**M17** 1) mit dem Pariser Abkommen von 2015 (**M17** 2) unter den Aspekten Ziele und Methoden für die beteiligten Staaten.
2. Der „Green Deal" (**M17** 2) verfolgt das Ziel einer vollkommenen Klimaneutralität der EU bis 2050. Ermitteln Sie mit Hilfe des nebenstehenden QR- und Mediencodes und anhand der Angaben auf den offiziellen Seiten der EU (europa.eu) die Eckpunkte des Vorhabens und den weiteren Fahrplan bis 2050.
3. Recherchieren Sie den Stand des europäischen Klimagesetzes und ggf. die Reaktionen in der deutschen Politik, z. B. in der Landwirtschaft.
4. Der Flugzeugtreibstoff Kerosin ist im Unterschied zu Benzin oder Diesel von Steuern befreit. Der „Green Deal" verlangt von den EU-Mitgliedsstaaten u. a. bis 2025 die Streichung aller Subventionen für fossile Brennstoffe. Erörtern Sie die zu erwartenden Folgen für den internationalen und nationalen Tourismus (alternativ: Wirtschaft, Verkehr). Schlagen Sie für eine Übergangszeit Maßnahmen vor, mit denen die Politik problematische Folgen mindern kann (**M17** 2, 3, **M18**).
5. Die Verringerung von Emissionen betrifft sechs Bereiche (**M18**). Zeigen Sie an jeweils einem Beispiel,
   a) wie Sie als Verbraucher:in von einer steigenden CO_2-Abgabe betroffen sind (**M18**).
   b) wie Sie als Unternehmer:in von einer steigenden CO_2-Abgabe betroffen sind (**M19**).
   c) Schlagen Sie Verhaltensweisen im Alltag vor, mit denen der CO_2-Ausstoß vermieden werden kann.
6. Analysieren Sie die Karikatur in **M20** (→ Methodenglossar). Beziehen Sie in die Interpretation die wirtschaftlichen und politischen Folgen der EU-Vorgaben ein.

Weitere Infos zum Green Deal

71910-52

H zu Aufgabe 4
→ S. 185

Methoden in der medialen Präsenz von außenpolitischen Themen → M16

Am Beispiel der internationalen wie nationalen Klimaschutzmaßnahmen zeigen sich gängige Instrumente und Methoden, mit denen Positionen in der Öffentlichkeit vertreten und in Printmedien, digitalen Portalen oder Netzwerken platziert werden. Je nach Interessenlage oder politischer Position setzen die Akteure in Bild und Text informierende, appellierende, tendenziöse oder manipulative Techniken ein. Eine sorgfältige Analyse hilft, Motive, Interessen und Methoden eigenständig zu bewerten.

82000-17

Internationale Bemühungen zum Klimaschutz → M17 1 2 3

Der Klimaschutz gewann in der internationalen Politik seit 1992 („UN-Erdgipfel in Rio") ständig an Bedeutung. Während es vorher bei unverbindlichen Absichtserklärungen zum Klimaschutz blieb, verabschiedeten 190 Staaten im Jahr 2015 im „Pariser Klimaabkommen" erstmals eine völkerrechtlich verbindliche und weltweit geltende Vereinbarung. Die Erderwärmung sollte deutlich unter 2°C gehalten, möglichst auf 1,5°C begrenzt werden. Erreichbar ist das Ziel über die Minderung bzw. Vermeidung der von Menschen verursachten (anthropogenen) Treibhausgase, vor allem von Kohlendioxid und Methan. Die EU legte dazu im Jahr 2019 das Konzept des „Green Deal" vor.

82000-09

Der „Green Deal" der EU → M17 2, M18

Mit der Initiative wollte die EU-Kommission dem Thema einen neuen Schub geben. Dieser „Green Deal" wurde 2019 und 2020 von den Staats- und Regierungschefs gebilligt. Damit stimmte auch die Bundesrepublik den Zielen und Maßnahmen zu. Vom EU-Parlament wurde die Ausarbeitung eines Klimagesetzes gefordert. Kernpunkt ist die völlige Klimaneutralität der EU bis 2050. Als Zwischenphase sind die Treibhausgase bis 2030 um 55 % gegenüber 1990 zu reduzieren. Jedes Mitgliedsland der EU ist selbst für das Erreichen der Ziele verantwortlich. Das bedeutete nationale Maßnahmen, insbesondere für die Industrie, den Verkehr, die Landwirtschaft, die Energie- und Bauwirtschaft.

82000-10

CO_2-Bepreisung als Kern der nationalen Maßnahmen → M18, M19

Die Kohlenstoffdioxid-Emissionen entstehen durch die Verbrennung fossiler Energieträger (Öl, Kohle, Gas). Mit deren Verteuerung soll eine Änderung im Verhalten, in der industriellen Produktion und in anderen Lebensbereichen erreicht werden, die sich ergebende Reduzierung der Emissionen soll die globale Erwärmung verringern. Konkret: Wenn die Verbraucher aus Ersparnisgründen beispielsweise weniger Autofahren, weniger heizen, ein Elektroauto kaufen oder die Häuser energetisch sanieren, wird CO_2 eingespart. Das seit Anfang 2021 geltende Gesetz verteuert den Ausstoß einer Tonne CO_2 zunächst um 25 € je Tonne (schrittweise Verteuerung bis 65 €). Die Kosten trägt zunächst der Kraft- und Brennstoffhandel, so gelangen die Kosten auf den Markt und können ihre Lenkungswirkung entfalten. Die für den Staat entstehenden Einnahmen werden in Klimaschutzmaßnahmen investiert oder als Entlastung an die Bürger an anderer Stelle zurückgegeben.

82000-18

Seit 2002 ist im Art. 20a GG der Schutz der natürlichen Lebensgrundlagen in Verantwortung für die künftigen Generationen als Staatsaufgabe verankert. Das Politikfeld „Umweltpolitik" verknüpft die Aspekte der Energie-, Verkehrs-, Agrar- und Forschungspolitik ebenso wie die der Gesundheits- und Entwicklungspolitik. Ursache ist die von Menschen verursachte erhöhte Einstrahlungsenergie der Sonne (Treibhauseffekt) mit weltweiten Auswirkungen auf Klima und Ökosysteme.

Warum ist die Bundesregierung zu einem umfassenden Klimaschutz verpflichtet?
M17 1, 2

Die wissenschaftlichen Daten zu den Ursachen des Klimawandels sind inzwischen weltweit unumstritten. Da viele Lebensbereiche und das gesamte Ökosystem betroffen sind, braucht es Maßnahmen vor allem in den Bereichen Industrie, Landwirtschaft, Tourismus, Mobilität, Energiegewinnung, Landschafts- und Ressourcennutzung. Beeinflusst sind die Lebensbedingungen in verschiedenen Weltregionen in unterschiedlichem Maß. So erklären sich auch Widerstände gegenüber Ausmaß und Tempo der Maßnahmen, wie sie im Pariser Abkommen oder im „Green Deal" gefordert sind.

Warum kann der Klimaschutz nur mit internationalen Anstrengungen Erfolg haben?
M16, M18, M19

Das Thema Klimaschutz wurde auf nationaler wie internationaler Ebene von herkömmlichen Organisationen wie Bund Naturschutz oder Greenpeace forciert, zudem von neueren Initiativen, die meist sehr öffentlichkeitswirksam agieren. Dazu zählen länderübergreifende Bewegungen wie „Fridays for Future", „Sciences for Future" oder „Collective Climate Justice". Sie drängen auf ein höheres Tempo der Klimaschutzmaßnahmen. Die politische Landschaft hat darauf reagiert, der Klimaschutz rückte für viele Wähler und mehrere Parteien nach oben auf der Prioritätenliste. Gewicht verschafften dem Thema ferner Gerichtsurteile, so ein Urteil des Europäischen Gerichtshofs zu den Emissionswerten. In Deutschland verlangte ein von Klimaaktivisten angestrengter Beschluss des Bundesverfassungsgerichts vom Gesetzgeber, langfristige Maßnahmen zum Schutz der natürlichen Lebensgrundlagen sicherzustellen.

Welche nationalen und internationalen Akteure haben Klimaschutzmaßnahmen beschleunigt?

Die Grundpositionen in Politik und Gesellschaft haben kontroverse Perspektiven: So befürchten wirtschaftsnahe Akteure tendenziell negative Auswirkungen auf die Wettbewerbsfähigkeit und die Arbeitsplätze bei zu strengen nationalen oder internationalen Regelungen. Verlangt wird deswegen häufig eine zeitliche Streckung der Maßnahmen und die Förderung technischer Innovationen. Dem gegenüber werden die schwerwiegenden Folgen bei zu zögerlicher Politik beklagt. Die globale Krise verlange sofortige Maßnahmen auf vielen Ebenen.
Bei den Parteien reichen die Positionen vom Vorwurf „klima-diktatorischer Maßnahmen" durch die EU über verfassungsrechtliche Bedenken bei der Umsetzung und Klagen wegen sozialer Benachteiligung von Bevölkerungsgruppen bis hin zur Rechtfertigung der Maßnahmen oder dem Bedauern über den zu geringen politischen Ehrgeiz. Diskutiert wird immer wieder auch die Frage nach der Effizienz der Klimaschutzmaßnahmen, wenn man die Emissionen in Deutschland mit denen in China und den USA vergleicht. Andererseits wird auf die Möglichkeiten hingewiesen, anderen Ländern damit Wege und Innovationen anzubieten zur Verminderung des Ausstoßes.

Wie spiegelt sich die Vielfalt an Positionen in der öffentlichen Diskussion wider?
M16, M19

KOMPETENZEN ANWENDEN

Kompetenz-Check Kapitel 4

71910-53

Die nachfolgenden Aufgaben bieten Ihnen die Möglichkeit, sich selbst zu überprüfen und erlauben Ihnen, abzuschätzen, inwieweit Sie die gewonnenen Kenntnisse und Fähigkeiten gezielt anwenden können. Mögliche Lösungsvorschläge finden Sie über die QR- und Mediencodes zu den jeweiligen Aufgaben.

1 Bildanalyse an einem Beispiel Internationaler Zusammenarbeit im Rahmen der Migration

Hintergrund

Das UN-Flüchtlingswerk (UNHCR) begrüßte im Frühjahr 2020 die von der Bundesregierung angekündigte Aufnahme von mehr als 1.500 Migrantinnen und Migranten aus den überfüllten Lagern auf den griechischen Inseln als „wichtigen Schritt".

UNHCR zur Aufnahme von Schutzsuchenden aus Griechenland

Afghanische Asylsuchende, die in einem behelfsmäßigen Lager neben dem Aufnahme- und Identifizierungszentrum in Moria auf der griechischen Insel Lesbos leben.

©UNHCR/Achilleas Zavallis

„In dieser kritischen Situation kann Deutschland vorangehen, eine substanzielle Zahl von Schutzsuchenden aufnehmen und so helfen, Griechenland zu entlasten. Das wäre nicht nur eine dringend gebotene humanitäre Geste an Menschen in Not, sondern auch ein wichtiges politisches Signal an andere Staaten, in einer Zeit, in der der Flüchtlingsschutz immer weiter unter Druck gerät", sagte ein hoher UNHCR-Vertreter.

© UNHCR 2001-2021: UNHCR begrüßt Bemühungen zur Aufnahme von Schutzsuchenden aus Griechenland. In: www.unhcr.org, 06.03.2020

Aufgaben

1. Beschreiben Sie den Anlass, das Motiv und die auf dem Foto mitgelieferten Informationen.
2. Formulieren Sie die möglichen Botschaften, die mit dem Foto transportiert werden.
3. Beziehen Sie in Ihre Antwort den Text im Umfeld des Fotos mit ein.

Lösungsvorschlag

71910-54

2 Prinzipien der deutschen Außenpolitik

a) Nennen Sie die Faktoren, die für Deutschland bei außenpolitischen Entscheidungen eine Rolle spielen.
b) Zeigen Sie an der Entscheidung, Einheiten der Bundeswehr im Ausland einzusetzen, dass sich Einflussfaktoren widersprechen können oder gegeneinander abgewogen werden müssen.

Lösungsvorschlag

71910-55

3 Das Grundgesetz als Regelwerk für außenpolitische Entscheidungen

Vergleichen Sie jede der beiden folgenden Positionen mit den Vorgaben des Grundgesetzes für die deutsche Außenpolitik.

a) „Wo es sich um Seyn oder Nichtseyn des Vaterlandes handelt, darf nichts in Betracht kommen, sei es gerecht oder ungerecht, menschlich oder grausam, löblich oder schändlich, ja man muss mit Hintansetzung jeder Rücksicht die Maßregel ergreifen, die ihm das Leben rettet und die Freiheit erhält."

Machiavelli, Niccolò (1469-1527): Vom Staate. Karlsruhe 1832, S. 382

b) „Jeder deutsche Politiker hat den Auftrag, in erster Linie die Interessen der deutschen Bürgerinnen und Bürger zu vertreten. Die Interessen Deutschlands heißen: den Zusammenhalt Europas wahren und stärken, offene Märkte und transatlantische Freundschaft."

Friedrich, Hans-Peter (CSU), zitiert nach: FOCUS Online: Was, wenn wir sagen: Germany first? In: www.focus.de, 06.02.2017

Lösungsvorschlag

71910-56

4 Deutschlands Einbindung in internationale Organisationen

a) Erläutern Sie den Begriff „Multilateralismus".
b) Beschreiben Sie Möglichkeiten und Grenzen einer multilateral orientierten Außenpolitik an **einem** selbstgewählten Beispiel (z. B. weltweite Geschlechtergerechtigkeit, globaler Artenschutz, innerstaatliche Konflikte in einem ostasiatischen Land, Hungerkatastrophe in Zentralafrika).
c) Nehmen Sie begründet Stellung zu folgender unilateralistisch orientierten Position in Pandemie-Zeiten:
Gerade in einer Pandemie ist es notwendig, zunächst und vor allem die eigene Bevölkerung zu schützen. Die Zusammenarbeit mit anderen Staaten bei Virenforschung, Datenerfassung oder Impfstoff-Herstellung ist demgegenüber nachrangig.

Lösungsvorschlag

71910-57

5 Internationale Vereinbarungen und nationale Regelungen

Der Green Deal der EU und die daraus folgenden nationalen Maßnahmen wirken sich auf Lieferketten und damit auf Verbraucherpreise aus. Vergleichen Sie unter diesem Gesichtspunkt Orangenlieferungen aus dem EU-Land Spanien und Rosen aus Kenia. Ziehen Sie Folgerungen für die Klimaschutzbemühungen der internationalen Staatenwelt.

Lösungsvorschlag

71910-58

Hilfen zu den Aufgaben

Kapitel 1

S. 13 Aufgabe 3

Denken Sie bei der Bearbeitung dieser Aufgabe an politische Entscheidungen bzw. Gesetze aus Ihrer eigenen Lebenswelt. Dazu gehören beispielsweise auch Hobbys wie Filme, Videospiele oder Sport.

S. 32 Aufgabe 4a

Zeitungen (print- oder digital) sind voll mit Beispielen, die Sie für die Erledigung dieser Aufgabe gut gebrauchen können. Nehmen Sie eine Zeitung zur Hand bzw. rufen Sie die online-Ausgabe einer Zeitung auf und suchen Sie z. B. nachfolgende Begriffe: „Demokratie“, „Rechtsstaat“, „Bundesstaat“ oder „Sozialstaat“.

S. 37 Aufgabe 2

Denken Sie hier an die bereits behandelten Inhalte des Grundgesetzes und beziehen Sie sich auf unterschiedliche Aspekte von „Demokratie“. Dazu gehören nicht nur die Wahlen, sondern auch andere Aspekte, z. B. Freiheiten, Rechte, Organe und gegenseitige Kontrolle.

S. 49 Aufgabe 4

Machen Sie sich zunächst Gedanken zum konkreten Anlass der Online-Diskussion. Die grundsätzlichen formellen Anforderungen sind hier deutlich weniger streng als bei einem Brief. So ist es Online z. B. im Normalfall vollkommen in Ordnung, die Diskussionspartnerinnen und -partner zu duzen. Umgangssprache sollten Sie dennoch vermeiden.
Achten Sie schon bei der Auswahl Ihres Beispiels darauf, dass es sich für die Bearbeitung der Aufgabe eignet. Denken Sie auch an mögliche Gegenargumente, die Sie vielleicht schon entkräften können.
Es fällt oft schwer, in Online-Diskussionen andere von der eigenen Meinung zu überzeugen. Dies bedeutet aber nicht, dass es nicht viele stille Mitleserinnen und -leser gibt. Betrachten Sie diese als die wahren Adressaten Ihres Arguments.

Kapitel 2

S. 65 Aufgabe 2

Aufgrund der komplexen Zusammenhänge bietet es sich hier an, diese visuell durch ein Diagramm darzustellen. Nutzen Sie farbige Pfeile und Linien, um die in der Aufgabe genannten Begriffe mit den entsprechenden Funktionen zu verknüpfen.

S. 79 Aufgabe 4

Stellen Sie sich zur Analyse folgende Fragen:
- Was ist, idealerweise, das Ziel eines guten Wahlsystems? Was genau soll abgebildet werden?
- Betrachten Sie die Aufteilung der Stimmen und vergleichen Sie diese mit den vergebenen Sitzen im Parlament.
- Wo fallen Ihnen Ungerechtigkeiten auf?

S. 85 Aufgabe 2b

Berücksichtigen Sie nicht nur die Äußerungen selbst, sondern auch in welchem Kontext diese der Öffentlichkeit zugänglich gemacht wurden. Beziehen Sie dazu Überlegungen zur Zielgruppe ein und wie diese vermutlich auf den Streik reagiert.

Betrachten Sie die Vorschläge kritisch, folgende Fragestellungen können Ihnen sicherlich dabei helfen.

1. Welche Gefahr besteht, wenn Sie in eine Filterblase „eintauchen", um dort zu diskutieren?
2. Sind alle Behauptungen diskussionswürdig? Sind Diskussionen immer sinnvoll?

S. 93
Aufgabe 4a

Denken Sie nicht zu kompliziert, was den Kriterienkatalog angeht. Wichtig ist, was Sie als wichtig empfinden, insofern wäre z. B. im Kontext der 10.–13. Klasse „Zeitaufwand" ein denkbares, wichtiges Kriterium.

S. 98
Aufgabe 1

Kapitel 3

Alternativ könnte es sich hier auch anbieten, dass Sie umgekehrt vorgehen: Gehen zu dazu von aktuellen politischen Themen aus und untersuchen Sie deren Einfluss auf die Gestaltungsmacht der Bundeskanzlerin oder des Bundeskanzlers.

S. 121
Aufgabe 3

Suchen Sie hier auch nach Begründungen, warum bestimmte Themen Ihrer Ansicht nach zu einer Aufhebung der Fraktionsdisziplin führen sollten. Was unterscheidet die Thematik dieser Abstimmungen von anderen, oft ebenso wichtigen Themen?

S. 133
Aufgabe 3

Wenn es Ihnen schwerfällt, sich hier auf ein Szenario festzulegen, würde es sich ggf. anbieten, dass Sie mehrere mögliche Szenarien (positiv, neutral, negativ) erarbeiten. Beachten Sie jedoch, dass Ihre Szenarien aufgrund der Aufgabenbeschreibung in der Realität verankert sein sollten.

S. 146
Aufgabe 4b

Kapitel 4

Der Begriff „Verantwortung" ist in M7 2 (Quelle UN) ausschließlich militärisch orientiert. Beachten Sie, dass „Verantwortung" auch viele andere Facetten hat. Berücksichtigen Sie auch diese.

S. 168
Aufgabe 2

Diese Aufgabe erfordert ggf. multiperspektivische Antworten, z. B. aus der Sicht von Soldatinnen und Soldaten mit Auslandseinsatz, ohne Auslandseinsatz, von im Einsatz verletzten Soldatinnen oder Soldaten mit psychischen Störungen aufgrund lebensbedrohlicher Erlebnisse, ggf. auch die Sicht eines den Einsatz leitenden hohen Offiziers.

S. 174
Aufgabe 3b

Die Antwort sollte sehr konkret angegangen werden: Wie würde sich mein Verhalten ändern, wenn Flugreisen deutlich teurer werden (Fernreisen, Kurzstrecken)? Welche Folgen sind für ausländische/inländische Hoteliers zu erwarten? Wie denke ich als Unternehmer/in oder Chef/in einer Organisation zu Themen wie Geschäftsreisen und internationalen Konferenzen? Welche Fluggesellschaften haben Nachteile/Vorteile? Kann und soll die Politik auf die Folgen reagieren (temporäre Steuererleichterungen, Landeverbote) oder eher nicht?

S. 179
Aufgabe 4

METHODENGLOSSAR

Diagramme/Grafiken/Schaubilder analysieren

Statistiken helfen uns in vielen Alltagssituationen. Es gibt kaum einen Lebensbereich, der nicht statistisch erfasst wird. Eine Statistik ist die systematische Sammlung und Ordnung von Informationen in Form von Zahlen. Diese Zahlen werden entweder in Tabellen oder optisch aufbereitet als Diagramme, Grafiken und Schaubilder ausgewertet und dargestellt. Diese gilt es, zu analysieren.

a)

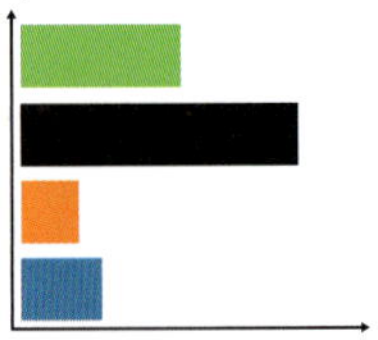

Balkendiagramm

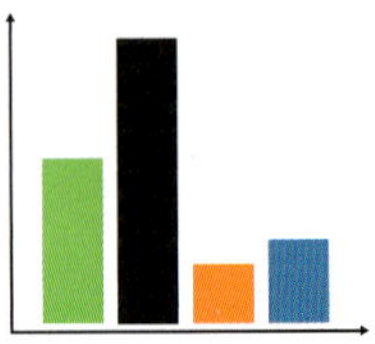

Säulendiagramm

b)

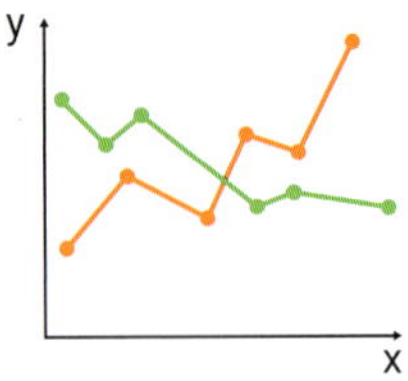

Liniendiagramm

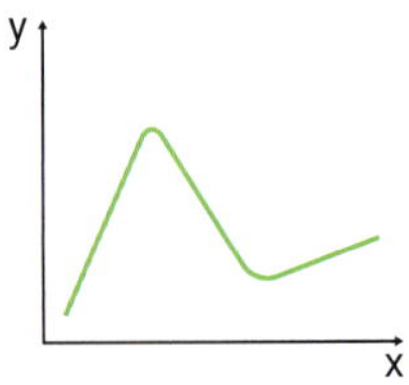

Kurvendiagramm

c)

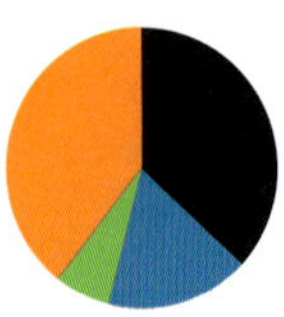

Kreis-/Kuchen-/
Tortendiagramm

1 Fragestellung/Thema bestimmen

Was ist das Thema des Diagramms/der Grafik/des Schaubilds?

2 Darstellungsform bestimmen

Es gibt verschiedene Arten von Diagrammen:
a) in Balken- und Säulendiagramm lassen sich verschiedene Zahlenwerte gut miteinander vergleichen,
b) durch Linien- und Kurvendiagramm können zeitliche Entwicklungen gut dargestellt werden,
c) Kreis-/Kuchen-/Tortendiagramme lassen die jeweiligen Anteile an der Gesamtmenge gut erkennen.

3 Diagramme und Schaubilder beschreiben

- In welcher Maßeinheit sind die Zahlenwerte angegeben? Handelt es sich um absolute Zahlen?
- Dann steht dort z. B. „in Tausend" oder „in Millionen". Oder sind relative Zahlen dargestellt? Diese Angaben erfolgen in Prozent (%).
- Welcher Zeitpunkt oder Zeitraum ist dargestellt?
- Woher kommen die Zahlen, was ist als Quelle der Darstellung angegeben?

4 Diagramme und Schaubilder analysieren

- Was zeigen die Zahlen und Daten?
- Gibt es Besonderheiten oder Auffälligkeiten?

5 Diagramme und Schaubilder kritisch beleuchten und erklären

- Ist die Form der Darstellung korrekt? Passen die Abstände im Koordinatensystem?
- Wie ist die Aussage des Diagramms/der Grafik/des Schaubilds in das Thema einzuordnen?

Bearbeiter

Einen Flyer erstellen

Flyer (auch „Handzettel", „Flugblätter") dienen in der Regel der Werbung bzw. der Öffentlichkeitsarbeit von Firmen, Organisationen und Institutionen. Sie werden kostenlos verteilt oder liegen zur Mitnahme aus. Obwohl sie nur aus einem, meist gefalteten Blatt Papier bestehen, zählen sie zu den Printmedien. Die Aufgabe, im Unterricht einen Flyer herzustellen, fordert dazu heraus, das Gelernte knapp, präzise, adressatenbezogen und werbewirksam zu formulieren. Sie ist daher auch sinnvoll, wenn Handzettel nicht „in echt" hergestellt werden sollen, wie z. B. bei dem Auftrag, einen Flyer zum Thema „Scientology" für Jugendliche zu entwerfen.

1 Vorbereitung

Konzentrieren Sie sich auf wenige Kernaussagen und formulieren Sie diese präzise und knapp. Um das Kommunikationsziel zu erreichen, sollten die Assoziationen, die zentrale Begriffe des Textes wecken (können), genau bedacht werden. Auch auf die emotionale Wirkung kommt es an. Nicht legitim ist es allerdings, bei der Kritik an anderen Meinungen, Personen und Gruppen den sachlichen Grundton zu verlassen. Im Hinblick auf das Layout empfiehlt sich im Allgemeinen die Konzentration auf ein zentrales Symbol anstelle von vielen kleinen Grafik-Elementen [...].

▼

2 Durchführung

- Bei der Entscheidung für oder gegen einen farbigen Druck (2- bzw. 4-Farben-Druck) sind neben der Wirkung auch die Kosten zu bedenken. Auch ein Schwarz-Weiß-Druck kann sehr wirkungsvoll sein. In diesem Fall empfehlen Grafik-Experten in der Regel ein Layout in klaren Kontrasten.
- Bei der Erstellung und Verbreitung von Flyern sind auch rechtliche Fragen zu bedenken, z. B. muss bei der Verwendung von Bildern und Grafikelementen darauf geachtet werden, dass diese auch (kostenlos) veröffentlicht werden dürfen (Urheberrechte, Persönlichkeitsrechte ...).
- Beim Verteilen von Flyern sowohl in der Öffentlichkeit als auch auf Privatgelände ist eine Genehmigung einzuholen und zu klären, ob ein Impressum notwendig ist.

Grundlayout für DIN A4-Papier

Einklappseite	Rückseite	Titel
Inhaltsseiten	Inhaltsseiten	Inhaltsseiten

Nach: Gojny, Tanja u. a. (Hg.): Flyer erstellen. In: Ortswechsel 8. München: Claudius-Verlag 2010, S. 128

Eine Karikatur analysieren und interpretieren

Das Wort Karikatur stammt ursprünglich aus dem Italienischen (caricare) und meint „überladen" oder „übertreiben". Karikaturen sind „gezeichnete Meinungen", sie beziehen kritisch und polemisch Stellung zu einem politischen, gesellschaftlichen oder ökonomischen Sachverhalt, kommentieren Ereignisse oder das Handeln von Personen. Sie wollen den Betrachter nicht nur unterhalten, sondern ihn bewusst zum Nachdenken anregen. Der Karikaturist bedient sich dabei unterschiedlicher gestalterischer Mittel, die bei der Analyse und Interpretation berücksichtigt werden müssen. Deshalb sollten Karikaturen in einem ersten Schritt sehr genau beschrieben werden, um sie darauf aufbauend interpretieren zu können. Der folgende Leitfaden soll dabei helfen:

1 Orientierung

- Was ist das Thema der Karikatur?
- Welche Informationen lassen sich über den Karikaturisten, den Veröffentlichungsort und das Datum finden? (Wichtig bei nicht tagesaktuellen Karikaturen)

2 Beschreibung

- Wie ist die Karikatur aufgebaut? Welche Text- und Bildelemente enthält sie? Wie sind Vorder- und Hintergrund gestaltet?
- Wen oder was zeigt die Karikatur?
- Welche Symbolik und Metaphorik haben einzelne zeichnerische Elemente? (Personifikationen auflösen, Symbole deuten, Mensch-Tier-Vergleiche untersuchen, natürliche Erscheinungen deuten, politische Metaphern deuten)
- Welche Gestaltungsmittel fallen auf? (ggf. Farbgebung, Schattierungen, Verzerrungen usw.)

3 Deutung

- Auf welchen politischen, gesellschaftlichen, ökonomischen usw. Sachverhalt bezieht sich die Karikatur?
- Welche Ziele verfolgt der Karikaturist?
- Wogegen wendet er sich, was verteidigt er? Welchen Standpunkt nimmt er ein?
- An wen wendet sich die Karikatur? (Adressatenbezug)
- Was sind die Kernaussagen?

4 Bewertung

- Wird die Aussage der Karikatur präzise vermittelt?
- Sind die darstellerischen Mittel (z. B. Elemente der Verzerrung, Symbolik, Metaphorik, Farbgebung, räumliche Bildgestaltung) geeignet, die Ziele zu erreichen?
- Passen Bild und Text zusammen?
- Worin ist dem Karikaturisten zuzustimmen?
- Was kann man ihm entgegenhalten?

Bearbeiter

Eine Positionslinie bilden

Mithilfe einer Positionslinie können Einstellungen körperlich zum Ausdruck gebracht werden. Dies kann in jedem größeren Raum geschehen, z. B. in Ihrem Kursraum.

1 Vorbereitung

Auf einer gedachten oder durch einen Klebestreifen auf dem Boden markierten Linie positionieren sich die Schüler zu einer Frage oder zu einem Problem.

2 Durchführung

Die Enden dieser Linie stellen alternative Pole (ja/nein; stimmt/stimmt nicht), der Abstand zwischen diesen Punkten entsprechend abgestufte Positionen dar.

3 Reflexion

Die Schüler werden dann aufgefordert, ihre Positionen zu begründen und sich auch argumentativ aufeinander zu beziehen.

Nach: Busch, Matthias u. a.: Methode 3 – Positionslinie. In: www.sn.schule.de (Abruf am 16.02.2018)

Eine Pro- und Kontra-Diskussion führen

Die Pro- und Kontra-Diskussion hilft, konträre (gegensätzliche) Meinungen auszutauschen. Es handelt sich dabei um eine Methode, unterschiedliche Meinungen bzw. Positionen zwischen zwei Parteien zu einer Thematik sichtbar zu machen.

1 Grundlegende Entscheidungen und Festlegung des Szenarios

Bei der Planung einer Pro-Kontra-Diskussion sollte zunächst die grundlegende Entscheidung getroffen werden, ob man eine simulative oder nicht-simulative Diskussion durchführen will, denn dies bedingt die Auswahl der Problem- oder Entscheidungsfrage. Es sollte sich zudem um eine bedeutungsvolle, konkret formulierte und in den Auswirkungen für Viele spürbare Frage handeln. Die Frage sollte sinnvoll mit Ja oder Nein zu beantworten und zu begründen sein. Im Anschluss daran gilt es, ein Szenario festzulegen:

- Auswahl der Akteure,
- die Gestaltung des (Klassen-) Raumes,
- Verständigung über den Ablauf.

2 Auswahl der Akteure

- Ein/e Moderator/in: Sie/Er führt die Abstimmung durch und achtet darauf, dass Spielregeln und Zeitvorgaben eingehalten werden. Er bzw. sie trägt Prozessverantwortung, nicht die Inhaltsverantwortung.
- Zwei Anwälte (Pro und Kontra): Sie halten das Eingangs- und Schlussplädoyer und befragen die Sachverständigen.
- Zwei bis vier Sachverständige: Sie artikulieren keine eigene Position, sondern sie bieten nur Informationen, Erfahrungen und Wissen zu Begründungen für einzelne Positionen. Die Rollen der Sachverständigen müssen in Arbeitsgruppen intensiv vorbereitet, sowie durch Rollenkarten und zusätzliches Material gestützt werden.
- Das Publikum darf die Beobachtungsrolle nicht vernachlässigen. Denn indem die vorgetragenen Argumente gesammelt werden und deren strategischtaktische Relevanz für den Debattenverlauf beurteilt wird, kann ein Perspektivenwechsel zur Innenansicht aller Akteure gelingen. Dies erfolgt aber nur bei konkreten Beobachtungsaufgaben und nicht bei einer eher passiven Adressatenhaltung.

Bearbeiter

Ein Placemat bearbeiten

Mit Hilfe eines Placemats („Platzdeckchen") können Sie in Kleingruppen Ihre Ideen, Meinungen und Lösungsvorschläge zu einem Thema mit grafischer Unterstützung zusammenführen. Das Placemat-Verfahren hilft dabei, zunächst eigene Ideen und Ergebnisse zu einem Gruppenergebnis zusammenzuführen.

1 Gruppen bilden und Placemat vorbereiten

1. Bilden Sie Vierergruppen und versammeln Sie sich an einem Gruppentisch.
2. Nehmen Sie ein weißes Blatt Papier und zeichnen Sie nebenstehende Grafik nach.
3. Legen Sie die Grafik mitten auf den Gruppentisch.

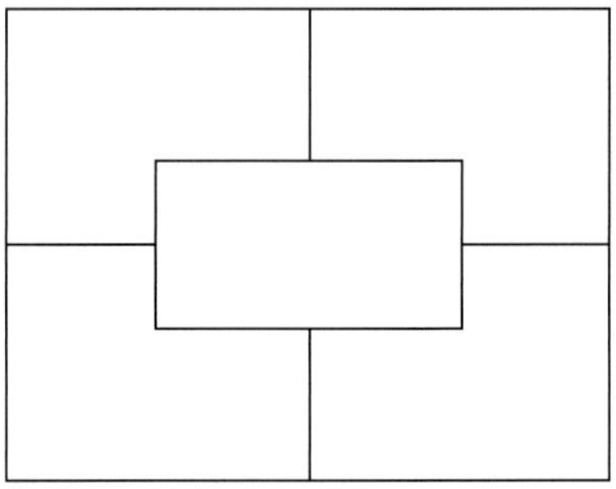

2 Durchführung des Placemat-Verfahrens

1. Jede Schülerin und jeder Schüler hat einen Außenbereich in der Grafik für sich. In diesen Bereich können Sie Ihre Ideen zu einem bestimmten Thema stichpunktartig eintragen.
2. Tauschen Sie sich über Ihre Einträge aus, wenn Sie alle Ihre Felder ausgefüllt haben. Drehen Sie hierfür das Placemat einfach immer ein Stück weiter. So erfahren Sie Idee der anderen.
3. Sie können die Ideen der anderen auch mit eigenen Ideen ergänzen.
4. Wenn das Placemat wieder in der Ausgangsposition liegt, können Sie lesen, was Ihre Mitschülerinnen und Mitschüler in Ihrem Feld hinzugefügt haben.
5. Nun werden die Einträge in der Gruppe diskutiert. Einigen Sie sich auf drei Ideen / Punkte, die im leeren Feld in der Mitte notiert werden.

3 Vorstellung

1. Stellen Sie Ihre Ergebnisse in der Klasse vor.
2. Vergleichen Sie Ihre Ergebnisse mit den Ergebnissen der anderen Gruppen. Gibt es Gemeinsamkeiten oder Unterschiede?

Bearbeiterin

Einen Kurzvortrag halten

Ein Kurzvortrag ist ein Vortrag über ein Thema, der in einer begrenzten Zeit (etwa 5–15 Minuten) gehalten wird. Häufig wird er in Form von Übungsreferaten in der Schule eingesetzt.

Der erste Eindruck ist entscheidend ...

... der letzte Eindruck bleibt!

1 Vorbereitung und Einleitung

Beginnen Sie Ihren Vortrag pünktlich. Eine gelungene Eröffnung des Vortrags ist die beste Möglichkeit, um beim Publikum Interesse für die Darbietung zu wecken. Sie können Ihrem Thema entsprechend verschiedene Einstiegsvarianten auswählen. Sicher kennen Sie die schlechteste Variante aus eigener Erfahrung: „Wir wollen heute einen Vortrag zum Thema ... halten." Und schon haben Sie das Desinteresse der Zuhörerinnen und Zuhörer auf Ihrer Seite. Ein guter Einstieg spricht das Publikum visuell und persönlich an und bezieht es ein. Wenn es sich thematisch anbietet, können Sie das Publikum auch mit einen Vergleich konfrontieren, provozieren, überraschen oder erheitern.

▼

2 Durchführung

Interessiert sich Ihr Publikum erst einmal für Ihr Thema, können Sie Thema und Gliederung vorstellen. Damit beginnen Sie den Hauptteil des Vortrags - das „Filetstück". Ihre Gliederung als „Fahrplan" der Darbietung schreiben Sie am besten auf eine Folie oder bringen sie vor Beginn des Referats auf einem Flipchart oder einer Tafel an. So kann das Publikum dem Inhalt Ihres Vortrags gut folgen. Planen Sie den Hauptteil wie eine Regieanweisung. Falls Sie das Referat als Gruppe halten, ist es umso wichtiger für jeden nachvollziehbar den Ablauf zu skizzieren. Klären Sie in diesem Fall auch, wer den gerade Vortragenden mit dem Auflegen/Weiterklicken der Folien oder dem Zeigen von Bildern unterstützt.

▼

3 Abschluss

Der Schluss fasst die wesentlichen Aspekte Ihres Vortrags zusammen. Hüten Sie sich vor solchen Formulierungen: „Jetzt sind wir am Ende unseres Vortrags" oder „Alles Wesentliche wurde gesagt, wir fassen nur noch einmal zusammen". Gut ist es, wenn Einstieg und Schluss einen gewissen Rahmen des Referates bilden. Bevor Sie sich setzen, fragen Sie noch einmal nach, ob jemand eine Frage hat.

Bearbeiterin

Lexikon Politik und Gesellschaft

A

Abgeordnete
Die gewählten Mitglieder eines Parlaments.

B

Bruttoinlandsprodukt (BIP)
Messgröße, mit der die wirtschaftliche Leistungskraft eines Landes dargestellt wird. Das BIP umfasst den Geldwert aller in einem Jahr innerhalb der Landesgrenzen für den Endverbrauch produzierten Waren und Dienstleistungen (von Inländern und Ausländern). Um das BIP pro Kopf zu erhalten, teilt man das BIP eines Landes durch die Zahl der Einwohnerinnen und Einwohner.

Bürgerinitiative
Lockerer, zeitlich befristeter Zusammenschluss von Bürgerinnen und Bürgern, die wegen eines bestimmten Anliegens Einfluss auf die Politik nehmen möchten.

Bund (Bundesstaat)
Der Zusammenschluss mehrerer Staaten zu einem Gesamtstaat, zum Beispiel die Bundesrepublik Deutschland mit allen Bundesländern.

Bundeskanzler/in
Der Chef oder die Chefin der Bundesregierung. Er oder sie bestimmt die Richtlinien der Politik und trägt die Verantwortung dafür.

Bundespräsident/in
Das Staatsoberhaupt der Bundesrepublik. Er oder sie repräsentiert Deutschland nach außen. Außerdem gehören zu den Aufgaben die Ernennung und Entlassung der höchsten Staatsbeamten und die Unterzeichnung der vom Bundestag verabschiedeten Gesetze.

Bundesrat
Der Bundesrat ist ein Teil der Legislative. Über ihn wirken die Länder an der Gesetzgebung des Bundes mit. Der Bundesrat muss bei Gesetzen, die Länderinteressen berühren oder die Verfassung ändern, zustimmen, damit diese in Kraft treten können. Bei anderen Gesetzen kann er Einspruch erheben, der aber vom Bundestag überstimmt werden kann.

Bundestag
Name des deutschen Parlaments, s. dort!

Bundesverfassungsgericht
Höchstes deutsches Gericht mit Sitz in Karlsruhe. Das Bundesverfassungsgericht wacht darüber, dass Parlamente, Regierungen und Gerichte in Deutschland das Grundgesetz einhalten. Alle Bürgerinnen und Bürger können eine Verfassungsbeschwerde beim Bundesverfassungsgericht einreichen.

D

Demografischer Wandel
So werden die Veränderungen in der Bevölkerungszusammensetzung hinsichtlich ihrer Größe und Struktur (z. B. Alterszusammensetzung) bezeichnet.

Demokratie
Das Wort stammt aus dem Griechischen und bedeutet Herrschaft des Volkes. Die Beteiligung aller Bürgerinnen und Bürger an allen Abstimmungen kann nur in sehr kleinen Staatsgesellschaften verwirklicht werden (direkte Demokratie). Wo dies nicht möglich ist, wählt das Volk Vertreter (Repräsentanten), die für das Volk handeln (repräsentative Demokratie).

E

Europäische Union
Die Gemeinschaft von heute (2009) 27 europäischen Staaten wurde 1957 als Wirtschaftsbündnis gegründet. Neben der gemeinsamen Politik in allen wirtschaftlichen Bereichen wurde im Vertrag von Maastricht (1992) auch eine Zusammenarbeit in der Außen- und Sicherheitspolitik sowie der Justiz- und Innenpolitik beschlossen.

Exekutive
Die ausführende Gewalt, d. h. Regierung

F

Föderalismus
Gliederung eines Staates in Gliedstaaten (in der Bundesrepublik Deutschland die Bundesländer) mit eigener Verfassung, Regierung und Parlament. Bezeichnet auch das Bestreben, die Rechte der Gliedstaaten zu wahren.

Fraktion
Vereinigung im Parlament, die aus den Abgeordneten einer Partei besteht. Auch Mitglieder verschiedener Parteien, die gleichgerichtete politische Ziele verfolgen, können sich zu einer Fraktion zusammenschließen.

Fünf-Prozent-Hürde
Vorschrift, dass alle Parteien bei einer Wahl mindestens fünf Prozent der gültigen Zweitstimmen erhalten müssen, um ins Parlament zu kommen, bzw. um an der Sitzverteilung teilnehmen zu können.

G

Generationenvertrag
Bezeichnung für das Grundprinzip der gesetzlichen Rentenversicherung, nach dem der heute arbeitende Teil der Gesellschaft für die Rentenzahlungen an den nicht mehr arbeitenden Teil aufkommt.

Gesellschaft
Eine Gesellschaft bezeichnet einen relativ dauerhaften Verbund von Gemeinschaften/Gruppen, die innerhalb einer politischen und wirtschaftlichen Ordnung leben und gemeinsame Normen und Werte teilen.

Gewaltenteilung
Verteilung der drei Gewalten Gesetzgebung (Legislative), Verwaltung (Exekutive) und Gerichtsbarkeit (Judikative) auf verschiedene, voneinander unabhängige Staatsorgane. In der Regel sind dies Parlament, Regierung und Verwaltung und eine unabhängige Richterschaft. In der Bundesrepublik Deutschland ist die klassische Gewaltenteilung teilweise durchbrochen (Gewaltenverschränkung).

Gewerkschaft
Freiwilliger Zusammenschluss von Arbeitnehmern, um gemeinsame wirtschaftliche, soziale und berufliche Interessen besser durchsetzen zu können.

Globalisierung
Die wachsende Verflechtung der Weltwirtschaft, ermöglicht u. a. durch die Ausweitung der Kommunikationsmedien und enger Verkehrsverbindungen. Die G. bewirkt auch in einigen Bereichen eine Vereinheitlichung der Lebensstile.

Grundgesetz
Die Verfassung der Bundesrepublik; sie regelt den Aufbau, die Aufgaben und das Zusammenspiel der Staatsorgane. Im Grundgesetz werden auch die Grundrechte garantiert.

Grundrechte
In der Verfassung garantierte Rechte, die für jeden Einzelnen gewährleistet werden, wie zum Beispiel die Meinungsfreiheit, die Versammlungsfreiheit und die Menschenwürde.

I

Interessenverband
Organisatorisch fester Zusammenschluss von Personen in einen bestimmten Lebensbereich, die ihre gemeinsamen Interessen in der Öffentlichkeit durchsetzen wollen. Dazu versuchen sie u. a. auf die Gesetzgebung Einfluss zu nehmen. Im Gegensatz zu Parteien nicht wählbar.

J

Judikative
Die rechtsprechende Gewalt; sämtliche Gerichte der Bundesrepublik Deutschland.

K

Kabinett
Der Kanzler, die Minister und politischen Beamten (Staatssekretäre).

Klimawandel
Mit dem Begriff Klimawandel bezeichnen wir heute meist die von natürlichen Schwan-

kungen unabhängige Erderwärmung. Sie hat schwerwiegende Folgen für Menschen, Tiere und Pflanzen: Teile der Erde werden zu Wüsten, die Gefahr von Hurrikanen und Sturmfluten steigt, Tierarten werden aussterben.

Koalition
Zusammenschluss zweier oder mehrerer Parteien, die gemeinsam eine Regierung bilden und Gesetzentwürfe ausarbeiten.

Konstruktives Misstrauensvotum
Der Bundestag kann den Bundeskanzler nur durch die Wahl eines neuen Kanzlers (konstruktiv!) zum Rücktritt zwingen.

L

Legislative
Die gesetzgebende Gewalt; sie wird in der Bundesrepublik Deutschland von Bundestag und Bundesrat ausgeübt (auf Landesebene von den Länderparlamenten).

M

Mandat
Auftrag; der Wähler beauftragt durch die Wahl einen Politiker, seine Interessen zu vertreten.

Massenmedien
Sammelbezeichnung für Presse, Rundfunk, Fernsehen und Internet. Allgemein Kommunikationsmittel, mit denen Informationen durch Schrift, Ton oder Bild einseitig an ein sehr breites Publikum übermittelt werden können.

Mehrheitswahlrecht
Danach ist gewählt, wer in seinem Wahlkreis die Mehrheit der Stimmen erhalten hat, die Minderheiten werden nicht berücksichtigt. Relative Mehrheit: Gewählt ist, wer die meisten Stimmen hat. Absolute Mehrheit: Gewählt ist, wer mehr als die Hälfte der Stimmen erzielt. Qualifizierte Mehrheit: Eine vereinbarte Mehrheit, z. B. 2/3 der Stimmen, muss erreicht werden.

Menschenrechte
Das sind die persönlichen Rechte, die jedem Menschen von Geburt an zustehen, z. B. das Recht auf Meinungsfreiheit.

N

Nachhaltigkeit
Der Begriff bedeutet, dass man nicht mehr von einem Rohstoff (der Natur) verbrauchen soll, als nachwachsen kann. In Bezug auf die Umwelt heißt das, dass man den Ausgangszustand für die folgenden Generationen bewahren soll und die Umwelt nicht durch Abgase und Müll irreparabel schädigen darf.

NATO
engl. North Atlantic Treaty Organization, Nordatlantikpakt) Das Verteidigungsbündnis zwischen den USA, Kanada und den westeuropäischen Staaten wurde am 4.4.1949 gegründet. Die Mitglieder verpflichten sich im Falle eines Angriffs auf einen Mitgliedstaat zum gegenseitigen Beistand. Wichtigstes Gründungsmotiv war die Abwehr der Expansionsabsichten des Kommunismus, insbesondere die Verteidigung gegenüber der Sowjetunion und seinen Verbündeten. Heute hat die NATO zum Ziel, Frieden und Freiheit weltweit zu verteidigen, z. B. auch im Auftrag der Vereinten Nationen.

O

Opposition
Alle Personen und Gruppen, die der Regierung im Parlament gegenüberstehen und sie kritisieren.

P

Parlament
Die Versammlung der vom Volk gewählten Abgeordneten. Das Parlament regt Gesetze an, bewilligt sie und kontrolliert die Regierung. In einer parlamentarischen Demokratie nimmt vor allem die Opposition die Kontrollfunktion wahr, da die Mehrheit im Parlament die Regierung trägt.

Parteien
Politische Gruppen, die über einen längeren Zeitraum Einfluss auf die politische Willensbildung nehmen. Sie sind bereit, in Parla-

menten und Regierungen Verantwortung zu übernehmen.

Politik
Politik bedeutet die allgemeinverbindliche oder auf Allgemeinverbindlichkeit zielende Problemlösung oder Gestaltung des Gemeinwesens. Unterschieden werden drei Dimensionen der Politik: policy (Inhalte), polity (Rahmen), politics (Konflikte).

Pressefreiheit
Garantie für die freie Berichterstattung und Veröffentlichung von Informationen und Meinungen. Sie ist im deutschen Grundgesetz festgeschrieben (Art. 5 GG) und gilt als Grundlage der Demokratie, da sich die Bürger nur mithilfe der Informationen an politischen Entscheidungen beteiligen können.

R

Rechtsstaat
Ein Rechtsstaat ist ein Staat, in dem die öffentliche Gewalt an eine objektive Rechtsordnung gebunden ist. In einem Rechtsstaat ist die Macht des Staates begrenzt, um die Bürger vor gesetzloser Willkür zu schützen.

S

Soziale Marktwirtschaft
Wirtschaftsordnung in Deutschland. Die Soziale Marktwirtschaft verbindet die Freiheit auf dem Markt mit der Idee des sozialen Ausgleichs. Der Einzelne soll größtmögliche Freiheit haben, seine wirtschaftlichen Beziehungen nach seinen eigenen Interessen zu gestalten. Gleichzeitig greift der Staat in das Wirtschaftsgeschehen ein, wenn der Markt zu unerwünschten Ergebnissen führt.

Sozialstaat
Bezeichnung für einen Staat, der seinen Bürgern ein Existenzminimum sichert, wenn sie in Not geraten sind, und für einen gerechten Ausgleich zwischen Reichen und Bedürftigen sorgt. In Deutschland geschieht dies z. B. durch die Sozialversicherungspflicht und durch staatliche Unterstützung, wie Sozialhilfe, Kindergeld oder Ausbildungs- und Arbeitsförderung.

Streitbare/wehrhafte Demokratie
Begriff für eine Demokratie, die Mittel bereithält, um gegen Feinde der Demokratie vorzugehen. So können in Deutschland zum Beispiel Parteien oder Vereine verboten werden, die sich gegen die freiheitliche demokratische Grundordnung wenden.

V

Verbände
Organisierte Gruppen, die auf die Politik Einfluss nehmen möchten, ohne politische Verantwortung zu übernehmen. Zur Verfolgung gemeinsamer Interessen werden Zusammenschlüsse gebildet, z. B. Berufsverbände.

Vereinte Nationen
(engl. United Nations Organization) Nach dem Zweiten Weltkrieg gegründete kollektive Sicherheitsorganisation zur Wahrung des Weltfriedens und der Menschenrechte. Fast alle Staaten sind Mitglieder der UNO.

Verhältniswahlrecht
Jede Partei bekommt so viele Sitze im Parlament, wie sie prozentual Stimmen von den Wählern erhalten hat. Auch Minderheiten werden berücksichtigt.

Volkspartei
Partei, die aufgrund ihres Programms für Wähler und Mitglieder aller gesellschaftlichen Schichten unterschiedlicher Weltanschauungen offen ist.

W

Wahlen
Verfahren der Berufung von Personen in bestimmte Ämter durch Stimmabgabe einer Wählerschaft. In Demokratien werden die wichtigsten Staatsämter durch Wahlen besetzt. Freie Wahlen müssen die Bedingungen allgemein, frei, gleich und geheim erfüllen. Das genaue Wahlverfahren (Verhältniswahl, Mehrheitswahl) ist meist in Wahlgesetzen geregelt.

Register

Zur Benutzung des Registers: Fett gedruckte Begriffe und Seitenzahlen weisen auf die Erläuterung der Begriffe auf den „Wissen Kompakt"-Seiten hin.

Bildnachweis

© 17ziele.de – S. 166; ADAC e.V., München – S. 82; ADFC – S. 82; AdobeStock / POOL, REUTERS – S. 160; - / Valmedia – S. 57; Baaske Cartoons / Harm Bengen, Müllheim – S. 102; - / Gerhard Mester – S. 71; BDA – S. 82; BdSt – S. 82; Bergmoser + Höller Verlag, Aachen – S. 41, 69, 77 (2), 123, 168; © Bundesministerium für Familie, Senioren, Frauen und Jugend – S. 60; © Bundesrat / 2021 – S. 112; Bundesregierung / Steffen Kugler – S. 17; Bundesverband Erneuerbare Energie e.V. – S. 82; Bundeswehr / Liesmann – S. 161; Deutscher Bundestag – S. 107; - / Achim Melde – S. 131; dpa-infografik – S. 88, 121, 172; - / Globus-Grafik – S. 165; dpa-infografik GmbH – S. 65; dpa Picture-Alliance / AA, Cuneyt Karadag – S. 157; - / akg-images – S. 114; - / ASSOCIATED PRESS – S. 122; - / Matthias Balk – S. 59, 144; - / Bundeswehr, Marco Dorow – S. 161; - / Uli Deck – S. 30; - / dieKLEINERT.de, Schwarwel – S. 26; - / Fotoreport, epa afp Macallister – S. 171; - / Horst Galuschka – S. 40; - / imageBROKER, Klaus Wagenhäuser – S. 85; - / Henning Kaiser – S. 57; - / Michael Kappeler – S. 109, 121; - / KEYSTONE, ENNIO LEANZA – S. 12; - / Carsten Koall – S. 137; - / Wolfgang Kumm – S. 83; - / Kay Nietfeld – S. 109; - / NurPhoto, Alexander Pohl – S. 37; - / Monika Skolimowska – S. 52; - / SULUPRESS.DE, Marc Vorwerk – S. 25; - / Sven Simon, Anke Waelischmiller – S. 49; - / SZ Photo, Catherina Hess – S. 144; - / Bernd von Jutrczenka – S. 109; - / Heinz Wieseler – S. 122; - / ZB, Peer Grimm – S. 171; Getty Images Plus / iStock Editorial, brunoat – S. 155; - / iStock Editorial, Jchambers – S. 104; - / iStockphoto, AndreaObzerova – S. 8; - / iStockphoto, Clarini – S. 104; - / iStockphoto, diegograndi – S. 104; - / iStockphoto, Dziurek – S. 8; - / iStockphoto, Eplisterra – S. 104; - / iStockphoto, GaryRadler – S. 72; - / iStockphoto, Ibizoo_n – S. 57; - / iStockphoto, kasto80 – S. 155; - / iStockphoto, Omm-on-tour – S. 104; - / iStockphoto, Goran Safarek – S. 155; - / iStockphoto, ximacx – S. 109; Michael Heck, Hannover – S. 48; IG Metall – S. 82; © Volker Lannert / Universität Bonn – S. 78; Mauritius Images / Alamy Stock Photo, Panther Media GmbH – S. 47; Thomas Plaßmann, Essen – S. 93; © Schule ohne Rassismus - Schule mit Courage Bundeskoordination – S. 54; Shutterstock.com / Delali Adogla-Bessa – S. 155; - / FooTToo – Cover, 54; Statista GmbH, Hamburg – S. 150, 152; Klaus Stuttmann, Berlin – S. 130; taz Verlags u. Vertriebs GmbH, 1./2.09.18 – S. 54; Jürgen Tomicek, Werl-Westönnen – S. 19, 179; © UNHCR / Achilleas Zavallis – S. 182; Volksbegehren Artenvielfalt – S. 58; Hans.Joachim Winckler / Fürther Nachrichten – S. 57.

Mediencodes
Bundeswehr / Liesmann – S. 161; dpa Picture-Alliance / Bundeswehr, Marco Dorow – S. 161; Klaus Stuttmann, Berlin – S. 160.